Novelas

FLANNERY O'CONNOR

Novelas

Traducción de
Celia Filipetto

Lumen

palabra en el tiempo

Título original: *Wise Blood / The Violent Bear It Away*

Primera edición: agosto de 2011

© 1949, 1952, 1962, 1968, 1980 y 1985, Flannery O'Connor por *Wise Blood*. Actualizado en 1990 por los Herederos de Mary Flannery O'Connor
© 1955, 1960, Flannery O'Connor, por *The Violent Bear It Away*. Renovado en 1980 por Regina O'Connor
© 2010, de la presente edición en castellano para todo el mundo: Random House Mondadori, S.A.
Travessera de Gràcia, 47-49. 08021 Barcelona
© 2011, Celia Filipetto Isicato, por la traducción

Publicado por Editorial Sudamericana S.A.® bajo el sello Lumen con acuerdo de Random House Mondadori S.A.
www.megustaleer.com.ar

Impreso en la Argentina.
ISBN: 978-84-264-1903-3
Depósito legal: B-12.497-2011

Compuesto en Fotocomposición 2000, S.A.

Esta edición de 4.000 ejemplares se terminó de imprimir en Buenos Aires Print, Sarmiento 459, Lanús, Bs. As., en el mes de julio de 2011.

Sangre sabia

Para Regina

Nota de la autora a la segunda edición
(1962)

Sangre sabia ha cumplido diez años y sigue viva. Mis facultades críticas me alcanzan para comprobarlo, y es para mí una satisfacción poder decirlo. El libro fue escrito con entusiasmo y, a ser posible, debería leerse de ese modo. Es una novela cómica que trata de un cristiano a su pesar, y como tal, muy seria, pues todas las novelas cómicas que tienen algún valor deben tratar de asuntos de vida o muerte. *Sangre sabia* es obra de una autora ajena de un modo innato a las teorías, pero con ciertas preocupaciones. Que la fe en Cristo sea para algunos cuestión de vida o muerte ha supuesto un escollo para aquellos lectores que preferirían considerarlo un hecho carente de importancia. Para ellos, la integridad de Hazel Motes radica en su denodado esfuerzo por deshacerse de la figura harapienta que, en lo más recóndito de su pensamiento, va de árbol en árbol. Para la autora, la integridad de Hazel radica en su incapacidad de conseguirlo. ¿Acaso la integridad de una persona radica alguna vez en lo que no es capaz de hacer? Creo que normalmente es así, pues el libre albedrío no significa una voluntad, sino muchas voluntades contradictorias en un único individuo. La libertad no puede concebirse en términos sencillos. Es un misterio, de esos a los que a una novela, incluso a una novela cómica, solo podemos pedirle que lo profundice.

1

Hazel Motes se inclinaba hacia adelante en el asiento de felpa verde, mirando un minuto la ventanilla como si quisiera tirarse del tren en marcha, y al minuto siguiente el final del pasillo hacia la otra punta del vagón. El tren avanzaba raudo entre las copas de los árboles que desaparecían a intervalos y dejaban ver el sol, muy rojo, al borde de los bosques allá a lo lejos. Más cerca, los campos arados se curvaban perdiéndose de vista y los pocos cerdos que hozaban en los surcos eran como enormes piedras manchadas. La señora Wally Bee Hitchcock, sentada enfrente de Motes en el mismo compartimento, dijo que para ella las primeras horas de un atardecer como aquel eran las más bonitas del día, y le preguntó si no pensaba lo mismo. Era una gorda con doble cuello y puños rosa cuyas piernas en forma de pera colgaban del asiento del tren sin tocar el suelo.

Él la miró de reojo y, sin contestarle, se inclinó hacia adelante y recorrió otra vez con la vista todo el vagón. Ella se dio la vuelta para comprobar qué había de aquel lado, pero lo único que vio fue un niño asomado a uno de los compartimentos y, cerca del extremo del vagón, el mozo que abría el armario donde se guardaban las sábanas.

—Supongo que vas para tu casa —dijo ella volviéndose otra vez en su dirección. A la mujer no le pareció que él tuviera más de veinte años, pero sobre el regazo llevaba un sombrero negro y tieso, de ala ancha, un sombrero de esos que usan los viejos predicadores del campo. Vestía un traje de un azul estridente y todavía llevaba la etiqueta del precio grapada en la manga.

No le contestó ni apartó la vista de lo que fuese que estuviera mirando. El saco de lona a sus pies era un macuto del ejército y la mujer concluyó que el muchacho había estado en el ejército, que lo habían licenciado y que ahora se iba para casa. Quiso acercarse para fijarse cuánto le había costado el traje, y en vez de eso, se sorprendió echándole miradas furtivas a los ojos, como si tratara de ver en ellos. Eran del color de la cáscara de las pacanas y estaban muy hundidos. El contorno del cráneo era marcado y visible bajo la piel.

Se sintió molesta, hizo un esfuerzo por no prestarle más atención y miró de reojo la etiqueta del precio. El traje le había costado once dólares con noventa y ocho centavos. Tuvo la impresión de que aquello lo definía y entonces, como fortalecida para seguir con su escrutinio, lo miró otra vez a la cara. La nariz se asemejaba al pico de un alcaudón y una arruga vertical le bajaba a ambos lados de la boca; llevaba el pelo como si estuviera permanentemente aplastado debajo del sombrero grueso, pero lo que más le llamaba la atención eran sus ojos. Parecían engarzados y eran tan profundos que, para ella, eran casi como pasadizos que llevaran a algún lugar, y se inclinó hacia adelante en el espacio entre los dos asientos tratando de ver dentro de ellos. El muchacho se volvió de repente hacia la ventanilla y luego, casi con idéntica brusquedad, clavó otra vez la vista en el mismo lugar de antes.

Miraba al mozo. Cuando él se había subido al tren, el mozo se encontraba entre dos vagones: un hombre corpulento con la cabeza calva y amarilla. Haze se había detenido y el mozo le había echado una ojeada y había apartado la vista para indicarle con los ojos en qué vagón debía entrar. Al ver que no se movía, el mozo le dijo, irritado: «A la izquierda, a la izquierda», y Haze había avanzado.

—No hay como estar en casa —dijo la señora Hitchcock.

Él le echó una mirada y vio su cara de torta, rojiza, bajo un casquete de pelo color zorro. La mujer se había subido dos paradas antes. Nunca la había visto hasta ese momento.

—Tengo que ir a ver al mozo —dijo él.

Se levantó y fue hasta el final del vagón donde el mozo se había puesto a preparar una litera. Se detuvo a su lado y se apoyó en el brazo de un asiento, pero el mozo no se fijó en él. Bajaba una pared del compartimento del principio del vagón.

—¿Cuánto tarda en preparar una?

—Siete minutos —contestó el mozo sin mirarlo.

Haze se sentó en el brazo del asiento y dijo:

—Yo soy de Eastrod.

—Pues eso no está en esta línea —le aclaró el mozo—. Se equivocó de tren.

—Voy a la ciudad —dijo Haze—. Dije que me crié en Eastrod.

El mozo se quedó callado.

—Eastrod —repitió Haze, más alto.

El mozo bajó la cortina de un tirón y le preguntó:

—¿Quiere que le haga la litera ahora mismo? ¿O para qué está ahí parado?

—Eastrod —insistió Haze—. Cerca de Melsy.

El mozo bajó un lateral del asiento.

—Yo soy de Chicago —le dijo. Bajó el otro asiento. Al agacharse la nuca le asomó en tres pliegues.

—Sí, seguro —dijo Haze con una sonrisa maliciosa.

—Está usted en medio del pasillo. Vendrá alguien y va a querer pasar —dijo el mozo, se volvió y pasó rozándolo.

Haze se levantó y se quedó quieto un instante. Era como si lo sujetasen por una cuerda que le saliera en mitad de la espalda y colgara del techo del tren. Observó al mozo avanzar pasillo abajo con un leve tambaleo controlado y desaparecer en la otra punta del vagón. Sabía que era un negro de los Parrum, de Eastrod. Regresó a su compartimento, se sentó hecho un ovillo y apoyó un pie en un tubo que había debajo de la ventanilla. Eastrod le ocupó la cabeza entera y salió más allá y ocupó el espacio que se abría desde el tren y llegaba a los campos vacíos y ensombrecidos. Vio las dos casas y el camino color herrumbre y las pocas barracas de los negros y el único granero y el establo con el anuncio blanco y rojo del rapé CCC desconchándose en la pared del costado.

—¿Vas para tu casa? —le preguntó la señora Hitchcock.

La miró con cara de pocos amigos y se sujetó el sombrero negro por el ala.

—No, no voy a mi casa —contestó con voz aguda y acento nasal de Tennessee.

La señora Hitchcock dijo que ella tampoco. Le contó que antes de casarse se apellidaba Weatherman y que iba a Florida a visitar a Sarah Lucile, su hija casada. Dijo que le parecía que nunca había tenido tiempo de hacer un viaje tan largo. Tal como ocurrían las cosas, una detrás de la otra, daba la impresión de que el tiempo volara tan deprisa que ya no sabías si eras joven o vieja.

Haze pensó que si llegaba a preguntárselo, le diría que era vieja. Al cabo de un rato dejó de prestarle atención. El mozo volvió a pasar pasillo arriba sin mirarlo. La señora Hitchcock perdió el hilo y le preguntó:

—Imagino que irás a visitar a alguien, ¿no?

—Voy a Taulkinham —dijo, se pegó bien al asiento y miró por la ventanilla—. No conozco a nadie de ahí, pero voy a hacer cosas.

»Voy a hacer cosas que nunca hice —dijo y la miró de reojo y torció ligeramente la boca.

Ella dijo que conocía a un tal Albert Sparks de Taulkinham. Dijo que era el cuñado de su cuñada y que era…

—Yo no soy de Taulkinham —le aclaró Haze—. Dije que voy a ir allí, es todo.

La señora Hitchcock se puso otra vez a hablar pero él la interrumpió y le dijo:

—El mozo ese se crió en el mismo lugar que yo, pero dice que es de Chicago.

La señora Hitchcock dijo que conocía a un hombre que vivía en Chi…

—Da igual un lugar que otro, es lo único que sé.

La señora Hitchcock dijo que hay que ver cómo vuela el tiempo. Y que hacía cinco años que no veía a los niños de su hermana y que si llegaba a verlos, no sabía si los reconocería. Eran tres, Roy, Bubber y John Wesley. John Wesley tenía seis años y le había escrito una carta, querida tita. A ella la llamaban tita y a su marido, tito…

—Supongo que usted se piensa que la redimieron —dijo Haze.

La señora Hitchcock le dio un tirón al cuello del vestido.

—Supongo que se piensa que la redimieron —repitió.

Ella se sonrojó. Al cabo de un instante dijo que sí, que la vida era una inspiración y luego dijo que tenía hambre y le preguntó si no quería ir al vagón restaurante. Se puso el fiero sombrero negro y salió del compartimento detrás de ella.

El vagón restaurante estaba lleno y había gente esperando turno para entrar. Él y la señora Hitchcock hicieron media hora de cola, meciéndose en el estrecho pasillo; de cuando en cuando, se pegaban a los costados para dejar paso a un goteo de gente. La señora Hitchcock se puso a conversar con la mujer que tenía al lado. Hazel Motes miró a la pared. La señora Hitchcock le habló a aquella mujer del marido de su hermana, empleado en la compañía del agua de Toolafalls, Alabama, y la mujer le contó que su primo tenía cáncer de garganta. Por fin llegaron casi hasta la entrada del restaurante y vieron el interior. El camarero indicaba a la gente dónde sentarse y repartía los menús. Era blanco, llevaba el pelo negro grasiento, y su traje tenía un aspecto negro y grasiento. Se movía como un cuervo, saltando de mesa en mesa. Pidió a dos personas que entraran, la cola avanzó y Haze, la señora Hitchcock y la mujer con la que conversaba serían los siguientes en entrar. Al cabo de poco, se marcharon otras dos personas. El camarero les hizo una seña y entraron la señora Hitchcock y la mujer; Haze las siguió. El hombre detuvo a Haze y le dijo: «Dos nada más», y lo hizo retroceder hasta la puerta.

Haze se puso colorado como un tomate. Intentó colocarse detrás de la persona que iba antes que él y luego intentó abrirse paso en la cola para regresar al vagón en el que viajaba, pero cerca de la puerta había demasiada gente apretujada. Tuvo que seguir allí de pie y aguantar que todos lo mirasen. Durante un rato nadie salió. Finalmente, una mujer que se encontraba al fondo del vagón restaurante se levantó y el camarero agitó la mano. Haze vaciló y vio la mano agitarse otra vez. Avanzó, recorrió el pasillo tambaleándose, chocó contra dos mesas y se mojó la mano con el café de alguien. El camarero lo hizo sentar con tres mujeres más bien jóvenes, vestidas como papagayos.

Sus manos, rematadas en puntas rojas, descansaban sobre la mesa. Haze ocupó su sitio y se limpió la mano en el mantel. No se quitó el sombrero. Las mujeres habían terminado de comer y fumaban un cigarrillo. Se callaron cuando él se sentó. Señaló el primer plato del menú, y a su lado, el camarero le dijo: «Anótalo, m'hijito», y le hizo un guiño a una de las mujeres; ella resopló por la nariz. Haze lo anotó y el camarero se fue con el papel. Haze se quedó sentado, hosco y tenso, con la vista fija en el cuello de la mujer que tenía enfrente. A intervalos, la mano con la que sostenía el cigarrillo pasaba delante del lunar del cuello. La mano desaparecía de la vista de Haze, volvía a pasar y se posaba otra vez en la mesa. En un instante, una bocanada de humo llegó directa a la cara del muchacho. La mujer tenía una expresión de gallina descarada y clavaba los ojos pequeños directamente en él.

—Si fue usted redimida —dijo Haze—, yo no quisiera serlo.

Luego volvió la cabeza hacia la ventanilla. Vio su pálido reflejo en el negro espacio vacío de fuera. Un vagón de carga pasó rugiendo y partió en dos el espacio vacío; una de las mujeres se echó a reír.

—¿Usted cree en Jesús? —le preguntó inclinándose hacia ella, hablando como si le faltara el aliento—. Yo no creería aunque existiera. Aunque estuviese en este tren.

—¿Y quién dijo que tienes que creer en Él? —preguntó ella, a su vez, con un ponzoñoso tono del Este.

Haze se echó hacia atrás.

El camarero le trajo la cena. Él se puso a comer, despacio al principio, y luego más deprisa, mientras las mujeres observaban con fijeza cómo le resaltaban los músculos de las mandíbulas al masticar. Comía algo moteado a base de huevos e higadillos. Se terminó el plato, se tomó el café y sacó el dinero. El camarero lo vio pero no le llevó la cuenta. Cada vez que pasaba delante de la mesa, hacía un guiño a las mujeres y miraba fijamente a Haze. La señora Hitchcock y la mujer ya habían terminado y se habían ido. Finalmente, el hombre se acercó y le preparó la cuenta. Haze le tiró el dinero, se levantó y salió del vagón, empujándolo hacia un lado.

Se quedó un rato entre dos vagones, donde corría algo de aire fresco, y lió un cigarrillo. Entonces el mozo pasó entre los dos vagones.

—Eh, Parrum —le gritó.

El mozo no se detuvo.

Haze lo siguió al interior del vagón. Todas las literas estaban montadas. El hombre de la estación de Melsy le había vendido una litera porque dijo que si no, tendría que viajar toda la noche sentado en tercera; le había vendido una litera de arriba. Haze fue a la suya, bajó su macuto, se fue al lavabo de caballeros y se preparó para pasar la noche. Había comido demasiado, quería darse prisa, meterse en la litera y acostarse. Pensaba quedarse tumbado, mirar por la ventanilla y ver cómo pasaban los campos de noche desde un tren en marcha. Un cartel indicaba que había que avisar al mozo para subir a las de arriba. Haze guardó el macuto en su litera y luego fue a buscar al mozo. No lo encontró al final de vagón y se fue para la otra punta. Al ir a doblar chocó con algo pesado y rosa, que lanzó un grito ahogado y masculló: «¡Serás torpe!». Era la señora Hitchcock envuelta en un salto de cama rosa, llevaba el pelo hecho una maraña. Lo miró con los ojos entornados, casi cerrados del todo. Las greñas le enmarcaban la cara como negros hongos venenosos. Ella trató de avanzar y él quiso dejarla pasar, pero los dos se movieron a la vez. A ella se le puso la cara morada salvo por unas manchitas blancas que no se le encendieron. Se puso tiesa, se quedó inmóvil y le preguntó:

—¿Se puede saber qué es lo que te pasa?

Él se escurrió como pudo, salió corriendo pasillo abajo, chocó contra el mozo y lo hizo caer al suelo.

—Parrum, me tienes que ayudar a subir a la litera —dijo.

El mozo se levantó, se alejó tambaleándose pasillo abajo y al cabo de un momento regresó tambaleándose, imperturbable, con la escalera. Haze se quedó mirándolo mientras colocaba la escalera; después subió por ella. Cuando estaba en la mitad, se volvió y le dijo:

—Me acuerdo de ti. Tu padre era un negro que se llamaba Cash Parrum. Ya no puedes volver allí, nadie puede, aunque quisiera.

—Yo soy de Chicago —dijo el mozo, irritado—. Y no me llamo Parrum.

—Cash está muerto —dijo Haze—. Un puerco le pegó el cólera.

El mozo se quedó con la boca abierta y dijo:

—Mi padre era ferroviario.

Haze se echó a reír. El mozo apartó la escalera con un movimiento del brazo tan brusco que Haze tuvo que agarrarse de la manta. Se quedó un rato acostado boca abajo, inmóvil. Después se dio la vuelta, encendió la luz y miró a su alrededor. No había ventanilla. Estaba encerrado en aquella cosa salvo por un pequeño espacio sobre la cortina. El techo encima de la litera era bajo y curvo. Se acostó y se dio cuenta de que el techo curvo daba la impresión de no estar bien cerrado; daba la impresión de estar cerrándose. Se quedó acostado un rato, sin moverse. Notó en la garganta como una esponja con sabor a huevo. No quería darse la vuelta por temor a que se le moviera. Quería que la luz estuviese apagada. Levantó la mano sin darse la vuelta, tanteó en busca del interruptor, le dio y la oscuridad le cayó encima, y después, se hizo menos intensa gracias a la luz que se filtraba por el espacio sin cerrar, como de un palmo. Quería que la oscuridad fuera completa, no que estuviera diluida. Oyó al mozo acercarse por el pasillo, sus pasos mullidos en la alfombra, avanzaba sin pausa, rozando las cortinas verdes, luego los pasos se fueron perdiendo a lo lejos hasta que dejaron de oírse. Al cabo de un rato, cuando estaba a punto de quedarse dormido, creyó oír que sus pasos regresaban. Las cortinas de su lado se agitaron y los pasos se apagaron.

En el duermevela creyó que el lugar donde yacía era como un

ataúd. El primer ataúd que había visto con alguien dentro fue el de su abuelo. Lo habían dejado abierto con una ramita aguantando la tapa la noche en que el ataúd quedó en la casa con el viejo dentro, y Haze lo había observado de lejos, pensando: no dejará que le pongan la tapa encima; cuando llegue el momento, el codo se colará por la rendija. Su abuelo había sido predicador ambulante, un viejo viperino, que había recorrido tres condados llevando a Jesús oculto en la cabeza como un aguijón. Cuando llegó la hora de enterrarlo, bajaron la tapa del ataúd y el viejo no movió un dedo.

Haze había tenido dos hermanos menores; uno murió en la infancia y lo metieron en un ataúd pequeño. El otro se cayó delante de una segadora cuando tenía siete. Su ataúd era la mitad de uno normal, y cuando lo cerraron, Haze salió corriendo y lo abrió de nuevo. Dijeron que fue por el desconsuelo de tener que separarse de su hermano, pero no fue por eso; fue porque se le ocurrió pensar en lo que pasaría si él hubiese estado en el ataúd y lo hubiesen cerrado.

Ya estaba dormido y soñaba que se encontraba otra vez en el entierro de su padre. Cuando se lo llevaban al cementerio, lo vio en el cajón, doblado hacia abajo con las manos y las rodillas recogidas. «Si mantengo el trasero en alto —oyó decir al viejo—, nadie me va a poner la tapa encima», pero cuando llegaron con su cajón al hoyo, lo dejaron caer con un ruido sordo y su padre quedó completamente tumbado, como todo el mundo. El tren dio una sacudida que lo despertó a medias, y pensó, por aquel entonces en Eastrod serían unas veinticinco personas, tres de ellas de los Motes. Ahora ya no quedaba un solo Motes, un solo Ashfield, un solo Blasengame, Fey, Jackson... o Parrum, ni siquiera los negros aguantaron. Al entrar por el camino, en la oscuridad vio la tienda de comestibles tapiada con tablas y el granero inclinado y la casa más pequeña medio desmontada, sin porche ni suelo en la entrada.

No tenía ese aspecto cuando él, con dieciocho años, había salido de allí. Entonces vivían en ella diez personas y no había reparado en que desde los tiempos de su padre se había hecho más pequeña. A los dieciocho se había marchado porque lo habían llamado a filas. Al principio pensó en dispararse en un pie para librarse. Iba a ser predicador, como su abuelo, y un predicador puede muy bien pasar sin un pie. La fuerza de un predicador está en su cuello, en su lengua y en su brazo. Su abuelo había recorrido tres condados en un automóvil Ford. Cada cuatro sábados viajaba a Eastrod como si llegara justo a tiempo para salvarlos a todos del Infierno, y sin haber abierto siquiera la puerta del coche, ya se había puesto a dar voces. La gente se congregaba alrededor de su Ford porque era como si los desafiase a que lo hicieran. Se subía al morro del coche y les gritaba desde arriba. Eran como piedras, les gritaba. ¡Pero Jesús había muerto para redimirlos! ¡Jesús estaba tan famélico de almas que había muerto una muerte por todos, pero habría muerto la muerte de todas las almas por uno solo de nosotros! ¿Lo comprendían? ¿Comprendían que por cada alma de piedra, Él habría muerto diez millones de muertes, se habría dejado colgar de pies y manos en la cruz y clavar diez millones de veces por uno solo de ellos? (El viejo señalaba a su nieto Haze. Le mostraba una total falta de respeto porque su propia cara se repetía casi con exactitud en la del niño y era como si se burlara de él.) ¿Sabían acaso que incluso por ese chico, por ese chico malo, pecador irresponsable que estaba ahí parado, abriendo y cerrando las manos sucias a los lados del cuerpo, Jesús moriría diez millones de muertes antes que dejar que su alma se perdiese? ¡Lo perseguiría sobre las aguas del pecado! ¿Dudaban acaso de que Jesús fuese capaz de caminar sobre las aguas del pecado? Aquel chico había sido redimido y Jesús no iba a abandonarlo jamás. Jesús nunca iba a dejar que olvidara que había sido redimido. ¿Qué se pensaba el pecador que iba a conseguir? ¡Al final Jesús lo haría suyo!

Al chico no le hacía falta oírlo. Llevaba en su interior una convicción negra, profunda y muda de que la forma de evitar a Jesús era evitando el pecado. Cuando cumplió doce años ya sabía que iba a ser predicador. Después, en lo más recóndito de su pensamiento, vio a Jesús ir de árbol en árbol, una figura asilvestrada y harapienta que por señas le pedía que se volviera y se internara en la oscuridad donde no conocía el terreno que pisaba, donde tal vez podía estar andando sobre el agua y no saberlo, y entonces, saberlo de repente y ahogarse. Él donde quería estar era en Eastrod con los ojos abiertos, las manos manipulando siempre lo familiar, los pies en terreno conocido y la boca cerrada. Cuando cumplió los dieciocho y lo llamaron a filas, vio la guerra como una trampa para hacerlo caer en la tentación, y se habría disparado en un pie de no haber confiado en regresar a los pocos meses, incorrupto. Tenía una gran confianza en su poder de resistir al mal; como la cara, era algo que había heredado de su abuelo. Pensó que si al cabo de cuatro meses el gobierno no había terminado con él, se marcharía de todos modos. Había pensado, entonces, cuando tenía dieciocho años, que les daría exactamente cuatro meses de su tiempo. Estuvo cuatro años; no regresó ni siquiera de visita.

Las únicas cosas de Eastrod que se llevó al ejército fueron una

Biblia negra y un par de gafas con montura de plata que habían pertenecido a su madre. En una escuela del campo había aprendido a leer y a escribir y también que lo más prudente era no hacer ninguna de las dos cosas; la Biblia era el único libro que leía. No la leía a menudo, pero cuando lo hacía, se ponía las gafas de su madre. Le cansaban la vista, por eso al cabo de un rato siempre se veía obligado a dejar de leer. Tenía la intención de decirle a todo aquel del ejército que lo invitara a pecar, que él era de Eastrod, Tennessee, y que su intención era volver allí y quedarse, que iba a ser predicador del Evangelio y que no iba a permitir que su alma se viese condenada por el gobierno ni por ningún lugar extranjero al que lo mandaran.

Después de unas semanas en el campamento, cuando había hecho algunos amigos —no eran realmente amigos, pero tenía que vivir con ellos—, se le presentó la ocasión que había estado esperando; la invitación. Se sacó del bolsillo las gafas de su madre y se las puso. Entonces les dijo que no iría con ellos ni por un millón de dólares y una cama de plumas en la que acostarse; dijo que era de Eastrod, Tennessee, y que no iba a permitir que su alma se viese condenada por el gobierno ni por ningún lugar extranjero al que…, pero se le quebró la voz y no terminó la frase. Se los quedó mirando, tratando de endurecer el gesto. Sus amigos le dijeron que su asquerosa alma no le importaba a nadie más que al cura, y él consiguió contestarles que ningún cura que recibiera órdenes de ningún papa iba a meterse con su alma. Le dijeron que no tenía alma y se fueron al burdel.

Tardó mucho en creer en ellos, porque quería creer en ellos. Lo único que quería era creer en ellos y quitarse aquello de encima de una vez por todas, y allí vio la ocasión de quitárselo de encima sin corrupción, de convertirse a la nada en lugar de al mal. El ejército lo envió por medio mundo y se olvidó de él. Lo hirieron y se acordaron de él lo suficiente para sacarle la metralla del pecho —le dijeron que se la habían sacado, pero nunca se la mostraron y él todavía la notaba dentro, herrumbrada, envenenándolo—, y después lo enviaron a otro desierto y volvieron a olvidarse de él. Dispuso de todo el tiempo del mundo para estudiar su alma y asegurarse de que no la tenía. Cuando se convenció del todo, se dio cuenta de que era algo que había sabido siempre. El sufrimiento que sentía era nostalgia de su casa; no tenía nada que ver con Jesús. Cuando el ejército lo soltó por fin, se alegró de pensar que seguía incorrupto. Solo quería regresar a Eastrod, Tennessee. La Biblia negra y las gafas de su madre seguían en el fondo de su macuto. Ya no leía libros, pero conservó la Biblia porque la había traído de su casa. Conservó las gafas por si algún día le fallaba la vista.

Cuando el ejército lo había licenciado dos días antes en una ciudad a quinientos kilómetros al norte de donde él quería estar, se había ido enseguida a la estación de tren del lugar y había comprado un billete para Melsy, la parada más cercana a Eastrod. Como tuvo que esperar el tren cuatro horas, entró en una sombría tienda de confección cerca de la estación. La tienda era raquítica, olía a cartones, y se hacía más oscura cuanto más se internaba uno en ella. Se fue hacia el fondo y le vendieron un traje azul y un sombrero oscuro. Se hizo guardar el uniforme del ejército en una bolsa de papel y la echó en una caja con basura que había en un rincón. Una vez salió a la luz del día, el traje nuevo se volvió de un azul cegador y fue como si los pliegues del sombrero se atiesaran sin piedad.

Llegó a Melsy a las cinco de la tarde y consiguió cubrir más de la mitad de la distancia a Eastrod en un camión cargado de semillas de algodón. Cubrió a pie el resto del trayecto y llegó a las nueve de la noche, cuando acababa de oscurecer. La casa estaba tan oscura como la noche y abierta a ella, y aunque vio que la valla que la rodeaba estaba medio caída, y que la maleza asomaba en el suelo del porche, no se dio cuenta enseguida de que no era más que un armazón, de que allí no quedaba más que el esqueleto de una casa. Enrolló un sobre, le prendió fuego con un fósforo y recorrió los cuartos vacíos de arriba y de abajo. Cuando el sobre se quemó, encendió otro y volvió a recorrer los cuartos. Esa noche durmió en el suelo de la cocina, y del techo se desprendió una tabla que le cayó en la cabeza y le hizo un corte en la cara.

En la casa no quedaba más que el ropero en la cocina. Su madre siempre dormía en la cocina y guardaba allí su ropero de nogal. Había pagado treinta dólares por aquel ropero y no había vuelto a comprarse nada tan grande. Los que se habían llevado el resto de las cosas, se lo habían dejado. Abrió todos los cajones. En el de arriba encontró dos trozos de bramante y nada en los demás. Le pareció raro que no hubiera entrado nadie a robar un ropero como aquel. Cogió el bramante, lo ató a las patas y lo pasó por las tablas sueltas del suelo, luego dejó una hoja de papel en cada uno de los cajones con la nota: ESTE ROPERO ES DE HAZEL MOTES. NO ROBAR. AL QUE LO ROBE LO VOY A PERSEGUIR Y LO VOY A MATAR.

En su duermevela pensó en el ropero y llegó a la conclusión de que su madre descansaría mejor en su tumba, sabiendo que estaba protegido de alguna manera. Si ella llegaba a buscarlo por la noche, lo vería. Haze se preguntó si alguna vez su madre caminaba de noche y pasaba por ahí. Pasaría con aquella expresión en la cara, inquieta y atenta; como la expresión que él le había visto a través de la rendija del ataúd. Le había visto la cara a través de la rendija cuando fueron a bajar la tapa. Él tenía entonces dieciséis años. Había visto la sombra que le nubló la cara y le hizo torcer la boca como si de muerta no estuviese más contenta que en vida, como si fuera a levantarse de un salto, apartar la tapa, salir volando y darse por contenta: pero le cerraron la tapa. A lo mejor ella iba a salir volando de ahí dentro, a lo mejor iba a levantarse de un salto. Tremenda, como un murciélago enorme, la vio en sueños escapar rauda antes de que se cerrara la tapa y saliera volando de ahí, pero la tapa caía oscura sobre ella, cerrándose sobre ella todo el tiempo. Desde dentro él la vio cerrarse, bajar más y más, tapando la luz y el cuarto. Abrió los ojos, vio cómo bajaba la tapa, se levantó de un salto, se coló por la rendija, metió la cabeza y los hombros y allí se quedó, mareado, y en la tenue luz del tren entrevió poco a poco la alfombra. Se quedó quieto, asomado a la cortina de la litera y vio al mozo en el otro extremo del vagón, una silueta blanca en la oscuridad, ahí de pie, observándolo sin moverse.

—¡Me siento mal! —gritó—. No me pueden encerrar aquí dentro. ¡Déjenme salir!

El mozo siguió observándolo sin moverse.

—¡Ay, Jesús! ¡Jesús! —exclamó Haze.

El mozo no se movió y con tono amargo y triunfante dijo:

—Hace mucho que Jesús se fue.

2

No llegó a la ciudad hasta las seis de la tarde siguiente. Aquella mañana, se había bajado en una parada de enlace para tomar el aire y mientras miraba para otro lado, el tren se le había escapado. Echó a correr detrás de él, pero se le cayó el sombrero y tuvo que echar a correr en dirección contraria para recuperarlo. Por suerte, había bajado con el macuto por temor a que alguien le robara algo. Tuvo que esperar seis horas en la parada de enlace para tomar el siguiente tren.

Al llegar a Taulkinham, en cuanto se bajó del tren, empezó a ver letreros y luces. CACAHUETES, WESTERN UNION, AJAX, TAXI, HOTEL, CARAMELOS. La mayoría eran luminosos y se movían de arriba abajo o parpadeaban frenéticamente. Haze caminaba muy despacio, sujetando el macuto por el cuello. Volvía la cabeza a un lado y luego al otro, primero hacia un letrero y luego hacia otro. Recorrió la estación en un sentido y luego volvió sobre sus pasos como si fuera a montarse otra vez en el tren. Bajo el pesado sombrero, su cara tenía un gesto adusto y decidido. Nadie que lo observase hubiera adivinado que no tenía adónde ir. Recorrió dos o tres veces la sala de espera llena de gente, pero no quiso sentarse en los bancos que allí había. Quería ir a un lugar apartado.

Al final abrió la puerta en un extremo de la estación, donde un letrero sencillo, en blanco y negro, indicaba «LAVABO DE CABALLEROS. BLANCOS». Entró en un cuarto estrecho con una serie de lavamanos a lo largo de una de las paredes y una fila de compartimentos de madera, en la otra. En otros tiempos, las paredes del cuarto habían sido de un amarillo alegre y brillante, pero ahora eran casi verdes y estaban cubiertas de frases escritas y dibujos detallados de las partes del cuerpo de hombres y mujeres. Algunos de los compartimentos tenían puertas y en una de las puertas, escrito con lo que parecía un lápiz de color, se leía bien grande la palabra «BIENVENIDO», seguida de tres signos de admiración y algo parecido a una serpiente. Haze entró en ese.

Llevaba sentado un rato en el estrecho compartimento, examinando las inscripciones de los laterales y de la puerta, cuando descubrió una, a la izquierda, encima del papel higiénico. Estaba escrita con una letra como de borracho. Decía:

¡Señora Leora Watts!
Buckley Road, 60
¡La cama más acogedora de la ciudad!
Hermano

Poco después, sacó un lápiz del bolsillo y apuntó la dirección en el dorso de un sobre.

Una vez fuera, tomó un taxi amarillo y le indicó al taxista adónde quería ir. El taxista era un hombre pequeño, llevaba una gran gorra de cuero en la cabeza y en el medio de la boca le asomaba la punta de un cigarro. Recorrieron unas cuantas manzanas antes de que Haze notase que lo espiaba por el retrovisor.

—No es amigo de ella, ¿verdad? —le preguntó el taxista.

—No la vi nunca —contestó Haze.

—¿Y cómo sabe dónde vive? Normalmente no anda con predicadores. —Cuando hablaba el cigarro no se movía de su sitio; era capaz de hacerlo por los dos lados de la boca.

—No soy predicador —dijo Haze, frunciendo el gesto—. Encontré su nombre en el lavabo.

—Tiene usted pinta de predicador —dijo el taxista—. Ese sombrero que lleva parece de predicador.

—Pues no —dijo Haze, se inclinó hacia adelante y aferró el respaldo del asiento delantero—. Es un sombrero y punto.

Pararon delante de una casita de una planta, entre una gasolinera y un terreno baldío. Haze se apeó y pagó por la ventanilla.

—No es solo el sombrero —dijo el taxista—. Es también algo que se le nota en la cara.

—Oiga —dijo Haze, ladeando el sombrero sobre un ojo—, que no soy predicador.

—Comprendo —dijo el taxista—. No hay nadie perfecto en esta verde tierra de Dios, ni los predicadores ni nadie. Podrá explicarle mejor a la gente lo terrible que es el pecado si lo aprende por experiencia propia.

Haze metió la cabeza por la ventanilla, se golpeó sin querer y se le cayó otra vez el sombrero. Dio la impresión de haberse golpeado también la cara porque la tenía completamente inexpresiva.

—Oiga —dijo—, a ver si nos entendemos, que yo no creo en nada.

El taxista se sacó de la boca la colilla del cigarro.

—¿En nada de nada? —Y tras formular la pregunta se quedó con la boca abierta.

—No estoy obligao a decirlo más que una vez —contestó Haze.

El taxista cerró la boca y al cabo de un momento volvió a meterse en ella el cigarro.

—Ese es el problema con ustedes, los predicadores. Que se consideran demasiado buenos pa creer en nada —dijo el taxista y se alejó con cara de disgusto y aire de superioridad moral.

Haze se dio la vuelta y contempló la casa en la que se disponía a entrar. Era poco más que una barraca, pero en una de las ventanas del frente se veía un cálido resplandor. Fue hasta el porche delantero, espió por una práctica rendija en la persiana y se sorprendió al encontrarse con una enorme rodilla blanca. Al cabo de un rato se apartó de la rendija y fue a la puerta delantera. No estaba cerrada con llave y entró en un vestíbulo pequeño y oscuro con una puerta a cada lado. La de la izquierda estaba entreabierta y por ella se colaba un haz de luz. Haze fue hacia la luz y espió por la rendija.

La señora Watts estaba sola, sentada en una cama de hierro blanco, cortándose las uñas de los pies con unas tijeras grandes. Era una mujer corpulenta, de cabello muy rubio y piel blanca, que brillaba gracias a un preparado grasiento. Llevaba un camisón rosa que habría quedado mejor en alguien con un tipo más menudo.

Haze hizo un ruido con el pomo de la puerta y ella levantó la vista y lo vio por la rendija. La mirada de la mujer era descarada, penetrante y segura. Poco después, ella apartó la vista y siguió cortándose las uñas de los pies.

Él entró y se puso a mirar a su alrededor. En el cuarto no había gran cosa, la cama, una cómoda y una mecedora repleta de ropa sucia. Se acercó a la cómoda, toqueteó una lima de uñas y luego un bote vacío de jalea, mientras por el espejo amarillento observaba a la señora Watts, que, ligeramente distorsionada, le sonreía. Tenía los sentidos a flor de piel. Se dio la vuelta deprisa, se acercó a la cama y se sentó en el extremo más alejado. Inspiró mucho aire por una ventana de la nariz y pasó la mano con cuidado por la sábana.

La señora Watts sacó la punta rosada de la lengua y se humedeció el labio inferior. Parecía alegrarse de verlo como si se tratase de un viejo amigo, pero no dijo una palabra.

Haze le levantó un pie, que era pesado pero no estaba frío, lo movió apenas hacia un lado y dejó la mano sobre él.

La señora Watts abrió la boca, sonriendo de oreja a oreja y dejando al descubierto unos dientes pequeños, puntiagudos, moteados de verde, muy separados entre sí. Tendió la mano y sujetó a Haze del brazo, por encima del codo.

—¿Qué? ¿Buscabas algo? —preguntó, alargando las palabras.

Si no lo hubiese tenido asido del brazo con tanta firmeza, Haze habría saltado por la ventana. Involuntariamente sus labios formaron las palabras «Sí, señora», pero de ellos no salió sonido alguno.

—¿Algo que te preocupa? —preguntó la señora Watts, tirando de su cuerpo rígido y acercándolo a ella un poco más.

—Oiga —dijo Haze, tratando con todas sus fuerzas de dominar la voz—, vengo pa lo que usted ya sabe.

La señora Watts se quedó con la boca abierta, como si estuviese perpleja ante aquel derroche de palabras y se limitó a decirle:

—Ponte cómodo, estás en tu casa.

Se miraron un buen rato y ninguno de los dos se movió. Entonces él dijo con un tono de voz más alto de lo habitual:

—Quiero que le quede clara una cosa, que no soy un maldito predicador.

La señora Watts lo miró fijamente con una sonrisita apenas perceptible. Después, le puso la otra mano debajo de la cara y, con aire maternal, le hizo cosquillas y le dijo:

—No hay problema, m'hijito. A mami no le importa que no seas predicador.

3

La segunda noche que pasó en Taulkinham, Hazel Motes anduvo por la zona del centro, manteniéndose cerca de los escaparates de las tiendas, pero sin mirarlos. Largos haces plateados apuntalaban como andamios el cielo negro y detrás, en capas profundas, se veían miles de estrellas que parecían moverse todas muy despacio, como dedicadas a un vasto trabajo de construcción que abarcara todo el orden del universo y que tardaría todo el tiempo en completarse. Nadie se fijaba en el cielo. Las tiendas de Taulkinham abrían los jueves por la noche para que la gente tuviera más posibilidades de ver lo que ofrecían a la venta. La sombra de Haze se encontraba a veces a sus espaldas, a veces delante de él y, de tanto en tanto, quedaba partida por las sombras de otros, pero cuando estaba sola y alargada a sus espaldas, era una sombra delgada, nerviosa, que caminaba echada hacia atrás. Él iba con el cuello estirado hacia adelante, como si quisiera oler algo que le alejaran continuamente de la nariz. La luz deslumbrante de los escaparates teñía de púrpura su traje azul.

Al cabo de un rato, se detuvo donde un hombre de cara enjuta había montado una mesa plegable delante de unos grandes al-

macenes, y se había puesto a hacer demostraciones con unos pelapatatas. El hombre llevaba un sombrerito de lona y una camisa
estampada con montones de faisanes, codornices y pavos color
bronce, dispuestos patas arriba. El tono de su voz se imponía a los
ruidos de la calle y llegaba a todos los oídos con claridad, como en
una conversación íntima. Se juntaron unas cuantas personas. Sobre la mesa plegable había dos cubos, uno vacío, el otro lleno de
patatas. Entre los dos cubos había una pirámide de cajas verdes
de cartón y, encima de la pila, un pelapatatas abierto para demostrar su uso. El hombre estaba de pie, frente a ese altar, e iba señalando a distintas personas.

—¿Qué me dices tú? —preguntó, apuntando a un chico granujiento, de cabello húmedo—, no te vas a ir de aquí sin llevarte
uno de esto, ¿eh?

Por una abertura de la máquina metió una patata sin pelar. La
máquina era una caja de lata con una manivela roja, y a medida
que el hombre le daba a la manivela, la patata entraba en la caja y,
en un segundo, salía por el otro lado, pelada.

—¡No te vas a ir de aquí sin uno de esto! —exclamó.

El chico soltó una risotada y miró a las demás personas a su alrededor. Tenía el pelo rubio y brillante y la cara ahusada como la
de un zorro.

—¿Cómo te llamas? —preguntó el hombre de los pelapatatas.

—Enoch Emery —contestó el muchacho y se sorbió los mo-
cos.

—Un chico con un nombre tan lindo debería tener uno de
esto —dijo el hombre y puso los ojos en blanco, tratando de ani-
mar a los demás.

Nadie se rió excepto el chico. Entonces, un hombre que estaba de pie frente a Hazel Motes se echó a reír; la risa no era agradable sino que tenía un tono punzante. Era un hombre alto, cadavérico, vestía un traje negro e iba tocado con sombrero negro. Llevaba gafas oscuras y las arrugas, que surcaban sus mejillas y parecían pintadas y haber perdido el color, le daban la expresión de un mandril sonriente. En cuanto se echó a reír, empezó a avanzar despacio, sacudiendo una taza de lata en una mano y golpeando frente a él con el bastón blanco que empuñaba en la otra. Lo seguía una niña que repartía folletos. Llevaba un vestido negro y una gorra negra de punto calada sobre la frente, por cuyos costados asomaban unos mechones de pelo castaño. Tenía la cara larga y la nariz corta y afilada. El vendedor de pelapatatas se molestó al ver que, en lugar de fijarse en él, la gente prestaba atención a aquellos dos.

—¿Qué me dices tú, el de ahí? —preguntó, señalando a Hazel Motes—. Una ganga como esta no la vas a encontrar en ninguna tienda.

Haze observaba al ciego y a la niña.

—¡Eh! —exclamó Enoch Emery, pasó por delante de una mujer y le dio a Haze un puñetazo en el brazo—. ¡A ti te está hablando! ¡Te está hablando a ti!

Enoch Emery tuvo que darle otro puñetazo para que mirase al hombre de los pelapatatas.

—¿Por qué no le compras uno de esto a tu señora? —le preguntó el hombre de los pelapatatas.

—Porque no tengo —masculló Haze sin apartar la vista del ciego.

—Tendrás madre, ¿no?

—Tampoco.

—Le vamos a demostrar —dijo el hombre haciendo bocina con la mano en dirección a la gente— que le hace falta uno de esto pa que le haga compañía.

A Enoch Emery aquello le hizo tanta gracia que se inclinó hacia adelante y se golpeó las rodillas, pero Hazel Motes no dio muestras de haberse enterado.

—Le voy a regalar media docena de patata pelada al primero que me compre una máquina de esta —dijo el hombre—. ¿Quién va a ser el primero? ¡Un dólar cincuenta por una máquina de esta que en la tienda costaría tres! —Enoch Emery se puso a rebuscar en los bolsillos—. Van a dar las gracias por haber pasao hoy por aquí —dijo el hombre—, no lo olvidarán nunca. El que se lleve una máquina de esta, no lo olvidará en la vida.

El ciego avanzaba despacio, diciendo en una especie de sonsonete confuso:

—Una ayudita para este predicador ciego. Si no quieren arrepentirse, al menos denme cinco centavos. Me vendrían tan bien como a ustedes. Una ayudita para este predicador ciego y sin empleo. ¿No es mejor que les pida una ayudita en lugar de darles un sermón? Si no quieren arrepentirse, al menos denme cinco centavos.

No había mucha gente, pero la que se había congregado comenzó a dispersarse. Cuando el vendedor se dio cuenta, se inclinó sobre la mesa plegable, echando chispas por los ojos.

—¡Eh, tú! —le gritó al ciego—. ¿Qué te crees que haces? ¿Quién te crees que eres pa espantarme a la gente?

El ciego no le hizo ni caso. Siguió sacudiendo la taza y la niña, repartiendo folletos. El ciego dejó atrás a Enoch Emery y fue hacia Haze mientras con el bastón blanco en ángulo golpeaba el suelo cerca de la pierna. Haze se inclinó un poco y comprobó que las arrugas de su cara no estaban pintadas; eran cicatrices.

—¿Qué diablos te crees que haces? —gritó el vendedor de pelapatatas—. A esta gente la he juntao yo, ¿quién te crees que eres pa venir a entrometerte?

La niña le tendió un folleto a Haze y él lo aceptó. Impresas por fuera se leían las palabras: «Jesús te llama».

—¡Me gustaría saber quién diablos te crees que eres! —gritaba el hombre de los pelapatatas.

La niña volvió donde él estaba y le entregó un opúsculo. El hombre lo miró un momento, torciendo el gesto, salió como una tromba de detrás de la mesa plegable y tiró el cubo con las patatas.

—¡Esto maldito fanático de Jesús! —aulló, mientras miraba a su alrededor con furia, tratando de encontrar al ciego.

Se había juntado más gente con la esperanza de presenciar una pelea.

—¡Maldito extranjero comunista! —chilló el hombre de los pelapatatas—. ¡Esta gente la he juntao yo!

Se calló al darse cuenta de que había un gentío.

—Está bien, está bien —dijo—, de uno en uno, hay pa todo, no empujen, media docena de patata pelada pa el primero que me compre. —Volvió tranquilamente a ponerse detrás de la mesa plegable y empezó a levantar las cajas con los pelapatatas—. Acérquensen, hay pa todo, no se amontonen, no hay necesidad.

Haze no abrió el opúsculo. Se fijó en la parte de fuera y lo rasgó por la mitad. Juntó los dos trozos y volvió a rasgarlos por la mitad. Siguió apilando los trozos y rasgándolos hasta que tuvo un puñado de confeti. Volvió la mano hacia abajo y dejó que los trocitos de papel se esparcieran por el suelo. Levantó la vista, y a escasos tres palmos, vio a la hija del ciego que lo miraba fijamente. Tenía la boca abierta y los ojos le brillaban como dos esquirlas de vidrio verde. Colgada del hombro, llevaba una bolsa blanca de yute. Haze la observó, ceñudo, y empezó a restregarse las manos sudorosas en los pantalones.

—Te vi —dijo la chica.

Se acercó veloz hasta donde estaba el ciego, al lado de la mesa plegable, y volvió la cabeza para mirar a Haze desde allí. Gran parte de la gente se había dispersado.

El hombre de los pelapatatas se inclinó sobre la mesa plegable y le gritó al ciego:

—¡Eh! A ver si con eso aprendes. Mira que entrometerte…

—Oiga —dijo Enoch Emery—, nada más tengo un dólar con diciséis centavos, pero…

—A ver si así aprendes —dijo el hombre— a no meterte donde no te llaman. Ocho pelapatata vendí, ocho…

—Deme uno —le pidió la hija del ciego, señalando los pelapatatas.

—¿Qué? —dijo él.

Ella se puso a desatar un pañuelo y de una de sus puntas anudadas sacó dos monedas de cincuenta centavos.

—Deme uno —repitió, tendiéndole el dinero.

El hombre le echó un vistazo, levantando una comisura de la boca.

—Vale un dólar cincuenta, hermana.

Ella retiró la mano a toda prisa y enseguida miró a Hazel Motes con rabia como si él hubiese hecho un ruido. El ciego se alejó. Ella se quedó un momento mirando rabiosa a Haze, luego se dio la vuelta y siguió al ciego. Haze dio un respingo.

—Oiga —dijo Enoch Emery—, solamente tengo un dólar con diciséis centavos y me gustaría comprarme uno…

—Ya te puedes quedar con tu dinero —dijo el hombre, bajando el cubo de la mesa plegable—. Aquí no se hace rebaja.

Haze vio que el ciego iba calle abajo, a cierta distancia. Lo siguió con la mirada mientras metía y sacaba las manos de los bolsillos como si tratara de avanzar y retroceder a la vez. Y de improviso, le lanzó dos dólares al vendedor de pelapatatas, cogió una caja de la mesa plegable y salió corriendo calle abajo. Un segundo más tarde Enoch Emery caminaba a su lado con la lengua afuera.

—Caray, seguro que estás forrao —dijo Enoch Emery.

Haze vio que la niña alcanzaba al ciego y lo sujetaba del brazo. Llevaban una calle de ventaja. Aminoró el paso y se encontró a Enoch Emery a su lado. Enoch vestía un traje de un blanco amarillento, una camisa de un blanco rosado y una corbata de color verde guisante. Sonreía. Tenía pinta de sabueso bonachón y algo sarnoso.

—¿Cuánto llevas aquí? —le preguntó.

—Dos días —murmuró Haze.

—Yo dos meses —le dijo Enoch—. Trabajo pa el municipio. ¿Y tú dónde trabajas?

—No trabajo —contestó Haze.

—Qué lástima —dijo Enoch—. Yo trabajo pa el municipio.

—Se saltó un paso para ponerse a la altura de Haze y añadió—: Tengo diciocho años, llevo aquí dos meses nada más y ya trabajo pa el municipio.

—Qué bien —dijo Haze, se caló más el sombrero del lado que iba Enoch Emery y apuró el paso. Más adelante, el ciego se puso a hacer reverencias burlonas a diestro y siniestro.

—¿Cómo dijistes que te llamabas? —preguntó Enoch.

Haze se lo dijo.

—Parece que estás siguiendo a esos paletos —observó Enoch—. ¿A ti te interesa mucho eso de Jesús?

—No —contestó Haze.

—A mí tampoco, no mucho —reconoció Enoch—. Estuve cuatro semanas en la Academia de Estudios Bíblicos Rodemill pa niños. Ahí me mandó una mujer que se las arregló pa separarme de mi papá dándole dinero. Era de la Asistencia Social. ¡Jesús, María y José, cuatro semanas! Creí que me iba a volver loco, eso sí, loco pero santo.

Haze llegó al final de la manzana y Enoch seguía a su lado, resoplando, sin parar de hablar. Cuando Haze empezó a cruzar la calle, Enoch le gritó:

—¿No ves el semáforo? ¡Está rojo, tienes que esperar!

Un policía tocó el silbato, un coche dio un bocinazo y paró en seco. Haze siguió cruzando, sin apartar la vista del ciego, que iba por la mitad de la manzana siguiente. El policía siguió tocando el silbato. Cruzó la calle hasta donde se encontraba Haze y lo detuvo. Tenía la cara delgada y los ojos como dos óvalos amarillos.

—¿Sabes pa qué sirve esa cosita que cuelga de ahí arriba? —le preguntó, señalando el semáforo del cruce.

—No lo vi —contestó Haze.

El policía lo miró sin decir palabra. Se detuvieron unas cuantas personas. El policía las miró de reojo.

—A lo mejor pensastes que la luz roja es pa los blancos, y la verde, pa los negros —sugirió.

—Sí, eso pensé —dijo Haze—. Quíteme la mano de encima.

El policía apartó la mano y la puso en jarras. Dio un paso atrás y dijo:

—Cuéntale a todos tus amigos lo de estas luces. La roja es pa detenerse, la verde, pa cruzar…, hombres y mujeres, blancos y negros, todos cruzan con la luz del semáforo. Cuéntaselo a todos tus amigos y así, cuando vengan a la ciudad, lo sabrán.

La gente se echó a reír.

—Yo cuidaré de él —dijo Enoch Emery y, abriéndose paso entre la gente, fue a colocarse al lado del policía—. Lleva aquí dos días nada más. Yo cuidaré de él.

—¿Y tú cuánto hace que estás aquí? —le preguntó el policía.

—Nací y me crié aquí —respondió Enoch—. Es mi pu blo natal. Yo lo cuidaré por usted. ¡Eh, espérame! —le gritó a Haze—. ¡Que me esperes! —Se abrió paso entre el gentío y le dio alcance—. Yo diría que te salvé el pellejo.

—Muchas gracias —dijo Haze.

—De nada —respondió Enoch—. ¿Y si vamos a Walgreen's y nos tomamos un refresco? A esta hora los cabarés están cerraos todavía.

—No me gustan los drugstores —comentó Haze—. Adiós.

—Está bien, está bien —dijo Enoch—. Creo que iré contigo y te haré compañía un rato.

Echó un vistazo al ciego y a la chica que iban delante y añadió:

—La verdad que a esta hora de la noche no me gustaría meterme con ningún paleto, y menos si son seguidores de Jesús. Yo quedé de ellos hasta el gorro. Esa de la Asistencia Social, que se las arregló pa separarme de mi papá dándole dinero, se pasaba el día rezando. Yo y mi papá nos íbamos por ahí con una sierra y trabajábamos, y un verano la montamos en las afueras de Boonville y un buen día llegó esa. —Aferró a Haze de la chaqueta—. La única contra que le encuentro a Taulkinham es que hay demasiada gente en la calle —dijo en tono de confidencia—. Parece que lo único que les interesa es tirarte al suelo… Como te iba diciendo, llega esa un día y creo que la dejé prendada. Yo tenía doce años y me sabía cantar bien unos cuantos himnos que me aprendí de un negro. Y entonces llega esa, la dejo prendada y se las arregla pa separarme de mi papá dándole dinero y llevarme a Boonville a vivir con ella. Tenía una casa de ladrillo y estaba todo el santo día que si Jesús esto, que si Jesús lo otro.

Un hombrecito perdido dentro de un mono desvaído le dio un empujón.

—¡A ver si miras por dónde caminas! —aulló Enoch.

El hombrecito se detuvo, levantó el brazo con gesto feroz, puso cara de perro y gruñó:

—¿Me estás hablando a mí?

—Ya lo ves —dijo Enoch dando un salto para alcanzar a Haze—, lo único que quieren es tirarte al suelo. En mi vida había estao en un lugar más antipático. Ni cuando estuve con esa que te digo. Me quedé dos meses en su casa —siguió diciendo—, y en otoño me mandó a la Academia de Estudios Bíblicos Rodemill pa niños y entonces pensé qué alivio. Era difícil llevarse bien con esa mujer…, vieja no era, le calculo yo unos cuarenta, pero era más fea que el pecado. Llevaba gafas marrones y los cabellos los tenía tan finitos que parecían hilos de salsa goteándole por la cabeza. Pensé, qué alivio va a ser cuando esté en esa academia. Una vez me escapé de su casa, pero me hizo volver, después me enteré que tenía unos documentos y que si no me quedaba con ella, me podían meter en la cárcel, así que me alegré un montón de ir a la academia. ¿Alguna vez fuistes a una academia?

Haze no dio muestras de haber oído la pregunta.

—Pero no fue ningún alivio —dijo Enoch—. ¡Ay Jesús, no fue ningún alivio! Me escapé a las cuatro semanas, y la muy desgraciada consiguió hacerme volver y llevarme otra vez a su casa. Pero al final lo conseguí. —Hizo una pausa—. ¿Te digo cómo?

Tras otra pausa, prosiguió:

—Dándole un susto de muerte. Estuve venga darle vueltas, venga darle vueltas. No sabes la de vueltas que le di. Hasta recé y todo. Rezaba: «Jesús, enséñame la manera de salir de aquí sin tener que matarla y tener que ir a la cárcel». Y vaya si me enseñó. Un día me levanté al alba, y sin pantalones me fui pa su cuarto, le quité la sábana de un tirón y casi le da un ataque al corazón. Y entonces me fui otra vez con mi papá, y a esa no le vimos más el pelo.

»Qué apretada tienes la mandíbula —comentó mientras observaba la mejilla de Haze—. Nunca te ríes. No me extrañaría nada que fueras un hombre muuuy, muuuy rico.

Haze dobló por una calle lateral. El ciego y la chica estaban en la esquina de la manzana siguiente.

—Bueno, parece que después de todo los vamos a alcanzar —dijo Enoch—. ¿Conoces a mucha gente aquí?

—No —contestó Haze.

—Ni vas a conocer. Es el lugar más difícil pa hacer amigos. Llevo dos meses aquí y no conozco a nadie, parece que lo único que les interesa es tirarte al suelo. Seguro que tienes un buen montón de dinero —dijo—. Yo no tengo nada. Si tendría, sé muy bien lo que haría.

El ciego y su hija se detuvieron en la esquina, doblaron a la izquierda y continuaron por esa calle.

—Los estamos alcanzando —dijo Enoch—. Si no vamos con cuidao, acabamos en alguna reunión cantando himnos con esa y su papá.

En la manzana siguiente había un edificio espacioso con cúpula y columnas. El ciego y la chica fueron hacia allí. Había coches aparcados alrededor del edificio, enfrente y en las calles cercanas.

—Eso no tiene pinta de cine —dijo Enoch.

El ciego y la chica subieron las escaleras que conducían al edificio. Era una escalinata que ocupaba toda la fachada, y a ambos lados había unos leones de piedra sentados en sendos pedestales.

—De iglesia tampoco —dijo Enoch.

Haze se detuvo delante de la escalinata. Dio la impresión de estar ensayando la cara que iba a poner. Se echó el sombrero negro hacia adelante, en ángulo cerrado, y fue hacia los dos, que se habían sentado en el rincón, al lado de uno de los leones. Se acercó al ciego sin decir palabra y se le plantó delante, un poco inclinado, como si quisiera ver a través de las gafas negras. La chica lo miraba con fijeza.

El ciego despegó apenas los labios y dijo:

—Huelo el pecado en tu aliento.

Haze retrocedió.

—¿Por qué me seguías?

—Yo no te seguía —dijo Haze.

—Ella dice que sí —insistió el ciego y con el pulgar señaló en dirección a la chica.

—No te seguía —dijo Haze.

Palpó la caja del pelapatatas y miró a la chica. La gorra negra de punto le cruzaba la frente en línea recta. Ella sonrió de pronto y enseguida recompuso el gesto como si aquello le oliera a gato encerrado.

—No te seguía a ti —dijo Haze—. La seguía a ella. —Y entonces le tendió la caja del pelapatatas.

Al principio dio la impresión de que ella iba a quedárselo, pero no lo hizo.

—Yo no quiero eso —dijo—. ¿Pa qué iba a quererlo? Llévatelo. No es mío. ¡No lo quiero!

—Quédatelo —le ordenó el ciego—. Métalo en la bolsa y cállate si no quieres cobrar.

Haze volvió a tenderle el pelapatatas.

—No lo quiero —farfulló ella.

—Que te lo quedes, te digo —insistió el ciego—. Él no te seguía.

La chica lo aceptó y lo guardó en la bolsa donde llevaba los opúsculos.

—Mío no es —dijo—. Lo tengo pero mío no es.

—La seguía a ella para decirle que a mí nadie me mira a lo zaino como hizo hace un rato —dijo Haze, observando al ciego.

—¿Pero qué dices? —le gritó—. Yo no te miré a lo zaino. Yo solo miraba cómo rompías el folleto. Lo rompió en pedacitos —añadió, empujando al ciego por el hombro—. Lo rompió todo, echó los pedacitos al suelo como si fueran sal y se limpió las manos en los pantalones.

—Me seguía a mí —dijo el ciego—. A ti nadie te seguiría. Por la voz se le notan las ansias de Jesús.

—Jesús —masculló Haze—. Jesús, Dios mío.

Se sentó y apoyó la mano en el escalón, cerca del pie de la chica, que llevaba zapatillas y medias negras de algodón.

—Fíjate cómo blasfema —dijo ella en voz baja—. No te seguía a ti, papá.

El ciego soltó su risa crispada y dijo:

—Escúchame, muchacho, no puedes huir de Jesús. Jesús es un hecho.

—Yo sé un montón sobre Jesús —intervino Enoch—. Fui a la Academia de Estudios Bíblicos Rodemill pa niños donde me mandó una mujer. Cualquier cosa que quieras saber de Jesús, tú pregunta.

Se había encaramado a lomos del león y estaba sentado de lado, con las piernas cruzadas.

—No he dao yo pocas vueltas —dijo Haze— desde que dejé de creer. La vuelta a medio mundo.

—Yo también —dijo Enoch Emery.

—Tantas no habrán sido porque no te han impedío seguirme —dijo el ciego. Tendió los brazos de improviso y cubrió con las

manos la cara de Haze. Haze no se movió ni dijo nada por un instante. Luego le apartó las manos.

—Déjame —le dijo con un hilo de voz—. Qué sabrás tú de mí.

—Mi papá es igualito a Jesús —comentó Enoch desde el
lomo del león—. El pelo le llega a los hombros. La única diferencia es que él tiene una cicatriz en toda la barbilla. A mi madre
nunca la vi.

—Algún predicador ha dejao en ti su marca —dijo el ciego
con una especie de risita burlona—. ¿Me seguías para que te la
quite o para que te ponga otra?

—Escúchame, pa tu dolor no hay nada más que Jesús —dijo
la chica de pronto.

Le dio a Haze un golpecito en el hombro. Él se quedó sentado donde estaba, el sombrero negro inclinado sobre la cara.

—Escúchame —dijo levantando más la voz—, una vez un
hombre y una mujer mataron a un niño pequeñito. El niño era
hijo de ella, pero resulta que era feo y ella no lo quería. El niño tenía a Jesús y la mujer no tenía nada más que su belleza y un hombre con el que vivía en pecado. Ella se sacaba de encima al niño y
el niño volvía, y ella se lo sacaba de encima y él volvía otra vez
y cada vez que se lo sacaba de encima, él volvía a donde ella y el
hombre ese vivían en pecado. Lo estrangularon con una media de
seda y lo colgaron en la chimenea. A partir de ahí, ella no tuvo
paz. Cada vez que miraba algo, veía al niño ese. Jesús lo hizo hermoso para que la persiguiera. Y ella no podía acostarse con aquel
hombre sin ver al niño que la miraba desde la chimenea, brillando a través de los ladrillos, en mitad de la noche.

—Jesús, Dios mío —masculló Haze.

—La mujer no tenía nada más que su belleza —dijo ella en voz alta y firme—. Con eso no basta. No, señor.

—Oigo que ahí dentro empiezan a mover los pies —comentó el ciego—. Saca los opúsclos, que se preparan para salir.

—Con eso no basta —repitió ella.

—¿Qué vamos a hacer? —preguntó Enoch—. ¿Qué hay dentro de este edificio?

—Repartir un programa —contestó el ciego—. Mi congregación.

La chica sacó los opúsculos de la bolsa de yute y le entregó dos paquetitos atados con bramante.

—Tú y el otro muchacho vais a repartir a la otra punta —le ordenó el ciego—. Yo y el que me seguía, nos quedamos aquí.

—Él no es quien pa tocarlos —dijo ella—. Lo único que quiere es romperlos en pedacitos.

—Que hagas caso, te digo —repitió el ciego.

Tras quedarse un momento donde estaba, con cara ceñuda, la chica la dijo a Enoch Emery:

—Si vas a venir, muévete.

Enoch se bajó del león y la siguió al otro extremo de la escalinata.

Haze bajó un escalón, pero el ciego estiró la mano con rapidez asiéndolo del brazo con firmeza. Y precipitadamente le susurró:

—¡Arrepiéntete! Vete a lo alto de las escaleras, arrepiéntete de tus pecados y reparte estos opúsclos entre la gente —dicho lo cual le entregó el paquete de folletos.

Haze trató de apartar el brazo, pero solo consiguió que el ciego se le acercara más.

—Escúchame bien —dijo Haze—, estoy tan limpio como tú.

—Fornicación, blasfemias, ¿y qué más? —dijo el ciego.

—No son más que palabras —dijo Haze—. Si estaría en pecado, estoy en pecado desde antes de cometer ninguno. En mí no cambió nada. —Trató de librarse de aquella mano férrea, pero el ciego le apretó el brazo con más fuerza—. No creo en el pecado. Quítame la mano de encima.

—Jesús te ama —dijo el ciego con voz monótona y socarrona—, Jesús te ama, Jesús te ama…

—No importa nada, salvo que Jesús no existe —dijo Haze, zafándose del ciego.

—Vete a lo alto de las escaleras y reparte estos opúsclos y…

—Los voy a llevar hasta allá arriba y los voy a tirar entre los arbustos —gritó Haze—. Mírame bien a ver si me ves.

—¡Veo más que tú! —aulló el ciego, riéndose—. Tienes ojos y no ves, orejas y no oyes, pero algún día tendrás que ver.

—¡Ya que ves tanto, mírame bien! —exclamó Haze y echó a correr escaleras arriba.

Una multitud comenzó a salir por las puertas del auditorio y algunas personas ya se encontraban en mitad de la escalinata. Haze se abrió paso entre ellas a codazo limpio, como si sus brazos fueran alas puntiagudas, y al llegar a lo alto, una nueva oleada de gente lo empujó casi hasta el sitio del que había partido. Pugnó otra vez por abrirse paso hasta que alguien gritó: «¡Háganle sitio a este imbécil!», y la gente se apartó de su camino. Corrió hasta lo alto, a empujones llegó hasta el extremo opuesto de la escalinata, y ahí se quedó, la mirada colérica, el aliento entrecortado.

—Yo no lo seguía —gritó—. Yo no seguiría a un ciego estúpido como ese. ¡Jesús, Dios mío!

Se apoyó contra el edificio sujetando el paquetito de folletos por el bramante. Un gordo se detuvo a su lado y encendió un cigarro; Haze le dio un golpecito en el hombro y le dijo:

—Mire allá abajo. ¿Ve a ese ciego de ahí que reparte opúsclos? ¡Jesús! Debería verlo, va con una chica fea, vestida con ropa de mujer, que también reparte. ¡Jesús, Dios mío!

—En todas partes hay fanáticos —comentó el gordo y siguió su camino.

—¡Jesús, Dios mío! —dijo Haze. Se acercó a una anciana de cabello azulado, que llevaba un collar de cuentas rojas de madera, y le advirtió—: Mejor vaya por el otro lado, señora. Allá abajo hay un tonto que reparte opúsclos.

La multitud que iba saliendo detrás de la anciana la empujó para que avanzara, pero ella lo observó un momento con dos ojos brillantes, pequeños como pulgas. Haze quiso acercarse un poco más, entre el gentío, pero la mujer se encontraba ya demasiado lejos, de manera que se abrió paso para volver al sitio donde se había apoyado en la pared.

—¡Mi dulce Jesucristo crucificado! —exclamó—. Escuchadme todos, quiero deciros una cosa. Tal vez consideréis que no sois puros porque no creéis. Dejad que os diga que sois puros. Todos vosotros sois puros y os diré por qué, si pensáis que es por Jesucristo crucificado, estáis equivocados. No digo que no lo crucificaran, lo que digo es que no lo crucificaron por vosotros. Escuchadme, yo soy predicador y predico la verdad.

La multitud se movía deprisa. Era como una colcha inmensa que se destejiera y cada uno de sus hilos se perdiera por las calles oscuras.

—¿Acaso no sé qué existe y qué no? —gritó—. ¿Acaso no tengo ojos en la cara? ¿Acaso estoy ciego? Escuchadme —pidió a voces—. Voy a predicar una nueva iglesia, la iglesia de la verdad sin Jesucristo crucificado. No os costará nada ser de mi iglesia. Todavía no está fundada, pero lo estará.

Las pocas personas que aún quedaban le echaron alguna que otra mirada. Los opúsculos cubrían los escalones, la acera y parte de la calzada. El ciego estaba sentado en el escalón de abajo. Enoch Emery se encontraba en la otra punta, subido a la cabeza del león, tratando de mantener el equilibrio; de pie, cerca de él, estaba la chica, observando a Haze.

—No necesito a Jesús —dijo Haze—. ¿Para qué lo necesito? Tengo a Leora Watts.

Bajó las escaleras tranquilamente hasta donde se encontraba el ciego y se detuvo. Se quedó un momento ahí parado y el ciego se echó a reír. Haze se alejó y cruzó la calle. Llegó a la acera opuesta antes de que la voz desgarradora lo alcanzara. Se dio la vuelta y en mitad de la calle vio al ciego que gritaba:

—¡Hawks! ¡Hawks! ¡Me llamo Asa Hawks por si quieres seguirme otra vez!

Un coche tuvo que esquivarlo para no llevárselo por delante.

—¡Arrepiéntete! —gritó mientras reía y avanzaba un trecho a la carrera, simulando que perseguía a Haze para agarrarlo.

Haze hundió la cabeza entre los hombros encogidos y siguió andando a toda prisa. No volvió la vista atrás hasta que oyó pasos a sus espaldas.

—Ahora que nos libramos de ellos —jadeó Enoch Emery—, ¿qué tal si vamos a alguna parte a divertirnos?

—Escúchame —le dijo Haze de malos modos—, yo ya tengo mis cosas. Y a ti ya te vi bastante por hoy.

Apuró el paso. Enoch empezó a dar saltos para seguirle el ritmo.

—Llevo aquí dos meses —dijo—, no conozco a nadie. Aquí la gente no es amable. Tengo una habitación y allá dentro estoy siempre solo. Mi papá me dijo que viniera aquí. Yo nunca hubiera venido, él me obligó. Me parece que te vi en otra parte. No serás de Stockwell, ¿verdad?

—No.

—¿De Melsy?

—No.

—Una vez montamos ahí la sierra —le contó Enoch—. No sé, tu cara… me parece que me suena.

Siguieron andando sin decir nada hasta que llegaron otra vez a la calle principal. Estaba casi vacía.

—Adiós —se despidió Haze y volvió a apurar el paso.

—Yo también voy pa allá —dijo Enoch, resentido. A la izquierda había una sala de cine donde estaban cambiando un cartel luminoso—. Si esos paletos no nos entretenían, podríamos haber ido a ver una película —masculló.

Avanzaba a zancadas al lado de Haze, mientras le iba hablando entre balbuceos y lloros. En un momento dado, lo agarró de la manga para que aminorara el paso y Haze se soltó con brusquedad.

—Mi papá me obligó a venir —dijo con voz entrecortada.

Haze lo miró y se dio cuenta de que lloraba y tenía la cara enrojecida y surcada de lágrimas.

—Tengo diciocho años nada más —lloriqueó Enoch—, él me

obligó a venir y no conozco a nadie, aquí nadie quiere tener nada que ver con nadie. No son amables. Él se fue con una mujer y me obligó a venir, pero ella no le va a durar mucho, la va a moler a palos antes que le dé tiempo a sentarse. Eres la primera cara conocida que veo en dos meses, yo a ti te vi en otra parte. Sé que te vi en alguna parte.

Haze miró al frente con el gesto hosco, y Enoch siguió a su lado entre balbuceos y sollozos. Pasaron delante de una iglesia, de un hotel y de una tienda de antigüedades y doblaron por la calle de la señora Watts.

—Si estás buscando una mujer, no hace falta que sigas a nadie como a esa a la que le distes el pelapatatas —observó Enoch—. Me hablaron de una casa donde podemos divertirnos. Te podría devolver el dinero la semana que viene.

—Escúchame bien —le dijo Haze—, voy donde voy…, a dos puertas de aquí. Tengo una mujer. Tengo una mujer, ¿me entiendes? Y allá voy ahora, a visitarla. No me hace falta ir contigo.

—Te puedo devolver el dinero la semana que viene —insistió Enoch—. Trabajo en el jardín zoológico. Vigilo una entrada, me pagan por semanas.

—Que me dejes en paz —dijo Haze.

—Aquí la gente no es amable. Tú no eres de aquí y tampoco eres amable.

Haze no le contestó. Siguió andando, la cabeza hundida entre los hombros encogidos, como si tuviese frío.

—Tú tampoco no conoces a nadie —dijo Enoch—. No tienes ninguna mujer ni nada que hacer. Me di cuenta cuando te vi que no tenías a nadie, que no tenías nada. Te vi y lo supe.

—Ya estoy, voy a entrar aquí —dijo Haze y dobló por el sendero que llevaba hasta la casa sin volverse a mirar a Enoch.

Enoch se detuvo.

—Sí —sollozó—, ya veo. —Se limpió la nariz con el dorso de la manga para dejar de llorar—. Sí —sollozó—, vete donde tengas que ir pero mira.

Se dio una palmada en el bolsillo, corrió hacia Haze, lo agarró de la manga y agitó la caja del pelapatatas delante de sus narices.

—Me lo dio ella. Me lo dio a mí y eso tú no lo puedes cambiar. Me dijo a mí dónde vivían y me pidió a mí que fuera a visitarlos y que te llevara a ti, no que tú me llevaras a mí, que yo te llevara a ti, y eso que eras tú el que los seguías.

Le brillaban los ojos a través de las lágrimas y una sonrisa malévola le torcía el gesto.

—Te comportas como si te creyeses que tienes la sangre más sabia que los demás —dijo—, ¡pero no es verdad! Soy yo el que la tiene. No tú. Yo.

Haze no dijo nada. Se quedó allí de pie un instante, diminuto en mitad de los escalones, entonces levantó el brazo y lanzó el paquete de opúsculos que había estado cargando. El paquete dio a Enoch en el pecho y el golpe le hizo abrir la boca. Se quedó mirando boquiabierto el punto donde lo había golpeado, después se dio media vuelta y echó a correr calle abajo; Haze entró en la casa.

Como la noche anterior había sido la primera vez que se acostaba con una mujer, no le había ido demasiado bien con la señora Watts. Al acabar, quedó encima de ella como un pecio varado en la orilla, y Leora le había hecho unos comentarios obscenos, que él fue recordando a ratos a lo largo del día. Se sentía violento de solo pensar en regresar a su lado. No sabía qué le diría la señora Watts cuando él abriera la puerta y lo viera.

Cuando él abrió la puerta y ella lo vio, le soltó: «¡Ja, ja, ja!».

Haze llevaba el sombrero negro bien encasquetado. Entró tal cual y después de rozar la bombilla eléctrica que colgaba en medio del techo, se lo quitó. La señora Watts estaba en la cama, embadurnándose la cara con grasa. Lo observaba con la barbilla apoyada en una mano. Él se paseó por el cuarto curioseando algunas cosas. Se le resecó la garganta y el corazón comenzó a atenazarlo con la misma fuerza con que un monito se aferra a los barrotes de su jaula. Se sentó en el borde de la cama, con el sombrero en la mano.

La sonrisa burlona de la señora Watts era curva y afilada como la hoja de una hoz. Estaba claro que se encontraba tan adaptada que no le hacía falta pensar. Su mirada lo absorbía todo de una vez, como arenas movedizas.

—¡Ay, ese sombrero que ve a Jesús! —le dijo ella.

Se incorporó en la cama, se sujetó el camisón por el dobladillo y se lo quitó. Alargó el brazo, se apoderó del sombrero, se lo puso en la cabeza y se quedó sentada con los brazos en jarras, tapándose los ojos con gesto cómico. Haze la miró un rato con fijeza, después emitió tres sonidos breves que eran risas. Dio un salto, tiró del cordón de la luz eléctrica y se desvistió en la oscuridad.

Una vez, cuando era chico, su padre lo llevó a una feria ambulante que pasó por Melsy. En un rincón algo más apartado, había una carpa donde cobraban más. Un hombre chupado, con voz de pito, la pregonaba. No decía lo que había dentro. Solo decía que era tan PEcante que a los hombres que quisieran verlo les iba a costar treinta y cinco centavos, y que era tan EXclusivo, que solo podían entrar de quince en quince. Su padre lo mandó a una carpa donde bailaban dos monos, y después se fue para la otra, pegado a las paredes de las cosas, como era su costumbre. Haze salió de la carpa de los monos y lo siguió, pero no tenía los treinta y cinco centavos. Le preguntó al pregonero qué era lo que había dentro.

—¡Largo! —le contestó el hombre—. No hay refrescos ni monos.

—Yo ya los vi —dijo Haze.

—Mira qué bien —dijo el hombre—, ¡largo!

—Tengo quince centavos —dijo él—. ¿Y si me deja entrar y veo la mitad?

Seguro que es algo de un retrete, pensó. Unos hombres en un retrete. Después pensó, a lo mejor es un hombre y una mujer en un retrete. A ella no le haría gracia verme ahí dentro.

—Tengo quince centavos —insistió.

—Ya están a más de media función —dijo el hombre, abanicándose con el sombrero de paja—. Anda, vete de aquí.

—Entonces eso me costará quince centavos —dijo Haze.

—¡Largo! —ordenó el hombre.

—¿Es un negro? —preguntó Haze—. ¿Le hacen algo a un negro?

El hombre se inclinó fuera de la plataforma, la cara chupada hecha una furia.

—¿De dónde sacastes esa idea?

—No sé —contestó Haze.

—¿Cuántos años tienes? —preguntó el hombre.

—Doce —mintió Haze. Tenía diez.

—Vengan los quince centavos —dijo el hombre—, y entra de una vez.

Haze depositó las monedas sobre la plataforma y se apuró para entrar antes de que terminara la función. Cruzó la puerta de la carpa, una vez dentro se encontró con otra carpa y se metió en ella. Solo alcanzaba a ver las espaldas de los hombres. Se encaramó a un banco y espió por encima de sus cabezas. Ellos miraban hacia un sitio hundido donde yacía algo blanco, que se retorcía un poco, en el interior de una caja forrada de tela negra. Por un segundo pensó que se trataba de un animal despellejado hasta que descubrió que era una mujer. Era gorda y tenía una cara normal como la de cualquier mujer, salvo por el lunar que tenía junto a la boca, que se le movía al sonreír, y otro que tenía en el costado.

—Si los ataúdes vinieran con una como esa dentro —dijo su padre desde una de las primeras filas—, no me importaría nada estirar la pata antes de tiempo.

Haze reconoció la voz sin necesidad de verlo. Se bajó del banco y salió atropelladamente de la carpa. Se escabulló por debajo de la exterior porque no quería que el pregonero lo viese. Se montó en la trasera de un camión y se sentó bien al fondo. Desde fuera le llegó el estruendo de hojalata de la feria ambulante.

Cuando llegó a casa, encontró a su madre en el patio, junto a la tina, mirándolo. Siempre vestía de negro y sus faldas eran más largas que las de las otras mujeres. Estaba allí de pie, erguida, mirándolo. Él se metió detrás de un árbol y se ocultó de su vista, pero al cabo de unos minutos, sintió la mirada de su madre a través del tronco. Volvió a ver el sitio hundido, el ataúd, y, en su interior, una mujer flaca, tan alta que casi se salía. Su cabeza asomaba por un extremo y las rodillas estaban dobladas para que cupiera. Tenía la cara en forma de cruz y el pelo aplastado contra la cabeza. Él se apretó contra el árbol y esperó. Su madre se alejó de la tina y fue hacia él con un palo.

—¿Qué fue lo que vistes? —le preguntó—. ¿Qué fue lo que vistes? —repitió con el mismo tono de voz.

Le azotó las piernas con el palo, pero era como si él formara parte del árbol.

—Jesús murió para redimirte —le dijo.

—Yo no se lo pedí —masculló él.

Ella dejó de pegarle, se quedó quieta, mirándolo, sin abrir la boca, y él olvidó la culpa de la carpa para recordar la culpa imprecisa, sin nombre, que llevaba dentro. Poco después, ella lanzó lejos el palo y volvió a la tina, sin abrir la boca.

Al día siguiente, sin que nadie lo supiera, Haze se llevó los zapatos al bosque. No los usaba más que para las reuniones de la iglesia y en invierno. Los sacó de la caja, los llenó de piedras y guijarros y se los puso. Se los ató con fuerza y caminó por el bosque durante un trecho que ya sabía que medía un kilómetro, hasta que llegó a un arroyo, y allí se sentó, se descalzó y hundió los pies en la arena húmeda. Con eso Él debería estar satisfecho, pensó. No pasó nada. Si hubiese caído una piedra, lo habría tomado por una señal. Al cabo de un rato, sacó los pies de la arena y dejó que se le secaran, luego se puso otra vez los zapatos llenos de piedras y volvió sobre sus pasos medio kilómetro antes de quitárselos.

4

Se levantó de la cama de la señora Watts por la mañana temprano, antes de que la luz entrara en el cuarto. Al despertar, se encontró con el brazo de ella encima. Se incorporó, lo levantó y se lo apoyó al costado, pero no la miró. En la cabeza no tenía más que un único pensamiento: comprarse un coche. Cuando despertó, aquel pensamiento ya estaba plenamente formado en su cabeza, y no pensaba en otra cosa. Nunca le había dado por comprarse un coche; ni siquiera había querido tener uno. En su vida había manejado solo uno y por poco tiempo, y no tenía permiso de conducir. Disponía solamente de cincuenta dólares, pero creía que le alcanzarían para comprarse un coche. Se levantó de la cama sigilosamente, sin molestar a la señora Watts, y se vistió en silencio. A las seis y media ya estaba en el centro, buscando establecimientos de coches usados.

Los establecimientos de coches usados estaban desperdigados entre las calles de viejos edificios que separaban la zona comercial de los apartaderos del ferrocarril. Se paseó por algunos antes de que abriesen. Desde el exterior del establecimiento adivinaba si dentro había coches de cincuenta dólares. Cuando empezaron a

abrir para atender al público, los recorrió deprisa, sin prestar atención a nadie que intentase enseñarle la mercancía. El sombrero
negro reposaba sobre la cabeza con expresión cuidadosa y acomo-
dada, y el rostro tenía un aspecto frágil, como si pudiera descom-
ponerse y componerse de nuevo, o como una escopeta que nadie
sabe que está cargada.

El día era húmedo y deslumbrante. El cielo parecía un trozo
de plata fina y pulida, con un sol oscuro y malhumorado en una
esquina. A las diez de la mañana ya había hecho un repaso de los
mejores establecimientos y se estaba acercando a los apartaderos
del ferrocarril. Incluso allí, los establecimientos estaban llenos de
coches que costaban más de cincuenta dólares. Finalmente llegó a
uno situado entre dos almacenes vacíos. En la entrada colgaba un
cartel que decía: LO MÁS NUEVO, EN SLADE.

Un camino de gravilla discurría por el centro del solar y conducía hasta un costado, cerca del frente, donde había una caseta
con la palabra «OFICINA» pintada en la puerta. En el resto del solar se apilaban montones de coches viejos y maquinaria rota. Un
muchacho blanco estaba sentado en un bidón de gasolina, delante de la oficina. Tenía aspecto de encontrarse allí para impedir que la gente entrara. Llevaba un impermeable negro, y una
gorra de cuero le ocultaba parte de la cara. De la comisura de la
boca le colgaba un cigarrillo cuya ceniza medía un par de centímetros.

Haze se fue hacia el fondo del solar donde vio un coche en
concreto.

—¡Eh! —gritó el muchacho—. Que no se puede entrar aquí
de esa manera. Lo que haya para enseñar ya se lo enseño yo.

Haze no le hizo caso. Siguió hacia el fondo del solar donde había visto el coche. Enfurruñado, el muchacho fue tras él, echando maldiciones. El coche que Haze había visto se encontraba en la última fila. Era un automóvil alto, color rata, con ruedas altas y finas, y faros prominentes. Cuando llegó al lado del coche, comprobó que una de las puertas estaba atada con cuerda y que el parabrisas trasero era ovalado. Era el coche que iba a comprarse.

—Quiero ver a Slade —dijo.

—¿Para qué quiere verlo? —preguntó el muchacho, malhumorado. Tenía la boca ancha y cuando hablaba la movía solo de un lado.

—Quiero verlo por este coche —contestó Haze.

—Soy yo —dijo el muchacho. La cara debajo de la gorra era como la de un águila flaca y picuda. Se sentó en el estribo de un coche estacionado al otro lado del camino de gravilla y siguió echando maldiciones.

Haze se paseó alrededor del coche. Luego miró por la ventanilla hacia dentro. El interior era del color del polvo con oscuros tonos verdosos. Le faltaba el asiento trasero pero, atravesado sobre el bastidor del asiento, había un tablón de diez por cinco para sentarse. Las dos ventanillas laterales de atrás llevaban cortinas verde oscuro con flecos. Miró por las dos ventanillas delanteras y vio al muchacho sentado en el estribo del coche estacionado al otro lado del camino de gravilla. Llevaba una de las perneras del pantalón arremangada y se rascaba el tobillo que asomaba por una masa de calcetín amarillo. El muchacho maldijo desde el fondo de la garganta como tratando de desprender las flemas. Los cristales de las dos ventanillas lo teñían de amarillo y distorsionaban su silueta. Haze se alejó rápidamente de la parte posterior del coche y se plantó delante del morro.

—¿Cuánto cuesta? —preguntó.

—Jesús crucificado —dijo el muchacho—. Por los clavos de Cristo.

—¿Cuánto cuesta? —gruñó Haze, palideciendo un poco.

—¿Cuánto calcula usted que vale? —respondió el muchacho—. Diga un precio.

—No vale lo que costaría sacarlo de aquí. No me lo llevaría.

El muchacho se concentró en el tobillo donde tenía una costra. Haze levantó la vista y vio a un hombre acercarse entre dos coches, por el lado del muchacho. Cuando estuvo más cerca, notó que el hombre era idéntico al muchacho, salvo que le sacaba dos cabezas y llevaba un sombrero marrón manchado de sudor. Avanzó a espaldas del muchacho entre una fila de coches. Cuando estuvo justo detrás de él, se detuvo y esperó un momento. Luego, con una especie de rugido controlado, dijo:

—¡Quita el trasero de ese estribo!

El muchacho refunfuñó y desapareció apresuradamente entre dos coches. El hombre se quedó mirando a Haze.

—¿Qué quería? —preguntó.

—Este coche de aquí —contestó Haze.

—Son setenticinco dólares —dijo el hombre.

A ambos lados del solar había dos edificios viejos, rojizos, con negras ventanas vacías, y detrás se levantaba otro sin ventanas.

—Se agradece —dijo Haze y echó a andar en dirección a la oficina.

Al llegar a la entrada, miró hacia atrás y vio al hombre como a un metro a sus espaldas.

—Se puede discutir —dijo.

Haze lo siguió y regresaron donde estaba el coche.

—Un coche así no se encuentra todos los días —dijo el hombre. Se sentó en el estribo en el que se había sentado antes el muchacho.

Haze no veía al muchacho, pero seguía allí, sentado en el capó de un automóvil, a dos coches de distancia. Estaba acurrucado como si se estuviese helando, pero su cara tenía una expresión serena y malhumorada.

—Las cuatro ruedas son nuevas —dijo el hombre.

—Serían nuevas cuando lo fabricaron —dijo Haze.

—Hace años se fabricaban mejores coches —dijo el hombre—. Ya no se hacen buenos coches.

—¿Cuánto pide? —volvió a preguntar Haze.

El hombre desvió la vista mientras pensaba. Al cabo de un momento dijo:

—Se lo podría dejar por sesenticinco.

Haze se apoyó en el coche y empezó a liarse un cigarrillo pero no lo conseguía. Se le caían el tabaco y los papeles de fumar.

—A ver, ¿cuánto está dispuesto a pagar? —preguntó el hombre—. No cambiaría un Essex como ese ni por un Chrysler. Ahí donde lo ve, ese no lo fabricó un montón de negros.

»Ahora todos los negros viven en Detroit, montando coches —añadió para darle conversación—. Yo estuve por allí una temporada y lo vi. Pero me volví pa acá.

—No daría más de treinta dólares —dijo Haze.

—Por allá tenían un negro —dijo el hombre— casi tan claro como yo y como usted.

Se quitó el sombrero y pasó el dedo por la faja interior. El hombre tenía algo de pelo color zanahoria.

—Damos una vuelta para probarlo —sugirió el hombre—, ¿o prefiere meterse debajo y revisarlo?

—No —contestó Haze.

El hombre lo miró de refilón y le dijo con naturalidad:

—Lo paga cuando se vaya. Si en este no encuentra lo que busca, hay otros por el mismo precio que seguro tienen lo que quiere.

Dos coches más allá, el muchacho se puso a maldecir de nuevo. Era como una tos de perro. Haze se volvió bruscamente y le dio una patada a la rueda delantera.

—Ya le dije que las ruedas no se van a romper —dijo el hombre.

—¿Cuánto? —preguntó Haze.

—Se lo podría dejar en cincuenta dólares —ofreció el hombre.

Antes de que Haze comprara el coche, el hombre le puso un poco de gasolina y recorrió con él unas cuantas manzanas para que viera que funcionaba. El muchacho iba detrás, encorvado en el tablón de diez por cinco, echando maldiciones.

—Está mal de la cabeza, por eso maldice tanto —dijo el hombre—. No le haga caso.

El coche avanzaba emitiendo un rugido agudo. El hombre pisó el freno para demostrar lo bien que funcionaba y el muchacho salió despedido del tablón de diez por cinco hacia adelante.

—Maldito seas —aulló el hombre—, deja de saltarnos encima de esa manera. Pega el trasero al tablón.

El muchacho no dijo palabra. Ni siquiera soltó una maldición. Haze se volvió y lo vio acurrucado en el asiento, con su impermeable negro y la gorra negra de cuero calada hasta los ojos. Lo único que había variado era que al cigarrillo se le había caído la ceniza.

Compró el coche por cuarenta dólares y le pagó al hombre un extra por veinte litros de gasolina. El hombre mandó al muchacho a la oficina a buscar una lata de veinte litros para llenar el depósito. El muchacho regresó maldiciendo y arrastrando la lata amarilla de gasolina, doblado casi por la mitad.

—Anda, trae —dijo Haze—. Ya lo hago yo.

Tenía una prisa tremenda por marcharse en el coche. El muchacho apartó la lata de un tirón y se enderezó. Estaba llena a medias pero la sostuvo encima del depósito hasta que hubo vertido los veinte litros, sin cesar de repetir:

—Jesús bendito, Jesús bendito, Jesús bendito.

—¿Por qué no se calla? —preguntó Haze de pronto—. ¿Por qué habla todo el rato así?

—Nunca sé qué es lo que tiene —contestó el hombre y se encogió de hombros.

Cuando el coche estuvo listo, el hombre y el muchacho se quedaron allí viendo cómo Haze se marchaba en él. No quería que nadie lo mirara porque llevaba cuatro o cinco años sin conducir. El hombre y el muchacho no dijeron nada mientras él trataba de arrancar. Se quedaron allí de pie, observándolo.

—Quería el coche más que nada para que fuera mi casa —le comentó al hombre—. No tengo adónde ir.

—Todavía no le quitó el freno —dijo el hombre.

Haze le quitó el freno y el coche retrocedió de un salto porque el hombre había dejado puesta la marcha atrás. Poco después consiguió que avanzara y se alejó haciendo eses, dejando atrás al hombre y al muchacho, que seguían observándolo. Siguió avanzando, sudando y con la mente en blanco. Durante un largo trecho continuó por la calle en la que se encontraba. Le costaba mucho trabajo no salirse de la calzada. A lo largo de un kilómetro fue dejando atrás apartaderos del ferrocarril, y después, una zona de depósitos. Cuando quiso reducir la velocidad, el coche se paró y tuvo que volver a ponerlo en marcha. Dejó atrás largas manzanas de casas grises, y después más manzanas de casas amarillas, algo mejores. Empezó a lloviznar y encendió los limpiaparabrisas; hacían mucho barullo, como dos idiotas dando palmas en la iglesia. Dejó atrás varias manzanas de casas blancas, cada una de ellas sentada con cara de perro feo en medio de un cuadrado de césped. Finalmente cruzó un viaducto y encontró la carretera.

Empezó a ir muy deprisa.

La carretera irregular estaba salpicada de gasolineras, campamentos para caravanas y bares. Al cabo de un rato siguieron unos tramos flanqueados de barrancos rojos, y más allá de los barrancos, una serie de postes con el número 666 hilvanaban las parcelas de tierra cultivada. El cielo goteaba sobre todo aquello y poco después comenzó a gotear en el interior del coche. Una fila de cerdos asomó, hocicos en alto, por el barranco, y él tuvo que parar en seco con un chirrido de frenos y esperar hasta que vio el trasero del último cerdo meneándose en el barranco opuesto y desaparecer. Puso el coche otra vez en marcha y siguió viaje. Tuvo la sensación de que cuanto veía era una pieza arrancada de algo gigantesco y en blanco, de algo que había olvidado que le había ocurrido. Delante de él, una camioneta negra dobló por un camino lateral. Llevaba una cama de hierro, una silla y una mesa atadas a la trasera, y en lo alto, una jaula con gallinas franciscanas. La camioneta avanzaba muy despacio, con un ruido sordo, por el centro de la carretera. Haze se puso a aporrear la bocina y ya la había golpeado tres veces cuando se dio cuenta de que no sonaba. La jaula iba tan repleta de gallinas franciscanas totalmente mojadas que las que se encontraban frente a él asomaban la cabeza entre los barrotes. La camioneta no iba más deprisa y él se vio obligado a aminorar la marcha. Los campos empapados se extendían a ambos lados hasta topar con los pinos enanos.

El camino giraba y bajaba por una colina, y a un costado, justo delante de una peña gris que sobresalía de la pared del barranco opuesto, asomó un terraplén elevado con pinos en lo alto. En la peña, pintada con letras blancas, se leía: «¡AY DEL BLASFEMO, AY DEL PUTERO! ¿ACASO EL INFIERNO OS TRAGARÁ?». La camioneta avanzó todavía más despacio como si estuviese leyendo el letrero y Haze aporreó la bocina muda. La golpeó y la golpeó pero no emitía sonido alguno. La camioneta siguió adelante y, zarandeando a las tristes gallinas franciscanas, ascendió la colina siguiente. Haze detuvo el coche y clavó la vista en las dos palabras escritas al final del letrero. En letra más menuda se leía: «Jesús salva».

Se quedó allí mirando el letrero y no oyó los bocinazos. Detrás de él había un camión cisterna largo como un vagón de tren. Una cara roja y cuadrada no tardó en asomar por la ventanilla de su coche y observar. La cara observó un momento la nuca y el sombrero y luego una mano entró por la ventanilla y se le posó en el hombro.

—¿Qué haces estacionado en mitad del camino? —preguntó el camionero.

Haze volvió hacia él la cara frágil, de expresión decidida.

—Quíteme la mano de encima —dijo—. Estoy leyendo el letrero.

El rostro del camionero y su mano siguieron sin inmutarse, como si el hombre no oyera muy bien.

—Nadie es putero si antes no fue algo peor —dijo Haze—. El pecado no está en eso ni en la blasfemia. El pecado vino antes que todo.

La cara del camionero se quedó exactamente igual.

—Jesús es un engaño para negros —dijo Haze.

El camionero puso ambas manos en la ventanilla y la asió con fuerza. Daba la impresión de ir a levantar el coche.

—¿Quieres sacar esta maldita letrina del medio de la carretera? —dijo.

—No tengo que huir de nada porque yo no creo en nada —dijo Haze.

El camionero y él se miraron un buen rato. La mirada de Haze era la más distante; otro plan tomaba forma en su cabeza.

—¿En qué dirección queda el zoológico? —preguntó.

—Hay que dar la vuelta hacia el otro lado —dijo el camionero—. ¿Qué? ¿Te escapastes de ahí?

—Tengo que ver a un chico que trabaja ahí —dijo Haze. Arrancó y dejó al camionero allí de pie, delante de las letras pintadas en la peña.

5

Al despertar aquella mañana Enoch Emery supo que ese
día llegaría la persona a quien podría mostrárselo. Lo
notó en la sangre. Tenía sangre sabia, como su papá.
Esa tarde, a las dos, saludó al guarda del segundo turno.

—Hoy llegas con un cuarto de hora de retraso nada más —le
dijo, irritado—. Pero me quedé. Me podía haber ido, pero me
quedé.

Vestía un uniforme verde con un ribete amarillo en el cuello y
las mangas, y un galón amarillo en la parte externa de cada pernera. El guarda del segundo turno, un muchacho de cara prominente, con la textura de la pizarra, y un palillo colgado del labio, vestía igual. La entrada en la que se encontraban estaba hecha de
barrotes de hierro, y el arco de cemento, que les servía de marco,
tenía la forma de dos árboles; las ramas se unían para rematar la
parte superior, donde unas letras retorcidas rezaban: PARQUE MU-
NICIPAL. El guarda del segundo turno se apoyó en uno de los troncos y empezó a hurgarse los dientes con el palillo.

—Todos los días —se quejó Enoch—, todos los santos días
pierdo un cuarto de hora esperándote aquí parao.

Todos los días, cuando terminaba su turno, entraba en el parque y, todos los días, cuando entraba, hacía las mismas cosas. Primero iba a la piscina. Le tenía miedo al agua, pero le gustaba sentarse cerca de la orilla, un poco más arriba, y si en la piscina había mujeres, las espiaba. Una mujer, que iba todos los lunes, llevaba un bañador con una raja en cada cadera. Al principio, creyó que ella no se había dado cuenta, y en lugar de mirar abiertamente desde la orilla, se había ocultado entre los arbustos, riéndose para sus adentros, y la había espiado desde allí. En la piscina no había nadie —el gentío no llegaba hasta las cuatro— que le avisara de lo de las rajas, y la mujer había chapoteado en el agua y luego, después de acostarse en el borde, se había quedado dormida más de una hora, sin sospechar en ningún momento que, desde los arbustos, alguien la observaba. Otro día que Enoch se quedó un rato más, vio a tres mujeres, todas con rajas en los bañadores, la piscina llena de gente y nadie les prestaba la menor atención. La ciudad tenía esas cosas, nunca dejaba de sorprenderlo. Iba con una puta cuando tenía ganas, pero siempre lo escandalizaba la relajación que veía por todas partes. Se escondía entre los arbustos por puro sentido del decoro. Con frecuencia, las mujeres se bajaban los tirantes de los bañadores y se tumbaban todas despatarradas.

El parque era el corazón de la ciudad. Había llegado a la ciudad y, con una certeza en la sangre, se había establecido en el corazón mismo. Todos los días observaba el corazón de la ciudad; todos los días; y se sentía tan asombrado, tan turbado, tan apabullado que solo de pensarlo le entraban los sudores. En el centro mismo del parque había algo, algo que él había descubierto. Era un misterio, pese a que estaba ahí, en una vitrina, a la vista de todos, y que una tarjeta escrita a máquina lo describía con lujo de detalles. Pero había algo que la tarjeta no decía y eso que no decía lo llevaba él muy dentro, una certeza terrible expresada sin palabras, un conocimiento terrible como un nervio inmenso que le creciera por dentro. No podía mostrarle aquel misterio a cualquiera; aunque debía mostrárselo a alguien. Y ese alguien a quien se lo mostrara debía ser una persona concreta. Esa persona no debía ser de la ciudad, aunque no sabía explicar por qué. Sabía que la reconocería en cuanto la viera y sabía que debía verla pronto porque si no, aquel nervio que llevaba dentro crecería tanto que entonces se vería obligado a robar un coche o a asaltar un banco o a echarse encima de alguna mujer en un oscuro callejón. La sangre se había pasado toda la mañana diciéndole que esa persona llegaría hoy.

Dejó al guarda del segundo turno y se acercó a la piscina por un sendero discreto que conducía a la parte trasera de la caseta de baños de señoras, donde había un pequeño claro desde el cual se abarcaba toda la piscina. No había nadie bañándose, el agua era un espejo color verde botella, pero por el extremo opuesto vio acercarse a la caseta de baños a la mujer con los dos niños. Iba casi a diario y llevaba a los dos niños. Se metía en el agua con ellos, nadaba un largo y luego se tumbaba en el borde a tomar el sol. Llevaba un bañador blanco manchado que le colgaba como un saco, y en varias ocasiones, Enoch la había espiado con placer. Abandonó el claro y se subió a una cuesta donde crecían los arbustos de abelia. En la parte de abajo había un buen túnel, se metió en él a rastras hasta un lugar algo más amplio donde acostumbraba sentarse. Se puso cómodo y separó un poco las ramas de abelia para ver bien. Cuando estaba entre los arbustos, la cara se le ponía siempre muy colorada. Cualquiera que apartara las ramas de abelia exactamente donde él se encontraba, pensaría que había visto un diablo y saldría rodando cuesta abajo hasta caer en la piscina. La mujer y los dos niños entraron en la caseta de baños.

Enoch nunca iba inmediatamente al centro oscuro y secreto del parque. Eso era la culminación de la tarde. Las otras cosas que hacía conducían a eso. Cuando salía de los arbustos, iba a la BOTELLA ESCARCHADA, un puesto de perritos calientes en forma de naranjada Crush con escarcha pintada de azul alrededor de la tapa. Allí se tomaba un batido de leche malteada y chocolate y le hacía unos cuantos comentarios sugerentes a la camarera, a la que creía secretamente enamorada de él. Después iba a ver a los animales. Estaban encerrados en una larga serie de jaulas de acero como las del penal de Alcatraz en las películas. Las jaulas tenían calefacción eléctrica en invierno y aire acondicionado en verano, y seis hombres contratados se encargaban de cuidarlos y alimentarlos con chuletas. Los animales no hacían más que pasarse el día durmiendo. Embargado por el asombro y el odio, Enoch los observaba a diario. Después se iba al «lugar aquel».

Los dos niños salieron corriendo de la caseta de baños, se zambulleron en el agua y, en ese mismo momento, por el camino que había en el extremo opuesto de la piscina, llegó un chirrido. Enoch asomó la cabeza entre los arbustos. Vio pasar un coche color rata que sonaba como si llevara el motor a rastras. El coche pasó de largo, y él lo oyó traquetear cuando dobló la curva del sendero y se alejó. Escuchó con atención tratando de oír si se detenía. El ruido se hizo más apagado y luego fue poco a poco en aumento. El coche volvió a pasar. En esta ocasión, Enoch vio que dentro iba una sola persona, un hombre. El sonido del motor se fue apagando de nuevo y luego fue otra vez en aumento. El coche pasó por tercera vez y se detuvo casi enfrente de Enoch, al otro lado de la piscina. El hombre del coche se asomó a la ventanilla y paseó la mirada por la cuesta cubierta de césped hasta llegar al agua donde los dos niños chapoteaban y gritaban. Enoch ocultó la cabeza entre los arbustos cuanto pudo y entrecerró los ojos para ver mejor. La puerta del lado en que iba el hombre estaba atada con una cuerda. El hombre se apeó por la otra puerta, caminó delante del coche y bajó hasta la mitad la cuesta que llevaba a la piscina. Se quedó allí un instante, como si buscara a alguien, luego se sentó muy erguido en el césped. Llevaba un traje azul y un sombrero negro. Estaba sentado con las rodillas encogidas.

—¡Hay que ver! —exclamó Enoch—. ¡Hay que ver!

Y enseguida salió arrastrándose de los arbustos; el corazón le latía tan deprisa que era como una de esas motocicletas de feria que un tipo conduce por las paredes de un foso. Si recordaba incluso cómo se llamaba el hombre: era el señor Hazel Motes. Al cabo de un instante, llegó a cuatro patas hasta el final de las abelias y miró hacia la piscina. La silueta azul seguía allí sentada, en la misma postura. Daba la impresión de estar allí detenido, como por una mano invisible, y que, si la mano se hubiese levantado, la silueta habría cruzado de un salto la piscina sin que la expresión de la cara le mudara una sola vez.

La mujer salió de la caseta de baños y fue al trampolín. Extendió los brazos, empezó a botar y produjo con la tabla un fuerte sonido como el del batir de alas enormes. Y de repente, giró hacia atrás y desapareció en el agua. El señor Hazel Motes volvió la cabeza muy despacio y siguió con la vista a la mujer.

Enoch se levantó y bajó por el sendero que había detrás de la caseta de baños. Apareció sigiloso por el otro extremo y echó a andar hacia Haze. Se mantuvo en lo alto de la cuesta y avanzó con cuidado por el césped, al lado de la acera, procurando no hacer ruido. Cuando estuvo detrás de Haze, se sentó en el borde de la acera. Si hubiera tenido unos brazos de tres metros, habría posado las manos en los hombros de Haze. Lo observó en silencio.

La mujer salía de la piscina, apoyándose en el borde. Primero asomó la cara, alargada y cadavérica, con aquel gorro de baño que parecía una venda y le cubría casi hasta los ojos, y la boca llena de dientes enormes y afilados. Entonces se impulsó con ambas manos hasta levantar un pie enorme y una pierna y luego la otra, y así salió del agua y se quedó acuclillada y jadeante. Se incorporó con calma, se sacudió y dio pataditas en el charco formado a sus pies. Los miraba de frente y sonreía. Enoch alcanzaba a ver una parte de la cara de Hazel Motes mientras observaba a la mujer. No correspondió a la sonrisa, sino que siguió mirándola cuando ella se fue hacia un lugar soleado, justo debajo de donde ellos estaban sentados. Enoch tuvo que acercarse un poco para ver.

La mujer se sentó en el lugar soleado y se quitó el gorro de baño. Tenía el pelo corto y apelmazado, de todos los colores, desde el rojizo intenso al amarillo verdoso. Sacudió la cabeza y luego miró otra vez a Hazel Motes, sonriendo con aquellos dientes puntiagudos. Se tendió en el lugar soleado, levantó las rodillas y apoyó bien la espalda contra el cemento. En el otro extremo de la piscina, los dos niños golpeaban la cabeza del otro contra el borde.

Ella se acomodó hasta quedar bien plana en el cemento y después se bajó los tirantes del traje de baño.

—¡Cristo Rey! —susurró Enoch y antes de que consiguiera apartar los ojos de la mujer, Hazel Motes se había levantado de un salto y ya casi había alcanzado su coche. La mujer se sentó con la parte delantera del bañador medio caída, y Enoch miraba hacia ambos lados a la vez.

Con esfuerzo apartó la vista de la mujer y salió corriendo detrás de Hazel Motes.

—¡Espérame! —gritó y agitó los brazos delante del coche, que ya traqueteaba otra vez y empezaba a avanzar.

Hazel Motes apagó el motor. A través del parabrisas se le veía la cara agria, como de sapo; parecía llevar un grito encerrado en su interior; parecía la puerta de uno de esos armarios en las películas de gánsteres, detrás de la cual hay alguien atado a una silla con una toalla en la boca.

—Vaya —dijo Enoch—, pero si es el mismísimo Hazel Motes. ¿Qué tal, Hazel?

—El guarda me dijo que te encontraría en la piscina —comentó Hazel Motes—. Dijo que te escondías en los arbustos a espiar a los que nadan.

Enoch se sonrojó.

—Siempre me gustó la natación —dijo. Metió un poco más la cabeza por la ventanilla—. ¿Me buscabas a mí? —preguntó, entusiasmado.

—Aquel ciego —dijo Haze—, aquel ciego que se llamaba Hawks…, ¿te dijo su hija dónde vivían?

Enoch no dio señales de haberlo oído.

—¿Vinistes hasta aquí nada más para verme? —preguntó.

—Asa Hawks. Su hija te regaló el pelapatatas. ¿Te dijo ella dónde vivían?

Enoch sacó la cabeza del interior del coche. Abrió la puerta y se sentó al lado de Haze. Por un momento se limitó a mirarlo, humedeciéndose los labios. Luego murmuró:

—Tengo que mostrarte algo.

—Busco a esa gente —insistió Haze—. Tengo que ver a ese hombre. ¿Te dijo ella dónde vivían?

—Tengo que mostrarte una cosa —dijo Enoch—. Tengo que mostrártela, aquí, esta tarde. Sin falta. —Agarró a Hazel Motes del brazo y Haze se zafó.

—¿Te dijo ella dónde vivían? —volvió a preguntar Haze.

Enoch seguía humedeciéndose los labios. Eran pálidos salvo por la boquera color violeta.

—Claro —respondió—. ¿O es que no me invitó para que vaya a verla y lleve la armónica? Tengo que mostrarte una cosa, después te lo digo.

—¿Qué cosa? —refunfuñó Haze.

—Una cosa que te tengo que mostrar —contestó Enoch—. Tira pa adelante que te digo dónde parar.

—No quiero ver nada tuyo —dijo Hazel Motes—. Necesito esa dirección.

Enoch no miraba a Hazel Motes. Miraba por la ventanilla.

—Si no vienes, no me voy a acordar —dijo.

Al cabo de un momento, el coche arrancó. A Enoch le latía la sangre muy deprisa. Sabía que antes de ir al lugar aquel debía pasar por la BOTELLA ESCARCHADA y el zoológico, y ya preveía que la pelea con Hazel Motes sería terrible. Debía llevarlo al lugar aquel, aunque tuviera que golpearlo en la cabeza con una piedra y cargarlo a la espalda.

Enoch tenía la cabeza dividida en dos partes. La parte que se comunicaba con su sangre era la que lo calculaba todo, pero nunca decía nada con palabras. La otra parte estaba repleta de palabras y frases. Mientras la primera calculaba cómo conseguir que Hazel Motes pasara por la BOTELLA ESCARCHADA y el zoológico, la segunda, preguntaba:

—¿De dónde sacastes un coche tan lindo? Deberías pintarle por fuera unos cartelitos que digan algo así como, «Súbete, nena». Una vez vi uno con un cartel así y también vi uno que decía…

La cara de Hazel Motes parecía cincelada en el costado de una piedra.

—Mi papá tuvo una vez un Ford amarillo que ganó en una rifa —murmuró Enoch—. Se lo dieron con el techo que se enrollaba, dos antenas y una cola de ardilla. Lo cambió por otra cosa. ¡Para! ¡Para aquí! —gritó… Pasaban delante de la BOTELLA ESCARCHADA.

—¿Dónde está? —preguntó Hazel Motes nada más entrar.

Se encontraban en un cuarto oscuro, con un mostrador dispuesto en el fondo y taburetes marrones como hongos venenosos delante del mostrador. En la pared, frente a la puerta, colgaba un anuncio enorme de helado en el que se veía una vaca vestida de ama de casa.

—No está aquí —dijo Enoch—. Tenemos que parar aquí, nos queda de camino, tomamos algo y después vamos. ¿Qué quieres?

—Nada —dijo Haze.

Se quedó tieso, en medio del cuarto, con las manos en los bolsillos.

—Siéntate —le dijo Enoch—. Me tengo que tomar algo.

Detrás del mostrador hubo un movimiento y una mujer con el pelo cortado a lo paje se levantó de la silla donde estaba leyendo el diario y fue hacia ellos. Lanzó una mirada agria a Enoch. Vestía un uniforme que había sido blanco y ahora estaba cubierto de manchas marrones.

—¿Qué quieres? —preguntó la camarera en voz alta al tiempo que se le acercaba al oído. Tenía cara de hombre y brazos grandes y musculosos.

—Un batido de leche malteada y chocolate, nena —contestó Enoch en voz baja—. Con mucho helado.

Se apartó de él con rabia y miró ceñuda a Haze.

—Él dice que no quiere nada más que sentarse aquí y mirarte un rato —le aclaró Enoch—. Dice que lo único que le apetece es mirarte.

Haze miró a la mujer con cara inexpresiva, ella le dio la espalda y se puso a preparar el batido. Él se sentó en el último taburete de la fila y empezó a hacer crujir los nudillos.

Enoch lo observaba con atención.

—Me parece que cambiaste bastante —murmuró al cabo de un momento.

Haze se levantó.

—Dame la dirección de esa gente. Ahora mismo —le ordenó.

A Enoch se le ocurrió en un instante: la policía. La cara se le iluminó con aquella secreta certeza.

—Me parece a mí que no tienes tantos humos como anoche

—dijo Enoch—. A lo mejor es que ahora ya no tienes tantos motivos como entonces.

Robó el coche ese, pensó.

—¿Cómo es que allá en la piscina te levantastes así tan rápido? —preguntó Enoch.

La mujer se volvió hacia él con la leche malteada en la mano.

—Claro que —añadió Enoch con malicia— yo tampoco no hubiera querido tratos con una cacatúa como esa.

La mujer plantificó la leche malteada en el mostrador, delante de él.

—Son quince centavos —rugió.

—Tú vales mucho más, nena —dijo Enoch. Rió entre dientes y con la pajita se puso a hacer burbujas en la leche malteada.

La mujer se acercó a grandes pasos hasta Haze.

—¿Para qué vienes aquí con un hijo puta como este? —le gritó—. Mira que venir aquí con un hijo puta como este, un muchacho tan agradable y tranquilo como tú. Deberías fijarte mejor con quién te juntas.

Se llamaba Maude y se pasaba el día bebiendo whisky de un tarro de fruta que guardaba debajo del mostrador.

—¡Por Dios! —exclamó limpiándose la nariz con el dorso de la mano.

Se sentó en una silla de respaldo recto, delante de Haze, pero mirando a Enoch, y cruzó los brazos sobre el pecho.

—Todos los días —le contó a Haze mirando a Enoch—, viene todos los santos días, el hijo puta ese.

Enoch pensaba en los animales. A continuación tenían que ir a ver a los animales. Los odiaba; solo de pensar en ellos, la cara se le ponía morada tirando a chocolate, como si la leche malteada se le subiera a la cabeza.

—Tú eres un muchacho agradable —dijo Maude—. Se nota que eres trigo limpio, sigue así, no te juntes con un hijo puta como ese que está ahí sentado. Reconozco a los que son trigo limpio en cuanto los veo.

Le gritaba a Enoch, pero Enoch observaba a Hazel Motes. Era como si algo dentro de Hazel Motes se estuviese tensando, aunque por fuera no se movía. Parecía embutido en aquel traje azul, encerrado en él, mientras aquella cosa seguía tensándose más y más. La sangre le dijo a Enoch que debía darse prisa. Chupó con fuerza la pajita y terminó la leche malteada.

—Sí, señor —dijo la mujer—, no hay nada más dulce que un muchacho limpio. Pongo a Dios por testigo. Y distingo a un muchacho que es trigo limpio en cuanto lo veo, así como distingo a un hijo puta en cuanto lo veo, y qué diferencia, vaya qué diferencia, y ese cabrón granujiento, que chupa la pajita, es un maldito hijo puta y tú, que eres trigo limpio, más te vale fijarte con quién te juntas. Porque yo distingo a un muchacho limpio en cuanto lo veo.

Enoch hizo rechinar el fondo del vaso. Se hurgó el bolsillo, sacó quince centavos, los depositó en el mostrador y se levantó. Hazel Motes ya estaba en pie; se inclinó sobre el mostrador hacia la mujer. Ella no lo vio enseguida porque miraba a Enoch. Haze apoyó las manos en el mostrador y se impulsó hasta que su cara quedó muy cerca de la de ella. La mujer se dio la vuelta y se lo quedó mirando.

—Vamos —dijo Enoch—, no hay tiempo pa tontear con ella. Tengo que mostrarte eso ahora mismo, tengo que…

—SOY trigo limpio —dijo Haze.

Enoch no oyó aquellas palabras hasta que Haze las repitió.

—SOY trigo limpio —repitió, con la cara y la voz inexpresivas, mirando a la mujer como quien mira una pared—. Si Jesús existiera, yo no sería trigo limpio.

Ella le clavó los ojos, asombrada, y luego enfurecida.

—¡Y a mí qué! —gritó—. ¿Qué carajo me importa lo que tú seas?

—Vamos —gimió Enoch—, vamos o no te digo dónde vive esa gente.

Agarró a Haze del brazo, lo apartó del mostrador y tiró de él en dirección a la puerta.

—¡Cabrón! —chilló la mujer—. ¿Qué carajo me importa a mí ninguno de vosotros, mugrientos?

Hazel Motes abrió la puerta de un empellón y salió. Se subió a su coche y Enoch se montó detrás de él.

—Vamos —dijo Enoch—, tira todo recto por este camino.

—¿Qué me pides por decírmelo? —preguntó Haze—. No me voy a quedar. Tengo que irme. No puedo seguir aquí más tiempo.

Enoch se estremeció. Empezó a humedecerse los labios.

—Tengo que mostrarte una cosa —dijo Enoch con voz quebrada—. No se la puedo mostrar a nadie más. Tuve una señal que eras tú cuando te vi llegar en coche a la piscina. Desde esta mañana supe que vendría alguien y cuando te vi en la piscina, tuve una señal.

—A mí qué me importan tus señales —dijo Haze.

—Voy a ver esa cosa todos los días —dijo Enoch—. Voy todos los días y hasta ahora nunca pude llevar a nadie. Tenía que esperar la señal. Te voy a dar la dirección de esa gente cuando veas esa cosa. Tienes que verla —insistió—. Cuando la veas, va a pasar algo.

—No va a pasar nada —dijo Haze.

Puso el coche otra vez en marcha y Enoch se sentó en el borde del asiento.

—Los animales —masculló—. Antes tenemos que ir por donde están. Va a ser rápido. No tardamos nada.

Vio que los animales lo esperaban con ojos malvados, dispuestos a hacerle perder el oremus. ¿Y si de pronto llegaba la policía, se preguntó, con las sirenas y los coches patrulla, dando gritos, y se llevaban a Hazel Motes justo antes de que él le mostrase aquella cosa?

—Tengo que ver a esa gente —dijo Haze.

—¡Para! ¡Para aquí! —gritó Enoch.

A la izquierda se alineaba una hilera larga y reluciente de jaulas de acero, y detrás de los barrotes, unas siluetas negras se paseaban o estaban sentadas.

—Baja —ordenó Enoch—. No tardamos nada.

Haze se apeó, se detuvo y dijo:

—Tengo que ver a esa gente.

—Ya lo sé, ya lo sé, ven —gimió Enoch.

—No me creo que sepas la dirección.

—¡Sí que la sé! ¡Sí que la sé! —gritó Enoch—. ¡El número empieza por un tres, vamos!

Tiró de Haze hacia las jaulas. En la primera había dos osos negros. Estaban sentados frente a frente, como dos matronas tomando el té, las caras amables, ensimismadas.

—Se pasan todo el día ahí sentaos oliendo mal —observó

Enoch—. Cada mañana viene un hombre a limpiar las jaulas con una manguera, cuando se va, güelen igual de mal que antes.

Enoch pasó delante de otras dos jaulas de osos, sin mirarlos siquiera, y se detuvo en la siguiente, donde dos lobos de ojos amarillos olfateaban los bordes de cemento.

—Hienas —explicó—. No aguanto a las hienas.

Se acercó un poco más, escupió dentro de la jaula y alcanzó en la pata a uno de los lobos, que se hizo a un lado mirándolo aviesamente. Por un instante Enoch se olvidó de Hazel Motes. Después echó una rápida ojeada por encima del hombro para asegurarse de que seguía allí. Estaba a sus espaldas. No miraba a los animales. Está pensando en la policía, se dijo Enoch. Y en voz alta añadió:

—Vamos, no tenemos tiempo de ver a todos los monos de las jaulas esas de ahí.

Normalmente se detenía delante de cada jaula y hacía algún comentario obsceno en voz alta, pero hoy, los animales no eran más que una formalidad que debía cumplir. Pasó de largo delante de las jaulas de los monos y en dos o tres ocasiones volvió la vista atrás para asegurarse de que Hazel Motes lo seguía. En la última jaula de los monos, como si no pudiera evitarlo, se detuvo.

—Fíjate en ese mono —dijo con rabia. El animal le daba la espalda, toda gris salvo por el pequeño parche rosado del trasero—. Si yo tendría un culo así —comentó con gazmoñería—, me pasaría el día sentado y no iría por ahí enseñándoselo a toda la gente que viene al parque. Vamos, no tenemos que ver los pájaros de ahí.

Pasó corriendo delante de las jaulas de los pájaros y llegó al final del zoo.

—El coche no nos hace falta —anunció sin detenerse—, bajamos por esa colina de allá, entre los árboles.

Haze se había parado en la última jaula de los pájaros.

—¡Jesús, Dios mío! —refunfuñó Enoch. Se quedó donde estaba, agitó los brazos con desespero y gritó—: ¡Vamos!

Haze no se movió y siguió mirando en el interior de la jaula. Enoch fue corriendo hasta él y lo agarró del brazo, pero Haze lo apartó con gesto distraído y siguió mirando el interior de la jaula. Estaba vacía. Enoch clavó la vista en su interior.

—¡Está vacía! —gritó—. ¿Pa qué te paras a mirar una jaula vacía? Vamos. —Se quedó allí de pie, sudoroso y lívido—. ¡Está vacía! —insistió gritando y entonces se dio cuenta de que no estaba vacía.

En un rincón, en el suelo de la jaula, se veía un ojo. El ojo estaba en el centro de algo semejante a un trozo de mopa sentado encima de un trapo viejo. Se acercó a la malla metálica, observó con más atención y vio que el pedazo de mopa era un búho con un ojo abierto. Miraba a Hazel Motes directamente.

—Pero si es un búho cualquiera —protestó—. Ya los vistes otras veces.

—SOY trigo limpio —le dijo Haze al ojo.

Se lo dijo tal como se lo había dicho a la mujer en la BOTELLA ESCARCHADA. El ojo se cerró con suavidad y el búho volvió la cabeza hacia la pared.

Este ha asesinao a alguien, pensó Enoch.

—¡Ay, Jesús, Dios mío, vamos! —gimió—. Tengo que mostrarte esa cosa ahora mismo.

Tiró de él, pero a pocos metros de la jaula, Haze volvió a detenerse y a mirar algo a lo lejos. Enoch era bastante corto de vista. Entornó los ojos y al final del camino, detrás de ellos, distinguió una figura y a ambos lados se veían otras dos figuras saltarinas más pequeñas.

Hazel Motes se dio la vuelta de repente y le preguntó:

—¿Dónde está esa cosa? Vamos a verla ahora mismo. Venga.

—¿No es ahí adonde estoy tratando de llevarte? —dijo Enoch.

Notó que el sudor se le secaba en la piel, causándole picores, y que se llenaba de sarpullido hasta el cuero cabelludo.

—Hay que ir andando —anunció.

—¿Por qué? —rezongó Haze.

—No sé —contestó Enoch.

Sabía que le iba a pasar algo. La sangre dejó de latirle. Le había latido constantemente como tambores y ahora ya no latía. Echaron a andar colina abajo. Era una colina empinada, repleta de árboles con los troncos pintados de blanco hasta un metro del suelo. Era como si llevaran puestos calcetines cortos. Aferró a Hazel Motes del brazo.

—Está mojao según vas bajando —dijo mirando a su alrededor vagamente.

Hazel Motes se zafó de él. Al cabo de un instante, Enoch volvió a agarrarlo del brazo y lo detuvo. Señaló hacia los árboles.

—Muvseevum —dijo.

Aquella palabra rara le daba escalofríos. Era la primera vez que la pronunciaba en voz alta. Hacia donde señalaba se veía parte de un edificio gris, que se fue ensanchando a medida que bajaban la colina y, cuando llegaron al final del bosque y enfilaron el camino de grava, pareció encogerse de golpe. Era redondo, color del hollín.

Tenía columnas en el frente y entre cada columna había una mujer sin ojos, con una vasija en la cabeza. Encima de las columnas había una banda de cemento que llevaba grabadas las letras M V S E V M. Enoch tuvo miedo de volver a pronunciar aquella palabra.

—Tenemos que subir la escalera y entrar por la puerta de adelante —susurró.

Diez peldaños llevaban hasta el porche. La puerta era ancha y negra. Enoch la empujó con cuidado y asomó la cabeza por la rendija. Se apartó enseguida y dijo:

—Muy bien, entra y camina despacio. No quiero despertar al viejo ese, el guardia. No es muy amable conmigo.

Entraron en un corredor en penumbra, impregnado de un fuerte olor a linóleo y creosota, y de otro olor debajo de esos dos. El tercero era un tufillo al que Enoch no conseguía poner nombre, no se parecía a nada de lo que había olido antes. En el corredor solo había dos urnas y un anciano que dormitaba sentado en una silla de respaldo recto, apoyada contra la pared. Llevaba el mismo uniforme que Enoch, y era como una araña disecada, atrapada en aquella silla. Enoch miró a Hazel Motes para saber si él también olía el tufillo. Le pareció que sí; la sangre de Enoch volvió a palpitar, impulsándolo a seguir. Agarró a Haze del brazo y fue de puntillas hasta otra puerta negra, al final del corredor. La entreabrió un poco y asomó la cabeza por la rendija. Al cabo de nada, sacó la cabeza y con el índice le hizo a Haze señas para que lo siguiera. Entraron en otro corredor idéntico al anterior pero dispuesto de través.

—Está por esa primera puerta de allá —dijo Enoch con un hilo de voz.

Entraron en una sala en penumbra, llena de vitrinas de cristal. Las vitrinas de cristal tapizaban las paredes y, justo en el centro, había tres con forma de ataúd. Las arrimadas a las paredes estaban llenas de aves que, colocadas sobre bastones barnizados, se inclinaban hacia abajo y miraban con expresiones cáusticas, resecas.

—Vamos —musitó Enoch.

Pasó delante de las dos vitrinas del centro y fue hacia la tercera. Se colocó en el extremo más alejado y se detuvo, mirando hacia abajo, con el cuello estirado y las manos entrelazadas; Hazel Motes se le acercó.

Los dos se quedaron allí de pie; Enoch tieso y Hazel Motes ligeramente inclinado hacia adelante. En la vitrina había tres cuencos, una fila de armas desafiladas y un hombre. Enoch miraba al hombre. Medía menos de un metro. Estaba desnudo, tenía la piel reseca y amarillenta y los ojos casi cerrados, como si un gigantesco bloque de acero fuera a caerle encima.

—¿Ves ese cartel? —preguntó Enoch, susurrando como en la iglesia, al tiempo que señalaba un tarjetón mecanografiado, a los pies del hombre—, pone que antes era alto como tú o como yo. Unos sárabes lo dejaron así en seis meses. —Volvió la cabeza con mucha prudencia para ver a Hazel Motes.

Lo único que pudo comprobar fue que Hazel Motes tenía los ojos clavados en el hombre reducido. Se inclinaba hacia adelante, de modo que su cara se reflejaba en la tapa de cristal de la vitrina. El reflejo era pálido, y los ojos, dos agujeros de bala perfectos. Enoch esperó, rígido. Oyó pasos en el corredor. ¡Ay, Jesús mío, ay Jesús, Dios mío, rogó, que se dé prisa y haga lo que sea que tenga que hacer! Por la puerta entraron la mujer y los dos niños. Ella los llevaba de la mano, uno a cada lado, y sonreía. Hazel Motes seguía con la vista clavada en el hombre reducido. La mujer fue hacia ellos. Se detuvo en el otro extremo de la vitrina y miró dentro; el reflejo de su cara apareció sonriente en el cristal, encima del de Hazel Motes.

La mujer se rió por lo bajo y se tapó los dientes con dos dedos. Las caras de los niños eran como dos platillos dispuestos a ambos lados para recoger las sonrisas que ella dejaba escapar a raudales. Cuando Haze vio la cara de la mujer en el cristal, echó la cabeza hacia atrás e hizo un ruido que podría haber salido del hombre de la vitrina. En un instante, Enoch comprendió que de allí había salido.

—¡Espera! —gritó y salió disparado de la sala, detrás de Hazel Motes.

Adelantó a Hazel cuando ya se encontraba en mitad de la colina. Lo sujetó por el brazo, le dio la vuelta y se quedó inmóvil, repentinamente débil, ligero como un globo, con la mirada perdida. Hazel Motes lo aferró por los hombros y lo sacudió.

—¿Cuál es la dirección? —gritó—. ¡Dame esa dirección!

Aunque Enoch hubiese sabido la dirección, le habría sido imposible pensar en ella en ese momento. Apenas podía tenerse en pie. En cuanto Hazel Motes lo soltó, cayó de espaldas y se golpeó contra uno de los árboles de los calcetines blancos. Se dio la vuelta y quedó tendido en el suelo, con cara de exaltado. Creyó estar flotando. Lejos, muy lejos, vio la silueta azul pegar un salto y tomar una piedra, y vio la cara enloquecida volverse, y vio la piedra volar hacia él; cerró los ojos con fuerza y la piedra lo golpeó en la frente.

Cuando recuperó el conocimiento, Hazel Motes se había ido. Enoch se quedó tendido un rato. Se pasó los dedos por la frente y luego se los puso delante de los ojos. Estaban manchados de rojo. Volvió la cabeza y en el suelo vio una gota de sangre, y mientras la miraba, tuvo la impresión de que se ensanchaba como un pequeño manantial. Se incorporó, aterido de frío, la tocó con el dedo y, muy débil, le llegó el latido de su sangre, de su sangre secreta, en el centro de la ciudad.

Entonces supo que todo lo que se esperaba de él no había hecho más que empezar.

6

Aquella tarde Haze recorrió las calles en su coche hasta que volvió a encontrar al ciego y a la niña. Estaban en una esquina, esperando que cambiara el semáforo. Condujo el Essex manteniéndose a cierta distancia de ellos y recorrió cuatro manzanas de la calle principal, dobló entonces por una calle lateral, sin perderles la pista. Los siguió por una zona oscura, más allá de los apartaderos del ferrocarril, y los vio entrar en el porche de una casa cuadrada de dos plantas. Cuando el ciego abrió la puerta, un haz de luz cayó sobre él y Haze estiró el cuello para verlo mejor. La niña volvió la cabeza despacio, como accionada por un tornillo, y vio pasar su coche. Haze tenía la cara tan cerca de la ventanilla que parecía una cara de papel pegada en el cristal. Se fijó en el número de la casa y en un cartel que decía: «SE ALQUILAN HABITACIONES».

Después regresó al centro y estacionó el Essex delante de una sala de cine donde podía captar a la multitud que salía al terminar la función. Las luces alrededor de la marquesina eran tan brillantes que la luna, al surcar el cielo seguida de una procesión de nubes, parecía pálida e insignificante. Haze se apeó y se subió al morro del Essex.

Un hombrecito flaco, con el labio superior abultado, estaba en la taquilla de cristal, comprando entradas para tres mujeres corpulentas que iban detrás de él.

—También tengo que comprar un refrigerio para estas chicas —le dijo a la mujer de la taquilla—. No puedo dejar que se mueran de hambre delante de mis propios ojos.

—¡Qué tipo más gracioso! —chilló una de las mujeres—. ¡Es que me parto de risa con él!

Del vestíbulo salieron tres muchachos con chaquetones de leñador de satén rojo. Haze levantó los brazos y gritó:

—¿Dónde os ha tocado la sangre por la que creéis haber sido redimidos?

Las mujeres se dieron la vuelta a la vez y lo miraron con fijeza.

—Un sabelotodo —dijo el hombrecito delgado, echando chispas por los ojos como si alguien fuera a insultarlo.

Los tres muchachos se acercaron, empujándose entre ellos a golpes de hombro.

Haze esperó un momento y repitió a voz en cuello:

—¿Dónde os ha tocado la sangre por la que creéis haber sido redimidos?

—Agitador de masas —dijo el hombrecito—. Si hay algo que no soporto son los agitadores de masas.

—¿A qué iglesia perteneces, tú, el muchacho de ahí? —preguntó Haze señalando al chico más alto con el chaquetón de satén rojo.

El chico rió como un tonto.

—Dímelo tú entonces —añadió Haze con impaciencia, señalando al siguiente—. ¿A qué iglesia perteneces tú?

—¡A la Iglesia de Cristo! —contestó el muchacho con voz de falsete para ocultar la verdad.

—¡La Iglesia de Cristo! —repitió Haze—. Pues bien, yo predico la Iglesia Sin Cristo. Soy miembro y predicador de esa iglesia en la cual los ciegos no ven y los lisiados no andan y lo que está muerto, muerto se queda. Preguntadme por esa iglesia y os diré que es la iglesia en la que la sangre de Jesús no enreda con la redención.

—Es un predicador —dijo una de las mujeres—. Vámonos.

—Escuchadme todos, voy a llevar la verdad conmigo allí donde vaya —gritó Haze—. Voy a predicarla a quien quiera escuchar, dondequiera que sea. Voy a predicar que no hubo Caída porque no hubo nada de donde caer, ni hubo Redención porque no hubo Caída y tampoco Juicio porque no hubo ninguna de las dos primeras. Nada importa salvo que Jesús era un mentiroso.

El hombrecito reunió a sus chicas y las metió a toda prisa en la sala de cine y los tres muchachos se marcharon, pero salió más gente y Haze empezó desde el principio y repitió lo mismo. Esa gente se marchó y llegó otra y él lo repitió por tercera vez. Y también se fueron y ya no salió más gente; allí no quedaba nadie más que la mujer en la taquilla de cristal. No había dejado de fulminarlo con la mirada pero él ni se había dado cuenta. La mujer llevaba gafas con diamantes de imitación en las patillas y el pelo blanco apilado como salchichas alrededor de la cabeza. Pegó la boca en un agujero del cristal y gritó:

—Oiga, si no tiene usted una iglesia donde predicar, no tiene que venir a hacerlo aquí, delante de este cine.

—Mi iglesia es la Iglesia Sin Cristo, señora. Si no hay Cristo, no hay razón para contar con un sitio fijo donde predicar.

—Oiga —dijo la mujer—, si no se va usted de delante de este cine, llamaré a la policía.

—Hay muchos cines —dijo Haze, se bajó del morro, se metió en el Essex y se marchó.

Aquella noche predicó delante de otras tres salas de cine antes de ir a ver a la señora Watts.

Por la mañana regresó en coche a la casa en la que el ciego y la chica habían entrado la noche anterior. Era de tablas de madera amarillas, la segunda de una calle donde las casas eran todas iguales. Fue a la puerta principal y tocó el timbre. Poco después, le abrió una mujer que empuñaba una mopa. Él le dijo que quería alquilar una habitación.

—¿A qué se dedica? —preguntó ella. Era una mujer alta y escuálida, parecida a la mopa que llevaba del revés.

Le dijo que era predicador.

La mujer lo miró de arriba abajo y luego miró detrás de él, hacia el coche.

—¿De qué iglesia? —preguntó.

Le dijo que de la Iglesia Sin Cristo.

—¿Protestante? —preguntó, recelosa—. ¿O es algo extranjero?

Le dijo, que no señora, protestante.

—Está bien, puede pasar y verla —dijo la mujer tras una pausa.

Él la siguió por un corredor enlucido de color blanco y subieron unos escalones que había en un costado. Ella abrió la puerta de un cuarto de atrás, poco más grande que el coche de Haze, donde había un catre, una cómoda, una mesa y una silla de respaldo recto. Y en la pared, dos clavos para colgar la ropa.

—Son tres dólares la semana, por adelantado —dijo ella.

Había una ventana y otra puerta enfrente de la puerta por la que habían entrado. Haze la abrió, pensando que sería un armario. Se encontró ante un desnivel de nueve metros que daba a un patio trasero, estrecho y desnudo, donde se recogía la basura. Un tablón clavado de través en el marco de la puerta, a la altura de las rodillas, impedía que la gente cayera al vacío.

—Aquí vive un hombre llamado Hawks, ¿no es así? —preguntó Haze enseguida.

—En el piso de abajo, en la habitación del frente —dijo ella—, con su hija. —Ella también se asomó al desnivel—. Antes aquí había una escalera de incendios, no sé dónde habrá ido a parar.

Le pagó los tres dólares y tomó posesión de la habitación, y en cuanto la mujer se marchó, bajó las escaleras y llamó a la puerta de los Hawks.

La hija del ciego entreabrió y se lo quedó mirando. De inmediato dio la impresión de equilibrar la cara para que ambos lados tuvieran la misma expresión.

—Es aquel chico, papá —dijo en voz baja—. El que no deja de seguirme.

Aguantó la puerta cerca de la cabeza para que él no viera el interior del cuarto. El ciego fue a la puerta pero no la abrió más. Su expresión no era la misma que la de hacía dos noches; era agria y hostil, y no dijo palabra, se limitó a quedarse allí de pie.

Antes de salir de su habitación, Haze ya había pensado lo que iba a decirle.

—Vivo aquí —dijo—. Se me ocurrió que ya que tu hija me echaba tantas miraditas, podía venir a devolvérselas.

No miraba a la muchacha; observaba con atención las gafas negras y las extrañas cicatrices que comenzaban en algún punto detrás de los cristales y surcaban las mejillas del ciego.

—Las miraditas que te eché la otra noche —protestó ella— eran de rabia por lo que te vi hacer. Fuistes tú el que me echaba miraditas a mí. Tenías que haber visto, papá, cómo me se comía con los ojos.

—He fundado mi propia iglesia —dijo Haze—. La Iglesia Sin Cristo. Predico en la calle.

—No puedes dejarme en paz, ¿eh? —dijo Hawks. Su voz sonó monótona, no se parecía en nada a la de otra vez—. No te pedí que vinieras y tampoco te pido que te quedes.

Haze había esperado otro recibimiento. Vaciló un momento, mientras pensaba qué decir.

—¿Pero qué clase de predicador eres —se oyó murmurar—, que ni siquiera te das cuenta si puedes salvar mi alma?

El ciego le dio con la puerta en las narices. Haze vaciló un instante frente al hueco de la puerta, luego se limpió la boca con la manga y salió.

En la habitación, Hawks se quitó las gafas oscuras, y por un agujero de la persiana espió a Haze, lo vio subir a su coche y marcharse. El ojo que acercó al agujero era algo más redondo y pequeño que el otro, pero estaba claro que veía con los dos. La hija espiaba por una rendija de más abajo.

—¿Cómo es que no te gusta, papá? —le preguntó—. ¿Es porque me va detrás?

—Si te fuera detrás, bastaría para que lo recibiera con los brazos abiertos —contestó él.

—Me gustan sus ojos —observó ella—. Tienen pinta de no ver lo que él mira, pero siguen mirando igual.

La habitación de ambos era del mismo tamaño que la de Haze, pero en ella había dos catres, un hornillo de petróleo y un baúl que utilizaban como mesa. Hawks se sentó en uno de los catres y se llevó un cigarrillo a la boca.

—El muy cerdo acapara a Jesús —masculló.

—Bueno, acuérdate de cómo eras tú. Acuérdate de lo que tratastes de hacer. Después te se pasó. A él también se le pasará.

—No lo quiero por aquí. Me pone nervioso.

—Escúchame —dijo ella y se sentó a su lado en el catre—, ayúdame a conseguirlo y después te puedes ir a donde quieras y hacer lo que te dé la gana y así yo me puedo ir a vivir con él.

—Ni sabe que existes —dijo Hawks.

—Aunque no lo sepa, no importa. Así lo conseguiré más fácil. Lo quiero para mí y tendrías que ayudarme. Después te puedes ir y hacer lo que quieras.

Él se acostó en el catre y terminó de fumarse el cigarrillo; la cara pensativa, maligna. En un momento dado, mientras seguía en el catre, se rió, pero sus facciones se contrajeron casi de inmediato.

—No estaría mal —dijo al cabo—. Podría ser el ungüento sobre la barba de Aarón.

—¡Sería la gloria! Estoy loca por él. Nunca había visto un chico más buen mozo que me gustara tanto. No me lo espantes. Cuéntale cómo te cegastes por Jesús y enséñale el recorte de diario que tienes guardado.

—Ya, el recorte.

Haze había ido a dar una vuelta en coche para pensar y había decidido que seduciría a la hija de Hawks. Creía que cuando el predicador ciego se enterara de que su hija había caído en la ruina, se daría cuenta de que hablaba en serio cuando decía que predicaba la Iglesia Sin Cristo. Aparte de ese motivo, había otro: no quería volver a casa de la señora Watts. La noche anterior, mientras él dormía, ella se había levantado y le había recortado la copa del sombrero, dándole una forma obscena. Consideraba que debía tener una mujer, no por el placer que podía sacar de ella, sino para demostrar que no creía en el pecado, puesto que practicaba lo que era tenido por tal; pero estaba harto de la señora Watts. Quería a alguien a quien pudiera enseñarle algo y dio por sentado que, como la hija del ciego era tan fea, también sería inocente.

Antes de regresar a su cuarto, pasó por la tienda de confección a comprarse un sombrero nuevo. Quería uno que fuera completamente distinto del anterior. En esta ocasión le vendieron un panamá blanco con una cinta roja, verde y amarilla. El de la tienda le dijo que era ideal, sobre todo si pensaba ir a Florida.

—No pienso ir a Florida. Este sombrero es lo contrario al que llevaba antes y nada más.

—Puede llevarlo en todas partes —dijo el de la tienda—, es nuevo.

—Eso ya lo sé —dijo Haze.

Salió de la tienda, le quitó al sombrero la cinta roja, verde y amarilla, le ahuecó la copa y le bajó el ala. Cuando se lo puso, presentaba el mismo aspecto fiero del anterior.

Haze no volvió a plantarse ante la puerta de los Hawks hasta última hora de la tarde, cuando calculó que estarían cenando. La puerta se abrió casi de inmediato y por la rendija asomó la cabeza de la niña. Haze apartó de un empujón la mano con la que ella aguantaba la puerta y entró sin mirarla a la cara. Hawks estaba sentado en el baúl. Tenía delante los restos de la cena, pero no comía. Apenas le dio tiempo a ponerse las gafas negras.

—Si Jesús curaba a los ciegos, ¿cómo es que no hicistes que te curara a ti? —preguntó Haze. Se había preparado la frase en su habitación.

—A Pablo lo dejó ciego —dijo Hawks.

Haze se sentó en el borde de uno de los catres. Echó un vistazo al cuarto y luego miró a Hawks. Entrelazó y separó los dedos y luego los entrelazó de nuevo.

—¿Dónde te hicistes esas cicatrices? —preguntó.

El falso ciego se inclinó hacia adelante y sonrió.

—Todavía te queda una oportunidad de salvarte si te arrepientes —dijo—. Yo no te puedo salvar, pero te puedes salvar a ti mismo.

—Es lo que hice —dijo Haze—. Sin necesidad de arrepentirme. Todas las noches predico cómo lo hice en…

—Toma, échale un vistazo —dijo Hawks. Se sacó del bolsillo un recorte amarillento de periódico, se lo pasó y torció la boca para reprimir la sonrisa—. Así fue cómo me hice las cicatrices —masculló.

Desde la puerta, la hija le hacía señas para que no pusiera cara de amargado y sonriera. Mientras él esperaba que Haze terminara de leer, recuperó poco a poco la sonrisa.

El titular del recorte decía: PREDICADOR EVANGELISTA PROMETE CEGARSE. En el resto del artículo se decía que Asa Hawks, predicador evangélico de la Iglesia Libre de Cristo, había prometido cegarse para justificar su convicción de que Jesucristo lo había redimido. Se anunciaba que lo haría en el curso de una reunión de la iglesia evangelista, el sábado 4 de octubre, a las ocho de la noche. La fecha se remontaba a más de diez años antes. Sobre el titular se veía una foto de Hawks, un hombre de unos treinta años sin cicatrices, de boca recta, con un ojo algo más pequeño y redondo que el otro. La boca tenía una expresión que podría haber sido santa o calculadora, pero se apreciaba en los ojos un delirio que sugería terror.

Haze siguió sentado mirando el recorte cuando terminó de leerlo. Lo leyó tres veces. Se quitó el sombrero, volvió a ponérselo, se levantó y se quedó mirando la habitación como si tratara de recordar dónde estaba la puerta.

—Se lo hizo con cal —dijo la niña—, y hubo cientos de conversiones. Quien se ha cegado como justificación debería poder salvarte..., a lo mejor también podría hacerlo alguien de su sangre —agregó, inspirada.

—A nadie con un buen coche le hace falta ser justificado —murmuró Haze.

La miró ceñudo y salió a toda prisa, pero en cuanto la puerta se cerró a sus espaldas, se acordó de algo. Dio media vuelta, la abrió y le entregó un trozo de papel, doblado varias veces hasta formar una bolita; después salió a la calle y se subió a su coche.

Hawks arrancó la nota de las manos de su hija y la abrió. Decía: NENA, NUNCA HABÍA VISTO A NINGUNA TAN BUENA COMO TÚ, POR ESO VINE. Ella la leyó por encima de su brazo, y se sonrojó complacida.

—Pues ahí tienes la prueba, y por escrito, papá —dijo.

—El muy cabrón se llevó mi recorte —masculló Hawks.

—Pero tienes el otro, ¿no? —le preguntó con una sonrisita satisfecha.

—Cierra ese pico —dijo él y se dejó caer en el catre. El otro recorte decía: AL EVANGELISTA LE FALTÓ VALOR.

—Te lo puedo conseguir —propuso ella al lado de la puerta, para echar a correr en caso de que lo molestara demasiado, pero él se había vuelto hacia la pared como si se dispusiera a dormir.

Diez años antes, había prometido cegarse en el curso de una reunión de la iglesia evangelista, y doscientas personas, tal vez más, habían acudido para presenciar cómo lo hacía. Llevaba una hora predicando, cada vez más exaltado, sobre la ceguera de Pablo, cuando se vio cegado por un relámpago Divino y, entonces, armado ya de coraje suficiente, hundió las manos en el cubo de cal muerta y se restregó la cara; pero no tuvo el valor de dejar que le penetrara en los ojos. Lo habían poseído todos los diablos necesarios para que llegara a hacerlo, pero en ese mismo instante desaparecieron, y él se vio allí de pie, tal como era. Se figuró que Jesús, El que los había expulsado, también se encontraba allí de pie y que le hacía señas, y entonces había huido de la carpa y desaparecido en el callejón.

—Y ahora, papi —le dijo su hija—, salgo un rato y te dejo en paz.

Una vez en su coche, Haze se había ido enseguida al taller más próximo, del que salió a atenderlo un hombre de flequillo negro y cara breve e inexpresiva. Haze le comentó al hombre que quería que le arreglara la bocina, le tapara los escapes del depósito de gasolina, le revisara el arranque para que funcionara más suave y le ajustara las escobillas del limpiaparabrisas.

El hombre levantó el capó, echó un vistazo y volvió a cerrarlo. Dio una vuelta alrededor del coche, deteniéndose de vez en cuando para apoyarse en él y asestarle algún que otro golpe. Haze le preguntó cuánto tardaría en dejárselo en las mejores condiciones posibles.

—No hay nada que hacer —dijo el hombre.

—Es un buen coche —dijo Haze—. En cuanto lo vi, supe que era el coche para mí, y desde que lo tengo, cuento con un sitio donde estar y en el que siempre puedo marcharme.

—¿Iba usted a alguna parte con eso? —preguntó el hombre.

—A otro taller —contestó Haze, se subió al Essex y se marchó.

En el otro taller al que fue, se encontró con un hombre que le dijo que le dejaría el coche en perfectas condiciones para el día siguiente, sobre todo porque se trataba de un coche muy bueno, muy bien montado y con los mejores materiales, y después, añadió, porque él era el mejor mecánico de la ciudad, que trabajaba en el taller mejor equipado de todos. Haze se lo dejó, seguro de que estaba en manos honradas.

7

A l día siguiente por la tarde, después de retirar el coche, Haze se fue a dar una vuelta por el campo para probar si funcionaba bien en carretera abierta. El cielo era de un azul algo menos intenso que su traje, claro y parejo, y en él había una sola nube, una nube enorme de un blanco cegador, con rizos y barba. Cuando se encontraba a algo más de un kilómetro de la ciudad, oyó un carraspeo a sus espaldas. Redujo la velocidad, volvió la cabeza y vio a la hija de Hawks levantarse del suelo y sentarse en el tablón de diez por cinco cruzado sobre el bastidor del asiento.

—Llevo aquí todo el rato —dijo—, y tú ni cuenta te distes.

Tenía un ramito de dientes de león en el pelo y la boca ancha y roja en la cara pálida.

—¿Se puede saber para qué te escondistes en mi coche? —preguntó él con rabia—. El trabajo me espera. No tengo tiempo que perder en estupideces. —Controló entonces el tono desagradable y dulcificó un poco la boca al recordar su intención de seducirla—. Bueno..., me alegro de verte.

Ella franqueó el respaldo del asiento delantero pasando primero una pierna flaca, enfundada en una media negra, y después, el resto del cuerpo.

—¿En la nota querías decir «buena de ver» o «buena» nada más? —le preguntó.

—Las dos cosas —contestó fríamente.

—Me llamo Sabbath —dijo ella—. Sabbath Lily Hawks. Mi madre me puso ese nombre nada más nacer porque nací en sábado y después, se dio la vuelta en la cama y se murió, así que nunca la conocí.

—Ah —dijo Haze. Se atrincheró detrás de las mandíbulas apretadas y siguió conduciendo. No deseaba la compañía de nadie. La sensación de placer que le daban el coche y la tarde había desaparecido.

—No estaban casados esos dos —prosiguió ella—, así que soy bastarda, pero qué le vamos a hacer. Fue lo que él me hizo a mí y no lo que yo me hice a mí misma.

—¿Bastarda? —murmuró él. No lograba entender cómo un predicador que se había cegado por Jesús podía tener una hija bastarda. Giró la cabeza y, por primera vez, la miró con interés.

Ella asintió y elevó las comisuras de la boca.

—Una verdadera bastarda —confirmó agarrándolo del codo—, ¿y sabes qué te digo? Que los bastardos no entrarán en el reino de los cielos.

Mientras la miraba, Haze fue desviando el coche hacia la cuneta.

—¿Cómo puedes ser…? —comenzó a decir y al ver ante él el terraplén rojo, dio un volantazo y regresó a la carretera.

—¿Lees los diarios? —preguntó ella.

—No.

—Bueno, hay un diario donde escribe una mujer que se llama Mary Brittle, y que cuando no sabes qué hacer, ella te lo dice. Le escribí una carta para preguntarle lo que tenía que hacer.

—¿Cómo puede ser que seas bastarda si él se cegó…? —Y dejó la pregunta a medias.

—Y le digo: «Querida Mary: Soy una bastarda, y como todos sabemos, los bastardos no entrarán en el reino de los cielos, pero tengo una personalidad que hace que todos los chicos me sigan. ¿Crees que debería besuquearme con ellos o no? Total, como de todas maneras no voy a entrar en el reino de los cielos, no le veo la diferencia».

—Escúchame —dijo Haze—, si él se cegó cómo es posible…

—Y entonces ella me contestó la carta en el diario. Me decía: «Querida Sabbath: Besuquearse con moderación es aceptable, pero entiendo que tu verdadero problema es de adaptación al mundo moderno. Tal vez deberías reconsiderar tus valores religiosos y ver si responden a tus necesidades en la Vida. Una experiencia religiosa puede ser un hermoso complemento de la vida si la colocas en la perspectiva adecuada y no permites que te deforme. Lee algunos libros sobre cultura ética».

—No puede ser que seas bastarda —dijo Haze, poniéndose muy pálido—. Debes estar confundida. Tu papá se cegó.

—Y entonces le escribí otra carta —siguió ella, rascándole el tobillo con la punta de la zapatilla y sonriendo—, en la que le decía: «Querida Mary: Lo que quiero saber en realidad es si debo llegar hasta el fondo o no. Ese es mi verdadero problema. Al mundo moderno estoy de lo más adaptada».

—Tu papá se cegó —repitió Haze.

—No siempre fue tan bueno como ahora —dijo ella—. Esa nunca me contestó la segunda carta.

—¿Quieres decir que en su juventud no creía pero que después recapacitó? —preguntó Haze—. ¿Es eso lo que quieres decir o no? —Y de una brusca patada le apartó el pie.

—Eso quiero decir —contestó ella. Se enderezó un poco y añadió—: Y deja de restregar tu pierna contra la mía.

La nube de un blanco cegador se encontraba delante de ellos, a poca distancia, y se movía hacia la izquierda.

—¿Por qué no te metes por ese camino de tierra? —sugirió ella.

La carretera se desviaba hacia un camino sin asfaltar y Haze se internó por él. Era empinado y había mucha sombra, y a ambos lados, el campo presentaba su mejor aspecto. En uno de los lados crecían densas las madreselvas y en el otro, el terreno abierto se inclinaba hacia una vista telescópica de la ciudad. La nube blanca se encontraba justo delante de ellos.

—¿Cómo hizo para creer? —preguntó Haze—. ¿Cómo llegó a convertirse en predicador de Jesús?

—Me encantan los caminos de tierra —dijo ella—, sobre todo si tienen pendientes como este. ¿Por qué no paramos y nos sentamos debajo de un árbol y así nos conocemos mejor?

Tras unas cuantas decenas de metros, Haze paró el coche y se bajaron.

—¿Antes de que acabara creyendo daba la impresión de ser un hombre muy malo o solo malo en parte? —preguntó.

—Era malo con avaricia —contestó ella mientras pasaba por debajo de la alambrada al borde del camino. Una vez al otro lado, se sentó y empezó a quitarse los zapatos y las medias—. A mí lo que me gusta es caminar descalza por el campo —dijo con entusiasmo.

—Escúchame —masculló Haze—. Debo regresar a la ciudad. No tengo tiempo para pasear por el campo.

Pero pasó por debajo de la alambrada y cuando estuvo del otro lado, añadió:

—Imagino que antes de que acabara creyendo tu papá no creía en nada de nada.

—Subamos esa colina de ahí y vamos a sentarnos debajo de los árboles —sugirió ella.

Subieron la colina y bajaron del otro lado, ella iba un poco más adelante que Haze. Comprendió que sentarse con ella debajo de un árbol podía ayudarlo a seducirla, aunque no tenía prisa por llevar a cabo su plan, sobre todo teniendo en cuenta su inocencia. Sentía que era un asunto muy complicado para resolverlo en una tarde. Ella se sentó debajo de un pino grande y dio unas palmaditas en el suelo, invitándolo a sentarse a su lado, pero él lo hizo sobre una piedra, a unos cuantos pasos de distancia. Apoyó el mentón en las rodillas y miró al frente.

—Yo puedo salvarte —dijo ella—. En mi corazón llevo una iglesia en la que Jesús es el Rey.

Él se inclinó hacia ella, y fulminándola con la mirada, le dijo:

—Yo creo en un nuevo tipo de jesús. Uno que no malgasta su sangre redimiendo con ella a la gente, porque es todo hombre y no lleva dentro ningún Dios. ¡Mi iglesia es la Iglesia Sin Cristo!

Ella se le acercó y le preguntó:

—¿Y en esa iglesia salvan a los bastardos?

—En la Iglesia Sin Cristo no existen los bastardos —respondió él—. Todo es una sola cosa. Los bastardos no se diferenciarían del resto de la gente.

—Qué bien.

Haze la miró, irritado, porque dentro de él había algo que le llevaba la contraria y sostenía que los bastardos no podían salvarse, que había una única verdad —que Jesús era un mentiroso— y que el de Sabbath era un caso perdido. Ella se desabrochó el cuello y se tendió en el suelo cuan larga era.

—Pero mis pies son blancos, ¿no? —preguntó levantándolos un poco.

Haze no le miró los pies. La cosa que llevaba dentro le decía que la verdad no se contradecía y que en la Iglesia Sin Cristo, los bastardos no tenían salvación. Decidió que lo olvidaría, que no era importante.

—Había una vez una criatura —dijo ella poniéndose boca abajo— que a nadie le importaba si vivía o se moría. Sus parientes se la fueron quitando de encima hasta que al final fue a parar a la casa de su abuela, una mujer malísima que no aguantaba tenerla cerca porque las cosas buenas, por chiquitas que fueran, le llenaban el cuerpo de ronchas. Le entraban muchos picores y se hinchaba toda. Hasta los ojos le picaban y se le hinchaban, y lo único que podía hacer era correr de un lado a otro del camino, sacudiendo las manos y blasfemando, y cuando la criaturita llegó a su casa, se puso mucho peor, así que la tenía encerrada bajo llave en una jaula para pollos. Y ella veía a su abuelita en el fuego del infierno, hinchada y ardiendo, y le contaba todo lo que veía y la abuelita llegó a hincharse tanto que al final se fue al pozo, se enrolló al cuello la cuerda del pozo, echó el cubo dentro y se partió el cuello.

Y luego le preguntó:

—¿Tú me echarías quince años?

—En la Iglesia Sin Cristo la palabra bastardo no tendría ningún sentido —dijo Haze.

—¿Por qué no te acuestas y descansas? —preguntó ella.

Haze se apartó un poco y se acostó. Se colocó el sombrero sobre la cara y cruzó los brazos sobre el pecho. Ella se puso a cuatro patas, gateó hasta donde él estaba, se le montó encima y observó la copa del sombrero. Levantó el sombrero como una tapa y miró a Haze a los ojos. Los tenía vueltos hacia arriba.

—Me da igual cuánto te gusto —dijo ella en voz baja.

Él le clavó los ojos en el escote. Ella bajó poco a poco la cabeza hasta casi rozarle la punta de la nariz con la suya, pero él siguió sin mirarla.

—Te veo —dijo ella, juguetona.

—¡Largo de aquí! —exclamó, dando un violento respingo.

Ella se levantó deprisa y corrió a esconderse detrás del árbol. Haze se encasquetó el sombrero y se puso de pie, turbado. Quería subirse otra vez al Essex. De pronto cayó en la cuenta de que lo había dejado estacionado en un camino rural, sin cerrarlo con llave, y que el primero que pasara podía llevárselo.

—Te veo —dijo una voz detrás del árbol.

Él echó a andar a paso vivo en dirección contraria, hacia el coche. La expresión de júbilo en el rostro que asomaba detrás del árbol se desvaneció.

Él se subió al coche e hizo las maniobras para ponerlo en marcha, pero en algún lugar de las tuberías, el vehículo soltó un gorgoteo como de escape de agua. Entonces le entró el pánico y empezó a golpear el arranque. En el salpicadero había dos instrumentos con agujas, primero señalaron vertiginosamente hacia un lado y luego hacia el contrario, aunque funcionaban a su aire, independientemente del resto del coche. No supo precisar si se había quedado o no sin gasolina. Sabbath Hawks fue corriendo a la alambrada. Se tiró al suelo, pasó por debajo, se acercó a la ventanilla del coche y se lo quedó mirando. Él volvió la cabeza hacia la chica con fiereza y le preguntó:

—¿Qué le hicistes a mi coche?

Se bajó y echó a andar camino abajo, sin esperar a que ella le contestara. Poco después, ella lo siguió a cierta distancia.

Donde la carretera desviaba hacia el camino de tierra, él había visto una tienda con un surtidor delante. Se encontraba como a un kilómetro en dirección contraria; Haze anduvo a paso vivo hasta que llegó. La tienda parecía abandonada, pero al cabo de un momento, del bosque que había detrás salió un hombre, y Haze le dijo lo que quería. Mientras el hombre iba a buscar su camioneta para llevarlos de regreso al Essex, llegó Sabbath Hawks y fue hasta una jaula de unos dos metros de altura, que estaba al costado de la barraca. Haze no había reparado en la jaula hasta que ella fue hacia allí. Notó que en su interior había algo vivo, y se acercó lo suficiente para leer el letrero que decía: DOS ENEMIGOS MORTALES. ECHA UN VISTAZO. ES GRATIS.

Un oso negro muy flaco, de algo más de un metro de altura, descansaba tumbado en el suelo de la jaula; tenía el lomo sucio de liga con la que lo había acribillado un pollo de halcón desde la percha donde estaba posado, en la parte superior del mismo compartimento. El halcón había perdido gran parte de la cola; el oso era tuerto.

—Anda, vamos, si no quieres que te dejen aquí —dijo Haze de malos modos, agarrándola del brazo.

El hombre tenía la camioneta dispuesta y los tres partieron hacia donde se encontraba el Essex. En el trayecto, Haze le habló de la Iglesia Sin Cristo; le explicó sus principios y le dijo que la idea del bastardo no tenía cabida en ella. El hombre no hizo comentarios. Cuando llegaron al Essex, echó una lata de gasolina en el depósito, Haze se subió e intentó ponerlo en marcha, pero no hubo manera. El hombre levantó el capó y examinó el interior durante un rato. Era manco, tenía dos dientes color arena, los ojos azul pizarra y pensativos. Apenas había dicho un par de palabras. Se pasó un buen rato debajo del capó mientras Haze esperaba de pie, pero no tocó nada. Finalmente, el hombre bajó el capó y se sonó la nariz.

—¿Qué es lo que no funciona? —preguntó Haze, inquieto—. Es un buen coche, ¿no es cierto?

El hombre no le contestó. Se sentó en el suelo y se metió debajo del Essex. Llevaba botas cortas y calcetines grises. Estuvo debajo del coche un rato largo. Haze se puso a cuatro patas y miró debajo para comprobar qué hacía, pero no hacía nada. Estaba allí acostado, mirando hacia arriba, como si meditase; tenía el brazo sano cruzado sobre el pecho. Al final salió de debajo del coche, se limpió la cara y el cuello con un trapo de franela que llevaba en el bolsillo.

—Oiga —dijo Haze—, es un buen coche, este. Usted deme un empujón y listo. El coche me va a llevar a donde yo quiera ir.

El hombre no dijo nada, pero se montó en la camioneta, Haze y Sabbath Hawks se subieron al Essex y el hombre los empujó. Tras recorrer unos cien metros, el Essex comenzó a eructar, a jadear y a sacudirse. Haze sacó la cabeza por la ventanilla y le hizo señas a la camioneta para que se pusiera a su lado.

—¿Qué? ¿Qué le dije yo? Este coche me va a llevar a donde yo quiera ir. A lo mejor se para de vez en cuando, pero no se va a parar para siempre. ¿Cuánto le debo?

—Nada —contestó el hombre—. No me debe nada.

—Pero ¿y la gasolina? ¿Cuánto le debo por la gasolina?

—Nada —contestó el hombre con la misma mirada penetrante—. No me debe nada.

—Gracias, entonces —dijo Haze y partió—. No necesito favores de ese.

—Es un coche espléndido —dijo Sabbath Hawks—. Va suave como la seda.

—No lo fabricó un montón de extranjeros, ni de negros, ni de mancos —dijo Haze—. Lo fabricó una gente que tenía los ojos bien abiertos y sabía lo que hacía.

Cuando llegaron al final del camino de tierra y se encontraron ante el asfaltado, la camioneta alcanzó otra vez al Essex y mientras los dos coches estuvieron a la misma altura, Haze y el hombre de los ojos azul pizarra se miraron por la ventanilla.

—Le dije que este coche me llevaría a donde quisiera ir —comentó Haze con acritud.

—Ciertas cosas pueden llevar a cierta gente a ciertos lugares —dijo el hombre y enfiló por la carretera asfaltada.

Haze siguió adelante. La nube de un blanco cegador se había convertido en un pájaro de alas largas y finas, y desaparecía en dirección opuesta.

8

Enoch Emery sabía que su vida jamás volvería a ser la misma, porque había comenzado a ocurrirle la cosa que debía ocurrir. Siempre había sabido que iba a ocurrir algo, pero ignoraba lo que era. Si hubiese sido de los que se entregan a la reflexión, tal vez habría considerado llegada la hora de justificar la sangre de su papá, pero al pensar no abarcaba tanto, solo pensaba en el paso siguiente. Algunas veces ni siquiera pensaba, se limitaba a hacerse preguntas; y entonces, al cabo de nada, se sorprendía haciendo esto o aquello, como un pájaro se sorprende construyendo un nido sin habérselo propuesto siquiera.

Lo que iba a ocurrirle había comenzado cuando le enseñó el contenido de la vitrina a Haze Motes. Era un misterio que escapaba a su comprensión, pero sabía que aquello que se esperaba de él era algo espantoso. La sangre era más sensible que cualquier otra parte de su cuerpo; iba escribiendo la desgracia a través de todo su ser, excepto quizá el cerebro, y el resultado era que su lengua, que asomaba cada pocos minutos para lamer la boquera, sabía más que él.

Lo primero que se sorprendió haciendo, y que no era normal,

fue ahorrar la paga. La ahorraba toda, menos la cantidad que la patrona de la pensión le cobraba semanalmente y la que destinaba a comprar comida. Poco después, cuál no sería su sorpresa al comprobar que comía poquísimo, y que también ahorraba ese dinero. Tenía afición a los supermercados; todas las tardes, cuando salía del parque municipal, solía ir a uno y pasar allí más o menos una hora, curioseando entre las latas de comida y leyendo las historias de los envases de cereales. En los últimos tiempos se había visto obligado a llevarse de vez en cuando alguna que otra cosa que no abultara demasiado en el bolsillo, y se preguntaba si por eso ahorraba tanto en comida. Tal vez fuera por eso, pero sospechaba que ahorrar dinero guardaba relación con algo mucho más importante. Siempre había tenido inclinación a robar pero nunca había ahorrado.

Al mismo tiempo, empezó a limpiar su habitación. Era un cuartito verde, o había sido verde en otros tiempos, situado en el desván de una pensión entrada en años. Esa residencia tenía el aspecto y el aire de algo momificado, pero a Enoch no se le había ocurrido nunca sacarle brillo a la parte (correspondiente a la cabeza) en la cual vivía. Sencillamente se sorprendió haciéndolo.

Primero quitó la alfombra del suelo y la colgó en la ventana. Fue un error porque cuando quiso entrarla, se encontró con que solo quedaban unas cuantas hilachas largas, en una de las cuales seguía prendida una tachuela. Supuso que debía de ser una alfombra muy vieja, por lo que decidió tratar con más cuidado el resto de los muebles. Lavó el bastidor de la cama con agua y jabón y descubrió que, debajo de la segunda capa de mugre, era oro puro, y aquello le causó una impresión tan grande que también lavó la silla. Era una silla baja y redonda, con las patas abultadas de tal modo que parecía puesta en cuclillas. El oro empezó a verse al primer contacto con el agua pero desapareció al segundo, y bastó una pasada más para que la silla terminara sentada, como si aquello marcase el final de largos años de lucha interior. Enoch no sabía si la silla estaba a favor o en contra de él. Sintió el impulso perverso de romperla a patadas, pero la dejó allí, sentada en la posición exacta en la que había estado siempre, porque, al menos por el momento, él no era un insensato dispuesto a correr riesgos por el significado de las cosas. Por el momento, solo sabía que lo que importaba era lo que no sabía.

El único otro mueble del cuarto era un lavabo. Constaba de tres partes y se apoyaba sobre patas de pajarito de quince centímetros de alto. Las patas remataban en garras, cada una de las cuales se aferraba a una pequeña bala de cañón. La parte inferior era un armarito, similar a un tabernáculo, destinado a contener un cubo para las lavazas. Enoch no poseía un cubo así, pero sentía cierta reverencia por la función de las cosas y como no disponía del objeto adecuado para colocar allí dentro, lo dejó vacío. Justo encima de ese lugar destinado al tesoro, había una placa de mármol gris, detrás de la cual se alzaba un enrejado de madera con tallas en forma de corazones, volutas y motivos florales que se desplegaban a los lados formando dos alas de águila curvadas, en cuyo centro, justo a la altura de la cara de Enoch cuando se ponía delante, había un espejito ovalado. El marco de madera continuaba por encima del espejo y remataba en un casquete astado, cual prueba de que el artista no había perdido la fe en su obra.

Por lo que a Enoch respectaba, aquel mueble siempre había

sido el centro de la habitación, el que más lo unía a aquello que no sabía. En más de una ocasión, después de una cena abundante, había soñado que abría el armarito, se metía dentro y practicaba ciertos ritos y misterios de los que había tenido una vaga idea por la mañana. Durante la limpieza, tuvo en mente el lavabo desde el principio, pero, como era habitual en él, empezó por lo menos importante y fue avanzando en círculo y hacia el centro, donde estaba el significado. De manera que antes de atacar el lavabo, se ocupó de los cuadros de la habitación.

Había tres, uno era de la patrona (que estaba casi ciega pero que se guiaba por un agudo sentido del olfato) y dos eran suyos. El de ella era un retrato marrón de un alce, de pie en medio de un pequeño lago. La mirada de superioridad en la cara del animal le resultaba a Enoch tan insoportable que, de no haberle tenido miedo, le habría puesto remedio hacía mucho tiempo. Tal y como estaban las cosas, no podía hacer un solo movimiento por el cuarto sin que aquella cara petulante lo observara, no con gesto indignado porque no había nada mejor que esperar, y tampoco divertido porque no había nada gracioso. Aunque hubiese buscado a fondo, no habría podido encontrar un compañero de habitación que lo fastidiara más. Mantenía en su interior un flujo constante de comentarios nada halagadores para con el alce, aunque cuando los hacía en voz alta, se mostraba más comedido. El alce estaba puesto en un grueso marco marrón, decorado con un motivo de hojas que aumentaba su importancia y su aire ufano. Enoch sabía que había llegado la hora de hacer algo; no sabía qué iba a pasar en su habitación, pero cuando pasara, no quería tener la sensación de que el alce llevaba la voz cantante. La solución le llegó como servida en bandeja: en un arranque de intuición se dio cuenta de que quitarle el marco equivalía a quitarle la ropa (aunque no llevara prenda alguna), y no se equivocó, porque cuando hubo eliminado el marco, el animal adquirió un aspecto tan desmejorado que Enoch no pudo hacer otra cosa que reírse y mirarlo con el rabillo del ojo.

Tras semejante éxito, se centró en los otros dos cuadros. Se trataba de ilustraciones de calendarios que le habían enviado de la funeraria Hilltop Funeral Home y de la empresa American Rubber Tire Company. En uno aparecía un niño, con un pijama Doctor Denton de color azul, arrodillado junto a su cama, que decía: «Y bendice a mi papá», mientras la luna asomaba por la ventana. Era la ilustración preferida de Enoch y colgaba justo encima del cabecero de su cama. La otra representaba a una señora vestida con un neumático, y colgaba directamente en la pared opuesta, justo enfrente del alce. La dejó donde estaba, seguro de que el alce fingía no verla. En cuanto terminó con los cuadros, salió y con todo el dinero que había ahorrado compró cortinas de chintz, una botella de barniz dorado y una brocha.

Sufrió una decepción porque había abrigado la esperanza de comprarse algo de ropa con ese dinero, en cambio, vio cómo se lo gastaba en un juego de cortinas. No supo en qué usaría el barniz dorado hasta que llegó a casa; cuando entró con la botella, se sentó delante del lavabo, abrió el armarito destinado al cubo para las lavazas, y pintó el interior con el barniz dorado. Entonces se dio cuenta de que el armarito debía utilizarse PARA algo.

Enoch nunca importunaba a su sangre para que le dijera algo hasta que estaba preparada. Él no era de esos muchachos que aprovechan la primera ocasión que se le presenta y se precipitan proponiendo esta o aquella ridiculez. En un asunto tan importante como el que lo ocupaba, siempre estaba dispuesto a esperar una certeza, y esperó a que llegara, convencido al menos de que al cabo de unos días lo sabría. Después, y durante casi una semana, su sangre se reunía a diario, en conferencia secreta consigo misma, y solo hacía una pausa de vez en cuando para gritarle alguna orden.

El lunes siguiente, al despertar, estaba convencido de que ese sería el día en que lo sabría. Su sangre corría de acá para allá como las mujeres cuando limpian la casa al marcharse las visitas, y se sentía rebelde y malhumorado. Cuando comprendió que ese era el día, decidió no levantarse. No quería justificar la sangre de su papá, no quería verse siempre obligado a hacer algo que alguna otra cosa quería que hiciese, algo que él desconocía y era siempre peligroso.

Naturalmente, su sangre no iba a consentir semejante actitud. Llegó al zoológico a las nueve y media, con apenas media hora de retraso sobre el horario habitual. Durante toda la mañana ni siquiera pensó en la entrada que le tocaba vigilar, sino que tenía la cabeza ocupada en perseguir a su sangre, como un muchacho que, armado de cubo y fregona, limpia por aquí y moja por allá, sin un minuto de descanso. En cuanto llegó el guarda del segundo turno, Enoch se fue para la ciudad.

La ciudad era el último sitio donde quería encontrarse porque allí podía ocurrir cualquier cosa. Durante todo el tiempo en que había estado con la cabeza ocupada en esto y lo otro, no había dejado de pensar que en cuanto terminara su turno, se marcharía disimuladamente a su casa para meterse en cama.

Cuando llegó al centro de la zona comercial, estaba agotado y tuvo que apoyarse en el escaparate de Walgreen's para refrescarse. El sudor le bajaba por la espalda produciéndole picores, y al cabo de nada, fue como si a fuerza de músculos, Enoch se abriera paso a través del cristal, contra un fondo de relojes, colonias, caramelos, compresas, plumas estilográficas y linternas de bolsillo, en una exposición multicolor que lo doblaba en altura. Fue como si se abriera paso hacia un estruendo proveniente del centro de un pequeño gabinete que formaba la entrada al drugstore. Había allí una máquina amarilla y azul, de cristal y acero, que escupía palomitas de maíz dentro de un caldero lleno de sal y mantequilla. Enoch se acercó, con el monedero en la mano, contando las monedas. Su monedero era una bolsita de cuero larga y gris, atada por arriba con un cordón. Se la había robado a su papá y la guardaba como un tesoro porque era el único objeto de su propiedad que había tocado su papá (además de él). Sacó dos monedas de cinco centavos y se las entregó a un chico pálido, con un delantal blanco, que se ocupaba de la máquina. El chico hurgó en las tripas de la máquina y llenó con palomitas una bolsa blanca de papel, sin quitarle el ojo al monedero de Enoch. De haber sido otro día, Enoch habría tratado de hacerse amigo de él, pero ese día estaba demasiado preocupado para verlo siquiera. Cogió la bolsa y se dispuso a meter el monedero en el sitio del que lo había sacado. El chico siguió el monedero con los ojos justo hasta el borde del bolsillo.

—Esa cosa de ahí parece la vejiga de un puerco —comentó con envidia.

—Me tengo que ir —murmuró Enoch y rápidamente entró en el drugstore.

Una vez dentro, caminó distraídamente hacia el fondo de la tienda, y después regresó hacia la entrada por el otro pasillo, como si quisiera dejar constancia de su presencia a quienquiera que lo estuviese buscando. Se detuvo delante del bar de bebidas sin alcohol para ver si encontraba dónde sentarse y comer algo. El mostrador era de linóleo marmolado en color rosa y verde, la camarera que había detrás era pelirroja y vestía uniforme verde lima y delantal rosa. Tenía los ojos verdes engarzados en rosa, a juego con la ilustración a sus espaldas de la Copa Sorpresa de Cereza y Lima, la oferta especial del día por diez centavos. La muchacha se plantó delante de Enoch mientras él estudiaba la información colgada encima de la cabeza de ella. Poco después, la muchacha apoyó el pecho en el mostrador, se cruzó de brazos y esperó. Enoch no sabía bien cuál de esos brebajes era el que le convenía tomar hasta que ella decidió por él, metió un brazo debajo del mostrador y sacó una Copa Sorpresa de Cereza y Lima.

—Tranquilo —dijo ella—, la preparé esta mañana después del desayuno.

—Hoy me va a pasar algo —dijo Enoch.

—Quédate tranquilo —dijo ella—. Que la preparé hoy.

—Me di cuenta esta mañana al levantarme —dijo él, con mirada de visionario.

—Por Dios —dijo ella y de un manotazo retiró la copa que tenía delante. Se volvió de espaldas, se puso a mezclar ingredientes, y en un abrir y cerrar de ojos, le plantó delante otra copa, exactamente igual, pero recién hecha.

—Me tengo que ir —dijo Enoch y salió deprisa. Al pasar delante de la máquina de palomitas un ojo se clavó en su bolsillo, pero él pasó de largo. No quiero hacerlo, se decía. Sea lo que sea, no quiero hacerlo. Me voy para casa. Será algo que no quiero hacer. Será algo que no es cosa mía. Y pensó en cómo se había gastado todo el dinero en cortinas y barniz dorado cuando podía haberse comprado una camisa y una corbata fosforescente. Será algo prohibido por ley, se dijo. Siempre es algo prohibido por ley. No pienso hacerlo, dijo, y se detuvo. Se encontraba delante de una sala de cine con un cartel enorme de un monstruo que metía a una mujer joven dentro de un incinerador.

No pienso entrar en un cine donde hacen estas películas, dijo, lanzándole un nervioso vistazo. Me voy a casa. No pienso hacer tiempo viendo una película. No tengo dinero para comprarme la entrada, dijo, sacando otra vez el monedero. Y no pienso contar el cambio.

Solamente tengo cuarenta y tres centavos, dijo, no me alcanza. Un letrero indicaba que la entrada de adultos costaba cuarenta y cinco centavos, y en la galería, treinta y cinco. No pienso sentarme en la galería, dijo, mientras compraba una entrada de treinta y cinco centavos.

No pienso entrar, dijo.

Dos puertas se abrieron de par en par y Enoch se vio bajando por un largo foyer rojo, y a continuación, por un túnel más oscuro, y luego por otro túnel más alto y más oscuro. Minutos después llegó a la parte superior del vientre y buscó un asiento a tientas, como Jonás. No pienso ver la película, dijo enfurecido. Las únicas películas que le gustaban eran los musicales en color.

La primera película era sobre un científico llamado El Ojo que operaba a sus pacientes por control remoto. Te despertabas por la mañana, con un tajo en el pecho o en la cabeza o el estómago y descubrías que te faltaba algo sin lo cual no podías pasar. Enoch se caló bien el sombrero y se parapetó detrás de las rodillas encogidas; solo los ojos miraban la pantalla. Esa película duró una hora.

La segunda película trataba de la vida en la Penitenciaría de la Isla del Diablo. Al cabo de un rato, Enoch tuvo que aferrarse a los dos brazos del asiento para no precipitarse por encima de la barandilla que tenía delante.

La tercera película se titulaba: *Lonnie vuelve a casa*. Iba sobre un babuino llamado Lonnie que salvaba a los niños de un orfanato en llamas. Enoch se pasó todo el rato esperando que Lonnie se quemara, pero ni siquiera daba la impresión de notar el calor. Al final, una chica bonita le entregaba una medalla. Para Enoch aquello fue el colmo. Se lanzó al pasillo, rodó por los dos túneles altos, recorrió a toda velocidad el foyer rojo y salió a la calle. En cuanto le dio el aire, se desmayó.

Cuando volvió en sí, estaba sentado con la espalda apoyada en la pared del cine y ya no pensaba en eludir su deber. Era de noche y tuvo la sensación de que la certeza de la que no podía huir se le echaba encima. Su resignación era perfecta. Se quedó apoyado contra la pared unos veinte minutos, después se levantó y echó a andar calle abajo como guiado por una melodía silenciosa o por uno de esos silbatos que solo oyen los perros. Caminó dos manzanas y se detuvo, atento al otro lado de la calle. Allí, frente a él, bajo la luz de una farola, había un coche alto, color rata, y encaramada al morro, una figura oscura con un fiero sombrero blanco. Los brazos de la silueta subían y bajaban y las manos eran delgadas, gesticulantes, casi tan pálidas como el sombrero.

—¡Hazel Motes! —musitó Enoch, y el corazón empezó a golpearle a un lado y a otro como el badajo de una campana enloquecida.

Había unas cuantas personas congregadas en la acera, cerca del coche. Enoch no sabía que Hazel Motes había fundado la Iglesia Sin Cristo y que se hubiese puesto a predicarla todas las noches por las calles; no había vuelto a verlo desde aquel día en el parque, cuando le había mostrado el hombre apergaminado de la vitrina.

—Si hubierais sido redimidos —gritaba Hazel Motes—, os preocuparía la redención, pero no es así. Mirad en vuestro interior, y si habéis sido redimidos, decidme si no preferiríais no haberlo sido. No hay paz para los redimidos —gritó—, ¡y yo predico la paz, predico la Iglesia Sin Cristo, la iglesia pacífica y satisfecha!

Dos o tres personas que se habían parado cerca del coche se fueron en dirección contraria.

—¡Marchaos! —aulló Hazel Motes—. ¡Adelante, marchaos! La verdad no os importa. Escuchadme —dijo, señalando con el dedo al resto de los presentes—, la verdad no os importa. Si Jesús os hubiese redimido, ¿en qué os afectaría? En nada, en nada de nada. Vuestras caras no se moverían, ni para aquí ni para allá, y si ahí delante hubiera tres cruces con Él colgado en la del medio, esa cruz no tendría más sentido que las otras dos, ni para vosotros ni para mí. Escuchadme bien. Lo que os hace falta es algo que ocupe el lugar de Jesús, algo que hable claro. ¡La Iglesia Sin Cristo no tiene un Jesús, pero necesita uno! ¡Un nuevo jesús! Uno que sea todo hombre, sin sangre que derrochar, y necesita uno que no se parezca a ningún otro hombre para que os fijéis en él. Dadme un jesús así, os lo pido. ¡Dadme un jesús nuevo como el que os digo y veréis hasta dónde es capaz de llegar la Iglesia Sin Cristo!

Una de las personas congregadas se fue y quedaron solo dos. Enoch estaba paralizado en medio de la calle.

—Mostradme dónde está este nuevo jesús —bramó Hazel Motes—, y lo elevaré en la Iglesia Sin Cristo y entonces veréis la verdad. Y así sabréis de una vez por todas que no habéis sido redimidos. ¡Que alguien me dé a este nuevo jesús, para que todos podamos ser salvados con solo verlo!

Enoch empezó a gritar sin emitir sonido alguno. Gritó de aquel modo un minuto entero mientras Hazel Motes continuaba su prédica.

—¡Miradme y veréis a un hombre pacífico! —gritó Hazel Motes con la garganta rota—. Pacífico porque mi sangre me ha hecho libre. ¡Pedid consejo a vuestra sangre y venid a la Iglesia Sin Cristo, tal vez así alguien nos traiga un nuevo jesús, y de ese modo, todos seremos salvados con solo verlo!

Un sonido ininteligible brotó de Enoch. Quiso gritar a voz en cuello, pero se lo impedía su sangre. Y murmuró:

—¡Escúchame, lo tengo! ¡Que yo te lo puedo conseguir! ¡Tú lo conoces! ¡Es él! El que te mostré. ¡Lo vistes con tus propios ojos!

Su sangre le recordó que la última vez que había visto a Haze Motes fue cuando Haze Motes lo había golpeado en la cabeza con una piedra. Y todavía no sabía cómo iba a hacer para robarlo de la vitrina. Lo único que sabía era que en su cuarto tenía un lugar listo para guardarlo hasta que Haze estuviese preparado para recibirlo. La sangre le sugirió que dejara que ocurriera como una sorpresa para Haze Motes. Empezó a retroceder. Retrocedió por la calle y por un trecho de acera y desembocó en otra calle donde un taxi frenó de golpe para no atropellarlo. El taxista asomó la cabeza por la ventanilla y le preguntó cómo se las había arreglado para ir por la vida cuando Dios lo había hecho con dos espaldas en lugar de una espalda y una delantera.

Enoch estaba demasiado preocupado para pensar en ello.

—Me tengo que ir —murmuró y se alejó corriendo.

9

Hawks mantenía la puerta con el cerrojo echado y cuando do Haze llamaba, cosa que hacía dos o tres veces al día, el ex evangelista mandaba a su hija y volvía a echar el cerrojo tras ella. Lo enfurecía que Haze merodeara por la casa, buscando cualquier pretexto para colarse y mirarle la cara; además, casi siempre estaba borracho y no quería que lo viese así.

Haze no entendía por qué el predicador no lo recibía y se comportaba como debe hacerlo un predicador en presencia de lo que considera un alma perdida. Siguió con su empeño de volver a entrar en la habitación; la ventana por la que podía haberse colado estaba siempre cerrada y con la persiana echada. Quería ver, si podía, detrás de aquellas gafas negras.

Todas las veces que se plantaba delante de la puerta, salía la chica y por dentro echaban el cerrojo; y después ya no podía quitársela de encima. Lo seguía hasta su coche, se subía y le echaba a perder los paseos, o bien, lo seguía hasta su habitación del piso de arriba y se quedaba ahí sentada. Haze abandonó la idea de seducirla e intentó protegerse. Llevaba apenas una semana en la casa y se le presentó una noche en su habitación, cuando él ya se había acostado. Ella llevaba una vela encendida dentro de un bote de mermelada y de los hombros flacos le colgaba un camisón que arrastraba por el suelo. Haze no se despertó hasta que ella estuvo muy cerca de la cama, y entonces, apartó las mantas y de un salto se plantó en medio del cuarto.

—¿Qué quieres? —le preguntó.

Ella no contestó, y a la luz de la vela su sonrisa se hizo más amplia. Él la miró ceñudo un momento, luego aferró la silla de respaldo recto y la levantó como si fuera a golpearla. Ella tardó en reaccionar una fracción de segundo. La puerta del cuarto no tenía cerrojo, de modo que Haze la atrancó colocando la silla debajo del picaporte antes de meterse otra vez en la cama.

—Oye —dijo ella cuando regresó a su habitación—, no hay nada que funcione. Por poco no me pega con una silla.

—Me voy dentro de un par de días —dijo Hawks—, más te vale que funcione si quieres seguir comiendo cuando me haya ido.

—Estaba borracho, pero hablaba en serio.

Nada salía como Haze había esperado. Se había pasado todas las tardes predicando, y la comunidad de la Iglesia Sin Cristo seguía contando con un solo miembro: él mismo. Le habría gustado reunir a toda prisa gran número de seguidores para impresionar al ciego con sus poderes, pero nadie lo seguía. Había contado con una especie de partidario, pero había sido un error. Se trataba de un muchacho de unos dieciséis años que buscaba a alguien que lo acompañara a un prostíbulo porque nunca había estado en uno. El chico sabía dónde se encontraba el establecimiento, pero no quería ir sin una persona experimentada, y cuando oyó a Haze, esperó a que terminara de predicar y le pidió que lo acompañase al prostíbulo. Pero todo fue un error, porque cuando salieron después de la visita, y Haze le pidió que se hiciera miembro de la Iglesia Sin Cristo, mejor aún, que fuera uno de sus discípulos, un apóstol, el muchacho dijo que lo sentía, que no podía ser miembro de esa iglesia porque era católico no practicante. Dijo que lo que acababan de hacer era pecado mortal, y que si morían sin haberse arrepentido, sufrirían el castigo eterno y jamás verían a Dios. En el prostíbulo, Haze no había disfrutado nada en comparación con el muchacho y para colmo había perdido casi toda la tarde. Le dijo a gritos que el pecado y el juicio no existían, pero el muchacho se limitó a sacudir la cabeza y a preguntar si no le gustaría regresar la noche siguiente.

Si Haze hubiese creído en las plegarias, habría rezado para conseguir un discípulo pero, tal y como estaban las cosas, lo único que podía hacer era atormentarse mucho. Y dos noches después de lo ocurrido con el muchacho, apareció el discípulo.

Aquella noche predicó en la entrada de cuatro salas de cine distintas, y cada vez que levantaba la vista, se encontraba con la misma cara grande que le sonreía. El hombre era regordete, tenía el pelo rubio y rizado y lucía un corte con vistosas patillas. Llevaba un traje negro, de rayas plateadas, sombrero blanco de ala ancha echado hacia atrás, y calzaba zapatos negros, estrechos y puntiagudos, sin calcetines. Tenía pinta de ex predicador convertido en vaquero, o de ex vaquero convertido en empleado de funeraria. No era apuesto, pero su sonrisa escondía cierta honestidad que encajaba en su rostro como una dentadura postiza.

Cada vez que Haze lo miraba, el hombre le hacía un guiño.

En la entrada de la última sala de cine donde predicó, lo escucharon tres personas aparte del hombre.

—¿Os importa para algo la verdad? —preguntó—. El único camino hacia la verdad pasa por la blasfemia, pero ¿os importa? ¿Vais a tener en cuenta algo de lo que os he dicho o vais a marcharos como hacen todos?

Las tres personas eran dos hombres y una mujer que llevaba un bebé con cara gatuna echado sobre el hombro. La mujer no le quitaba los ojos de encima a Haze, como si él estuviera en una barraca de feria.

—Vámonos —dijo la mujer—, ya ha terminado. Tenemos que irnos. —La mujer se dio media vuelta y los dos hombres la siguieron.

—Adelante, marchaos —dijo Haze—, pero recordad que la verdad no acecha a la vuelta de cualquier esquina.

El hombre que lo había seguido, se acercó veloz, tiró de la pernera del pantalón de Haze y le guiñó el ojo.

—Vuelvan aquí, no se vayan —dijo—. Les voy a contar todo sobre mí.

La mujer se dio la vuelta y el hombre le sonrió como si lo hubiese cautivado con su atractivo desde el principio. Ella tenía la cara cuadrada y roja y llevaba el pelo recién marcado.

—Ojalá tendría aquí mi guitarra —dijo el hombre—, no sé por qué, pero cuando tengo que decir cosas dulces, me salen mejor con música. Y cuando hablamos de Jesús, hace falta un poco de música, ¿no es así, amigos míos?

Miró a los dos hombres como si estuviese apelando al buen juicio que llevaban retratado en la cara. Lucían sombreros de fieltro marrón y traje negro, y parecían hermanos, uno mayor que el otro.

—Presten atención, amigos míos —dijo el discípulo en confianza—, hace dos meses, antes de conocer al Profeta que ven aquí, yo era tan distinto que ninguno de ustedes me hubiera reconocido. No tenía un solo amigo en el mundo. ¿Saben lo que es no tener un solo amigo en el mundo?

—No es peor que tener uno que te clave un puñal por la espalda a la que te descuidas —dijo el hombre mayor, sin apenas despegar los labios.

—Sabias palabras las suyas, amigo mío. Si tuviera tiempo, le pediría que las repitiera para que todos las oyeran como yo. —La función había terminado y del cine empezó a salir más gente—. Amigos míos —prosiguió el discípulo—, sé que todos están interesados en el Profeta que ahí ven —dijo, señalando a Haze, que estaba subido al morro del coche—, y si me prestan un momento de atención, les voy a contar lo que él y sus ideas hicieron por mí. No me se amontonen, no tengo inconveniente en quedarme para contárselo la noche entera, si hace falta.

Haze siguió donde estaba, inmóvil, con la cabeza ligeramente echada hacia adelante, como si no estuviera seguro de lo que oía.

—Amigos míos —prosiguió el hombre—, permítanmen que me presente. Me llamo Onnie Jay Holy, lo digo para que puedan comprobarlo y ver que no miento. Soy predicador y me da lo mismo si se sabe o no, pero no me gustaría que creyeran ustedes nada que no sintieran de corazón. Y ustedes, amigos míos, ustedes que acaban de llegar, no se queden tan lejos, acérquensen más donde puedan oír bien. Que no les voy a vender nada. ¡Se los voy a rega-

lar! —Se había reunido un número considerable de personas—.
Amigos míos —siguió diciendo—, hace dos meses, yo era tan distinto, que ninguno de ustedes me hubiera reconocido. No tenía
un solo amigo en el mundo. ¿Saben lo que es no tener un solo
amigo en el mundo?

Alguien gritó bien alto:

—No es peor que tener uno que te...

—En verdad les digo —lo interrumpió Onnie Jay Holy—,
¡no tener un solo amigo en el mundo es lo más triste y desgraciado que le puede pasar a un hombre o a una mujer! Y así me sentía
yo. Estaba dispuesto a ahorcarme o a dejarme llevar por la dese-
peración. Ni siquiera mi vieja y querida madre me amaba, y no
porque yo no fuera dulce por dentro, sino porque no sabía cómo
demostrar mi dulzura natural. Toda persona que viene a este
mundo —dijo, extendiendo los brazos—, nace dulce y llena de
amor. Un niño pequeño ama a todo el mundo, amigos míos, y es
dulce por naturaleza..., hasta que pasa algo. Pasa algo, amigos
míos, que no hace falta que explique a unas personas como ustedes, que saben pensar por sí mismas. Y cuando ese niño pequeño
crece, su dulzura ya no se nota tanto, porque las preocupaciones y
los pesares vienen a confundirlo, y toda la dulzura queda sepultada dentro de él. Y así llega a sentirse triste, desgraciado y enfermo,
amigos míos. Y dice: «¿Adónde fue a parar toda mi dulzura? ¿Dónde están todos los amigos que me querían?», y todo el tiempo, esa
rosita ajada de su dulzura sigue ahí dentro, no ha perdido un solo
pétalo, mientras por fuera todo es amarga soledad. Puede que
quiera quitarse la vida, o quitársela a ustedes o a mí, o puede
que quiera dejarse llevar por la desesperación, amigos míos.

Lo dijo con voz triste y nasal, pero sin dejar de sonreír para que los allí presentes se dieran cuenta de que había pasado por lo que contaba y había conseguido superarlo.

—Amigos míos, eso fue justo lo que me pasó a mí. Sé de lo que hablo —dijo y cruzó las manos frente a él—. Pero siempre que estuve a punto de ahorcarme o de dejarme llevar por la desesperación, seguía siendo dulce por dentro, como todo el mundo, y solo necesitaba algo que sacara fuera esa dulzura. Solo necesitaba una ayudita, amigos míos.

»Y entonces conocí al Profeta que ahí ven —dijo, señalando a Haze, que estaba subido al morro del coche—. Fue hace dos meses, amigos míos, cuando supe que estaba dispuesto a ayudarme, que predicaba la Iglesia de Cristo Sin Cristo, la iglesia que iba a encontrar un nuevo jesús que me ayudaría a sacar fuera la dulce naturaleza que llevaba escondida dentro mío, para que todos pudieran disfrutar de ella. Fue hace dos meses, y se los aseguro, yo era tan distinto que ninguno de ustedes me hubiera reconocido. Los amo a todos y a cada uno de ustedes, queridos amigos míos, y quiero que nos escuchen a él y a mí... ¡y que formen parte de nuestra iglesia, la Santa Iglesia de Cristo Sin Cristo, la nueva iglesia con el nuevo jesús, y entonces todos ustedes recibirán ayuda como la recibí yo!

Haze se inclinó hacia adelante y dijo:

—Este hombre falta a la verdad. No lo había visto hasta esta noche. ¡Hace dos meses yo no predicaba esta iglesia y no se llama la Santa Iglesia de Cristo Sin Cristo!

El hombre hizo caso omiso de sus palabras, igual que los allí presentes. Formaban un grupo de unas doce personas.

—Amigos míos, atiéndanmen —insistió Onnie Jay Holy—, no saben cómo me alegro que me conozcan ahora en vez de hace dos meses, porque entonces no hubiera podido dar testimonio de esta nueva iglesia y de este Profeta que ahí ven. Si tendría aquí mi guitarra, podría decir todo esto mucho mejor, pero voy a tener que arreglármelas como pueda sin ella.

Su sonrisa era irresistible y estaba claro que no se creía mejor que nadie, aunque lo fuera.

—Y ahora, queridos amigos míos, quiero darles unas cuantas razones por las que deben confiar en esta iglesia —continuó—. En primer lugar, amigos míos, pueden estar seguros que no hay nada raro relacionado con esta iglesia. No tienen que creer en nada que no entiendan y con lo que no estén de acuerdo. Si no lo entienden, entonces no es verdad, y no hay más vueltas que darle. Aquí no hay cartas marcadas, amigos míos.

Haze se inclinó hacia adelante y dijo:

—La blasfemia es el camino hacia la verdad. ¡No hay ningún otro, lo entendáis o no!

—Y ahora, amigos míos —continuó Onnie Jay—, les daré un segundo motivo por el que deben confiar plenamente en esta iglesia…, porque se basa en la Biblia. ¡Sí, señor! Se basa en la intrepetación personal que cada cual haga de la Biblia, amigos míos. Se sientan ustedes en sus casitas a intrepetar su propia Biblia, tal como consideren en su corazón que tienen que intrepetarla. No hay más, tal como lo hubiera hecho el propio Jesús. Caramba, caramba, ojalá tendría aquí mi guitarra —dijo quejumbroso.

—Este hombre falta a la verdad —dijo Haze—. No lo había visto hasta esta noche. Nunca lo…

—Deberían ser motivos suficientes, amigos míos —dijo Onnie Jay Holy—, pero les voy a dar uno más para que vean que lo tengo. ¡Esta iglesia está al día! Cuando formen parte de esta iglesia, sabrán ustedes que no hay nada ni nadie por encima de ustedes, aquí nadie sabe nada que ustedes no sepan, todas las cartas están sobre la mesa, amigos míos, ¡y no tiene vuelta de hoja!

Debajo del sombrero blanco, la cara de Haze comenzó a desencajarse de la rabia. Cuando se disponía a abrir otra vez la boca, Onnie Jay Holy señaló, lleno de asombro, al bebé del gorrito azul que estaba echado, como sin vida, sobre el hombro de la mujer.

—Miren a ese bebé de ahí —dijo—, ese montoncito dulce, indefenso. Amigos míos, yo sé que ustedes no van a dejar que esa cosita crezca y que toda su dulzura quede sepultada dentro suyo, cuando bien podría quedarse fuera para conseguir amigos y hacerse querer. Por eso quiero que todos ustedes se hagan de la Santa Iglesia de Cristo Sin Cristo. Les costará un dólar a cada uno, pero ¿qué es un dólar? ¡Unas cuantas monedas! ¡No es un precio exagerado por sacar fuera esa rosita de dulzura que llevan dentro suyo!

—¡Escuchadme! —gritó Haze—. ¡Conocer la verdad no cuesta dinero! ¡No se puede conocer con dinero!

—Ya lo oyeron al Profeta, amigos míos —dijo Onnie Jay Holy—, un dólar no es un precio exagerado. ¡No hay precios demasiado altos cuando se trata de conocer la verdad! ¡Y ahora quiero que todo el que va a sacar partido de esta iglesia me firme en esta libretita que llevo en el bolsillo y me entregue un dólar personalmente, así yo le puedo dar la mano!

Haze se bajó del morro de su coche, se metió dentro y pisó a fondo el arranque.

—¡Eh, espera! ¡Espera! —gritó Onnie Jay Holy—. ¡Que todavía no tengo los nombres de estos amigos!

Hacia el anochecer, el Essex tenía tendencia a presentar un tic. Avanzaba apenas dos palmos, y a continuación, retrocedía apenas uno; eso hizo entonces rápidamente, varias veces seguidas, de lo contrario, Haze habría salido disparado y se habría perdido de vista. Tuvo que aferrar el volante con ambas manos para no salir despedido por el parabrisas o hacia atrás. Segundos más tarde, al Essex se le pasó el tic, avanzó unos cuantos metros y vuelta a empezar.

La cara de Onnie Jay Holy reflejaba una gran tensión; se llevó la mano a la mejilla como si el único modo de que no se le borrara la sonrisa fuera sujetándola.

—Amigos míos, me tengo que ir —dijo velozmente—, pero mañana por la noche volveré a estar aquí mismo, tengo que alcanzar al Profeta. —Y echó a correr en el preciso momento en que el Essex emprendía otra vez la marcha.

No lo habría alcanzado si el coche no se hubiese detenido antes de avanzar un trecho más. Se montó en el estribo a la carrera, abrió la puerta, y jadeando, se dejó caer dentro al lado de Haze.

—Amigo mío —dijo—, acabamos de perder diez dólares. ¿A qué viene tanta prisa?

Por la cara se notaba que algo le dolía de veras, aunque mirase a Haze con una sonrisa que dejaba al descubierto todos los dientes superiores y la punta de los inferiores.

Haze volvió la cabeza y lo observó lo suficiente para ver la sonrisa antes de que acabara estampada contra el parabrisas. Después, el Essex anduvo como la seda. Onnie Jay sacó un pañuelo color lavanda y se tapó con él la boca un buen rato. Cuando lo aparté, la sonrisa había vuelto a sus labios.

—Amigo mío —dijo—, tú y yo tenemos que estar juntos en esto. Cuando te oí abrir la boca por primera vez, me dije: «Fíjate, ahí tienes un hombre con grandes ideas».

Haze no volvió la cabeza.

Onnie Jay inspiró hondo.

—Vaya, vaya, ¿sabes quién me vino a la cabeza la primera vez que te vi? —preguntó y, tras una pausa, continuó con voz suave—: Jesucristo y Abraham Lincoln, amigo mío.

La indignación anegó la cara de Haze, borrando de ella toda expresión.

—Faltas a la verdad —murmuró con voz apenas audible.

—¿Cómo me puedes decir eso, amigo mío? —protestó Onnie Jay—. Pero si estuve tres años en la radio en un programa que ofrecía experiencias religiosas de las de verdad para toda la familia. ¿No lo escuchastes nunca…? Se llamaba El Alivio del Alma, quince minutos de Música, Motivación y Mentalidad. Soy un auténtico predicador, amigo mío.

Haze detuvo el Essex y le ordenó:

—Fuera.

—¡Lo que hay que oír! —exclamó Onnie Jay—. No deberías decir esas cosas. Es la pura verdad, soy predicador y estrella de la radio.

—Fuera —insistió Haze y tendió el brazo para abrirle la puerta.

—Jamás imaginé que tratarías así a un amigo —dijo Onnie Jay—. Yo nada más quería preguntarte por ese nuevo jesús.

—Fuera —repitió Haze y comenzó a empujarlo hacia la puerta. Lo empujó hasta el borde del asiento, le dio un empellón y Onnie Jay salió por la puerta y cayó al camino.

—Jamás imaginé que tratarías así a un amigo —se quejó.

De una patada en la pierna, Haze terminó de desmontarlo del estribo y cerró la puerta. Pisó el arranque y no pasó nada, solo se oyó un ruido que provenía de algún lugar debajo de él, como de alguien que hace gárgaras sin agua. Onnie Jay se levantó del suelo y se acercó a la ventanilla.

—Si me dijeras dónde está ese nuevo jesús del que hablabas antes —insistió.

Haze pisó varias veces el arranque pero no pasó nada.

—Abre más el estrangulador del aire —sugirió Onnie Jay, subiéndose al estribo.

—No tiene estrangulador —gruñó Haze.

—A lo mejor se ahogó —dijo Onnie Jay—. Mientras esperamos, tú y yo podemos hablar de la Santa Iglesia de Cristo Sin Cristo.

—Mi iglesia se llama Iglesia Sin Cristo —aclaró Haze—. Y a ti te he visto bastante por hoy.

—No tiene mucha importancia cuántos Cristos le añadas al nombre, si no le añades ninguno al significado, amigo mío —comentó Onnie Jay, dolido—. Deberías hacerme caso porque no soy ningún aficionao. Yo tengo vena de artista. Si en religión quieres llegar a alguna parte, no debes olvidar la dulzura. Tienes buenas ideas, pero a tu lado necesitas a alguien con vena artística.

Haze pisó con fuerza el acelerador y luego el pedal del arranque y luego el pedal del arranque y luego el acelerador. No pasó nada. La calle estaba prácticamente desierta.

—Tú y yo podríamos bajarnos y empujarlo hasta el bordillo —sugirió Onnie Jay.

—No te pedí ayuda —dijo Haze.

—Amigo mío, de verdad que me gustaría conocer a ese nuevo jesús —dijo Onnie Jay—. En la vida había oído una idea con más posibilidades que esa. Nada más le hace falta un poquito de promoción.

Haze intentó poner el coche en marcha apoyando todo el peso del cuerpo en el volante, pero no hubo manera. Se bajó, se fue a la parte de atrás y empezó a empujarlo hacia el bordillo. Onnie Jay se puso a su lado y le echó una mano.

—No te creas que no me se ocurrió a mí también lo de un nuevo jesús —observó—. Ya veía yo que uno nuevo sería más moderno.

»¿Dónde lo tienes guardao, amigo mío? —preguntó—. ¿Es alguien que ves todos los días? De verdad que me gustaría conocerlo y oír algunas de sus ideas.

Empujaron el coche hasta un sitio donde encontraron aparcamiento. No había modo de cerrarlo con llave, y Haze temía que se lo robaran si lo dejaba toda la noche en la calle, tan lejos de donde vivía. No le quedaba más remedio que dormir en el coche. Se montó en la parte de atrás y bajó las cortinas con flecos. Entretanto, Onnie Jay había metido la cabeza por la ventanilla delantera.

—Quédate tranquilo, que si llego a conocer a ese nuevo jesús, no te voy a dar de lado. No sabes lo importante que sería para mí y para el bien de mi espíritu.

Haze apartó el tablón de diez por cinco del bastidor del asiento e hizo algo más de sitio donde echarse a dormir. Llevaba una almohada y una manta del ejército y en el estante que había debajo del parabrisas ovalado guardaba un infiernillo y una cafetera.

—Hasta estaría dispuesto a pagarte alguna cosita para verlo —ofreció Onnie Jay.

—Vamos a ver —dijo Haze—, lárgate de una vez, que ya te he visto bastante por hoy. No hay ningún nuevo jesús. Es una forma como cualquier otra de decir algo.

A Onnie Jay casi se le escurrió la sonrisa de la cara.

—¿Qué quieres decir?

—Que no existe una cosa ni una persona así —contestó Haze—. Que no fue más que una forma como cualquier otra de decir algo.

Posó la mano en la manija de la puerta y empezó a cerrarla a pesar de que Onnie Jay asomaba la cabeza por ella.

—¡No existe nada parecido! —gritó.

—Ahí está, ese es el problema de los inteletuales —masculló Onnie Jay—, palabras, a montones, pero después, no concretáis nada.

—Quita la cabeza de la puerta de mi coche, Holy —le ordenó Haze.

—Me llamo Hoover Shoats —masculló el hombre cuya cabeza asomaba por la puerta—. Me di cuenta desde el primer momento que te vi que no eras más que un chiflado.

Haze abrió la puerta lo suficiente como para cerrarla de golpe. Hoover Shoats atinó a quitar la cabeza pero no el pulgar. Resonó un alarido que habría desgarrado casi todos los corazones. Haze abrió la puerta, liberó el pulgar y cerró otra vez de un portazo. Bajó las cortinas delanteras y se acostó en la parte de atrás, sobre la manta del ejército. Fuera se oía a Hoover Shoats, que gritaba y saltaba de aquí para allá en la calzada. Cuando los alaridos se fueron apagando, Haze oyó unos pasos que se acercaban al coche y luego una voz jadeante y apasionada que a través del metal decía:

—Vete con cuidado, amigo mío. Porque te voy a echar del negocio. Puedo buscarme un nuevo jesús para mí solo y conseguir Profetas pagando una miseria, ¿me oyes? ¿Me oyes, amigo mío? —dijo la voz ronca.

Haze no contestó.

—Y para que sepas, mañana a la noche voy a ir a ese sitio a predicar por mi cuenta. A ti lo que te hace falta es un poco de competencia —dijo la voz—. ¿Me oyes, amigo mío?

Haze se levantó, se inclinó sobre el asiento delantero y golpeó con la mano la bocina del Essex. Emitió un sonido como la risa de una cabra cortada por una sierra de carpintería. Hoover Shoats retrocedió de un salto como recorrido por una descarga eléctrica.

—Está bien, amigo mío —dijo desde unos cuantos metros de distancia, temblando—, ya verás, esto no queda así. —Se dio media vuelta y se alejó por la calle silenciosa.

Haze siguió en el coche alrededor de una hora y tuvo una fea experiencia: no soñó que estaba muerto, sino enterrado. No esperaba el Juicio pues no había ningún Juicio, no esperaba nada. Varios ojos observaban su situación por el parabrisas ovalado, algunos con considerable reverencia, como el muchacho del zoológico, otros únicamente para ver lo que podían. Había tres mujeres, pertrechadas con bolsas de papel, que lo miraron con aire crítico como si se tratara de una cosa —un trozo de pescado— que pudieran comprar, pero al cabo de poco siguieron su camino. Se asomó un hombre con sombrero de lona, se llevó el pulgar a la nariz y agitando los dedos le hizo un gesto de burla. Después vino una mujer flanqueada de dos niños pequeños, se detuvo, y sonriendo, miró hacia el interior. Poco después, apartó a los niños para que quedaran fuera de la vista y dio a entender que quería entrar a hacerle compañía un rato, pero no consiguió atravesar el cristal y al final se fue. Durante todo ese tiempo, Haze se empeñó en salir pero como habría sido inútil intentarlo, no movió ni un dedo. Siguió esperando que Hawks se le apareciera por el parabrisas ovalado, empuñando una llave inglesa, pero el ciego no se presentó.

Por fin consiguió salir del sueño y despertarse. Creyó que sería de día, pero solo era medianoche. Se incorporó y pasó al asiento delantero, pisó el arranque y el Essex partió tranquilamente como si nada. Regresó a casa y entró, pero en vez de subir a su habitación, se quedó en el vestíbulo, mirando la puerta del ciego. Fue a la puerta, acercó la oreja al ojo de la cerradura y oyó unos ronquidos; giró muy despacio el pomo, pero no pudo abrirla.

Por primera vez, tuvo la idea de forzar la cerradura. Hurgó en los bolsillos en busca de un instrumento y encontró un trozo de alambre que utilizaba a veces de escarbadientes. Una luz tenue iluminaba apenas el vestíbulo, pero bastaba para trabajar, se arrodilló frente al ojo de la cerradura e introdujo el alambre con cuidado, tratando de no hacer ruido.

Al cabo de un rato, después de haber metido el alambre en cinco o seis formas diferentes, la cerradura hizo un leve clic. Se levantó temblando y abrió la puerta. Le faltaba el aliento y el corazón le palpitaba como si hubiese llegado hasta allí tras una larga carrera. Nada más entrar en el cuarto esperó a que sus ojos se acostumbraran a la oscuridad, luego avanzó despacio hasta la cama de hierro y se detuvo. Hawks estaba acostado de través. La cabeza le colgaba del borde. Haze se agachó a su lado, prendió un fósforo, se lo acercó a la cara y Hawks abrió los ojos. Los dos pares de ojos se miraron fijamente mientras duró la llama. La expresión de Haze pareció abrirse a un vacío más profundo, reflejar algo y cerrarse otra vez.

—Ahora te puedes ir —dijo Hawks con voz brusca y pastosa—, puedes salir y dejarme en paz. —Y lanzó un golpe rápido a la cara próxima a la suya sin llegar a tocarla. La cara se apartó, inexpresiva debajo del sombrero blanco, y en un instante desapareció.

10

La noche siguiente, Haze aparcó el Essex delante del cine Odeon, se subió al morro del coche y se puso a predicar.

—¡Dejad que os explique lo que representamos yo y esta iglesia! —gritó desde su altura—. Parad un momento a escuchar la verdad, porque tal vez no volváis a oírla nunca más.

Siguió allí de pie, estirando el cuello hacia adelante, moviendo el brazo en un leve arco ascendente. Se detuvieron dos mujeres y un chico.

—Yo predico que hay verdades de todo tipo, la vuestra y la de otros, pero detrás de todas ellas, hay una única verdad, y es que no hay verdad —gritó—. ¡Lo que yo y esta iglesia predicamos es que detrás de todas las verdades no hay verdad! El lugar de donde venís ya no está; el lugar al cual creíais que ibais no existió jamás, y el lugar donde estáis no sirve de nada a menos que podáis alejaros de él. ¿Dónde hay un lugar donde podáis estar? En ninguna parte.

»Nada que esté fuera de vosotros puede daros ningún lugar —dijo—. No hace falta que miréis el cielo, porque no se va a abrir ni va a mostraros un lugar oculto. No hace falta que busquéis un agujero en el suelo a través del cual podáis asomaros a otra parte. No podéis avanzar ni retroceder al tiempo de vuestros padres, ni al de vuestros hijos, si los tenéis. En este momento, el único lugar que tenéis está dentro vuestro. Si existiera una Caída, buscad allí, si existiera una Redención, buscad allí, y si esperáis algún Juicio, buscad allí, porque los tres tendrán lugar en vuestro tiempo y en vuestro cuerpo, y ¿en qué lugar de vuestro tiempo y vuestro cuerpo pueden estar?

»¿En qué lugar de vuestro tiempo y de vuestro cuerpo os ha redimido Jesús? —gritó—. Mostradme dónde, porque no veo ese lugar. Si existiese un lugar donde Jesús os hubiese redimido, en ese lugar deberíais estar, ¿pero quién de vosotros es capaz de encontrarlo?

Del Odeon comenzó a salir otro goteo de gente y dos personas se pararon a mirarlo.

—¿Quién dice que es vuestra conciencia? —gritó, mirando a su alrededor con la cara crispada, como si oliera a la persona concreta que creía eso y continuó—: Vuestra conciencia es un truco, no existe, aunque creáis que sí, y si creéis que existe, más vale que la saquéis a la luz, le deis caza y la matéis, porque no es más palpable que vuestra cara en el espejo o la sombra que os sigue.

Predicaba con tal concentración que no reparó en el coche alto, color rata, que había dado ya tres vueltas a la manzana, mientras sus dos ocupantes buscaban dónde aparcar. No lo vio cuando estacionó a dos coches de donde él se encontraba, en un lugar del que acababa de salir otro automóvil, tampoco vio bajar a Hoover Shoats y a un hombre de traje azul estridente y sombrero blanco, pero al cabo de unos instantes, volvió la cabeza en esa dirección y vio que el del traje azul estridente y el sombrero blanco se subía al morro del vehículo. Fue tan grande su asombro al comprobar lo flaco y demacrado que se veía en la aparición, que dejó de predicar. Nunca se había imaginado de aquella manera. El hombre que estaba viendo tenía el pecho hundido, llevaba el cuello estirado hacia adelante y los brazos caídos a los lados; estaba allí, inmóvil, como si esperase una señal y tuviera miedo de no llegar a captarla.

Hoover Shoats se paseaba por la acera, arrancando algunos acordes a la guitarra.

—Amigos míos —gritó—, ¡permítanmen que les presente al Profeta Verdadero que ven aquí, y quiero que atiendan sus palabras, porque creo que los va a hacer felices como me hicieron a mí!

Si se hubiese fijado en Hoover, quizá a Haze le habría impresionado su cara de felicidad, pero su atención estaba puesta en el hombre subido al morro del automóvil. Se bajó de su propio coche y se acercó, sin apartar los ojos de la triste figura. Hoover Shoats levantó la mano, señalándolo con dos dedos, y el hombre se puso a gritar con su aguda voz nasal y cantarina.

—¡Los no redimidos se redimen solos y ya viene el nuevo jesús! ¡Esperad el milagro! ¡Venid a buscar la salvación en la Santa Iglesia de Cristo Sin Cristo!

Lo repitió con idéntico tono de voz, pero más deprisa. Y empezó a toser. Era una tos ruidosa, de tísico, que le salía de muy adentro y terminaba en un resuello prolongado. Pasado el acceso, expectoró un líquido blanco.

Haze se encontraba al lado de una señora gorda que, tras un momento, volvió la cabeza, lo miró y luego la volvió otra vez y miró al Profeta Verdadero. Por último, le dio un leve codazo y con una sonrisa burlona le preguntó:

—¿Qué? ¿Mellizos?

—Si no le dais caza y la matáis, os dará caza y os matará a vosotros —contestó Haze.

—¿Eh? ¿Quién? —preguntó ella.

Haze se alejó; ella lo vio subirse a su coche y marcharse. Y entonces la mujer le dio un leve codazo al hombre que tenía al lado y le dijo:

—Está chiflado. Nunca había visto que unos mellizos se dieran caza.

Cuando Haze regresó a su habitación, se encontró a Sabbath Hawks en la cama. Estaba encogida en un rincón, con un brazo se aguantaba las rodillas y con una mano sujetaba la sábana como si quisiera aferrarse a ella. Tenía una expresión hosca y temerosa. Haze se sentó en la cama sin apenas mirarla.

—No me importa si me pegas con la mesa —dijo—. No pienso irme. No tengo adónde ir. Me dejó plantada y fuisteis tú el que lo hizo salir corriendo. Anoche estaba despierta y te vi cuando entrastes y prendistes el fósforo para verle la cara. Cualquiera se daba cuenta de cómo era antes sin necesidad de prender ningún fósforo. Es un canalla. Ni siquiera es un gran canalla, solo un canalla pequeño, y cuando se cansa de engañar, pide limosna en la calle.

Haze se agachó y comenzó a desatarse los zapatos. Eran unos viejos zapatos del ejército que había teñido de negro para borrarles toda traza del gobierno. Se los desató, se los quitó, liberó los pies, y se quedó sentado mirando hacia abajo, mientras ella lo observaba cautelosa.

—¿Me vas a pegar o no me vas a pegar? —preguntó—. Si me vas a pegar, vamos, pégame ahora mismo porque no me voy a ir. No tengo adónde ir.

Haze no tenía aspecto de querer pegarle a nadie; tenía aspecto de querer estarse allí sentado hasta morirse.

—Escúchame —dijo ella, cambiando rápidamente de tono—, desde el momento que te eché el ojo me dije, ¡es justo lo que me hace falta, aunque sea un poquito! Me dije, ¡fíjate en esos ojos color pacana, son para volverse loca! Esa carita inocente no esconde nada, es pura basura hasta la misma médula, como yo. La única diferencia es que a mí me gusta ser así y a él no. ¡Sí, señor! —exclamó—. A mí me gusta ser así, y te puedo enseñar a que le tomes el gusto. ¿No quieres aprender a tomarle el gusto?

Haze volvió la cabeza ligeramente por encima del hombro y vio una carita fea y chupada, unos brillantes ojos verdes y una sonrisa burlona.

—Sí —contestó sin alterar la pétrea expresión—, quiero aprender.

Se levantó, se quitó la chaqueta, los pantalones y los calzoncillos y los dejó encima de la silla. Después apagó la luz, volvió a sentarse en el catre y se quitó los calcetines. Los pies grandes y blancos estaban húmedos al contacto con el suelo; se quedó así sentado, mirando las dos siluetas que formaban.

—¡Venga! Date prisa —dijo ella, golpeándolo en la espalda con la rodilla.

Él se desabrochó la camisa, se la quitó, se enjugó la cara con ella y la tiró al suelo. Metió las piernas debajo de las mantas, al lado de ella, y se quedó sentado como si esperara recordar algo más.

Ella respiraba agitadamente.

—Quítate el sombrero, rey de las fieras —le dijo, brusca, y de un manotazo le arrancó el sombrero y lo hizo volar en la oscuridad hasta el otro extremo del cuarto.

11

A la mañana siguiente, alrededor de mediodía, una persona de largo impermeable negro, sombrero clarito echado sobre la cara, con el ala doblada hacia abajo hasta tocar el cuello subido del impermeable, recorría a paso firme ciertas callejuelas, pegándose a las paredes de los edificios. Llevaba algo del tamaño de un bebé envuelto en periódicos, y también un paraguas oscuro, pues el cielo se presentaba de un gris amenazante e impredecible como el lomo de una cabra vieja. Lucía unas gafas oscuras y una barba negra de la que un observador atento habría dicho que no crecía de forma natural, pues iba sujeta a ambos lados del sombrero con imperdibles. Al andar se le caía el paraguas que llevaba debajo del brazo y se le enredaba entre los pies, como si quisiera impedirle que fuese a ninguna parte.

No había recorrido ni media manzana cuando unos goterones verde grisáceos comenzaron a estamparse contra el suelo, y a sus espaldas, se oyó un inquietante rugido del cielo. Echó a correr, aferrando el paquete con un brazo y el paraguas con el otro. En un instante, lo alcanzó la tormenta y tuvo que guarecerse entre dos escaparates, en la entrada de un drugstore revestida con baldosas azules y blancas. Se bajó un poco las gafas oscuras. Los ojos pálidos que espiaban por encima de la montura eran los de Enoch Emery. Enoch iba a la habitación de Hazel Motes.

Todavía no había visitado nunca la casa de Hazel Motes, pero el instinto que lo guiaba estaba muy seguro de sí mismo. Lo que llevaba en el paquete era lo que le había mostrado a Hazel en el museo. Lo había robado el día anterior.

Se había pintado la cara y las manos con betún marrón, así, si llegaban a sorprenderlo con las manos en la masa, lo tomarían por una persona de color; después, había entrado en el museo con disimulo, mientras el guarda dormía, había roto la vitrina de cristal con una llave inglesa que la patrona de su pensión le había prestado; después, sudado y tembloroso, había sacado al hombre apergaminado, lo había metido en una bolsa de papel y había salido con sigilo, pasando delante del guarda, que seguía dormido. En cuanto salió del museo, se dio cuenta de que como nadie lo había visto para confundirlo con un muchacho de color, iban a sospechar inmediatamente de él y tendría que disfrazarse. Por eso llevaba barba negra y gafas oscuras.

De regreso en su habitación, había sacado de la bolsa al nuevo jesús y, sin atreverse a mirarlo siquiera, lo había puesto en el armarito dorado; después, se había sentado en el borde de la cama a esperar. Esperaba que pasara algo, no sabía qué. Sabía que algo iba a pasar y lo esperaba con todo su ser. Creía que sería uno de los momentos supremos de su vida, pero aparte de eso, no tenía la más remota idea de lo que sería. Cuando hubiese ocurrido, se imaginaba como un hombre completamente nuevo, con una personalidad incluso mejor que la que tenía en ese momento. Se quedó ahí sentado alrededor de un cuarto de hora y no pasó nada.

Siguió sentado cinco minutos más.

Entonces se dio cuenta de que debía dar el primer paso. Se levantó, avanzó de puntillas hasta el armarito y se agachó delante de la puerta; al cabo de un segundo la entornó un poco y miró dentro. Después de un rato, muy despacito, entreabrió más la puerta e introdujo la cabeza en el tabernáculo.

Pasó cierto tiempo.

Desde atrás solo se le veían las suelas de los zapatos y el fondillo del pantalón. El cuarto estaba en completo silencio; ni siquiera de la calle llegaba sonido alguno; era como si el Universo hubiese quedado aislado; no saltaba ni una pulga. Entonces, sin previo aviso, un fuerte ruido líquido estalló en el armarito y se oyó un golpetazo de hueso al romperse contra la madera. Enoch retrocedió tambaleante, agarrándose la cabeza y la cara. Se sentó en el suelo unos minutos, todo él era una expresión horrorizada. En un primer momento, pensó que el estornudo provenía del hombre apergaminado, pero de inmediato se percató del estado de su propia nariz. Se la limpió con la manga y después se sentó en el suelo un rato más. Su expresión había revelado que un conocimiento profundo y desagradable iba calando poco a poco en él. Después, de una patada había cerrado la puerta del arca en la cara del nuevo jesús, se había levantado y se había puesto a comer a toda prisa una barrita de caramelo. Se la había comido como si tuviera algo contra ella.

Al día siguiente no se había levantado hasta las diez —era su día libre— y no había salido a buscar a Hazel Motes hasta alrededor de mediodía. Se acordaba de la dirección que Sabbath Hawks le había dado y era allí hacia donde lo llevaba su instinto. Estaba muy desanimado y de muy mal humor por tener que pasar su día libre de aquella manera, y encima con mal tiempo, pero quería deshacerse del nuevo jesús, de modo que si la policía debía detener a alguien por el robo, podía detener a Hazel Motes y no a él. No entendía ni por asomo cómo se había permitido arriesgar así el pellejo por un enano apergaminado y medio negro que no había hecho otra cosa que dejarse embalsamar y depositar en un museo para pasar el resto de su vida oliendo mal. Era algo que escapaba a su comprensión. Estaba muy desanimado. Por lo que a él respectaba, un jesús era tan malo como otro.

Enoch había tomado prestado el paraguas de la patrona de su pensión, y allí de pie en la entrada del drugstore, mientras trataba de abrirlo, descubrió que era al menos tan viejo como ella. Cuando por fin consiguió mantenerlo abierto, se calzó otra vez las gafas oscuras y volvió bajo del aguacero.

El paraguas era uno que su patrona no utilizaba desde hacía quince años (única razón por la cual se lo había prestado), y en cuanto la lluvia tocó la parte superior, se cerró con un chirrido y se le clavó en la nuca. Corrió unos cuantos metros sosteniéndolo encima de la cabeza, luego se refugió en la entrada de otra tienda y se lo quitó. Para volver a abrirlo tuvo que apoyar la contera en el suelo y empujar con el pie. Echó a correr otra vez bajo la lluvia, sujetando con la mano las varillas para que se mantuvieran abiertas, de esa manera, la empuñadura, tallada en forma de cabeza de fox terrier, lo pinchaba a cada rato en el estómago. Avanzó otro cuarto de manzana antes de que la tela de seda fuera arrancada de las varillas y la lluvia se le metiera por el cuello de la camisa. Se refugió debajo de la marquesina de un cine. Era sábado; un montón de niños esperaban más o menos en una cola, delante de la taquilla.

A Enoch no le hacían demasiada gracia los niños, pero al parecer los niños siempre se complacían en mirarlo. La cola se movió y diez o quince pares de ojos se dedicaron a observarlo con vivo interés. El paraguas había adoptado una fea posición, una mitad vuelta hacia arriba y la otra mitad vuelta hacia abajo, y la mitad vuelta hacia arriba estaba a punto de volverse hacia abajo y derramarle más agua por el cuello de la camisa. Cuando por fin ocurrió, los niños rieron a carcajadas y se pusieron a dar saltos. Enoch los miró con furia, les dio la espalda y se quitó las gafas oscuras. Se encontró cara a cara con un cartel a todo color de un gorila de tamaño natural. Sobre la cabeza del gorila, en letras rojas, se leía: «¡GONGA! ¡El gigantesco monarca de la jungla! ¡Gran estrella de la pantalla! ¡¡AQUÍ, EN PERSONA!!». A la altura de las rodillas del gorila, se leía, además: «¡Gonga estará en persona, delante de este cine, HOY MISMO, A LAS 12.00 HORAS! ¡Entradas gratis para los diez primeros valientes que se atrevan a darle la mano!».

Enoch casi siempre pensaba en otra cosa cuando el Destino se disponía a echar la pierna hacia atrás para encajarle una patada. Tenía cuatro años cuando su padre salió de la cárcel y le compró una caja de latón. Era anaranjada y por fuera llevaba dibujados unos cacahuetes garrapiñados y un cartelito que decía: «¡UNA MAGNÍFICA SORPRESA!». Cuando Enoch la abrió, un muelle de acero salió disparado hacia su boca y le partió la punta de las dos paletas. Su vida estaba tan plagada de situaciones como aquella que cualquiera hubiera dicho que debería haber estado más preparado para las épocas de peligro. Siguió allí de pie y con mucho cuidado leyó el cartel dos veces. Según él, la oportunidad de insultar a un mono de éxito se le presentaba de la mano de la Providencia. Recuperó de pronto toda la reverencia por el nuevo jesús. Comprendió que, después de todo, sería recompensado y viviría el momento supremo que había esperado.

Se dio la vuelta y le preguntó la hora al niño más próximo. El niño le dijo que eran las doce y diez y que Gonga llevaba ya diez minutos de retraso. Otro niño dijo que tal vez se hubiese demorado por la lluvia. Otro dijo que no, que no era por la lluvia, sino por su director, que venía en avión desde Hollywood. Enoch rechinó los dientes. El primer niño dijo que si quería darle la mano a la estrella, tendría que hacer cola como todo el mundo y esperar su turno. Enoch se puso en la cola. Un niño le preguntó cuántos años tenía. Otro le comentó que tenía unos dientes raros. Él procuró no hacer ningún caso y se puso a arreglar el paraguas.

Poco después, un camión negro dobló la esquina y avanzó despacio, calle arriba, bajo la lluvia torrencial. Enoch se metió el paraguas debajo del brazo y empezó a mirar con ojos miopes a través de las gafas oscuras. A medida que el camión se aproximaba, de un fonógrafo en su interior comenzó a sonar «Tarara Boom Di Aye», pero la música quedó casi ahogada por la lluvia. En el exterior del camión se veía una enorme ilustración de una rubia que anunciaba otra película que no era la del gorila.

Los niños siguieron atentos, guardando cola, mientras el camión se detenía delante de la sala de cine. La puerta posterior del vehículo llevaba rejas como las de los furgones de la policía, pero el simio no estaba asomado. Dos hombres con impermeables bajaron de la cabina echando maldiciones, corrieron a la parte trasera y abrieron la puerta. Uno de ellos metió la cabeza dentro y dijo:

—Vamos, date prisa, ¿quieres?

El otro les hizo una seña a los niños con el pulgar y les ordenó:

—Apartaros, ¿queréis apartaros?

Una voz en el disco que sonaba dentro del camión dijo:

—¡Aquí está Gonga, amigos, Gonga el rugiente, la gran estrella! ¡Dadle la mano a Gonga, amigos! —Bajo la lluvia, la voz llegaba apenas como un susurro.

El hombre que esperaba junto a la puerta del camión volvió a meter la cabeza dentro.

—¿Quieres bajar de una vez? —dijo.

Dentro del camión se oyó un golpe leve. Al cabo de un instante, un brazo negro y peludo asomó lo suficiente para que lo mojara la lluvia, y volvió a desaparecer.

—Maldita sea —soltó el hombre que estaba debajo de la marquesina; se quitó el impermeable, se lo lanzó al hombre que estaba junto a la puerta y este lo lanzó dentro del furgón. Dos o tres minutos más tarde, el gorila asomó por la puerta, con el impermeable abrochado hasta arriba y el cuello subido. Del cogote le colgaba una cadena de hierro; el hombre la agarró, tiró de él para que bajara y, a saltos, los dos corrieron a refugiarse debajo de la marquesina. En la taquilla, una mujer de aspecto maternal preparaba las entradas gratuitas para los diez primeros niños que tuvieran el coraje de acercarse al animal y darle la mano.

El gorila no hizo ni caso de los niños y siguió al hombre hasta el otro extremo de la entrada, donde había una pequeña tarima que levantaba un palmo del suelo. Se subió, se dio la vuelta, quedó frente a los niños y empezó a gruñir. Sus gruñidos no eran fuertes, sino más bien envenenados; daban la impresión de salir de un corazón negro. Enoch se sintió aterrorizado y de no haber sido porque los niños lo rodeaban, habría echado a correr.

—¿Quién será el primero? —preguntó el hombre—. Vamos, vamos, ¿quién será el primero? Una entrada gratis para el primero que se acerque.

En el grupo de niños nadie se movió. El hombre los miró con fiereza.

—¿Qué os pasa, niños? —aulló—. ¿Qué? ¿Sois gallinas? No os hará nada mientras lo lleve de la cadena. —Aferró con más fuerza la cadena y la sacudió para demostrarles que lo tenía bien sujeto.

Poco después, una niñita se separó del grupo. Sus largos rizos eran como virutas, y su rostro, hosco y triangular. Avanzó hasta quedar a un metro de la estrella.

—Vamos, vamos —dijo el hombre, sacudiendo la cadena—, date prisa.

El mono tendió el brazo y le dio un veloz apretón de manos. A esas alturas ya había otra niña preparada y detrás de ella, dos niños más. La cola se reorganizó y empezó a avanzar.

El gorila mantuvo la mano tendida, volvió la cabeza y se quedó mirando la lluvia con gesto aburrido. Enoch había vencido el miedo y trataba afanosamente de pensar una frase obscena que resultara adecuada para insultarlo. Casi nunca tenía problemas con ese tipo de composiciones, pero en ese momento no se le ocurría nada. Tenía el cerebro, ambas partes, completamente vacío. Ni siquiera le venían a la cabeza las frases ofensivas que empleaba a diario.

Delante de él solo quedaban dos niños. El primero le dio la mano y se apartó. A Enoch le latía el corazón con violencia. El niño que iba delante de él terminó de saludar, se apartó y lo dejó cara a cara con el mono, que lo tomó de la mano con gesto automático.

Era la primera mano que le tendían a Enoch desde que había llegado a la ciudad. Era cálida y blanda.

De entrada no supo qué hacer y se quedó ahí, agarrado a aquella mano. Después empezó a tartamudear.

—Me llamo Enoch Emery —farfulló—. Fui a la Academia de Estudios Bíblicos Rodemill pa niños. Trabajo en el zoológico municipal. Vi dos carteles tuyos. Apenas tengo diciocho años pero ya trabajo pa el municipio. Mi papá me obligó a ve... —y se le quebró la voz.

La estrella se inclinó hacia adelante y la mirada se le transformó: un feo par de ojos humanos se acercaron a Enoch y lo observaron con fijeza a través de los de celuloide.

—Vete al diablo —dijo bajito, pero bien claro, una voz huraña desde el interior del traje de mono, y la mano se retiró bruscamente.

Fue tan grande y dolorosa la humillación de Enoch que se volvió tres veces antes de decidir hacia dónde quería ir. Y entonces echó a correr a toda velocidad bajo la lluvia.

Cuando llegó a la casa de Sabbath Hawks estaba empapado, igual que el paquete. Lo llevaba asido con fuerza fiera, pero lo único que quería era deshacerse de él y no volver a verlo más. La patrona de Haze estaba en el porche, mirando la tormenta con desconfianza. Supo por ella dónde estaba la habitación de Haze y subió. Asomó la cabeza por la puerta entreabierta. Haze estaba acostado en el catre, con un paño sobre los ojos; la parte descubierta de la cara era de color ceniciento y estaba contraída en una mueca, como si sufriera un dolor constante. Sentada a la mesa, junto a la ventana, Sabbath Hawks se miraba en un espejito. Enoch rascó la pared y ella levantó los ojos. Dejó el espejo, salió de puntillas al pasillo y cerró la puerta.

—Hoy mi hombre está enfermo y duerme porque anoche no pegó ojo —dijo—. ¿Qué quieres?

—Traigo esto para él, no es para ti —contestó Enoch, entregándole el paquete mojado—. Un amigo suyo me lo dio para que yo se lo entregara. No sé qué hay dentro.

—Déjamelo a mí —dijo ella—. Tú no te preocupes de nada.

Enoch sintió la necesidad imperiosa de insultar a alguien; era lo único capaz de dar alivio, aunque pasajero, a sus sentimientos.

—¡Quién iba a decir que acabaría juntándose contigo! —observó, lanzándole una de sus miradas especiales.

—No paraba de seguirme. A algunos a veces les da por ahí. ¿O sea que no sabes lo que hay en el paquete?

—Lenguas de preguntadores que no preguntaron más. Tú dáselo a él, que ya sabrá lo que es, y puedes decirle que me alegro de quitármelo de encima.

Enoch empezó a bajar y en mitad de las escaleras se dio la vuelta, le lanzó otra de sus miradas especiales y le dijo:

—Ahora entiendo por qué se tiene que tapar los ojos con un paño.

—Cierra el pico, que a ti nadie te ha dao vela en este entierro.

Cuando oyó cerrarse la puerta principal, ella le dio la vuelta al paquete y lo examinó. Por el aspecto exterior no había manera de saber qué contenía; era demasiado duro para que fuese ropa y demasiado blando para que se tratara de una máquina. Agujereó un extremo del papel y vio algo que parecían cinco guisantes secos puestos en fila, pero el pasillo estaba demasiado oscuro y no distinguía bien qué eran. Decidió llevarse el paquete al baño, donde había buena luz, y abrirlo antes de dárselo a Haze. Si se sentía tan mal como decía, no iba a querer que lo molestaran con ningún fardo.

Temprano esa mañana se había quejado de un tremendo dolor en el pecho. Durante la noche había tosido bastante, una tos seca y cavernosa que sonaba como si se la estuviera inventando sobre la marcha. Ella tenía la certeza de que sencillamente trataba de mantenerla alejada dándole a entender que tenía una enfermedad contagiosa.

No está enfermo de verdad, se dijo mientras recorría el pasillo, es que todavía no se acostumbra a mí. Entró en el baño, se sentó en el borde de la enorme bañera verde, con patas en forma de garra, y rompió el hilo bramante del paquete.

—Pero ya se acostumbrará a mí —masculló. Arrancó el papel mojado, lo tiró al suelo y se quedó sentada, con cara de asombro, mirando lo que tenía en el regazo.

Los dos días pasados fuera de la vitrina no habían contribuido a mejorar el estado del nuevo jesús. Un lado de la cara había quedado medio hundido y en el otro, se le había roto un párpado por el que se escurría un polvillo pálido. La cara de la muchacha se mantuvo inexpresiva un buen rato, como si no supiera qué pensar de él o no pensara nada. Tal vez se pasó así unos diez minutos, en blanco, fascinada por algo impreciso que veía en él y que le resultaba familiar. Nunca había conocido a nadie que se le pareciera, aunque había en él un poco de cuantos había conocido a lo largo de su vida, como si los hubieran enrollado a todos en una sola persona, los hubieran matado y puesto a secar.

Lo sostuvo en alto y lo examinó; al cabo de un minuto, sus manos se acostumbraron al contacto de aquella piel. Se le había despeinado un mechón, se lo cepilló hacia atrás, poniéndoselo en su sitio, mientras lo sostenía en brazos y contemplaba su cara torcida. Le habían estirado la boca hacia un lado de manera que un leve esbozo de sonrisa disimulaba apenas la expresión aterrorizada. Ella empezó a mecerlo suavemente en sus brazos y un leve reflejo de la misma sonrisa le asomó a la cara.

—¡Válgame el cielo, pero qué lindo eres! —murmuró.

La cabeza de él encajaba a la perfección en el hueco de su hombro.

—A ver dime, ¿quién es tu mamá y quién es tu papá? —preguntó.

De inmediato le vino a la cabeza una respuesta, soltó un gritito y se quedó ahí sonriendo, con una expresión satisfecha en los ojos.

—Bueno, vamos a ver si lo levantamos a ese —dijo poco después.

Haze ya se había despertado sobresaltado al oír el portazo que dio Enoch Emery al marcharse. Se había sentado en el catre y al ver que ella no estaba en la habitación, se había levantado de un salto para vestirse. Una sola idea le rondaba la cabeza y, como la decisión de comprar un coche, se le había ocurrido en sueños, sin indicios previos: se mudaría de inmediato a alguna otra ciudad y predicaría la Iglesia Sin Cristo donde nadie hubiese oído hablar de ella. Se buscaría allí otra habitación y otra mujer y volvería a empezar sin nada en mente. Aquello era posible únicamente gracias a la ventaja que ofrecía poseer un coche, poseer algo que se desplazaba deprisa, en la intimidad, hasta el lugar al que uno quería ir. Se asomó a la ventana y contempló el Essex, alto y sólido, estacionado bajo la lluvia. Haze no se fijó en la lluvia, solo en el coche; si alguien se lo hubiese preguntado, no habría sabido decir que llovía. Se sentía lleno de energía, se apartó de la ventana y terminó de vestirse. Aquella mañana temprano, la primera vez que se despertó, notó como si fuera a darle una fuerte congestión en el pecho; a lo largo de la noche había ido en aumento, volviéndose cavernosa, y él no había dejado de oír sus propios accesos de tos como si le llegaran de lejos. Poco después se había hundido en un sueño ligero, pero se había despertado con aquel plan, y con la energía para ponerlo en práctica de inmediato.

Sacó el macuto de debajo de la mesa y empezó a guardar sus otras pertenencias. No tenía muchas y casi todas ya estaban en el macuto. La mano consiguió hacer el equipaje sin tocar nunca la Biblia que, cual roca, había estado depositada en el fondo del macuto durante los últimos años, pero cuando él intentó hacer sitio para los zapatos de recambio, rozó con los dedos un pequeño objeto alargado y lo sacó. Era el estuche con las gafas de su madre. Se había olvidado de que tenía un par de gafas. Se las puso y la pared de enfrente se acercó y osciló en el aire. Detrás de la puerta colgaba un espejito enmarcado en blanco, fue hacia él y se miró. Su cara borrosa quedó oscurecida por la agitación, y las arrugas que la surcaban eran profundas y torcidas. Las gafitas con la montura de plata le daban un aire de sagacidad desviada, como si ocultara algún plan deshonesto que quedaría al descubierto en los ojos desnudos. Comenzó a chasquear nerviosamente los dedos y se olvidó de lo que se disponía a hacer. En su propia cara vio la de su madre, que miraba la reflejada en el espejo. Se apartó rápidamente y levantó la mano para quitarse las gafas, pero entonces se abrió la puerta y dos nuevas caras flotaron ante sus ojos; una de ellas decía: «Ahora me vas a llamar mamá».

La cara morena más pequeña, justo debajo de la otra, entrecerraba apenas los ojos como si tratara de identificar a un viejo amigo que se dispusiera a darle muerte.

Haze se quedó inmóvil con una mano en la patilla de las gafas y la otra en el aire, a la altura del pecho; estiraba el cuello hacia adelante como obligado a usar toda la cara para ver. Se encontraba como a un metro de ellos, pero era como si los tuviese delante de los ojos.

—Pregúntale a tu papá adónde se va…, con lo enfermito que está —dijo Sabbath—. Pregúntale si no nos va a llevar con él a ti y a mí.

La mano suspendida en el aire se extendió en un intento por alcanzar la cara de los ojos entrecerrados sin llegar a tocarla; se extendió otra vez, despacio, tocó el aire, y luego salió disparada, aferró el cuerpo apergaminado y lo lanzó contra la pared. La cabeza reventó y los desechos del interior flotaron en una nubecita de polvo.

—¡Lo rompistes! —gritó Sabbath—. ¡Y era mío!

De un manotazo, Haze levantó la piel del suelo. Abrió la

puerta exterior que daba al desnivel donde, según la patrona de la pensión, alguna vez hubo una escalera de incendios, y lanzó fuera lo que tenía en la mano. La lluvia le mojó la cara, retrocedió de un salto y se quedó quieto, a la defensiva, como preparándose para recibir un golpe.

—No tenías que tirarlo —aulló ella—. ¡Yo podía haberlo arreglao!

Haze se acercó más a la puerta y se asomó fuera, mirando fijamente el exterior gris y borroso. La lluvia caía sobre su sombrero, repiqueteando sonora como si cayera sobre hojalata.

—Supe desde la primera vez que te vi que eras malo y despreciable —dijo enfurecida una voz a sus espaldas—. Supe que no dejarías que nadie tuviera nada. Que eras tan despreciable como para estampar a un crío contra la pared. ¡Supe que nunca ibas a divertirte ni a dejar que otros se diviertan porque a ti no te importa nada más que Jesús!

Haze se dio la vuelta, alzó el brazo con violencia y a punto estuvo de perder el equilibrio en el hueco de la puerta. Las gotas de lluvia le habían salpicado las gafas y la cara enrojecida, y brillaban aquí y allá, en el ala del sombrero.

—¡Yo no quiero nada más que la verdad! —gritó él—. ¡Y la verdad es lo que se ve y yo la he visto!

—Sandeces de predicador —dijo ella—. ¿Adónde querías irte?

—¡He visto la única verdad que existe! —gritó él.

—¿Adónde querías irte?

—A alguna otra ciudad —gritó con voz ronca—, a predicar la verdad. ¡La Iglesia de Cristo Sin Cristo! Y tengo un coche que me llevará hasta allí, tengo...

Un acceso de tos le impidió seguir. Fue una tos de nada —sonó como un gritito de socorro desde el fondo de un cañón en las montañas—, pero el color y la expresión se le borraron de la cara hasta que le quedó tan recta e intensa e inexpresiva como la lluvia que caía a sus espaldas.

—¿Y cuándo te vas? —preguntó ella.

—Cuando haya dormido un poco más —contestó y se quitó las gafas y las lanzó por la puerta.

—No vas a pegar ojo —dijo ella.

12

A pesar suyo, Enoch no conseguía superar la expectativa de que el nuevo jesús haría algo por él a cambio de sus servicios. Era esta la virtud de la Esperanza, que en Enoch se componía de dos partes de suspicacia y una parte de lascivia. Obró en él el resto del día después de dejar a Sabbath Hawks. Solo tenía una vaga idea de cómo quería ser recompensado, aunque no era un muchacho falto de ambición: quería llegar a ser algo. Quería mejorar su situación hasta que fuese la mejor de todas. Quería ser EL joven del futuro, como esos de los anuncios de seguros. Algún día quería llegar a ver a la gente haciendo cola para darle la mano.

Estuvo toda la tarde tonteando y dando vueltas por su cuarto, mordiéndose las uñas y arrancando la seda que conservaba el paraguas de la patrona de la pensión. Al final, lo despojó por completo de la tela y le arrancó las varillas. Le quedó un bastón negro, con una contera afilada de acero en un extremo y una cabeza de perro en el otro. Habría podido ser un instrumento utilizado en un tipo especial de tortura pasada de moda. Enoch se paseó por su cuarto con el bastón debajo del brazo y cayó en la cuenta de que le permitiría lucirse en la calle.

Sobre las siete de la tarde, se puso la chaqueta, empuñó el bastón y fue a un pequeño restaurante, a dos manzanas de allí. Tuvo la sensación de que salía a recoger algún tipo de honor, pero estaba nerviosísimo, como si temiera verse obligado a arrebatarlo en lugar de recibirlo.

Nunca emprendía nada sin haber comido. El restaurante se llamaba Paris Diner; era un túnel de algo más de metro y medio de ancho, situado entre el salón de un limpiabotas y una tintorería. Enoch entró sigiloso, se acomodó en el mostrador, en un taburete del extremo, y pidió un tazón de sopa de guisantes partidos y un batido de leche malteada y chocolate.

La camarera era una mujer alta con una enorme dentadura postiza amarilla y el pelo del mismo color recogido con una redecilla negra. Siempre llevaba una mano apoyada en la cadera; las comandas las servía con la otra. Aunque Enoch iba todas las noches, a ella no acababa de caerle bien.

En vez de servirle la comanda, se puso a freír beicon; en la cafetería había un solo cliente, que ya había terminado de cenar y leía el diario; la única que podía comerse el beicon era ella. Enoch se inclinó sobre el mostrador y la pinchó en la cadera con el bastón.

—Oye —le dijo—. Que me tengo que ir. Tengo prisa.

—Pues vete —contestó ella. Apretó los dientes y dedicó toda su atención a la sartén.

—Ponme un trozo de aquella tarta de allá —le pidió, señalando medio pastel de color rosa y amarillo que había sobre un soporte redondo de cristal—. Tengo algo que hacer. Me tengo que ir. La tarta me la pones al lado de ese —le dijo, indicando al cliente que leía el diario.

Pasó por encima de los taburetes y se puso a releer la página exterior del diario del otro cliente. El hombre apartó el diario y lo miró. Enoch le sonrió. El hombre siguió leyendo.

—¿Me puede prestar una parte del diario que no esté leyendo? —le preguntó Enoch.

El hombre apartó otra vez el diario y lo miró; sus ojos eran turbios, impasibles. Hojeó con parsimonia el diario, extrajo la página de historietas y se la dio a Enoch. Era la preferida de Enoch. La leía todas las noches como un rito. Mientras comía la tarta que la camarera le había servido deslizando el plato por el mostrador sin moverse de su sitio, leyó la historieta y se sintió henchido de gratitud, valor y fuerza.

Cuando terminó de leer una página, le dio la vuelta y se puso a mirar los anuncios de las películas publicados en el reverso. Sus ojos recorrieron tres columnas sin detenerse hasta que toparon con un recuadro que anunciaba a Gonga, monarca gigantesco de la jungla, la lista de los cines que visitaría en su gira y los horarios en que estaría en cada uno. Estaba previsto que llegara al Victory, de la calle Cincuenta y siete, media hora más tarde, y esa sería su última aparición en la ciudad.

Si alguien hubiese observado a Enoch mientras leía el anuncio, habría notado cierta alteración en su semblante. Seguía irradiando la inspiración que el muchacho había hallado en las historietas, pero algo más lo había demudado: una especie de despertar. En ese momento, la camarera se volvió para comprobar si se había ido.

—¿Qué te pasa? —le preguntó—. ¿Te has tragado una semilla?

—Sé lo que quiero —murmuró Enoch.

—Anda, y yo también —dijo ella con mirada sombría.

Enoch tanteó en busca del bastón y dejó el dinero sobre el mostrador.

—Me tengo que ir.

—No seré yo quien te lo impida.

—A lo mejor no me vuelves a ver, así como soy ahora.

—Si no te vuelvo a ver ni así ni de otra manera, por mí no hay inconveniente.

Enoch se marchó. La noche era húmeda y agradable. Los charcos de la acera brillaban, los escaparates de las tiendas estaban empañados y llenos de cachivaches relucientes. Enoch desapareció por una calle lateral y recorrió a paso vivo los pasajes más oscuros de la ciudad; se detuvo en un par de ocasiones al final de un callejón para mirar furtivamente en ambas direcciones antes de salir corriendo. El Victory era un cine pequeño, ideal para las necesidades de la familia, situado en una de las urbanizaciones más próximas; atravesó una serie de zonas iluminadas y, a continuación, más callejuelas y callejones hasta que llegó a la zona comercial aledaña. Entonces aminoró el paso. Lo vio a una manzana de distancia, brillando en su entorno oscuro. No cruzó la calle hasta la acera donde estaba sino que se mantuvo a prudente distancia y avanzó con los ojos bizcos, fijos en aquel resplandor. Se detuvo al llegar justo enfrente y se ocultó en el estrecho hueco de una escalera que dividía un edificio.

El camión que transportaba a Gonga estaba aparcado enfrente y la estrella se encontraba debajo de la marquesina, dándole la mano a una señora mayor. La señora se apartó y un caballero, que vestía un polo, se adelantó y le estrechó la mano vigorosamente, como un deportista. El siguiente en la cola era un niño de unos tres años, con un inmenso sombrero de vaquero que le cubría casi toda la cara; tuvieron que empujarlo para que diera un paso al frente. Enoch siguió observando la escena con cara de envidia. Detrás del niño pequeño iba una señora en pantalón corto, luego, un anciano que trató de dar la nota y, en lugar de acercarse con paso digno, lo hizo bailoteando. De repente, Enoch cruzó la calle a todo correr, entró por la puerta abierta del camión y se metió en la parte trasera.

Los apretones de mano continuaron hasta que la película principal estuvo a punto de comenzar. La estrella regresó entonces al camión y la gente entró en el cine en fila india. El conductor y el hombre que hacía de maestro de ceremonias subieron a la cabina y el camión arrancó con estruendo. Cruzó veloz la ciudad y enfiló muy deprisa la carretera.

El ruido de unos mamporros, distintos de los del gorila normal, se elevaron del camión, pero quedaron ahogados por el ronroneo del motor y el rumor constante de las ruedas al rozar el asfalto. La noche era pálida y tranquila, nada interrumpía la calma salvo la queja aislada de alguna lechuza y el traqueteo discordante de un tren de carga amortiguado por la distancia. El camión siguió a buen ritmo hasta que redujo la velocidad en un paso a nivel, lo cruzó golpeteando las vías y una figura se escurrió por la puerta, y después de dar un traspié, salió cojeando rápidamente en dirección al bosque.

Una vez en la oscuridad del pinar, dejó en el suelo un bastón puntiagudo que aferraba con fuerza y algo voluminoso y holgado que llevaba debajo del brazo, y empezó a desvestirse. Después de quitárselas, dobló con esmero todas sus prendas y las colocó una encima de la otra. Una vez las tuvo todas apiladas, tomó el bastón y con él se puso a cavar un agujero en el suelo.

La oscuridad del pinar se vio interrumpida por ráfagas de luz de luna más pálida que lo bañaban una y otra vez dejando ver que se trataba de Enoch. Su aspecto natural aparecía desfigurado por un corte profundo que le iba de la comisura de la boca a la clavícula y por un chichón debajo del ojo que le daba una expresión tosca e insensible. Nada habría podido resultar más engañoso, pues en Enoch ardía la más intensa de las felicidades.

Cavó a toda prisa hasta que hizo un agujero de algo más de un palmo de largo y un palmo de profundidad. Echó dentro la pila de ropa y descansó un momento. El entierro de sus prendas no simbolizaba para él el entierro de aquel que había sido hasta entonces; solo sabía que ya no iba a necesitarlas. En cuanto recobró el aliento, tapó el agujero con la tierra que había amontonado y la apisonó con el pie. Al hacerlo, se dio cuenta de que todavía llevaba puestos los zapatos; cuando terminó, se los quitó y los lanzó lejos. Recogió entonces el objeto holgado y voluminoso y lo sacudió con brío.

Bajo la luz vacilante se alcanzó a ver desaparecer una pierna blanca y flaca, y luego la otra, un brazo y luego el otro, y una figura más peluda y pesada sustituyó la suya. Por un momento tuvo dos cabezas, una pálida y otra oscura, pero al cabo de nada, la silueta colocó la cabeza oscura encima de la otra y todo quedó en orden. La silueta se entretuvo con algunos broches ocultos y con unos arreglos aparentemente menores de la pelambre.

Después, durante un buen rato, permaneció inmóvil, sin hacer nada. A continuación se puso a gruñir y a golpearse el pecho; brincó, abrió los brazos y echó la cabeza hacia adelante. Los gruñidos eran débiles e indecisos al principio, pero, un segundo después, cobraron fuerza. Se hicieron quedos y envenenados, más fuertes otra vez, otra vez quedos y envenenados, hasta cesar del todo. La silueta tendió la mano, no aferró nada y sacudió el brazo con brío; bajó el brazo, volvió a tenderlo, no aferró nada y lo sacudió. Repitió la serie de movimientos cuatro o cinco veces. Luego empuñó el bastón puntiagudo, se lo colocó debajo del brazo en un ángulo chulesco, salió del bosque y enfiló hacia la carretera. En ninguna parte, ni en las selvas de África o California, ni en los apartamentos más selectos de Nueva York había gorila más feliz que ese, cuyo dios lo había por fin recompensado.

Un hombre y una mujer, sentados muy juntos sobre un peñasco, al lado de la carretera, contemplaban la ciudad que se veía a lo lejos, más allá del amplio valle, y no repararon en la silueta peluda que se acercaba. Las chimeneas y los techos planos de los edificios formaban un muro negro y desigual contra el cielo más claro y, aquí y allá, algún chapitel cortaba una cuña afilada en una nube. El muchacho volvió la cabeza justo a tiempo para ver al gorila allí de pie, a unos cuantos palmos de él, espantoso y negro, con la mano tendida. Apartó el brazo con que rodeaba a la mujer y desapareció en silencio en el bosque. En cuanto ella miró por encima del hombro, huyó carretera abajo, chillando aterrada. El gorila pareció sorprendido y no tardó en dejar caer el brazo a un costado. Se sentó en el peñasco que había ocupado la pareja y contempló el perfil irregular de la ciudad, más allá del valle.

13

La segunda noche que salió a trabajar con su Profeta a sueldo y la Santa Iglesia de Cristo Sin Cristo, Hoover Shoats ganó quince dólares con treinta y cinco centavos limpios. Por sus servicios y el uso de su automóvil, el Profeta recibía tres dólares la noche. Se llamaba Solace Layfield; estaba tísico, tenía mujer y seis hijos, y hacer de Profeta era todo el trabajo que estaba dispuesto a realizar. Nunca le dio por pensar que podía tratarse de un empleo peligroso. La segunda noche no reparó en la presencia de un coche alto, color rata, estacionado más o menos a media manzana de distancia ni en la cara pálida que, desde el interior, lo observaba con esa intensidad que indica que algo va a ocurrir por más que se trate de impedirlo.

La cara lo observó durante casi una hora mientras actuaba sobre el morro de su coche todas las veces que Hoover Shoats levantaba la mano y lo señalaba con dos dedos. Cuando terminó la última sesión del cine y ya no quedaba gente por atraer, Hoover le pagó, los dos se subieron al coche y se fueron. Recorrieron unas diez manzanas hasta donde vivía Hoover; el coche se detuvo, Hoover se bajó y se despidió con un «Nos vemos mañana por la noche, amigo mío»; después entró en un portal oscuro y Solace Layfield continuó viaje. El otro coche color rata lo seguía a buen ritmo, a media manzana de distancia. El conductor era Hazel Motes.

Los dos coches aumentaron la velocidad y a los pocos minutos avanzaban rápidamente en dirección a las afueras. El primero desvió por un camino solitario, flanqueado de árboles cubiertos de musgo colgante, y la única luz se proyectaba como antenas tiesas de los dos vehículos. Haze acortó poco a poco la distancia que los separaba y de pronto, haciendo rugir el motor, salió disparado y embistió por detrás al otro coche. Los dos se detuvieron.

Haze hizo retroceder el Essex un trecho del camino, mientras el otro Profeta bajaba de su coche y se quedaba bizqueando en medio del resplandor de los faros de Haze. Al cabo de nada, se acercó a la ventanilla del Essex y miró dentro. Solo se oían los grillos y las ranas de San Antonio.

—¿Qué quieres? —preguntó, con voz nerviosa.

Haze no contestó, se limitó a mirarlo, y en un instante, el hombre se quedó boquiabierto y pareció darse cuenta de cómo se asemejaban sus ropas y, tal vez, sus caras.

—¿Qué quieres? —repitió en voz más alta—. Yo a ti no te hice nada.

Haze hizo rugir otra vez el motor del Essex y salió disparado. Esta vez embistió el otro coche en un ángulo tal que lo hizo rodar al costado del camino y caer a la cuneta.

El hombre se levantó del suelo donde había ido a parar y corrió hacia la ventanilla del Essex. Se detuvo a varios pasos de distancia y miró dentro.

—¿Para qué dejas un trasto así en el camino? —preguntó Haze.

—Ese coche no tiene nada de malo —dijo el hombre—. ¿Por qué me lo tirastes a la cuneta?

—Quítate ese sombrero —ordenó Haze.

—Oye —dijo el hombre y le dio un acceso de tos—, ¿qué quieres? Deja de mirarme de una vez. Di lo que quieres.

—Faltas a la verdad —insistió Haze—. ¿Por qué te subes al morro de un coche y dices que no crees en lo que sí crees?

—¿Y a ti qué te importa? —contestó el hombre sin aliento—. ¿A ti qué te importa lo que yo hago?

—¿Por qué? Contesta lo que te pregunto.

—Uno tiene que velar por sus intereses —dijo el otro Profeta.

—Faltas a la verdad —dijo Haze—. Crees en Jesús.

—¿Y a ti qué te importa? ¿Por qué me tirastes el coche a la cuneta?

—Quítate ese sombrero y ese traje —le ordenó Haze.

—Oye. Que no me estoy burlando de ti. El traje me lo compró él. El mío lo tiré.

Haze alargó el brazo y de un manotazo lanzó lejos el sombrero blanco del hombre.

—Que te quites el traje —gritó Haze y le echó el coche encima. Solace se alejó saltando por el camino mientras se iba quitando la chaqueta—. ¡Que te lo quites! —aulló Haze, con la cara pegada al parabrisas.

El Profeta echó a correr en serio. Se arrancó la camisa, se desabrochó el cinturón y se quitó los pantalones sin dejar de correr. Trató de llegar a los pies, como si también fuera a quitarse los zapatos, pero antes de que pudiera hacerlo, el Essex lo embistió y le pasó por encima. Haze avanzó unos cuantos metros, paró e hizo marcha atrás. Pasó otra vez encima del cuerpo, paró y se bajó. El Essex pisaba la mitad del otro Profeta, como complacido de vigilar aquello que por fin había abatido. Así, tirado boca abajo en el suelo, despojado del traje y el sombrero, el hombre ya no se parecía tanto a Haze. La sangre le manaba a borbotones y formó un charco alrededor de su cabeza. El hombre estaba inmóvil, salvo por un dedo que subía y bajaba delante de su cara como marcando el compás. Haze le clavó la punta del zapato en el costado, el hombre resolló y luego dejó de moverse.

—Hay dos cosas que no soporto… —dijo Haze—, el hombre que falta a la verdad y el que se burla de quien la dice. Nunca deberías haberte metido conmigo si no querías acabar así.

El hombre intentaba decir algo pero no hacía más que boquear. Haze se agachó junto a su cara para oírlo.

—Le di muchos disgustos a mi mamá —dijo a través de un gorgoteo en la garganta—. Conmigo no tuvo paz. Robé ese coche. A mi papá nunca le dije la verdad, ni le di a Henry, nunca le di…

—Cállate —dijo Haze, acercando más la cabeza para oír la confesión.

—Dije dónde tenía el alambique y me pagaron cinco dólares por el soplo —jadeó el hombre.

—Que te calles de una vez.

—Jesús…

—Que te calles te digo.

—Jesús ayúdame —resopló el hombre.

Haze lo golpeó con fuerza en la espalda y el hombre se quedó callado. Se inclinó para oír si iba a decir algo más, pero ya no respiraba. Haze se volvió y examinó la parte delantera del Essex para comprobar si estaba dañada. El parachoques tenía unas cuantas salpicaduras de sangre, nada más. Antes de dar la vuelta con el coche y partir para la ciudad, las limpió con un trapo.

A la mañana siguiente se levantó temprano de la parte trasera del Essex y fue a una gasolinera a que se lo revisaran para el viaje y le llenaran el depósito. No había regresado a su cuarto, sino que había pasado la noche estacionado en un callejón, sin pegar ojo, pensando en la vida que se disponía a iniciar en la nueva ciudad, predicando la Iglesia Sin Cristo.

En la gasolinera salió a atenderlo un muchacho blanco con cara de sueño al que le pidió que llenara el depósito, comprobara el aceite y el agua, y el aire de las ruedas, porque iba a emprender un largo viaje. El muchacho le preguntó adónde iba y él le contestó que a otra ciudad. El muchacho le preguntó si iba a hacer el viaje en ese coche y él le contestó que sí. Haze le dio una palmadita en la pechera de la camisa. Le dijo que nadie con un buen coche tenía que preocuparse de nada y le preguntó si lo entendía. El muchacho dijo que sí, que opinaba lo mismo. Haze se presentó y dijo que era predicador de la Iglesia Sin Cristo y que todas las noches predicaba subido al morro de ese mismo coche. Le contó que se iba a predicar a otra ciudad. El muchacho le llenó el depósito de gasolina, comprobó el agua y el aceite, y el aire de las ruedas, y mientras trabajaba, Haze lo seguía, diciéndole en qué había que creer. Le dijo que no estaba bien creer en nada que no se pudiera ver o tener entre las manos o probar con los dientes. Le dijo que apenas unos días antes creía en la blasfemia, pero que ni siquiera en eso se podía creer porque, de lo contrario, se creía en algo a lo que blasfemar. En cuanto a Jesús, del que se contaba que había nacido en Belén y que había sido crucificado en el Calvario por los pecados del hombre, según Haze, era un concepto demasiado inmundo para que le entrara en la cabeza a nadie en sus cabales, y levantó el cubo de agua del muchacho y lo estampó contra el asfalto para recalcar lo que decía. Se puso a maldecir y a blasfemar a Jesús, de un modo calmo e intenso, pero con una convicción tal que el muchacho dejó de trabajar para escucharlo. Cuando hubo terminado de revisar el Essex, le dijo que tenía una pérdida en el depósito de gasolina y dos en el radiador y que, si iba despacio, la rueda de atrás tal vez aguantaría unos treinta kilómetros.

—Escúchame bien —dijo Haze—, este coche acaba de empezar su vida. ¡Ni un rayo lo detendría!

—No sirve de nada ponerle agua, porque se le sale enseguida —dijo el muchacho.

—Tú se la pones igualmente —dijo Haze, y se quedó mirando mientras el muchacho echaba el agua. Después le compró un mapa de carreteras y partió, dejando en el camino un rosario de gotitas de agua, aceite y gasolina.

Fue muy deprisa hasta la carretera, pero a los pocos kilómetros, tuvo la sensación de que no ganaba terreno. Dejó atrás casas miserables, gasolineras, campamentos de carretera, letreros con el número 666, y graneros vacíos con anuncios desconchados del rapé CCC, incluso un cartel que decía: «Jesús murió por TI», que vio y que no leyó adrede. Tuvo la sensación de que la carretera se deslizaba debajo de él en sentido contrario. Desde el principio supo que ya no había campo pero no sabía que no había otra ciudad.

Llevaba recorridos algo más de cinco kilómetros cuando a sus espaldas oyó una sirena. Miró hacia atrás y vio que lo seguía un coche patrulla negro. El coche se colocó a su lado y el policía al volante le indicó por señas que estacionara al costado de la carretera. El policía tenía una cara roja y agradable y los ojos claros del color del hielo recién formado.

—No superaba el límite de velocidad —dijo Haze.

—No, no lo superaba —convino el policía.

—Conducía por la derecha.

—También es verdad —dijo el agente.

—¿Qué pasa entonces?

—No me gusta su cara —contestó el policía—. A ver el permiso de conducir.

—A mí tampoco me gusta su cara —dijo Haze—, y no tengo permiso de conducir.

—Entonces —dijo el policía con amabilidad—, no me parece que le haga falta uno.

—Y si me hiciera falta no lo tengo.

—Vamos a ver —dijo el policía, adoptando otro tono—, ¿le importaría ir con su coche hasta lo alto de la siguiente colina? Quiero que contemple la vista desde ahí arriba, la más hermosa que ha visto en su vida.

Haze se encogió de hombros y enfiló la cuesta. No le importaba pelearse con el policía si era eso lo que buscaba. Llegó hasta lo alto de la colina, seguido de cerca por el coche patrulla.

—Y ahora, me pone el coche de cara a la cuneta —le gritó el policía—. Así verá mucho mejor.

Haze giró el coche y lo dejó de cara a la cuneta. Y el policía le dijo:

—Será mejor que se baje, me parece que verá mejor desde fuera.

Haze se bajó y echó un vistazo al paisaje. La cuneta caía en picado unos diez metros por una pared vertical de arcilla de un rojo descolorido, y daba a un prado parcialmente quemado donde se veía una sola vaca escuálida echada junto a un charco. A media distancia había una barraca de un solo cuarto con un gallinazo encorvado en el techo.

El policía se plantó detrás del Essex, lo empujó cuneta abajo, y la vaca se levantó a trompicones, cruzó el campo al galope y se metió en el bosque; el gallinazo echó a volar batiendo las alas y se posó en un árbol al borde del claro. El coche aterrizó sobre el techo, con las tres ruedas restantes girando. El motor salió rodando hasta detenerse a cierta distancia y algunas otras piezas sueltas quedaron desperdigadas.

—Los que no tienen coche no necesitan permiso de conducir —dijo el policía, limpiándose las manos en los pantalones.

Durante unos minutos Haze siguió donde estaba, observando la escena. Su cara parecía reflejar toda la distancia hasta el claro y más allá, toda la distancia que se extendía desde sus ojos al cielo gris y vacío hasta perderse en la profundidad insondable del espacio. Le fallaron las rodillas y se sentó en el borde de la cuneta con los pies colgando.

El policía se lo quedó mirando y le preguntó:

—¿Puedo llevarlo hasta donde iba?

Un minuto después, se le acercó un poco más y preguntó:

—¿Adónde iba?

Se inclinó apoyando las manos en las rodillas y le preguntó con voz inquieta:

—¿Iba a alguna parte?

—No —contestó Haze.

El policía se agachó, le puso una mano en el hombro y le preguntó con inquietud:

—¿Entonces no pensaba ir a ninguna parte?

Haze negó con la cabeza. La cara no le cambió y no la volvió hacia el policía. Parecía concentrada en el espacio.

El policía se incorporó, fue a su coche y se quedó en la puerta, mirando fijamente la parte posterior del sombrero de Haze y su hombro. Luego dijo:

—Bueno, ya nos veremos. —Después se subió al coche y se fue.

Al cabo de un rato, Haze se levantó y echó a andar de regreso a la ciudad. Tardó tres horas en llegar al centro. Pasó por una tienda de suministros donde compró un cubo de hojalata y un saco de cal viva y, así cargado, siguió caminando hasta donde vivía. Cuando llegó a la casa, se detuvo fuera, en la acera, abrió el saco de cal y llenó el cubo hasta la mitad. Después fue al grifo que había al lado de la escalera de entrada, llenó de agua el resto del cubo y subió la escalera. La patrona de la pensión estaba sentada en el porche, meciendo un gato.

—¿Qué va a hacer con eso, señor Motes? —preguntó.

—Cegarme —contestó y entró en la casa.

La patrona siguió allí sentada un rato más. No era una mujer que percibiera más violencia en una palabra que en otra; tomaba cada palabra en sentido literal, pero todos los sentidos venían a ser el mismo. Aun así, si ella hubiese estado tan desesperada, en lugar de cegarse, se habría matado y se preguntó por qué la gente no haría lo mismo. Ella habría metido la cabeza dentro del horno o quizá se habría atiborrado de pastillas para dormir indoloras y asunto concluido. Tal vez el señor Motes solo quería ser desagradable pues, ¿por qué razón en el mundo iba alguien a querer quitarse la vista? Una mujer como ella, que lo veía todo tan claro, nunca habría soportado la ceguera. Si debía quedarse ciega, prefería estar muerta. De pronto cayó en la cuenta de que cuando estuviera muerta también estaría ciega. Se quedó mirando fijamente a lo lejos, enfrentándose a ello por primera vez. Recordó la frase «la muerte eterna» que usaban los predicadores, pero se la quitó de la cabeza enseguida, sin que su expresión se alterara más que la del gato. No era creyente ni morbosa, por ello todos los días daba gracias a su estrella. Aunque no le quitaba méritos a una persona que tuviera esa inclinación, y el señor Motes la tenía o no habría sido predicador. Era muy capaz de echarse cal viva en los ojos, a ella no le cabía ninguna duda porque, al fin y al cabo, era sabido que estaban todos un poco mal de la cabeza. ¿Qué razón en el mundo podía tener una persona en sus cabales para querer dejar de pasarlo bien?

Ella, desde luego, no lo sabía.

14

Aunque lo tuvo en mente porque él, después de haberlo hecho, siguió viviendo en su casa y, cada vez que se lo cruzaba, se hacía la misma pregunta. En un primer momento le dijo que no podía quedarse porque se negaba a llevar gafas oscuras y a ella no le gustaba contemplar el desastre que se había hecho en las cuencas de los ojos. Al menos no estaba segura de que le gustara. Si no se distraía pensando en otras cosas cuando lo tenía cerca, la patrona se sorprendía inclinándose hacia adelante y mirándolo a la cara como si esperase ver algo que se le había pasado por alto. Aquello hacía que se irritara con él y que tuviera la sensación de que, de algún modo secreto, la estaba engañando. Pasaba buena parte de cada tarde sentado en el porche, pero sentarse con él era como estar sola; no hablaba nunca, salvo cuando le convenía. Si se le hacía una pregunta por la mañana, él quizá la contestaba por la tarde, o no la contestaba nunca. Él se ofreció a pagarle algo más si lo dejaba quedarse en la habitación de siempre, porque sabía cómo entrar y salir, y ella decidió que se la quedara, al menos hasta que averiguase cómo la engañaba.

Todos los meses él recibía una paga del gobierno por algo que la guerra le había hecho en las tripas, así que no estaba obligado a trabajar. A la patrona siempre la había impresionado la capacidad de pago de los demás. Cuando descubría una fuente de riqueza, la seguía hasta sus orígenes y, al poco tiempo, ya no se diferenciaba de la suya propia. Consideraba que el dinero que pagaba en impuestos iba a parar a los bolsillos de todos los inútiles de este mundo, que el gobierno no solo lo destinaba a los negros y a los árabes del extranjero, sino que en el propio país también lo malgastaba en ciegos estúpidos y en cualquier imbécil capaz de estampar su firma en un impreso. Se sentía legitimada para recuperar cuanto pudiera de ese dinero. Se sentía legitimada para recuperar lo que fuera, dinero o cualquier otra cosa, como si en su día hubiese sido dueña de la tierra y se la hubiesen arrebatado. Era incapaz de posar los ojos en nada sin quererlo para sí, y, por encima de todo, la incitaba la idea de que pudiera haber algo valioso oculto cerca de ella, algo que no pudiera ver.

Para ella, el ciego tenía aspecto de estar viendo algo. Su cara tenía una expresión curiosa, avasalladora, como si persiguiera algo que lograba distinguir apenas en la distancia. Incluso cuando estaba sentado e inmóvil en una silla, su cara daba la impresión de apuntar hacia algo. Pero ella sabía que estaba completamente ciego. Se había asegurado de ello en cuanto él se quitó el paño que, durante un tiempo, usó de vendaje. Lo había mirado con atención, bien de cerca, y aquello le había bastado para saber que había hecho lo que había dicho que haría. Cuando se quitó el paño, y los demás huéspedes se lo cruzaban en el pasillo, pasaban a su lado despacio y de puntillas, para seguir observándolo a sus anchas, pero tiempo después, dejaron de prestarle atención; algunos de los nuevos huéspedes ni siquiera sabían que él mismo se había cegado. La joven Hawks había corrido la voz por toda la pensión nada más ocurrir el hecho. Lo estaba espiando cuando él lo hizo y después, había ido de habitación en habitación, contando a gritos lo ocurrido, y todos los huéspedes habían acudido a la carrera. Según la patrona, aquella chica era una harpía en toda regla. Anduvo por la pensión fastidiándolo durante unos días, y después se largó; dijo que no se había esperado un ciego como Jesús manda y que echaba de menos a su papá; su papá la había dejado plantada, se había ido en un carguero de plátanos. La patrona esperaba que se hubiese hundido en el mar de la Sal; le había quedado a deber un mes de alquiler. A las dos semanas, claro está, la muchacha regresó con ánimo de fastidiarlo otra vez. Tenía el temperamento de una avispa, y a una manzana de distancia se oía cómo le gritaba y le decía de todo, y él nunca abría la boca.

La patrona dirigía una pensión tranquila y ordenada y así se lo hizo saber. Le dijo que cuando la muchacha viviera con él, le tendría que pagar el doble; le dijo que había cosas que no le importaban y cosas que sí. Dejó que él sacara sus propias conclusiones sobre a qué se refería con aquello, y esperó de brazos cruzados, hasta que las sacó. Él no dijo nada, se limitó a contar tres dólares y a tendérselos.

—Señor Motes, a esa chica solo le importa su dinero —le dijo.

—Si es dinero lo que quiere, se lo puede quedar. Le pagaría con tal de mantenerla lejos.

La idea de que el dinero de sus impuestos contribuyese a mantener a semejante basura era algo que la patrona no podía soportar.

—No le dé usted nada —se apresuró a decirle—. Ella no tiene ningún derecho.

Al día siguiente, llamó a los de la Asistencia Social e hizo los trámites para que la mandaran a un reformatorio; la muchacha cumplía todos los requisitos.

La patrona de la pensión sentía curiosidad por saber cuánto recibía él mensualmente del gobierno, y como aquel par de ojos ya no veían, se sintió autorizada a averiguarlo. Despegó con vapor el sobre del gobierno nada más recogerlo del buzón la vez siguiente; a los pocos días se vio en la necesidad de subirle el alquiler. Habían acordado que le serviría las comidas y como los alimentos habían subido de precio, se vio en la necesidad de aumentarle también la comida; pero no conseguía sacudirse la sensación de que lo estaba engañando. ¿Por qué se había destrozado los ojos, entonces, sin llegar a quitarse la vida a menos que tuviera un plan, a menos que viera algo que no podía conseguir sin estar ciego a todo lo demás? Se proponía averiguar cuanto pudiera sobre él.

—¿De dónde era su familia, señor Motes? —le preguntó una tarde, mientras estaban sentados en el porche—. Me imagino que no estarán vivos, ¿verdad?

Imaginaba que podía imaginar cuanto le viniera en gana; él no interrumpió su ociosidad para contestarle.

—En mi familia tampoco queda nadie vivo —dijo—. En la familia del señor Flood siguen todos vivos menos él. —Ella era la señora Flood—. Todos vienen aquí a pedir limosna cuando andan necesitados —añadió—, pero el señor Flood tenía dinero. Murió en un accidente de avión.

—En mi familia están todos muertos —dijo él al cabo de un rato.

—El señor Flood —repitió ella— murió en un accidente de avión.

A ella empezó a gustarle eso de sentarse en el porche con él, pero nunca estaba segura de si se percataba o no de su presencia. Incluso cuando le contestaba, no estaba segura de si él sabía que le contestaba a ella. A ella misma. La señora Flood, la patrona de la pensión. Y no a cualquier otra persona. Solían quedarse allí sentados, él se quedaba sentado y ella se mecía, buena parte de la tarde y daba la impresión de que no cruzaran palabra, aunque ella hablara por los codos. Porque si no hablaba y mantenía la cabeza ocupada, le daba por ponerse en el borde de la silla y quedarse mirándolo con la boca entreabierta. Cualquiera que la hubiese visto desde la acera habría pensado que se dejaba cortejar por un cadáver.

Ella respetaba escrupulosamente sus costumbres. Él no era de mucho comer y no parecía importarle lo que la patrona le daba. Si ella hubiese estado ciega, se habría pasado todo el día escuchando la radio, comiendo pasteles y helados, con los pies en remojo. Él comía cualquier cosa y no notaba la diferencia. Estaba cada día más delgado, la tos le empeoraba y empezó a cojear. Durante los primeros meses de frío, pilló el virus, pero aun así salía a caminar todos los días. Se pasaba más o menos la mitad del día caminando. Se levantaba temprano por la mañana y se paseaba por su cuarto —ella lo oía desde el suyo, que estaba debajo, caminaba de un lado para otro, de un lado para otro—, y después salía a caminar antes del desayuno, y después del desayuno salía otra vez y caminaba hasta mediodía. Se conocía las cuatro o cinco manzanas cerca de la casa y no iba más lejos. Según lo veía ella, podría haberse quedado en una sola. Podría haberse quedado en su cuarto, en el mismo sitio, moviendo los pies de aquí para allá. Podría haber estado muerto y obtener cuanto obtenía de la vida salvo el ejercicio. Para el caso podría haber sido monje, pensaba ella, para el caso podría haber estado en un monasterio. Ella no lo entendía. Le disgustaba la idea de que algo no le entrara en la cabeza. Le gustaba la luz clara del día. Le gustaba ver las cosas.

No lograba precisar qué podía tener el ciego en la cabeza y qué podía tener fuera. Concebía la suya propia como una centralita telefónica desde la que ella ejercía el control; pero en el caso de él, solo imaginaba que lo de fuera estaba dentro, todo el negro mundo metido en aquella cabeza, y la cabeza más grande que el mundo, la cabeza lo bastante grande para albergar el cielo, los planetas y cuanto había existido, existía y existiría. ¿Cómo distinguiría el ciego si el tiempo retrocedía o avanzaba o si le seguía el ritmo? Ella se imaginaba que sería como caminar dentro de un túnel en el que solo se ve un puntito luminoso. Ese puntito de luz tenía que imaginárselo; sin eso le resultaba imposible pensar en él. Lo veía, al puntito, como una especie de estrella, como la estrella de las postales navideñas. A él, lo veía retrocediendo hacia Belén, y le entraba la risa.

Consideró que le habría ido bien hacer algo con las manos, algo que lo sacara de su ensimismamiento y lo pusiera otra vez en contacto con el mundo real. Estaba segura de que había perdido la conexión con el mundo; a veces ni siquiera estaba segura de que supiera que ella existía. Le sugirió que se comprara una guitarra y que aprendiera a rasguearla; se imaginaba pasando las tardes sentada con él en el porche, mientras él rasgueaba la guitarra. Había comprado dos ficus para que el lugar donde se sentaban quedase algo más aislado de la calle, y pensó que el sonido del rasgueo, cuando tocara la guitarra detrás del ficus, le borraría aquella cara de muerto que tenía. Se lo sugirió, pero él nunca atendió a la sugerencia.

Todos los meses, después de pagar la habitación y la comida, a él le sobraba algo más de un tercio del cheque del gobierno pero, por lo que ella podía comprobar, nunca se gastaba ese dinero. No fumaba ni bebía whisky; no tenía nada que hacer con todo ese dinero más que perderlo, puesto que estaba solo. La patrona de la pensión pensó en los beneficios que, de haber estado casado, le corresponderían a su viuda. Había visto cómo se le caía algún dinero del bolsillo y él ni siquiera se había molestado en agacharse para buscarlo a tientas. Un día, mientras limpiaba su habitación, encontró cuatro billetes de un dólar y algo de suelto en la papelera. Él regresó más o menos en ese momento tras uno de sus paseos.

—Señor Motes —dijo ella—, hay un dólar y algo de suelto en la papelera. Ya sabe usted dónde tiene la papelera. ¿Cómo es que ha cometido ese error?

—Me sobraba —dijo—. No lo necesitaba.

Ella se dejó caer en la silla.

—¿Entonces lo tira todos los meses? —preguntó al cabo de un momento.

—Únicamente cuando me sobra.

—Los pobres y los necesitados —masculló ella—. Los pobres y los necesitados. ¿Nunca piensa en los pobres y los necesitados? Si usted no quiere ese dinero, quizá haya quien sí lo quiera.

—Se lo puede quedar.

—Señor Motes, ¡todavía no necesito limosna! —dijo fríamente. Entonces comprendió que estaba loco y que era preciso que una persona sensata lo tuviera bajo su control.

La patrona de la pensión ya había pasado la mediana edad y la dentadura postiza le quedaba grande, pero tenía largas piernas de caballo de carrera y una nariz que uno de sus huéspedes había calificado de griega. Llevaba el pelo recogido como racimos de uva sobre la frente y sobre ambas orejas y la nuca, pero ninguna de aquellas ventajas le servían de nada para llamar la atención del ciego. Comprendió que la única manera de conseguirlo sería interesándose por lo que a él le interesaba.

—Señor Motes —le dijo una tarde, cuando estaban sentados en el porche—, ¿por qué dejó de predicar? Que sea ciego no debería ser un impedimento. A la gente le gustaría ir a ver a un predicador ciego. Sería algo distinto.

Estaba acostumbrada a seguir hablando sin esperar respuesta y añadió:

—Podría conseguirse uno de esos perros que ven por los ciegos, y así, entre usted y el perro podrían reunir un montón de gente. La gente siempre irá a ver a un perro.

»En cuanto a mí —prosiguió—, no tengo esa inclinación. Creo que lo que hoy está bien, está mal mañana y que el momento de divertirse es el presente con tal que se deje hacer lo mismo a los demás. Señor Motes, yo, que no creo en Jesús, soy tan buena como muchos que sí creen en él.

—Es mejor —dijo él, inclinándose de pronto hacia adelante—. Si creyera en Jesús, no sería tan buena.

¡Nunca le había hecho un cumplido!

—Caramba, señor Motes —le dijo—, ¡me imagino que es usted un gran predicador! Está claro que debería ponerse otra vez con ello. Así tendría algo en que ocuparse. En realidad, no tiene nada que hacer aparte de caminar. ¿Por qué no vuelve a predicar?

—No puedo predicar más —murmuró.

—¿Por qué?

—No tengo tiempo —contestó, se levantó y abandonó el porche como si ella acabara de recordarle un asunto urgente. Al andar daba la impresión de que le dolieran los pies, y aun así, se viera obligado a no detenerse.

Al poco tiempo, la patrona descubrió por qué cojeaba. Mientras limpiaba su habitación, sin querer movió de sitio el par de zapatos de recambio. Los recogió y los miró por dentro como si esperara encontrar algo oculto. Al ver el fondo comprobó que estaban cubiertos de gravilla, vidrios rotos y pedruscos. Los vació y tamizó el contenido entre los dedos, en busca de un brillo que le revelara algo de valor, pero comprobó que lo que tenía en la mano solo era basura que cualquiera podía encontrar en el callejón. Se quedó un buen rato con los zapatos en la mano, y finalmente, los dejó otra vez debajo del catre. Al cabo de unos días los examinó de nuevo y vio que volvían a estar llenos de piedras. ¿Para quién lo hace?, se preguntó. ¿Qué gana con ello? De vez en cuando la asaltaba como un presentimiento de que cerca de ella había algo oculto, fuera de su alcance.

—Señor Motes —le dijo un día, mientras él cenaba en la cocina—, ¿por qué camina sobre piedras?

—Porque tengo que pagar —contestó con voz ronca.

—¿Que es lo que tiene que pagar?

—Eso no importa. Estoy pagando.

—¿Pero qué quiere demostrar con eso de que está pagando? —insistió ella.

—No se meta donde no la llaman —le dijo él de malos modos—. Que usted no ve.

La patrona siguió masticando despacio. Y luego le preguntó con voz quebrada:

—Señor Motes, ¿usted cree que cuando uno está muerto también está ciego?

—Eso espero —le contestó al cabo de un momento.

—¿Por qué? —preguntó ella, mirándolo con fijeza.

Después de una pausa le contestó:

—Si los ojos no tienen fondo, cabe más en ellos.

La patrona de la pensión se quedó un buen rato mirando con fijeza el vacío sin ver absolutamente nada.

Comenzó a centrar su atención en él, desatendiendo todo lo demás. Se dedicó a seguirlo en sus paseos, a cruzarse con él por casualidad para acompañarlo. Él no parecía percatarse de su presencia, salvo de vez en cuando, y entonces se golpeaba la cara como si aquella voz le molestase, como si se tratara del canto de un mosquito. Tenía una tos profunda y sibilante y ella empezó a darle la lata con la salud.

—Señor Motes, no tiene usted a nadie que lo cuide más que a mí —le decía—. Nadie que se preocupe por su bien más que yo. Si yo no lo cuidara, nadie lo haría.

Empezó a prepararle platos sabrosos y a servírselos en su habitación. Él se comía lo que le llevaba, de inmediato, haciendo muecas, y le devolvía el plato sin darle las gracias, como si toda su atención estuviese concentrada en otra parte y tuviese que aguantar a la fuerza aquella interrupción. Una mañana le comentó de pronto que comería en otra parte, y le dio el nombre del local, una cafetería a la vuelta de la esquina, regentada por un extranjero.

—¡Y un buen día lo lamentará! —dijo ella—. Contraerá una infección. Nadie en su sano juicio comería allí. Es un lugar oscuro y sucio. ¡Mugriento a más no poder! Es usted el que no ve, señor Motes.

»Chiflado y encima estúpido —masculló cuando él se hubo ido—. Ya verás cuando llegue el invierno. ¿Adónde irás a comer cuando llegue el invierno y los primeros vientos te metan el virus en el cuerpo, eh?

No tuvo que esperar mucho. Enfermó de gripe antes del invierno y por un tiempo anduvo demasiado débil para salir y ella tuvo la satisfacción de llevarle las comidas a su cuarto. Una mañana se presentó más temprano de lo habitual y se lo encontró dormido, con la respiración dificultosa. La vieja camisa que se ponía para dormir estaba abierta y dejaba al descubierto los tres trozos de alambre espino que le envolvían el pecho. Retrocedió hasta la puerta y se le cayó la bandeja.

—Señor Motes —dijo con voz ahogada—, ¿por qué hace usted estas cosas? No es natural.

Él se incorporó.

—¿Por qué se envuelve en ese alambre? No es natural —repitió.

Un segundo después él empezó a abrocharse la camisa y dijo:

—Es natural.

—Pues no es normal. Es como uno de esos cuentos espeluz-
nantes, es algo que la gente ya no hace, como hervir en aceite o ser
santos o emparedar gatos. No tienen razón de ser. La gente ha dejado de hacer esas cosas.

—No ha dejao de hacerlas puesto que yo las hago —dijo él.

—La gente ha dejado de hacerlas —repitió ella—. ¿Por qué lo
hace usted?

—No estoy limpio.

Ella se lo quedó mirando, sin prestar atención a los platos rotos que tenía a sus pies.

—Eso ya lo veo —dijo al cabo de un momento—, tiene la camisa de dormir y la cama manchadas de sangre. Debería buscarse
una lavandera.

—No hablaba de ese tipo de limpieza —dijo él.

—Hay un solo tipo de limpieza, señor Motes —masculló ella.

Bajó la vista y contempló los platos que había roto por culpa
de él y el revoltijo que le tocaba recoger, se fue al armario del corredor y regresó poco después con la pala y la escoba.

—Cuesta más sudar que sangrar, señor Motes —sentenció la
patrona con voz de Sarcasmo Supremo—. Seguro que cree en Jesús, de lo contrario, no haría estas tonterías. Seguro que me mintió cuando mencionó su magnífica iglesia. No me extrañaría que
fuera usted una especie de agente del papa o que anduviera en alguna cosa rara.

—No quiero tratos con usted —dijo él y volvió a acostarse,
tosiendo.

—No tiene usted a nadie que lo cuide más que a mí —le recordó ella.

En un principio se había propuesto casarse con él y luego hacerlo internar en el centro estatal para enfermos mentales, pero poco a poco fue cambiando de idea, y decidió que después de casarse con él se lo quedaría. Observar su cara se había convertido en un hábito; quería penetrar la tiniebla que había detrás y comprobar por sí misma lo que allí había. Tuvo la sensación de que había esperado bastante y que debía pescarlo enseguida, mientras estuviera débil, o dejarlo estar. Se encontraba tan débil por la gripe que se tambaleaba al andar; el invierno había comenzado y el viento azotaba la casa desde todos los ángulos, con un ruido como de cuchillos afilados girando en el aire.

—A nadie en sus cabales le gustaría estar fuera con el tiempo que hace —dijo ella, asomándose de improviso por la puerta de su habitación, a media mañana de uno de los días más fríos del año—. ¿Oye usted el viento, señor Motes? Tiene usted suerte de contar con este lugar abrigado y alguien que lo cuide. —Su voz sonaba más suave de lo habitual—. No todos los ciegos y enfermos tienen la suerte de que alguien cuide de ellos.

Entró y ocupó la silla de respaldo recto que estaba justo al lado de la puerta. Se sentó en el borde, inclinada hacia adelante, con las piernas separadas y las manos apoyadas en las rodillas.

—Permítame que se lo diga, señor Motes, hay pocos hombres con tanta suerte como usted, pero yo ya no puedo seguir subiendo las escaleras. Me agota. He estado pensando en una solución.

Él se había quedado acostado sin moverse, pero se incorporó de pronto, como si escuchara, casi como si el tono de aquella voz lo hubiese alarmado.

—Ya sé que no le gustaría dejar esta habitación —dijo ella, y esperó a que sus palabras surtieran efecto.

Él volvió la cara hacia ella y ella comprendió que le prestaba atención.

—Sé que aquí se encuentra a gusto, que no querría irse, que es un hombre enfermo y necesita de alguien que lo cuide, y que además es ciego —dijo ella y notó que le faltaba el aliento y el corazón le latía con fuerza.

Él tanteó al pie de la cama en busca de su ropa que estaba allí doblada. Empezó a ponérsela deprisa encima de la camisa de dormir.

—He estado pensando cómo podemos organizarnos para que usted tuviera un hogar y alguien que lo cuide y yo no tuviera que subir estas escaleras, ¿por qué se viste, señor Motes? Con este tiempo no se puede salir a la calle.

»He estado pensando —continuó ella, observándolo mientras seguía vistiéndose—, y creo que a usted y a mí no nos queda más que una salida. Casarnos. En condiciones normales no lo haría, pero sí que lo haría tratándose de un ciego, que además está enfermo. Si no nos ayudamos entre nosotros, señor Motes, nadie nos va a ayudar —dijo—. Nadie. El mundo es un lugar vacío.

El traje que había sido de un azul estridente cuando lo compró era ahora de un tono más suave. El panamá era del color del trigo. Cuando no lo utilizaba, lo dejaba en el suelo, al lado de los zapatos. Lo buscó y se lo puso y luego empezó a calzarse los zapatos que seguían llenos de piedras.

—A nadie debería faltarle un lugar propio donde estar —dijo ella—, y estoy dispuesta a ofrecerle un hogar aquí, a mi lado, un lugar donde estar siempre, señor Motes, sin que tenga que preocuparse de nada.

El bastón se encontraba en el suelo, cerca de donde habían estado los zapatos. Lo buscó a tientas, luego se levantó y echó a andar despacio hacia ella.

—Señor Motes, tengo un lugar para usted en mi corazón.

Cuando lo dijo notó que el corazón le temblaba como la jaula de un pájaro; no sabía si él se dirigía a ella para abrazarla o para otra cosa. Pasó de largo, inexpresivo, cruzó el umbral y salió al corredor.

—¡Señor Motes! —gritó y se volvió bruscamente en la silla—. No puedo permitir que se quede más que en estas condiciones. No puedo subir esas escaleras. Lo único que quiero es ayudarlo. No tiene usted a nadie que lo cuide más que a mí. ¡A nadie que le importe si vive o si muere más que a mí! ¡Ni tiene otra casa donde vivir más que la mía!

Él tanteó el suelo con el bastón en busca del principio de la escalera.

—¿O pensaba buscarse otra pensión? —le preguntó ella, subiendo el tono de voz—. ¡Tal vez pensaba marcharse a otra ciudad!

—No es allí adonde voy —dijo él—. No hay otra pensión ni otra ciudad.

—No hay nada, señor Motes, y el tiempo avanza, no retrocede, y si no aprovecha lo que se le ofrece, se encontrará fuera, en la oscuridad más negra y más fría, ¿y hasta dónde cree que puede llegar entonces?

Él tanteó cada peldaño con el bastón antes de apoyar el pie. Cuando llegó al final de la escalera, ella le gritó desde lo alto:

—No se moleste en volver a un lugar que no valora, señor Motes. Se encontrará con la puerta cerrada. Puede regresar para llevarse sus pertenencias y luego puede irse a donde quiera. —Siguió en lo alto de las escaleras durante mucho rato—. Volverá —masculló—. Deja que el viento lo azote un poco.

Esa noche comenzó a caer una lluvia helada y torrencial, y a medianoche, mientras seguía despierta en la cama, la señora Flood, la patrona de la pensión, se echó a llorar. Quería salir corriendo bajo la lluvia, con aquel frío, para ir en su busca y encontrárselo acurrucado en algún rincón mal resguardado y llevárselo de vuelta a casa y decirle, señor Motes, señor Motes, puede quedarse aquí para siempre, o los dos nos podemos ir a donde usted quiera, podemos ir los dos juntos. Había tenido una vida dura, sin dolor y sin alegría, y consideraba que ahora que se acercaba al tramo final, se merecía un amigo. Si al morir iba a estar ciega, ¿quién la guiaría mejor que un ciego? ¿Quién acompañaría al ciego mejor que otro ciego, que ya sabía cómo era aquello?

En cuanto amaneció, salió bajo la lluvia y recorrió las cinco o seis manzanas que él conocía; fue de puerta en puerta, preguntando por él, pero nadie lo había visto. Volvió a casa, llamó a la policía, dio su descripción y pidió que lo recogieran y se lo llevaran de vuelta para que le pagara el alquiler. Esperó todo el día a que se lo llevasen en un coche patrulla, o que él regresara por su propio pie, pero no lo hizo. La lluvia y el viento continuaron, y ella se figuró que a esas alturas ya se habría ahogado en algún callejón. Se paseó por su cuarto, cada vez más deprisa, mientras pensaba en aquellos ojos sin fondo y en la ceguera de la muerte.

Dos días más tarde, dos jóvenes agentes que patrullaban en un coche de la policía se lo encontraron tirado en una zanja, cerca de un edificio en construcción abandonado. El agente que iba al volante acercó el coche al borde de la zanja y se quedó mirando dentro un buen rato.

—¿No buscábamos a un ciego? —preguntó.

El otro consultó un cuaderno de notas.

—Ciego, lleva traje azul y no pagó el alquiler —dijo.

—Ahí lo tenemos —dijo el primero y señaló la zanja. El otro se acercó un poco y también miró por la ventanilla.

—El traje no es azul —dijo.

—Sí que es azul —dijo el primero—. Deja de tirarte encima mío. Baja, te voy a demostrar que es azul.

Se bajaron, rodearon el coche y se agacharon al borde de la zanja. Los dos llevaban botas nuevas de caña alta y uniforme nuevo de policía; los dos tenían el pelo rubio y patillas, y los dos eran gordos, pero uno era mucho más gordo que el otro.

—A lo mejor era azul —reconoció el más gordo.

—¿Estará muerto? —preguntó el primero.

—Pregúntaselo —contestó el otro.

—No está muerto. Se mueve.

—A lo mejor está desmayado nada más —dijo el más gordo, sacando la porra nueva.

Se quedaron mirándolo unos segundos. Pasaba la mano por el borde de la zanja como buscando asidero. Les preguntó con un ronco susurro dónde estaba y si era de día o de noche.

—Es de día —contestó el más flaco, mirando el cielo—. Tenemos que llevarlo de vuelta para que pague el alquiler.

—Quiero ir a donde estoy yendo —dijo el ciego.

—Antes tiene que pagar el alquiler —dijo el policía—. ¡Hasta el último centavo!

El otro, al darse cuenta de que el hombre estaba consciente, lo golpeó en la cabeza con la porra nueva y dijo:

—No queremos líos con este tipo. Agárralo por los pies.

Murió en el coche patrulla, pero ellos no se dieron cuenta y se lo llevaron a la patrona de la pensión. Ella les pidió que lo dejaran en la cama y después de ponerlos de patitas en la calle, cerró la puerta con llave, acercó una silla de respaldo recto a la cama y se sentó cerca de su cara para hablar con él.

—Y bien, señor Motes —dijo—, ¡veo que ha vuelto a casa!

La cara era adusta y apacible.

—Ya sabía yo que volvería —dijo—. Lo estaba esperando. Y ya no hace falta que pague el alquiler, le saldrá todo gratis, y puede quedarse donde quiera, arriba o abajo. Como usted guste, que yo lo voy a atender, y si se quiere ir a otra parte, nos vamos los dos juntos.

Nunca había visto su cara más serena, le aferró la mano y se la llevó al corazón. Era lánguida y seca. El perfil del cráneo destacaba bajo la piel y las cuencas de los ojos, profundas y quemadas, parecían conducir hacia un túnel oscuro donde él había desaparecido. Ella se fue acercando más y más a su cara, miró en lo más hondo de aquellas cuencas pero no consiguió ver nada. Cerró los ojos y vio el puntito de luz, pero estaba tan lejos que no alcanzaba a fijarlo en la mente. Tuvo la sensación de que le impedían el paso a la entrada de algo. Siguió sentada, con los ojos cerrados, mirándolo con fijeza a los ojos, y sintió como si por fin hubiese llegado al comienzo de algo que era incapaz de comenzar, y vio que él se alejaba cada vez más, internándose cada vez más en la oscuridad hasta ser el puntito de luz.

Los violentos lo arrebatan

Desde los días de Juan el Bautista hasta ahora, el Reino de los Cielos sufre violencia, y los violentos lo arrebatan.

Mateo 11:12

Primera parte

1

El tío de Francis Marion Tarwater llevaba muerto apenas media hora cuando el muchacho se emborrachó tanto que no pudo terminar de cavar su tumba, y un negro llamado Buford Munson, que había ido a que le llenasen la damajuana, tuvo que terminar el trabajo, arrastrar el cuerpo desde la mesa del desayuno, donde seguía sentado, y enterrarlo como está mandado, cristianamente, con la señal de su Salvador en la cabecera de la tumba, y echarle encima tierra suficiente para impedir que los perros lo desenterraran. Buford se había presentado a eso de mediodía y al atardecer, cuando se marchó, Tarwater, el muchacho, todavía no había vuelto del alambique.

El viejo era tío abuelo de Tarwater, o eso decía, y habían vivido juntos desde que el muchacho tenía uso de razón. Cuando lo había rescatado y se había comprometido a criarlo, su tío le dijo que tenía setenta años; al morir tenía ochenta y cuatro. Tarwater calculó entonces que él andaría por los catorce. Su tío le había enseñado a sumar, restar, multiplicar y dividir, a leer, a escribir y algo de historia, empezando por Adán expulsado del Edén, pasando por los presidentes incluido Herbert Hoover, y en el terreno de la especulación, por el Segundo Advenimiento y el Día del Juicio. Además de darle una buena educación, lo había rescatado de su otro pariente, el único que le quedaba, el sobrino del viejo Tarwater, un maestro que por entonces no tenía hijos y quería quedarse con el de su difunta hermana para criarlo según sus propias ideas.

El viejo sabía por experiencia propia cuáles eran esas ideas. Había vivido tres meses en casa del sobrino gracias a lo que, en su momento, consideró Caridad, pero más tarde, según contaba, descubrió que no había sido Caridad ni nada parecido. Mientras vivió allí, el sobrino se había dedicado en secreto a hacer un estudio sobre su persona. El sobrino, que lo había acogido en nombre de la Caridad, aprovechó la situación para colarse en su alma por la puerta trasera, haciéndole preguntas que tenían más de un sentido, tendiéndole trampas por toda la casa y observando cómo caía en ellas, y por último había escrito un estudio sobre él, en una revista para maestros. El hedor de su comportamiento había llegado al cielo y el Señor mismo había rescatado al viejo. Le había enviado una visión enfurecida, le había ordenado que huyera con el huerfanito al lugar más apartado del campo, y lo criara para justificar su Redención. El Señor le había asegurado una larga vida, y el viejo había raptado al niño en las mismas narices del maestro, y se lo había llevado a vivir a Powderhead, el claro del que tenía un título de propiedad vitalicio.

El viejo, que decía ser profeta, había criado al niño para que esperara la llamada del Señor y estuviera preparado el día en que la oyera. Lo había instruido en los males que suceden a los profetas, los que provienen del mundo, y son insignificantes, y los que provienen del Señor y queman al profeta y lo dejan limpio; porque a él mismo lo habían quemado hasta dejarlo limpio más de una vez. Él había aprendido por el fuego.

Había recibido la llamada en sus años mozos y marchado a la ciudad a proclamar la destrucción que le esperaba a un mundo que había abandonado a su Salvador. Presa de la furia, proclamaba que el mundo vería el sol estallar en sangre y fuego, y mientras él bramaba y esperaba, el sol salía todas las mañanas, tranquilo y contenido, como si no solo el mundo, sino el Señor mismo no hubiese oído el mensaje del profeta. Salía y se ponía, y volvía a salir y a ponerse en un mundo que pasaba del verde al blanco, del verde al blanco, para volver a pasar del verde al blanco otra vez. Salía y se ponía y él había perdido la esperanza de que el Señor lo escuchara. Entonces, una mañana, para alegría suya, del sol vio surgir un dedo de fuego, y antes de que pudiera darse la vuelta, antes de que pudiera gritar, el dedo lo había tocado, y la destrucción que tanto había esperado cayó sobre su propio cerebro y sobre su propio cuerpo. Su sangre, y no la sangre del mundo, había sido quemada hasta quedar seca.

Como había aprendido mucho de sus propios errores, estaba en condiciones de instruir a Tarwater —cuando el muchacho decidía atender— en los hechos innegables de servir al Señor. El muchacho, que tenía sus propias ideas, atendía con la impaciente convicción de que, cuando llegara su hora y el Señor lo llamara, no cometería los mismos errores.

No fue esa la última vez que el Señor corrigió al viejo con fuego, pero no había vuelto a ocurrir desde que se había llevado a Tarwater de la casa del maestro. En aquella ocasión, su visión enfurecida había sido clara. Supo de qué salvaba al muchacho y que era la salvación y no la destrucción lo que buscaba. Había aprendido lo suficiente para odiar la destrucción que llegaría y no cuanto iba a ser destruido.

Rayber, el maestro, no tardó en descubrir dónde se encontraban, y había ido al claro a rescatar al niño. Tuvo que dejar el coche en el camino de tierra y atravesar más de un kilómetro de bosque, por un sendero que aparecía y desaparecía, antes de desembocar en el maizal con la escuálida barraca de dos plantas que se levantaba en su mismo centro. Al viejo le gustaba contarle a Tarwater cómo la cara enrojecida, sudorosa y picada de viruelas de su sobrino, subía y bajaba entre el maíz, seguida del sombrero de flores color rosa de la asistente social que había llevado con él. El maíz llegaba ese año a unos cuatro palmos de los escalones del porche, y cuando el sobrino había asomado de entre las plantas, el viejo apareció en la puerta con la escopeta, gritando que dispararía a los pies a todo aquel que pisara sus escalones; los dos quedaron cara a cara mientras la asistente social salía del campo de maíz, encrespada como una pava real que ha visto invadido su nido. El viejo decía que de no haber sido por la asistente social, su sobrino no habría dado un solo paso. Los dos sangraban y tenían la cara cubierta de arañazos a causa de los espinos, y a ella le colgaba una ramita de zarzamora de la manga de la blusa.

Bastó que ella soltara el aire despacio, como si con el aliento se le acabara toda la paciencia de este mundo, para que el sobrino levantara el pie, lo apoyara en el escalón y el viejo le disparara en la pierna. En beneficio del muchacho recordaba la expresión de indignada rectitud del sobrino, una mirada que lo había enfureci-

do de tal modo, que había vuelto a levantar la escopeta un poco
más y le había disparado de nuevo, arrancándole esta vez un tro-
cito de la oreja derecha. El segundo disparo le borró la rectitud de
la cara y se la dejó blanca e inexpresiva, poniendo de manifiesto
que no había nada debajo, poniendo de manifiesto al mismo
tiempo, según reconocía a veces el viejo, su propio fracaso, porque
hacía tiempo había intentado rescatar al sobrino sin conseguirlo.
Lo había raptado cuando el niño tenía siete años y se lo había llevado al campo, lo había bautizado e instruido en los hechos de su
Redención, pero la instrucción le duró apenas unos años; con el
tiempo, el niño se había marcado una senda distinta. En algunos
momentos, la idea de que podía haber ayudado al sobrino en esa
nueva senda le pesaba de tal manera que paraba de contarle la historia a Tarwater, paraba de contársela y su mirada se perdía en la
distancia, como si contemplara un abismo que se hubiese abierto
a sus pies.

En momentos así echaba a andar por el bosque sin rumbo fijo
y dejaba solo a Tarwater en el claro, a veces durante días, mientras
él discutía con el Señor, tratando de hacer las paces, y cuando regresaba, desaliñado y hambriento, tenía el aspecto que el muchacho creía que debían tener los profetas. Tenía aspecto de haber lu-
chado con un lince, como si aún conservara la cabeza llena de las
visiones atisbadas en los ojos de la fiera, ruedas de luz y bestias extrañas con gigantescas alas de fuego y cuatro cabezas vueltas hacia
los cuatro extremos del universo. Eran los momentos en que Tarwater sabía que, cuando recibiera la llamada, diría: «¡Aquí me tienes, Señor, dispuesto!». En otros momentos, cuando no había fuego en los ojos de su tío y solo hablaba del sudor y la pestilencia de

la cruz, de nacer de nuevo para morir, y de pasarse la eternidad comiendo el pan de vida, el muchacho dejaba vagar el pensamiento hacia otros temas.

La mente del viejo no siempre recorría a la misma velocidad todos los puntos de la historia. A veces, como si no quisiera pensar demasiado, contaba por encima la parte en que le había disparado al sobrino, y enseguida pasaba a referir cómo los dos, el sobrino y la asistente social (hasta su nombre era cómico: Bernice Bishop), habían echado a correr y desaparecido entre el maíz crujiente, y cómo la mujer había chillado: «¿Por qué no me lo habías dicho? ¡Sabías que estaba loco!», y cuando habían reaparecido al otro lado del maizal, desde la ventana del piso de arriba, donde había subido corriendo, él había visto a la mujer rodear con el brazo a su sobrino y sostenerlo, mientras el sobrino entraba en el bosque dando saltitos. Tiempo después, se enteró de que el sobrino se había casado con ella, pese a que le doblaba la edad y a que no le daría tiempo a hacerle más que un hijo. Ella nunca más lo dejó regresar.

Y el Señor, contaba el viejo, había protegido al único hijo que su sobrino había tenido de ella impidiendo que semejantes padres lo corrompieran. Lo había protegido del único modo posible: el niño era retrasado. El viejo hacía aquí una pausa y dejaba que el peso de ese misterio calara en Tarwater. Desde que se había enterado de la existencia de ese niño, había hecho varios viajes a la ciudad para tratar de raptarlo y poder así bautizarlo, pero todas las veces había vuelto derrotado. El maestro se mantenía alerta y el viejo ya estaba demasiado gordo y entumecido y no tenía la agilidad necesaria para raptar a nadie.

—Cuando yo me muera —le decía a Tarwater—, si todavía no he conseguido bautizarlo, tendrás que hacerlo tú. Será la primera misión que te encomiende el Señor.

El muchacho dudaba mucho que su primera misión fuera bautizar a un niño retrasado.

—Ni hablar —decía—. No quiere que yo acabe con lo que tú dejastes a medias. Tiene otras cosas en mente para mí. —Y pensó en Moisés que hizo brotar agua de una piedra, en Josué que hizo que el sol se detuviera, en Daniel que había doblegado con la mirada a los leones del foso.

—No forma parte de tu tarea pensar por el Señor —le decía su tío abuelo—. El Juicio quebrantará tus huesos.

La mañana en que el viejo murió, bajó a la cocina y preparó el desayuno, como de costumbre, y murió antes de llevarse la primera cucharada a la boca. La cocina, amplia y oscura, ocupaba toda la planta baja de la casa; en un extremo había un hornillo de leña, y pegado a él, una mesa de tablones. En los rincones se apilaban los sacos de pienso y malta, y por todas partes, allí donde el viejo o Tarwater las iban dejando, se acumulaban la chatarra, las virutas de madera, las cuerdas viejas, las escaleras y la leña menuda. Habían dormido en esa cocina hasta que un lince rojo entró una noche por la ventana y su tío se asustó tanto que trasladó la cama al piso de arriba, donde había dos cuartos vacíos. El viejo vaticinó entonces que las escaleras le quitarían diez años de vida. En el momento de morir, se sentó delante del desayuno, levantó el cuchillo con una mano cuadrada y enrojecida, y no alcanzó a llevárselo a la boca cuando, con una mirada de total asombro, lo bajó hasta que la mano se apoyó de golpe en el borde del plato, dándole la vuelta y tirándolo de la mesa.

El viejo era recio como un toro, el cuello corto le salía directamente de los hombros y los ojos plateados y saltones miraban como dos peces que luchan por escapar de una red de hilos rojos. Llevaba un sombrero grisáceo con toda el ala doblada hacia arriba, y sobre la camiseta, una chaqueta gris que en otros tiempos había sido negra. Sentado a la mesa, frente a él, Tarwater vio que en la cara le salían como cuerdas rojas y que un temblor lo recorría todo. Era como el temblor de un terremoto que, desencadenado en el corazón del viejo, hubiese partido raudo y estuviera llegando a la superficie. De repente, al viejo se le hizo la boca a un lado y se quedó tal y como estaba, en perfecto equilibrio, la espalda a medio palmo del respaldo de la silla, la barriga embutida debajo del borde de la mesa. Sus ojos, de plata muerta, estaban clavados en el muchacho sentado frente a él.

Tarwater sintió que el temblor no cesaba y que lo recorría ligeramente a él también. Supo que el viejo estaba muerto sin tocarlo, siguió sentado a la mesa, enfrente del cadáver, y terminó de desayunar sumido en una especie de vergüenza huraña, como si se encontrara en presencia de una personalidad nueva y no supiera qué decir. Finalmente, con voz quejumbrosa dijo:

—¡Para el carro! Ya te dije que lo haría bien.

La voz sonó como la de un forastero, como si la muerte lo hubiera transformado a él y no a su tío abuelo.

Se levantó, salió por la puerta trasera con el plato, lo dejó en el último escalón y dos gallos de pelea negros cruzaron como flechas el corral y dieron cuenta de los restos de comida. Se sentó encima de una larga caja de pino que estaba en el porche de atrás y sus manos se pusieron a desenredar distraídamente un trozo de cuerda, mientras su cara larga se volvía hacia el claro y miraba más allá del bosque que se extendía en pliegues grises y violáceos hasta rozar la línea azul celeste de los árboles que, cual fortaleza, se alzaba contra el cielo despejado de la mañana.

Powderhead no solo estaba lejos del camino de tierra, sino del camino carretero y del sendero, y para llegar hasta allí, los vecinos más próximos, negros, no blancos, tenían que cruzar el bosque, apartando de su paso las ramas de los ciruelos. En otros tiempos hubo allí dos casas; ahora solo quedaba la casa con el propietario muerto dentro y el propietario vivo fuera, en el porche, esperando para enterrarlo. El muchacho sabía que debía enterrar al viejo antes de que nada pudiese empezar. Era como si hubiese que echarle tierra encima para que se muriera del todo. En cierto modo esa idea le permitió librarse de algo que lo oprimía.

Pocas semanas antes, el viejo había empezado un campo de trigo, hacia la izquierda, y por un lado lo había dejado pasar la alambrada y llegar casi hasta la casa. Las dos hileras de alambre espino pasaban justo en medio del campo. Un brazo de niebla giboso se arrastraba hacia ellas como un perro de caza blanco dispuesto a meterse por debajo y cruzar el corral pegado al suelo.

—Voy a cambiar la alambrada de sitio —dijo Tarwater—. No voy a dejar que ninguna alambrada mía parta un campo en dos.

La voz, que le sonó fuerte, extraña y desagradable, continuó diciendo en su mente: El dueño no eres tú. Es el maestro.

El dueño soy yo, dijo Tarwater, porque estoy aquí y nadie me va a sacar de aquí. Si aquí viene un maestro a reclamar la propiedad, lo mato.

El Señor puede echarte, pensó. Reinaba una calma total sobre todas las cosas y el muchacho sintió que empezaba a henchírsele el corazón. Contuvo el aliento como si estuviera a punto de oír una voz desde las alturas. Momentos después oyó que una gallina escarbaba debajo del porche. Se pasó el brazo con fuerza debajo de la nariz y, poco a poco, su cara palideció otra vez.

Llevaba un mono desteñido y un sombrero gris calado hasta las orejas como un gorro. Fiel a la costumbre de su tío, nunca se quitaba el sombrero más que para ir a la cama. Hasta la fecha siempre había seguido las costumbres de su tío pero: si quiero cambiar de sitio esa alambrada antes de enterrarlo, nadie me lo va a impedir, pensó, no se alzaría ni una sola voz en contra.

Primero lo entierras y así acabas de una vez, dijo la voz potente y desagradable del forastero. Se levantó y fue a buscar la pala.

La caja de pino en la que se había sentado era el ataúd de su tío, pero no pensaba utilizarlo. El viejo era demasiado pesado para que un muchacho flaco lo levantara y lo metiera dentro, y aunque el viejo Tarwater la había hecho unos años antes con sus propias manos, le había dicho que, cuando llegara el momento, si no era posible meterlo dentro, que lo echara al agujero tal como estaba, y se asegurara solamente de que el agujero fuera bien hondo. Lo quería de tres metros, dijo, no de dos y medio. Había dedicado mucho tiempo a hacer la caja, y cuando la terminó, le grabó en la tapa, MASON TARWATER, CON DIOS, y luego se metió dentro y ahí se quedó tendido un buen rato, en el porche trasero, sin que se le viera más que la barriga sobresaliendo por el borde, como el pan demasiado fermentado. El muchacho se había quedado al lado de la caja, observándolo.

—Así acabamos todos —dijo el viejo con satisfacción, la voz ronca y bullanguera dentro del ataúd.

—Eres demasiado grande para la caja —observó Tarwater—. Me voy a tener que sentar encima de la tapa o esperar que te pudras un poco.

—No esperes —le había pedido el viejo Tarwater—. Presta atención. Cuando llegue el momento, si no es posible usar la caja, si no me puedes levantar o lo que sea, tú échame al hoyo, pero acuérdate que lo quiero bien hondo. De tres metros, no de dos y medio, de tres. Aunque sea me puedes llevar rodando. Voy a rodar. Consigue dos tablas, las pones al final de los escalones y me echas a rodar y ahí donde me pare, te pones a cavar. No dejes que me caiga dentro del hoyo hasta que no esté bien hondo. Me pones unos ladrillos para que no me vaya rodando y me caiga dentro, y no dejes que los perros me empujen dentro antes que esté terminao. A los perros mejor me los encierras —dijo.

—¿Y si te mueres en la cama? —preguntó el muchacho—. ¿Cómo voy a hacer para bajarte por las escaleras?

—Yo en la cama no me pienso morir —dijo el viejo—. En cuanto oiga la llamada, voy a bajar las escaleras corriendo. Me voy a poner lo más cerca de la puerta que pueda. Si me quedo seco arriba, me bajas rodando por las escaleras y listo.

—Dios me libre —dijo el muchacho.

El viejo se incorporó dentro de la caja y dio un puñetazo en el borde.

—Presta atención —dijo—. Nunca te pedí nada. Te acogí, te

crié y te salvé de ese burro de la ciudad y ahora, lo único que te pido a cambio es que cuando me muera me eches a la tierra, donde deben estar los muertos, y me pongas una cruz encima para que se vea que estoy ahí. Es lo único que te pido que hagas por mí. Ni siquiera te pido que vayas a buscar a los negros y trates de llevarme a la parcela con mi papá. Te lo podría pedir, pero no te lo pido. Hago todo lo posible para que te sea más fácil. Lo único que te pido es que me eches a la tierra y me pongas una cruz.

—Bastante voy a hacer con echarte al hoyo —dijo Tarwater—. Reventao voy a quedar para poner cruces. No voy a perder el tiempo con tonterías.

—¡Tonterías! —masculló su tío—. ¡Ya sabrás lo que son tonterías el día que junten esas cruces! Mira que enterrar a los muertos como está mandao tal vez sea el único honor que te hagas. ¡Te traje hasta aquí para criarte como un cristiano, y más que un cristiano, como un profeta! —gritó—, ¡y tú tendrás que llevar ese peso!

—Si no tengo fuerzas para hacerlo —adujo el chico, observándolo con calculada indiferencia—, voy a avisar a mi tío de la ciudad que venga y se ocupe de ti. El maestro... —aclaró arrastrando las palabras, y vio que las marcas de viruela de la cara de su tío habían palidecido sobre el fondo violáceo—. Él se va a encargar de ti.

Los hilos que sujetaban los ojos del anciano se hicieron más gruesos. El viejo aferró ambos lados del ataúd y empujó hacia adelante, como si fuera a sacarlo del porche.

—Ese me quemaría —dijo y se le quebró la voz—. Me mandaría cremar en un horno y aventaría mis cenizas. «Tío», me dijo,

«¡eres una especie a punto de extinguirse!» Con tal de aventar mis cenizas, ese es muy capaz de pagarle a la funeraria para que me quemen y así poder aventar mis cenizas —dijo—. Ese no cree en la Resurrección. No cree en el Día del Juicio. No cree en el pan de vida...

—Los muertos no están para detalles —lo interrumpió el muchacho.

El viejo lo agarró por la pechera del mono, lo levantó en peso contra el costado de la caja y lo fulminó con la mirada.

—El mundo fue creado para los muertos. Piensa en todos los muertos que hay —dijo, y luego, como si hubiera concebido la respuesta a todas las insolencias de este mundo, añadió—: ¡Los muertos son un millón de veces más que los vivos y el tiempo que los muertos se pasan muertos es un millón de veces más largo que el tiempo que los vivos se pasan vivos! —Y lo soltó, lanzando una carcajada.

Apenas un leve temblor permitió adivinar que el muchacho había quedado impresionado, y al poco rato había dicho:

—El maestro es mi tío. El único pariente con sentido común que voy a tener, y está vivo, y si me diera la gana acudir a él, acudiría ahora mismo.

El viejo lo miró en silencio durante un tiempo que se hizo eterno. Luego golpeó con las palmas abiertas los costados de la caja y rugió:

—¡Quien la peste llame, por la peste perecerá! ¡Quien la espada empuñe, por la espada perecerá! ¡Quien el fuego provoque, por el fuego perecerá! —Y el niño tembló a ojos vistas—. ¡Te salvé para que fueras libre, para que fueras tú mismo y no un dato dentro de la cabeza de ese! —había gritado—. Si estuvieras viviendo con él, ahora mismo serías información, estarías dentro de su cabeza y, lo que es más —añadió—, irías a la escuela.

El muchacho hizo una mueca. El viejo siempre le había insistido en lo afortunado que era por no tener que ir la escuela. El Señor había considerado oportuno garantizar la pureza de su educación, protegerlo de la contaminación, protegerlo como Su siervo elegido, instruido por un profeta para profetizar. Mientras a otros niños de su edad los apiñaban juntos en una habitación y los ponían a recortar calabazas de papel bajo la dirección de una mujer, a él lo habían dejado libre para que fuese en busca de la sabiduría, teniendo por compañeros de su espíritu a Abel y Henoc, a Noé y Job, a Abraham y Moisés, al rey David y Salomón, y a todos los profetas, desde Elías, que escapó a la muerte, hasta Juan cuya cabeza decapitada sembró el terror desde una bandeja. El muchacho sabía que salvarse de la escuela era el signo más claro de su elección.

El funcionario escolar había ido una sola vez. El Señor había avisado al viejo de su llegada y le había dicho qué debía hacer; el viejo Tarwater, por su parte, le había enseñado al muchacho cómo comportarse el día en que, cual emisario del diablo, se presentara el funcionario. Y cuando llegó el día y lo vieron cruzar el campo, estaban preparados. El muchacho se retiró a la parte trasera de la casa y el viejo se sentó a esperar en los escalones de la entrada. Cuando el funcionario, un hombre flaco y calvo, con tirantes rojos, salió del campo y puso los pies en la tierra apisonada del corral, saludó al viejo Tarwater cautelosamente y empezó con el trámite como si hubiese ido hasta allí para otra cosa. Se sentó en los escalones y habló del mal tiempo y de la mala salud. Finalmente, sin apartar la vista del campo, preguntó:

—Tiene usted un muchacho que debería ir a la escuela, ¿verdad?

—Un buen muchacho —contestó el viejo—, y si alguien pensara que le puede enseñar algo, no iba yo a impedírselo. ¡Muchacho! —lo llamó. El muchacho no apareció enseguida—. ¡Eh, muchacho! —gritó el viejo.

Poco después, Tarwater asomó por el costado de la casa. Tenía los ojos abiertos, pero la mirada perdida. Movía la cabeza espasmódicamente sobre los hombros caídos e iba con la boca abierta y la lengua afuera.

—Listo no será —dijo el viejo—, pero es muy buen chico. Sabe venir cuando lo llaman.

—Ya veo —dijo el funcionario escolar—, tal vez sea mejor dejarlo en paz.

—No sé, podría adaptarse a la escuela —dijo el viejo—. Hará como dos meses que no le da ningún ataque.

—Yo creo que lo mejor es que se quede en casa —dijo el funcionario—. No quisiera someterlo a ningún esfuerzo —dicho lo cual, cambió de tema. Poco después, se marchó y los dos se quedaron mirando con satisfacción mientras la silueta menguante cruzaba otra vez el campo hasta que los tirantes rojos se perdieron de vista.

Si el maestro lo hubiese localizado, ahora mismo estaría en la escuela, sería uno entre tantos, sin diferenciarse de la manada, y estaría desmontado en partes y números dentro de la mente del maestro.

—Allí es donde me quería —dijo el viejo—, y creía que cuando me tuviera dentro de esa revista para maestros, me tendría prácticamente en su cabeza.

En la casa del maestro no había más que libros y papeles. Cuando se fue a vivir allí, el viejo no sabía que el cerebro de su sobrino convertía en libro, artículo o gráfico a todo bicho viviente que pasaba ante sus ojos y de ahí a su cabeza. El maestro había mostrado un gran interés en el hecho de que su tío fuera un profeta elegido por el Señor, y le había hecho numerosas preguntas cuyas respuestas anotaba a veces en una libreta, y de vez en cuando los ojitos se le iluminaban como si acabara de hacer un descubrimiento.

El viejo se había ilusionado con que avanzaba en eso de convencer otra vez al sobrino de su Redención, porque al menos lo escuchaba, aunque no dijese que creía. Parecía disfrutar hablando de las cosas que interesaban a su tío. Lo interrogaba a fondo sobre su vida anterior, de la que el viejo Tarwater prácticamente se había olvidado. El viejo había creído que ese interés en sus antepasados daría sus frutos, pero lo que dio, lo que dio, hedor y vergüenza, fueron palabras muertas. Lo que dio fue un fruto seco y sin simientes, incapaz de pudrirse siquiera, muerto desde el principio. De vez en cuando, el viejo escupía por la boca cual gotas de veneno algunas de las sentencias idiotas del artículo del maestro. La ira se las había grabado a fuego en la memoria, palabra por palabra. «Esa obsesión suya de haber sido llamado por el Señor tiene su origen en la inseguridad. Necesitaba la convicción de una llamada, y por eso se llamó a sí mismo.»

—¡Me llamé a mí mismo! —decía entre dientes el viejo—, ¡me llamé a mí mismo!

La frase lo enfurecía tanto que la mitad de las veces se limitaba a repetirla.

—Me llamé a mí mismo. Yo me llamé a mí mismo. ¡Yo, Mason Tarwater, me llamé a mí mismo! Me llamé a mí mismo para que me golpearan y me ataran. Me llamé a mí mismo para que me escupieran y se rieran de mí. Me llamé a mí mismo para que me hirieran en mi orgullo. Me llamé a mí mismo para ser despedazado por el ojo del Señor. Escúchame, muchacho —decía y lo agarraba por los tirantes del mono y lo sacudía despacio—, hasta la piedad del Señor quema.

Soltaba entonces los tirantes y dejaba que el muchacho cayera en el lecho de espinas de ese pensamiento, mientras él seguía renegando y hablando entre dientes.

—Lo que él quería era meterme dentro de aquella revista para maestros. Y se creyó que cuando me tuviera ahí metido, me tendría prácticamente dentro de su cabeza, derrotao, y punto, sanseacabó. ¡Pero de sanseacabó nada! Aquí me tienes sentao. Y ahí estás tú sentao. Libres. ¡Y no en la cabeza de nadie!

Y la voz escapaba de él como si fuera la parte más libre de su ser libre y pugnara por adelantarse al pesado cuerpo en la huida. Parte del regocijo de su tío abuelo se apoderaba entonces de Tarwater y sentía que había escapado de una misteriosa prisión. Llegaba incluso a creer que podía oler su libertad, perfumada de pino, saliendo del bosque, hasta que el viejo continuaba:

—Nacistes en cautiverio y fuistes bautizado en libertad, en la muerte del Señor, en la muerte de Jesucristo nuestro Señor.

Entonces el chico notaba un malhumor que lo reconcomía por dentro, un rencor creciente, pausado y tibio, cuando pensaba que esa libertad tuviera que guardar relación con Jesús, y que Jesús tuviera que ser el Señor.

—Jesús es el pan de vida —decía el viejo.

Desconcertado, el muchacho apartaba la vista y miraba a lo lejos, más allá de la línea de árboles azul y oscura donde el mundo se extendía, oculto y a sus anchas. En lo más oscuro e íntimo de su alma, colgado cabeza abajo como un murciélago dormido, estaba el conocimiento cierto e innegable de que él no tenía hambre del pan de vida. ¿Había ardido la zarza para Moisés, se había parado el sol para Josué y se habían apartado los leones ante Daniel con el único fin de que profetizaran el pan de vida? ¿Jesús? Lo decepcionaba tremendamente aquella conclusión, temía que fuera cierta. El viejo decía que en cuanto se muriera, se apresuraría en alcanzar las orillas del lago de Galilea para comer los panes y los peces que el Señor había multiplicado.

—¿Para siempre? —preguntaba el muchacho, horrorizado.

—Para siempre —respondía el viejo.

El muchacho presentía que en eso radicaba la locura de su tío abuelo, en el hambre, y temía en secreto que se pudiese transmitir, que pudiese permanecer oculta en la sangre, y que un buen día pudiese prender en él, y que entonces el hambre lo acuciara como al viejo, le arrancara el fondo del estómago de manera que nada pudiese cicatrizarlo ni llenarlo más que el pan de vida.

En la medida de lo posible intentaba desechar estos pensamientos, mantener la vista fija en un punto medio, ver solamente cuanto tenía delante de la cara y no dejar que sus ojos pasaran de la superficie. Parecía temer que si dejaba los ojos posados más de lo necesario para identificar una cosa —una pala, una azada, los cuartos traseros de la mula delante del arado, el surco rojo bajo sus pies—, esa cosa fuera a levantarse de pronto ante él, extraña y aterradora, exigiéndole que la nombrara, y que la nombrara correctamente, y que a él lo juzgaran por el nombre que le diera. Hacía cuanto estaba en su mano para evitar la amenaza de esta intimidad con la creación. Cuando llegara la llamada del Señor, deseaba que fuese una voz surgida de un cielo claro y vacío, la trompeta del Señor Dios Todopoderoso, no tocada por mano o aliento carnal alguno. Esperaba ver ruedas de fuego en los ojos de fieras sobrenaturales. Había esperado que aquello ocurriera en cuanto su tío abuelo se hubiese muerto. Apartó rápidamente la mente de todo ello y fue a buscar la pala. El maestro está vivo, pensó mientras caminaba, pero más le vale que ni asome por aquí para echarme de estas tierras porque lo mato. Acude a él y púdrete en el infierno, le había dicho su tío. Te salvé de él hasta ahora y si acudes a él en cuanto yo esté en el hoyo, no hay nada que pueda hacer.

La pala estaba apoyada contra la pared del gallinero.

—Nunca más voy a poner los pies en la ciudad —se dijo el muchacho en voz alta—. Nunca voy a acudir a él. Ni él ni nadie me va a echar de estas tierras.

Decidió cavar la tumba debajo de la higuera porque el viejo le haría bien a los higos. El suelo era arenoso en la superficie y duro como la piedra debajo, y la pala soltaba un sonido metálico cuando la golpeaba contra la arena. Cien kilos de montaña muerta por enterrar, pensó, y se quedó con un pie apoyado en la pala, inclinado hacia adelante, observando el cielo blanco a través de las hojas de la higuera. Tardaría todo el día en cavar en aquella piedra un agujero lo bastante grande, y el maestro lo habría quemado en un momento.

Tarwater había visto al maestro una vez desde cierta distancia, y había visto al niño retrasado desde más cerca. El niño guardaba cierto parecido con el viejo Tarwater salvo por los ojos, grises como los del tío abuelo, pero transparentes, como si del otro lado bajaran a lo hondo, muy hondo, hasta dos charcos de luz. Con solo mirarlo saltaba a la vista que no tenía la cabeza en su sitio. Aquella vez que Tarwater y su tío fueron a verlos, el viejo se había quedado tan pasmado por el parecido y la diferencia, que no había pasado de la puerta, se había quedado mirando al niño, moviendo la lengua de acá para allá como si él tampoco tuviera la cabeza en su sitio. Aquella fue la primera vez que vio al niño y ya nunca se le olvidó.

—Se casó con ella y le hizo un hijo que encima no tiene la cabeza en su sitio —murmuraba el viejo—. El Señor lo protegió y ahora quiere verlo bautizado.

—¿Y por qué no vas y lo bautizas? —preguntaba el muchacho, porque quería que pasara algo, quería ver al viejo en acción, quería que raptara al niño, así el maestro iría en su busca y él podría ver más de cerca a su otro tío—. ¿Qué te pasa? —le preguntaba—. ¿Qué estás esperando? ¿Por qué no te das prisa y lo robas?

—Las órdenes las recibo de Dios, nuestro Señor, que interviene cuando cree llegada la hora —decía el viejo—. No las recibo de ti.

La niebla blanca avanzó por el corral hasta desaparecer en una hondonada y el aire quedó limpio y claro. Siguió pensando en la casa del maestro. «Tres meses pasé allí», había dicho su tío abuelo. «Qué vergüenza me da. Traicionao durante tres meses por alguien de mi propia familia, y si cuando yo me muera, me quieres entregar a quien me traicionó y ver cómo arde mi cuerpo, así sea. ¡Así sea, muchacho!», le había gritado, incorporándose en la caja de muerto con la cara llena de manchas. «Así sea, deja que me queme, pero después cuídate del león del Señor. ¡Recuerda el león que el Señor puso en el camino del falso profeta! A mí me amasaron con la levadura en la que ese no cree, ¡y no arderé!», había dicho. «¡Y cuando me haya ido, estarás mejor aquí, tú solo en este bosque, con la luz que ese sol quiera dejar pasar, que en la ciudad con ese!»

Siguió cavando pero la tumba no se hacía más honda. «Los muertos son pobres», dijo el muchacho con la voz del forastero. Más pobre que un muerto, imposible. Se tendrá que conformar con lo que le toque. Nadie vendrá a molestarme, pensó. Nunca más. Nadie va a levantar la mano para impedirme nada, salvo la mano del Señor, y Él no dijo nada. Ni se fijó en mí todavía.

Un perro de caza de rubia pelambre golpeaba el suelo con la cola, no muy lejos, y unas cuantas gallinas negras escarbaban en la tierra desnuda que el muchacho iba amontonando. Rodeado de un halo amarillo, el sol se elevaba por encima de la línea azul de los árboles y cruzaba lento el cielo. «Ahora puedo hacer lo que me dé la gana», dijo, suavizando la voz del forastero para que le resultara soportable. Puedo matar a todos esos pollos, si me diera por ahí, pensó, observando los gallos de riña, negros e inútiles, que su tío criaba con tanto cariño.

Estaba lleno de tonterías, dijo el forastero. La verdad es que era como un niño. Pero si al final, el maestro nunca le hizo daño. Fíjate que lo único que hizo fue estudiarlo y anotar lo que había visto y oído y escribirlo después en un artículo para que lo leyeran otros maestros. ¿Qué tiene eso de malo, eh? Nada. ¿A quién le importa lo que lee un maestro? Y el viejo chocho se comportaba como si le hubieran matao hasta el alma. Ya ves tú que no estaba tan cerca de la muerte como él se pensaba. Vivió catorce años más y crió a un muchacho para que se encargara de enterrarlo a su gusto.

Y mientras Tarwater hundía la pala en la tierra, la voz del forastero se cargó de furia contenida y repetía sin cesar, tú tienes que enterrarlo solo y a pulso, mientras que ese maestro lo quemaría en un momento.

Después de haber cavado más de una hora, la sepultura tenía apenas un palmo, todavía no era lo bastante profunda para recibir el cuerpo. Se sentó en el borde a descansar un poco. El sol era como una ampolla blanca y rabiosa en medio del cielo.

Los muertos traen montones de problemas, muchos más que los vivos, dijo el forastero. Ese maestro ni se pararía a pensar que el Día del Juicio se van a reunir todos los cuerpos señalados con una cruz. En el resto del mundo no hacen las cosas como te las enseñaron a ti.

—Ya lo sé, yo ya estuve —masculló Tarwater—. No hace falta que nadie me lo diga.

Hacía dos o tres años, su tío había ido a ver al abogado para arreglar lo de la sucesión, impedir que la finca fuese a parar al maestro y Tarwater pudiera quedársela. Tarwater había esperado sentado, delante de la ventana del abogado, en el piso doce, con la vista clavada en el pozo de la calle, allá abajo, mientras su tío trataba el asunto. Cuando fueron de la estación de tren a la oficina, había caminado bien erguido entre la masa móvil de metal y cemento moteada con los ojillos de la gente. El brillo de sus propios ojos quedaba oculto tras el ala rígida del sombrero gris, nuevecito, que le hacía de techo y se mantenía en perfecto equilibrio sobre las orejas de soplillo. Antes del viaje había leído algunos datos en el anuario y sabía que allí vivían setenta y cinco mil almas que lo veían a él por primera vez. Tenía ganas de pararse y estrechar la mano a cada uno de ellos y decirle que se llamaba F. M. Tarwater, y que había ido solamente a pasar el día y a acompañar a su tío, que tenía cita con un abogado. Volvía la cabeza atrás en cuanto un transeúnte pasaba junto a él, hasta que comenzaron a pasar demasiados, y observó que sus ojos no se te clavaban como los ojos de la gente del campo. Algunos tropezaban con él y ese contacto, que hubiera bastado para entablar una relación de por vida, no servía de nada porque aquellas moles se alejaban con la cabeza gacha, abriéndose paso a empujones, después de mascullar unas disculpas que él habría aceptado si se hubiesen detenido un momento.

Entonces cayó en la cuenta, casi sin previo aviso, de que aquel lugar era malo: las cabezas gachas, las palabras mascullladas, la prisa por alejarse. En un estallido de luz comprendió que aquella gente se alejaba a toda prisa del Señor Dios Todopoderoso. A la ciudad era donde iban los profetas, y él estaba allí, en plena ciudad. Estaba allí disfrutando de algo que debería haberle repugnado. Entrecerró los ojos con cautela y miró a su tío, que avanzaba a buen paso delante de él, con la misma despreocupación que un oso en el bosque.

—¿Qué clase de profeta eres? —masculló el muchacho.

Su tío no le hizo caso, no se detuvo.

—¡Y tú te consideras profeta! —bramó con voz ronca, estridente.

Su tío se detuvo y se volvió:

—Vine a arreglar unos asuntos —dijo en voz baja.

—Siempre dijistes que eras profeta —dijo Tarwater—. Ahora me doy cuenta el tipo de profeta que eres. Bonita opinión tendría de ti Elías.

Su tío echó la cabeza hacia adelante y los ojos empezaron a salírsele de las órbitas.

—Estoy aquí para arreglar unos asuntos —dijo—. Si el Señor te ha llamao, dedícate a tu propia misión.

El muchacho palideció ligeramente, apartó la vista y murmuró:

—A mí no me ha llamao *todavía* —masculló—. Eres tú el que ha sido llamao.

—Yo ya sé cuándo me llama y cuándo no —aclaró su tío, se dio la vuelta y no le prestó más atención.

Delante de la ventana del abogado, se arrodilló y asomó la cabeza, dejándola colgar hacia abajo, sobre la calle flotante y moteada que fluía como un río de hojalata, y vio aquel río destellar bajo el sol que flotaba pálido en un cielo pálido, demasiado lejos para inflamar nada. Cuando recibiera la llamada, el día que regresara, haría bullir la ciudad, regresaría con fuego en los ojos. Aquí si no haces algo especial, no se fijan en ti, pensó. No se van a fijar solo porque estés aquí. Contempló a su tío con renovado asco. Cuando venga y me quede para siempre, se dijo, voy a hacer algo para que todos los ojos queden clavaos en mí; y al incli-

narse un poco, vio el sombrero planear despacio, perdido y tranquilo, mecido suavemente por la brisa, camino de ser aplastado
en el río de hojalata. Se tocó la cabeza desnuda y se metió para
dentro.

Su tío discutía con el abogado, los dos daban golpes en el escritorio que los separaba, doblaban las rodillas y golpeaban con el
puño al mismo tiempo. El abogado, un hombre alto, con cabeza
de cúpula y nariz de águila, no se cansaba de repetir, reprimiendo
las ganas de gritar: «No fui yo quien redactó el testamento. Las leyes no las hice yo». Y la voz de su tío chillaba ronca: «Qué le vamos hacer. Mi padre no hubiera dejao que un idiota heredase su
propiedad. No era esa su intención».

—Perdí el sombrero —dijo Tarwater.

El abogado se apoyó en el respaldo de la silla, la hizo avanzar
hacia Tarwater con un chirrido, lo miró sin interés con sus ojos
azul pálido, adelantó un poco más la silla con otro chirrido, y le
dijo a su tío:

—No puedo hacer nada. Pierde usted el tiempo y me lo hace
perder a mí. Más vale que se resigne a este testamento.

—Escúcheme —dijo el viejo Tarwater—, hubo un tiempo
que pensé que estaba acabao, viejo y enfermo, con un pie en la
tumba, sin dinero, sin nada, y acepté su hospitalidad porque era
mi pariente más cercano y podía decirse que era su deber acogerme, y la cuestión es que pensé que era por Caridad, pensé
que...

—Yo no puedo remediar lo que usted pensara o hiciera ni lo
que su pariente pensara o hiciera —protestó el abogado y cerró los
ojos.

—Me se cayó el sombrero —dijo Tarwater.

—Soy abogado, nada más —dijo el abogado y paseó la mirada por las filas de libros de derecho, del color de la arcilla, que fortificaban su despacho.

—Seguro que un coche ya le pasó por encima.

—Verá usted —dijo su tío—, me estudió todo el tiempo para el artículo ese. Me hacía pruebas en secreto, a alguien de su propia sangre, se coló en mi alma por la puerta trasera, y después va y me dice: «¡Tío, eres una especie a punto de extinguirse! ¡A punto de extinguirse!» —ronqueó el viejo con un hilo de voz—. ¡Ya me dirá usted si estoy a punto de extinguirme!

El abogado cerró los ojos y sonrió con disimulo.

—Habrá otros abogados —refunfuñó el viejo.

Y se marcharon y vieron a tres más, uno tras otro, y Tarwater había contado hasta once hombres que quizá llevaran su sombrero o quizá no. Finalmente, al salir del despacho del cuarto abogado, se sentaron en el alféizar de la ventana de un edificio donde había un banco, y su tío se hurgó el bolsillo, sacó unas galletas y le dio una a Tarwater. El viejo se desabrochó el abrigo y dejó que la barriga se le desparramara un poco y descansara sobre su regazo mientras comía. La cara se le contraía de la rabia; la piel entre las picaduras de viruela parecía brincar de mancha en mancha. Tarwater estaba muy pálido y le brillaban los ojos con una profundidad hueca y extraña. Se cubría la cabeza con un viejo pañuelo de trabajo anudado en las cuatro puntas. No observaba a los transeúntes que sí lo observaban a él.

—Gracias a Dios que terminamos, así podemos volver a casa —murmuró.

—Todavía no terminamos —dijo el viejo, se levantó de sopetón y echó a andar calle abajo.

—¡Ay, Señor! —gimió el muchacho, poniéndose en pie de un salto para alcanzarlo—. ¿No nos podemos sentar un momento? ¿Es que no tienes cabeza? Todos te dicen lo mismo. La ley es una sola y no hay nada que hacer. Hasta yo lo entiendo, ¿por qué tú no? ¿Se puede saber qué te pasa?

El viejo siguió andando a grandes zancadas, echando la cabeza hacia adelante, como husmeando al enemigo.

—¿Adónde vamos? —le preguntó Tarwater cuando dejaron atrás la zona comercial y pasaron entre filas de casas grises y bulbosas, con porches tiznados que se proyectaban sobre las aceras—. Oye —dijo, golpeando a su tío en la cadera—, que yo no pedí venir.

—Ya me lo ibas a pedir a su debido tiempo —masculló el viejo—. Toma ahora tu ración.

—Yo no pedí ninguna ración. Nunca en la vida pedí venir. Estoy aquí antes de enterarme que esto estaba donde está.

—Acuérdate —le dijo el viejo—, tú solo acuérdate que cuando pedistes venir te dije que te acordaras que si venías, esto no te iba a gustar.

Y siguieron caminando. Cruzaron una acera tras otra, dejaron atrás una fila tras otra de casas salientes cuyas puertas entornadas proyectaban un poco de luz seca en los pasillos manchados del interior. Finalmente llegaron a otro barrio de casas limpias y achaparradas, casi idénticas, que tenían delante su cuadrado de césped. Después de unas cuantas manzanas, Tarwater se sentó en la acera y anunció:

—Yo no doy un paso más. ¡No sé ni adónde voy y no pienso dar un paso más!

Su tío no se detuvo ni se volvió. Enseguida el muchacho se levantó de un salto y lo siguió otra vez, aterrado de que lo dejaran allí.

El viejo siguió adelante con esfuerzo, como guiado por un rastro de sangre que lo acercara más y más al lugar donde se ocultaba su enemigo. Dobló de repente por el sendero corto de una casa de ladrillos amarillo claro, y avanzó rígido hacia la puerta blanca, encorvados los hombros recios, como si fuera a embestirla. Golpeó la puerta con el puño, haciendo caso omiso del llamador de bronce lustrado. En ese instante Tarwater cayó en la cuenta de que en esa casa vivía el maestro; paró en seco y se quedó paralizado, con los ojos fijos en la puerta. Un oscuro instinto le decía que la puerta iba a abrirse y a revelarle su destino. En su imaginación, vio al maestro a punto de aparecer por el hueco, flaco y malvado, dispuesto a entrar en combate con quien el Señor enviara a conquistarlo. El muchacho apretó los dientes con fuerza para que no le castañetearan. La puerta se abrió.

Apareció en el umbral un niño de carita rosada, con la boca abierta y una sonrisa boba. Tenía el pelo blanco y la frente huesuda. Llevaba gafas con montura metálica y tenía los ojos color plata clara como los del viejo, pero los suyos eran transparentes y estaban vacíos. Mordisqueaba un corazón de manzana color pardo.

El viejo se lo quedó mirando, separó los labios poco a poco hasta quedarse con la boca abierta. Daba la impresión de encontrarse ante un misterio indescriptible. El niño soltó un sonido incomprensible, empujó la puerta hasta cerrarla casi del todo y se ocultó, dejando ver solamente un ojo con su gafa.

De pronto se apoderó de Tarwater una tremenda indignación. Observó la carita que espiaba por la rendija. Se devanó los sesos en busca de la palabra correcta para lanzársela. Finalmente le dijo en voz baja, rotundo:

—Antes que tú estuvieras aquí, estaba *yo*.

El viejo lo agarró del hombro, lo apartó y le dijo:

—No entiende nada. ¿No ves que no entiende nada? No sabe de qué le hablas.

El muchacho se enfureció todavía más. Dio media vuelta para marcharse.

—Espera —le dijo su tío y lo alcanzó—. Escóndete detrás de ese seto que voy a entrar a bautizarlo.

Tarwater se quedó boquiabierto.

—Que te escondas, te digo, vamos —insistió y lo empujó hacia el seto. Entonces el viejo se armó de valor. Se dio media vuelta y regresó a la puerta. Justo cuando llegó a ella, se abrió de par en par y un hombre joven y delgado, con pesadas gafas de montura negra, apareció en el vano, la cabeza echada hacia adelante, la mirada iracunda.

El viejo Tarwater levantó el puño.

—¡Jesucristo nuestro Señor me mandó a bautizar a ese niño! —gritó—. Aparta. ¡Pienso hacerlo!

Tarwater asomó la cabeza por encima del seto. Sin resuello observó al maestro, la cara estrecha y huesuda inclinada hacia atrás desde la mandíbula prominente, el cabello que raleaba sobre la frente ancha, los ojos ceñidos por el cristal. El niño de cabello blanco se había agarrado a la pierna de su padre y se colgó de ella. El maestro lo empujó hacia el interior de la casa. Luego salió, cerró la puerta de golpe y siguió mirando al viejo con ira, como retándolo a que avanzara.

—El niño pide a gritos que lo bauticen —dijo el viejo—. ¡Hasta un idiota es precioso a los ojos del Señor!

—Fuera de mi propiedad —dijo el sobrino con voz crispada, como si le costara un gran esfuerzo no perder la calma—. Si no te vas, haré que vuelvan a meterte en el manicomio, donde deberías estar.

—¡No puedes tocar al siervo del Señor! —chilló el viejo.

—¡Vete de aquí! —gritó el sobrino, perdiendo el control de la voz—. Para empezar, tío, pregúntale al Señor por qué lo hizo idiota. ¡Dile que quiero saber por qué!

Al muchacho el corazón le latía tan deprisa que temía que le saliera galopando del pecho y desapareciera para siempre. Asomó la cabeza y los hombros detrás de los arbustos.

—¡No te corresponde a ti preguntar! —gritó el viejo—. No te corresponde a ti cuestionar al Señor Dios Todopoderoso. ¡No te corresponde machacar al Señor en tus pensamientos y escupir un número!

—¿Dónde está el muchacho? —preguntó el sobrino, mirando de pronto a su alrededor como si acabara de acordarse—. ¿Dónde está el muchacho al que ibas a criar y convertir en profeta para que me quemara los ojos hasta dejarlos limpios? —Y se echó a reír.

Tarwater agachó de nuevo la cabeza detrás de los arbustos, detestando de inmediato la risa del maestro que parecía reducirlo a algo despojado de toda importancia.

—Ya le llegará el día —dijo el viejo—. O él o yo vamos a bautizar a ese niño. Si no lo hago yo en mi día, lo hará él en el suyo.

—Jamás le pondrás la mano encima —dijo el maestro—. Puedes pasar el resto de tu vida echándole agua y seguirá siendo idiota. Cinco años por toda la eternidad, inútil para siempre. Escúchame bien —dijo, y el muchacho notó que su voz tensa se hacía más queda y adquiría una especie de suave intensidad, una pasión igual y opuesta a la del viejo—, nunca será bautizado, cuestión de principios, nada más. Como gesto de dignidad humana, nunca será bautizado.

—El tiempo descubrirá la mano que lo bautice —sentenció el viejo.

—El tiempo la descubrirá —dijo el sobrino, abrió la puerta, entró en la casa y cerró de un portazo.

El muchacho había salido de los arbustos con la cabeza dándole vueltas por la excitación. Desde entonces nunca más había regresado, nunca más había vuelto a ver a su primo, nunca más había vuelto a ver al maestro, y rogaba a Dios, le dijo al forastero que cavaba la tumba a su lado, para no tener que volver a verlo nunca más, porque aunque no tenía nada contra él y le fastidiara tener que matarlo, si se presentaba allí y se metía en asuntos que no eran de su incumbencia, salvo por ley, se iba a ver obligado a hacerlo.

Vamos a ver, dijo el forastero, ¿para qué iba a querer venir hasta aquí…, donde no hay nada?

Tarwater no le contestó. No buscó la cara del forastero, pero ya sabía que era astuta, amable y sabia, oculta bajo la sombra de un tieso panamá de ala ancha que oscurecía el color de sus ojos. La idea de aquella voz ya no le disgustaba. Solo de vez en cuando le sonaba como la voz de un forastero. Empezó a tener la sensación de que acababa de conocerse, como si en vida de su tío lo hubiesen privado de entablar relación consigo mismo. Menuda pieza era el viejo, para qué negarlo, comentó su nuevo amigo, pero como tú mismo dijistes, más pobre que un muerto, imposible. Tienen que conformarse con lo que les toque. Su alma ya dejó el mundo de los mortales y su cuerpo no va a sentir los pellizcos, ni del fuego ni de nada más.

—El Día del Juicio era en lo que él pensaba —murmuró Tarwater.

Vamos a ver, dijo el forastero, ¿no te parece a ti que las cruces que pongas en 1952, cuando llegue el Día del Juicio, estarán podridas? ¿Estarán podridas y convertidas en polvo, como las cenizas de tu tío si lo reduces a cenizas? Y ya que estamos, si me permites la pregunta, ¿qué va a hacer Dios con los marineros que se ahogaron en el mar y se los comieron los peces y a esos peces se los comieron otros peces y a esos otros más? ¿Y qué me dices de la gente quemada así, naturalmente, en los incendios de las casas? ¿Quemada, así o asá, o que cae en las máquinas y queda hecha papilla? ¿Y qué me dices de los soldados, que cuando les cae una bomba encima, no queda nada? ¿Qué pasa con todos esos de los que no queda nada para quemar ni para enterrar?

Si lo quemara, dijo Tarwater, no sería natural, sería a propósito.

Ah, ya lo entiendo, dijo el forastero. A ti lo que te preocupa no es el Día del Juicio de tu tío, sino el tuyo.

Eso es asunto mío, dijo Tarwater.

No, si yo no me estoy metiendo en tus asuntos, dijo el forastero. A mí qué me importa. Te dejan solo en este lugar desierto.

Solo para siempre en este lugar desierto, iluminao por la luz que ese sol enano quiera dejar pasar. Por lo que veo, no le importas a nadie.

—Redimí —masculló Tarwater.

¿Fumas?, preguntó el forastero.

Si quiero, fumo, y si no quiero, no fumo, contestó Tarwater. Si hace falta, lo entierro, y si no, no.

Vete a echarle un vistazo a ver si se cayó de la silla, sugirió su amigo.

Tarwater tiró la pala en la tumba y regresó a la casa. Entreabrió la puerta del frente y se asomó por la rendija. Su tío miraba ceñudo y de soslayo, como un juez enfrascado en alguna prueba terrible. El muchacho cerró la puerta a toda prisa y regresó a la tumba. Tenía frío pese a que el sudor le pegaba la camisa a la espalda. Se puso a cavar de nuevo.

El maestro era demasiao listo para él, es todo, dijo poco después el forastero. Te acuerdas muy bien cómo contó que lo había raptao cuando el maestro tenía siete años. Fue a la ciudad, lo engatusó para sacarlo de su propio jardín trasero, se lo trajo aquí y lo bautizó. ¿Y qué consiguió? Nada. Ahora al maestro no le importa si lo bautizaron o no. Le da lo mismo una cosa que la otra. Tampoco le importa si está redimí o no. Él aquí estuvo cuatro días nada más; tú estuvistes catorce años y ahora vas a pasar el resto de tu vida.

Siempre estuvo loco, prosiguió. También quiso convertir al maestro en profeta, pero el maestro era demasiao listo para él. Se escapó.

Él tenía quien viniera a buscarlo, dijo Tarwater. Vino su papá y se lo llevó. Nadie vino a llevarme a mí.

El maestro vino a buscarte en persona, dijo el forastero, y por tomarse la molestia, le dispararon en la pierna y la oreja.

Yo todavía no tenía un año, dijo Tarwater. Un niño tan pequeño no puede irse así como así.

Ahora no eres un niño tan pequeño, dijo su amigo.

La tumba no se hacía más honda pese a que Tarwater seguía cavando. Míralo, el gran profeta, se burló el forastero mientras lo observaba resguardado bajo la sombra moteada de los árboles. Anda, déjame oír cómo profetizas. La verdad es que el Señor no te está estudiando. No le entrastes en la Cabeza.

Tarwater se volvió de golpe y se puso a trabajar en el otro extremo mientras la voz seguía a sus espaldas. Cualquiera que sea profeta debe tener a alguien a quien profetizar. Salvo que te dediques a profetizarte a ti mismo, aclaró, o que vayas a bautizar a ese niño retrasao, agregó con gran sarcasmo.

La verdad, dijo al cabo de un momento, la verdad es que eres tan listo, si no más listo que el maestro. Porque él tenía a alguien, a su papá y a su mamá, que le dijeron que el viejo estaba loco, pero tú no tenías a nadie, así y todo te distes cuenta solo. Claro que te llevó más tiempo, pero al final llegastes a la conclusión correcta: sabes que el viejo estaba loco aunque no lo tuvieran en el manicomio, incluso estos últimos años.

Y si no estaba realmente loco, por ahí andaba, poco le faltaba: tenía una sola cosa en la cabeza. Era un hombre de una sola idea. Jesús. Jesús esto. Jesús lo otro. ¿Es que en los catorce años que llevas aguantando sus estupideces no estás de Jesús hasta la coronilla y más arriba? Señor mío, mi Salvador, suspiró el forastero, si tú no, yo sí.

Tras una pausa continuó. Tal como lo veo yo, dijo, te quedan dos cosas por hacer. Pero solo puedes hacer una, no las dos. Nadie puede hacer dos cosas sin matarse. Puedes hacer una cosa o lo contrario.

Jesús o el diablo, dijo el muchacho.

No no no, dijo el forastero, eso del diablo no existe. Te lo digo yo por experiencia. Lo sé a ciencia cierta. No se trata de Jesús o el diablo. Sino de Jesús o *tú*.

Jesús o yo, repitió Tarwater. Soltó la pala para descansar y pensó: Dijo que el maestro estaba contento de venir. Dijo que lo único que tuvo que hacer fue entrar en el jardín trasero donde el maestro estaba jugando y decirle: Tú y yo nos vamos unos días al campo, tienes que nacer de nuevo. Jesucristo nuestro Señor me mandó para que me encargara. Y el maestro se le acercó, lo tomó de la mano sin decir palabra y se vino con él, y en los cuatro días que estuvo aquí dijo que el maestro esperaba que no vinieran a buscarlo.

Es que a un niño de siete años la cabeza no le da para más, dijo el forastero. De un niño no se puede esperar mucho más. En cuanto regresó a la ciudad, aprendió la lección; su papá le dijo que el viejo estaba loco y que no creyera una sola palabra de todo lo que le había aprendido.

Pero él no lo contaba así, aclaró Tarwater. Él decía que a los siete años el maestro tenía sentido común, pero que después lo perdió. Su papá era un burro y no estaba en condiciones de criarlo, y su madre era una puta. Se escapó de aquí a los diciocho años.

¿Tanto tardó?, preguntó el forastero con tono incrédulo. Caramba, entonces ella también era una burra.

Mi tío abuelo decía que le fastidiaba reconocer que su propia hermana era una puta, pero que tenía que reconocerlo para decir la verdad, dijo el muchacho.

Sí, claro, sabes bien que le daba mucha satisfacción reconocer que era una puta, dijo el forastero. Siempre andaba reconociendo que alguien era un burro o una puta. Es para lo único que sirve un profeta, para reconocer que alguien es un burro o una puta. De todos modos, ¿qué sabes tú de putas?, preguntó con picardía. ¿Cuándo te encontrastes tú con una?

Para que sepas, sé cómo son, dijo el muchacho.

La Biblia estaba llena de ellas. Sabía lo que eran y en qué podían llegar a convertirse, y del mismo modo que Jezabel fue descubierta por los perros, un brazo aquí, un pie allá, su tío abuelo decía que a su propia madre y a su abuela les había pasado más o menos lo mismo. Las dos, junto con su abuelo, se habían matado en un accidente de coche, y en esa familia solo quedaron vivos el maestro, y Tarwater mismo, porque después del accidente, su madre (soltera y desvergonzada) había vivido el tiempo suficiente para que él naciera. Él había nacido en el mismo lugar del accidente.

El muchacho estaba muy orgulloso de haber nacido en un accidente. Siempre había tenido la impresión de que, precisamente por eso, su existencia era algo fuera de lo común, y había comprendido entonces que los planes que Dios le tenía reservados eran especiales, aunque hasta ese momento no le hubiese ocurrido nada importante. Muchas veces, cuando caminaba por el bosque y se encontraba con alguna zarza que destacaba del resto, se le cerraba la garganta y no podía respirar, entonces se detenía y esperaba a que la zarza empezara a arder. Todavía no había ocurrido.

Su tío no parecía haberse dado cuenta de la importancia de la forma en que había nacido, a él solo le importaba cómo había nacido de nuevo. A menudo le preguntaba por qué creía que el Señor lo había rescatado del vientre de una puta y le había permitido ver la luz del día, y luego por qué, después de haberlo hecho una vez, el Señor fue y volvió a hacerlo, permitiendo que fuera bautizado por su tío abuelo en la muerte de Cristo Jesús, y después de hacerlo dos veces, fue y lo hizo una tercera, permitiendo que su tío abuelo lo rescatara del maestro para traerlo al campo y darle la oportunidad de ser criado conforme a la verdad. Según su tío, fue porque el Señor quería que, aunque fuese bastardo, fuese instruido para ser profeta y ocupar el lugar de su tío cuando se muriera. El viejo comparaba la situación de los dos con la de Elías y Eliseo.

De acuerdo, dijo el forastero, imagino que sabes cómo es una puta. Pero hay montones de cosas que no sabes. Tú sigue adelante y ponte en el lugar del viejo. Eliseo sucedió a Elías, como dijo él. Pero déjame que te pregunte una cosa, ¿dónde está la voz del Señor? No la he oído. ¿Quién te ha llamao esta mañana? ¿O cualquier mañana? ¿Te han dicho qué debes hacer? Por no oír, esta mañana ni siquiera oístes truenos de los naturales. No hay ni una nube en el cielo. Ya sé, concluyó, tu problema es que tienes poca cabeza y te creístes todo lo que él te decía.

El sol estaba en lo alto del cielo, aparentemente quieto como un muerto, conteniendo el aliento, esperando que pasara el mediodía. La tumba tenía medio metro de profundidad. Tres metros, no lo olvides, dijo el forastero y se echó a reír. Los viejos son unos egoístas. No hay que esperar nada de ellos. Ni de nadie, añadió y soltó un suspiro desinflado, como una nube de arena que el viento levanta y deja caer de repente.

Tarwater alzó la vista y vio dos siluetas que venían cruzando el campo, un hombre y una mujer de color, cada uno llevaba una damajuana de vinagre vacía colgando del dedo. La mujer, alta, con aspecto aindiado, llevaba un sombrero verde de ala ancha. Se agachó por debajo de la alambrada, y sin detenerse, cruzó el corral en dirección a la tumba; el hombre aguantó el alambre, pasó por encima y la siguió de cerca. No apartaban los ojos del hoyo, se detuvieron en el borde y miraron la tierra desnuda con expresión de asombro y satisfacción. Buford, el hombre, tenía la cara arrugada y más negra que su sombrero.

—Nos ha dejao el viejo —dijo.

La mujer levantó la cabeza y soltó un gemido quedo y prolongado, agudo y formal. Dejó la damajuana en el suelo, cruzó los brazos, luego los alzó en el aire y volvió a gemir.

—Dile que se calle —pidió Tarwater—. Aquí ahora mando yo y no quiero plañidos de negros.

—Vi su espíritu dos noches seguidas —dijo la mujer—. Lo vi dos noches seguidas y no encontraba paz.

—Nada más lleva muerto desde esta mañana —dijo Tarwater—. Si queréis que os llene las damajuanas, me las dais a mí y os ponéis a cavar hasta que yo vuelva.

—Se pasó años prediciendo que se iba a morir —dijo Buford—. Ella lo vio en sueños varias noches seguidas y el pobre no encontraba paz. Yo lo conocía bien. Lo conocía muy bien.

—¡Ay, corazón mío! —le dijo la mujer a Tarwater—, ¿qué vas a hacer ahora, aquí solito, en este lugar solitario?

—Ocuparme de mis asuntos —masculló el muchacho.

Le arrebató la damajuana de la mano y se alejó tan deprisa que a punto estuvo de caerse. Cruzó a grandes zancadas el campo de atrás, en dirección a la fila de árboles que bordeaban el claro.

Los pájaros se habían refugiado en lo profundo del bosque para escapar del sol de mediodía y un tordo, oculto unos metros más adelante de donde él estaba, cantaba una y otra vez las mismas cuatro notas, haciendo una pausa cada vez para intercalar un silencio. Tarwater empezó a andar más deprisa, alargó el paso, y poco después, echó a correr como si lo persiguieran, deslizándose por pendientes enceradas con pinaza y agarrándose a las ramas de los árboles para levantarse y subir jadeando cuestas resbaladizas. Atravesó una pared de madreselvas, cruzó dando saltos el lecho arenoso, casi seco, de un arroyo, y se dejó caer por un alto terraplén de arcilla que formaba la pared trasera de la cueva donde el viejo ocultaba el aguardiente de reserva. Lo escondía en un agujero del terraplén y lo tapaba con una piedra grande. Tarwater empezó a pelearse con la piedra para apartarla, mientras el forastero lo miraba por encima del hombro y jadeando le decía: ¡Estaba loco! ¡Estaba loco! ¡En resumidas cuentas, loco de remate!

Tarwater consiguió apartar la piedra, sacó una damajuana oscura y se sentó con la espalda apoyada en el terraplén. ¡Loco!, bufó el forastero, dejándose caer a su lado.

El sol, de un blanco rabioso, asomó furtivo detrás de las copas de los árboles que se alzaban por encima del escondite.

¿Cómo se le ocurre a un hombre de setenta años traer a un

niño a este lugar tan dejao de la mano de Dios, para criarlo como es debido? ¿Y si el viejo se hubiera muerto cuando tenías cuatro años? ¿Hubieras podido cargar la malta hasta el alambique y mantenerte solo? Que yo sepa, nunca se vio un crío de cuatro años a cargo de un alambique.

Que yo sepa, nunca se vio algo así, continuó. Para él tú solo eras algo que iba a crecer lo suficiente para enterrarlo cuando llegara el día, y ahora que está muerto, él ya se quitó de en medio, pero a ti te queda cargar con sus cientipico kilos y meterlos bajo la faz de la tierra. Y no te pienses que al viejo no se le encendería la sangre como un carbón del hornillo si te veía ahora probar aunque fuera una gota de aguardiente, añadió. Aunque él mismo tuviera debilidad por el aguardiente. Cuando ya no aguantaba más al Señor, se emborrachaba, profeta o no profeta. Ja. Te habrá dicho que te iba a sentar mal, pero lo que de verdad te quería decir era que si llegabas a tomar mucho ya no ibas a estar en condiciones de enterrarlo. Dijo que te trajo aquí para criarte según los principios, y los principios eran que cuando llegara el momento, estuvieras en condiciones de enterrarlo y que él tuviera una cruz que señalara dónde está.

¡Profeta con alambique! Que yo sepa, es el único profeta que se ganaba la vida haciendo aguardiente.

Poco después, mientras el muchacho tomaba un buen trago de la damajuana negra, suavizando el tono dijo, vamos a ver, por un poquito no te va pasar nada. La moderación nunca le hizo mal a nadie.

Un brazo de fuego se deslizó por la garganta de Tarwater, como si el diablo le hurgara por dentro buscándole el alma. Con ojos bizcos miró el sol iracundo que se ocultaba detrás de la hilera más alta de árboles.

Tómatelo con calma, dijo su amigo. ¿Te acuerdas de aquellos cantantes negros de gospel que vistes una vez, aquellos que estaban borrachos y cantaban y bailaban alrededor de aquel Ford negro? Dios sabe que si no tenían la barriga llena de aguardiente, no se hubieran alegrao tanto que los redimieran. Yo en tu lugar no me preocuparía demasiao por mi Redención. Algunos se toman las cosas muy a la tremenda.

Tarwater bebió más despacio. Antes se había emborrachado una sola vez, y esa vez, su tío le había dado una paliza con el madero de una caja, y le había dicho que el aguardiente le disolvía las tripas a los niños; otra de sus mentiras, porque a él las tripas no se le habían disuelto.

Deberías tener bien claro, dijo el bueno de su amigo, que ese viejo se pasó la vida engañándote. Estos últimos catorce años podrías haber sido un petimetre de ciudad. Y en cambio, te privaron de toda compañía menos la suya, vivistes en un granero de dos pisos, en medio de este campo de tierra pelada, empujando el arado detrás de una mula desde que cumplistes los siete. ¿Cómo sabes que la educación que te dio es fiel a los hechos? ¿Y si te enseñó un sistema de números que nadie usa? ¿Cómo sabes que dos y dos son cuatro? ¿Y que cuatro y cuatro son ocho? A lo mejor los demás no lo creen así. ¿Cómo sabes si hubo un Adán o si Jesús, cuando te redimió, mejoró tu situación en algo? ¿O cómo sabes si de verdad te redimió? Solamente tienes la palabra del viejo ese, y a estas alturas deberías tener claro que estaba loco. En cuanto al Día del Juicio, dijo el forastero, todos los días son el Día del Juicio.

¿No estás ya mayorcito para haberlo aprendido tú solo? ¿Acaso todo lo que haces, todo lo que has hecho, no termina casi siempre resolviéndose bien o mal delante de tus propios ojos antes que el sol se ponga? ¿Alguna vez te salistes con la tuya sin recibir tu merecido? No, y tampoco pensastes que lo conseguirías. Anda, ya te puedes acabar el aguardiente ahora que has bebido tanto. Cuando te saltas la barrera de la moderación, te la saltas, y esas vueltas que sientes que te bajan de lo alto de la cabeza, eso es la Mano de Dios que te da la bendición. Él te ha puesto en libertad. Ese viejo era la piedra que no te dejaba abrir la puerta y el Señor la ha apartao. Pero no del todo, claro. Serás tú quien termine el trabajo, aunque Él ha hecho ya la mayor parte. Alabado sea Dios.

Tarwater ya no se notaba las piernas. Dormitó un rato, la cabeza colgando a un lado, la boca abierta, con la damajuana ladeada sobre su regazo mientras el aguardiente se le iba escurriendo por la pernera del mono. Al final, del cuello de la damajuana solo salían gotas, se formaban despacio, y engordaban hasta caer, silenciosas, pausadas, del color del sol. El cielo claro y despejado comenzó a apagarse, se llenó de nubes ásperas y las sombras se instalaron en todas partes. El muchacho despertó al dar un respingo, sus ojos se clavaron en algo semejante a un trapo quemado que colgaba cerca de su cara, aunque no alcanzaba a verlo con nitidez.

—No es manera de comportarte —dijo Buford—. El viejo no se lo merece. Los muertos no descansan hasta que los entierran.

—Estaba agachado y con una mano aferraba a Tarwater del brazo—. Me acerqué a la puerta y lo vi sentao a la mesa, ni siquiera está acostao sobre una tabla para que se enfríe. Si quieres que aguante hasta mañana, hay que acostarlo y ponerle un poco de sal en el pecho.

El muchacho entrecerró los párpados para que la imagen no se moviera, y al cabo de nada, distinguió dos ojitos rojos y abultados.

—Se merece descansar en una tumba como Dios manda —dijo Buford—. Llegó a lo más hondo de esta vida, llegó a lo más hondo del sufrimiento de Jesús.

—Negro —dijo el muchacho, moviendo con dificultad la lengua hinchada—, quítame la mano de encima.

Buford levantó la mano e insistió:

—Hay que darle descanso.

—Cuando acabe con él va a descansar —dijo Tarwater vagamente—. Vete de una vez que ya me ocupo yo de mis asuntos.

—Nadie te va a molestar —dijo Buford, poniéndose en pie.

Esperó un momento, inclinado, mirando desde lo alto el cuerpo sin fuerza, despatarrado contra el terraplén. La cabeza del muchacho estaba echada hacia atrás, sobre una raíz que sobresalía de la pared de arcilla. La boca estaba abierta, el ala levantada del sombrero marcaba una línea recta sobre la frente, justo por encima de los ojos entornados y ciegos. Los pómulos se proyectaban estrechos y finos, como los brazos de una cruz, y los huecos debajo de ellos tenían un aspecto antiguo, como si el esqueleto del muchacho fuera viejo como el mundo.

—Nadie te va a molestar —masculló el negro, abriéndose paso entre la pared de madreselvas, sin volver la vista atrás—. Ese va a ser tu problema.

Tarwater volvió a cerrar los ojos.

Muy cerca, el canto quejumbroso de un pájaro nocturno lo despertó. No era un ruido chirriante, apenas un silbo amortiguado como si el pájaro tuviera que recordar cada vez su aflicción antes de repetirlo. Las nubes recorrían convulsas el cielo negro, y la luna, rosada y vacilante, parecía subir un palmo para bajar otro y volver a subir. Y era porque, como observó enseguida el muchacho, el cielo descendía y caía deprisa para aplastarlo. El pájaro chilló y salió volando a tiempo y Tarwater se precipitó en mitad del lecho del arroyo y se puso a cuatro patas. La luna se reflejaba como pálido fuego en los escasos charcos en la arena. El muchacho se abalanzó contra la pared de madreselvas y la cruzó a manotazos, confundiendo el perfume dulce y familiar con el peso que caía sobre él. Cuando se levantó al otro lado, el suelo negro se balanceó un poco bajo sus pies y el muchacho cayó de nuevo. El destello rosado de un relámpago iluminó el bosque, y entonces él vio los bultos negros de los árboles perforar la tierra y asomar a su alrededor. El pájaro nocturno volvió a silbar desde el matorral donde se había posado.

El muchacho se levantó y echó a andar hacia el claro, a tientas, de árbol en árbol, los troncos fríos y secos al tacto. Tronaba a lo lejos y el titilar continuo y pálido de los relámpagos iluminaba una zona del bosque, luego otra. Por fin apareció la barraca, se alzaba escuálida, negra y alta en medio del claro, con la luna rosada y temblorosa justo en lo alto. Los ojos del muchacho destellaban como pozos abiertos de luz mientras avanzaba por la arena, arrastrando a las espaldas su sombra comprimida. No volvió la cabeza hacia el sitio del corral donde había empezado a cavar la tumba.

Se detuvo en la parte de atrás de la casa, en la esquina más alejada, se agachó y miró los trastos que había allí amontonados, jaulas de gallinas, barriles, trapos, cajas. En el bolsillo llevaba una cajita de fósforos de madera.

Se arrastró debajo de la casa y prendió varios fuegos pequeños,
aprovechando el anterior para encender el siguiente, avanzando
hacia el porche de delante, mientras a sus espaldas las llamas de-
voraban con avidez la yesca seca y las tablas del suelo de la casa.
Cruzó la parte de delante del corral, pasó debajo de la alambrada
y recorrió el campo lleno de surcos sin volverse a mirar atrás hasta que estuvo del otro lado, en el lindero del bosque. Entonces
echó un vistazo por encima del hombro, y vio que la luna rosada
había caído a través del tejado de la casa y explotaba, y entonces
echó a correr, obligado a atravesar el bosque por dos ojos saltones
color plata que, a sus espaldas, en medio del fuego, se abrían inmensos, llenos de asombro. El muchacho lo oía moverse a través
de la negra noche como un carro, avanzando cual torbellino.

Alrededor de medianoche llegó a la carretera y consiguió que lo
recogiese un representante que vendía tiros de cobre para chimeneas en toda la zona del sureste, y que le dio al muchacho silencioso lo que, en su opinión, era el mejor consejo que podía darle
a cualquier jovencito que saliese a buscar su lugar en este mundo.
Mientras avanzaban por la negra recta de la carretera, vigilada a
ambos lados por un oscuro muro de árboles, el representante le
dijo que sabía por experiencia propia que no había manera de
venderle un tiro de cobre a un hombre al que no se le tuviera
aprecio. Era un tipo flaco, de cara estrecha, que parecía haberse

consumido y conservar solo los rasgos más angulosos. Llevaba un rígido sombrero gris de ala ancha, de esos que usan los hombres de negocios que gustan parecerse a los vaqueros. Dijo que en el noventa y cinco por ciento de los casos el amor era la única política que funcionaba. Dijo que cuando iba a venderle un tiro de cobre a un hombre, primero se interesaba por la salud de su esposa y por cómo estaban sus hijos. Dijo que llevaba una libreta en la que anotaba los nombres de los familiares de sus clientes y lo que les pasaba. Si la esposa de un hombre tenía cáncer, él anotaba en la libreta el nombre de la mujer, y al lado escribía la palabra «cáncer», entonces, todas las veces que visitaba la ferretería de aquel hombre, preguntaba por ella hasta que se moría; entonces tachaba su nombre y al lado escribía la palabra «fallecida».

—Y le doy gracias a Dios cuando se mueren —dijo el representante—, uno menos del que acordarme.

—Usted no le debe nada a los muertos —dijo Tarwater en voz alta; prácticamente era la primera vez que hablaba desde que se había subido al coche.

—Ellos tampoco te deben nada a ti —dijo el forastero—. Y así deberían ser las cosas en este mundo..., que nadie le debiera nada a nadie.

—Oiga —dijo Tarwater de pronto, y se sentó en el borde del asiento, con la cara pegada al parabrisas—, vamos en la dirección equivocada. Volvemos al lugar del que veníamos. Se ve otra vez el incendio. ¡Es el incendio que dejamos atrás!

Delante de ellos, se veía en el cielo un fulgor débil, pero constante, que no era producto de los relámpagos.

—¡Es el mismo incendio que dejamos atrás! —gritó el muchacho, fuera de sí.

—Chico, estás chiflado —dijo el representante—. Eso de ahí es la ciudad a la que vamos. Y eso que ves brillar ahí son las luces de la ciudad. Imagino que es el primer viaje que haces en tu vida.

—Cambió el rumbo, dio la vuelta —dijo el muchacho—. Es el mismo incendio.

El forastero retorció con fuerza la cara llena de surcos y dijo:

—A mí nunca nadie me ha hecho cambiar el rumbo. Y no vengo de ningún incendio. Vengo de Mobile. Y sé adónde voy. ¿Se puede saber qué te pasa?

Tarwater se quedó quieto, mirando con fijeza el resplandor que tenía enfrente.

—Estaba dormido —masculló—. Ahora empiezo a despertarme.

—Pues tendrías que haberme prestado atención —dijo el representante—. Te decía cosas que te convendría saber.

2

Si el muchacho se hubiese fiado de veras de su nuevo amigo, Meeks, el representante de tiros de cobre, habría aceptado su ofrecimiento de llevarlo hasta la puerta de la casa de su tío y dejarlo allí. Meeks había encendido la luz del coche, le había pedido que saltara al asiento trasero y rebuscara hasta dar con la guía de teléfonos y cuando Tarwater regresó a su asiento con la guía, Meeks le había indicado cómo encontrar el nombre de su tío. Tarwater anotó la dirección y el número de teléfono en el reverso de una tarjeta de Meeks. Del otro lado figuraba el número de teléfono de Meeks y este le dijo a Tarwater que, cuando quisiera ponerse en contacto con él para pedirle dinero o ayuda, no tuviera miedo de usarlo. A Meeks le había bastado más o menos media hora de charla con el muchacho para llegar a la conclusión de que estaba lo bastante mal de la cabeza y era lo bastante ignorante para ser muy trabajador, y él precisaba que un muchacho muy ignorante y lleno de energía trabajara para él. Pero Tarwater se mostró evasivo.

—Tengo que ir a ver a este tío mío, es el único pariente que me queda —dijo.

En cuanto vio al muchacho, Meeks supo que se había escapado de su casa, que había dejado atrás una madre, y probablemente un padre borrachín, y probablemente cuatro o cinco hermanos en una barraca de dos habitaciones, en medio de un claro de tierra pelada y barrida, cerca de la carretera, y que se había largado para ver mundo, y por cómo apestaba, antes de partir se había fortalecido con aguardiente de maíz. Ni por asomo creyó que tuviese un tío en un domicilio tan respetable. Más bien creyó que el muchacho había señalado al azar el primer nombre, Rayber, y había dicho:

—Ese es. Es maestro. Mi tío.

—Te llevaré hasta la misma puerta —había dicho Meeks, el muy zorro—. Vamos a pasar por ahí cuando crucemos la ciudad. Vamos a pasar justo por delante.

—No —dijo Tarwater.

Iba sentado en el borde del asiento, y por la ventanilla veía una colina cubierta de carrocerías de viejos coches usados. En la oscuridad imprecisa, parecía que se ahogaran en el suelo, que estuvieran medio hundidas. La ciudad se alzaba delante de ellos, en la ladera de la montaña, como si fuese una parte más grande de la misma pila, no enterrada aún a tanta profundidad. Su fuego se había extinguido y parecía asentada sobre sus partes irrompibles.

El muchacho no tenía intención de ir a casa del maestro hasta que fuera de día, y cuando estuviese allí, tenía intención de dejar claro que no había ido a que lo contemplaran y estudiaran, y acabar luego en una revista para maestros. Intentó recordar la cara del maestro, así podría mirarlo con fijeza y obligarlo a apartar la vista antes de enfrentarse realmente a él. Tenía la sensación de que cuantas más cosas recordara de su nuevo tío, menos ventajas tendría su tío sobre él. Su cara no había sido de esas que se graban en la mente, aunque se acordaba de la mandíbula oblicua y las gafas de montura negra. Lo que no conseguía imaginar eran los ojos detrás de las gafas. No los recordaba, y las descripciones fragmentadas de su tío abuelo estaban cargadas de todo tipo de contradicciones. Algunas veces, el viejo le había dicho que los ojos de su sobrino eran negros, y otras veces que eran marrones. El muchacho trató de encontrar unos ojos que encajaran con la boca, una nariz que encajara con la barbilla, pero cada vez que creía haber formado la cara, se le desmoronaba y debía empezar con otra nueva. Parecía que el maestro fuese como el diablo, capaz de adoptar cualquier aspecto a su conveniencia.

Meeks le hablaba sobre el valor del trabajo. Decía que, por su propia experiencia, si uno quería salir adelante, debía trabajar. Decía que era ley de vida y que era inevitable porque estaba inscrita en el corazón humano como lo de amarás a tu prójimo. Decía que estas dos leyes eran como un equipo que trabajaba unido y que hacía girar el mundo, y que era lo único que debía saber todo individuo que quisiera tener éxito y salir victorioso en la búsqueda de la felicidad.

El muchacho comenzaba a ver una imagen concreta de los ojos del maestro y no prestaba atención al consejo. Los veía de color gris oscuro, ensombrecidos por el conocimiento, y el conocimiento se movía como los reflejos de los árboles en un estanque donde, muy lejos de las sombras de la superficie, puede deslizarse una serpiente y desaparecer. Había adoptado la costumbre de atrapar a su tío abuelo en contradicciones sobre el aspecto del maestro.

—No me acuerdo de qué color tiene los ojos —decía el viejo, irritado—. ¿Qué más da el color cuando sé cómo es su mirada? Sé lo que hay detrás de esa mirada.

—¿Y qué hay?

—Nada. Está lleno de nada.

—Sabe un montón —decía el muchacho—. No creo que haya nada que no sepa.

—Lo que no sabe es que hay cosas que no se pueden saber —decía el viejo—. Ahí está el problema. Se piensa que si hay algo que no sabe, alguien más listo que él puede decírselo y entonces lo va a saber igual. Y si tú fueras a su casa, lo primero que haría sería estudiarte la cabeza, y te diría lo que pensabas y cómo es posible que pensaras eso y además te diría en qué otra cosa tendrías que pensar. Y por poco que te descuides, dejabas de pertenecerte a ti mismo y pasabas a pertenecerle a él.

El muchacho no tenía intención de permitir que eso le ocurriera. Con lo que sabía sobre el maestro le bastaba para mantenerse en guardia. Sabía dos historias completas, la historia del mundo, comenzando por Adán, y la historia del maestro, comenzando por su madre, única hermana del viejo Tarwater, que a los dieciocho años se había escapado de Powderhead y se había convertido —el viejo decía que él no tenía pelos en la lengua, ni siquiera delante de un niño— en puta, hasta que se topó con un hombre llamado Rayber, que estuvo dispuesto a casarse con una. Al menos una vez a la semana, el viejo repasaba esta historia del principio al fin.

Su hermana y el tal Rayber habían traído al mundo dos hijos, uno era el maestro, la otra era una chica que resultó ser la madre de Tarwater y que naturalmente, según el viejo, había seguido los pasos de su madre, y al cumplir los dieciocho ya era puta.

El viejo tenía mucho que decir sobre la concepción de Tarwater, porque el maestro le había contado que él mismo se había encargado de conseguirle a su hermana el primer (y último) amante, pues pensó que así contribuiría a que tuviera *confianza en sí misma*. El viejo lo contaba imitando la voz del maestro y haciendo que pareciera más ridícula de lo que el muchacho probablemente creía. Entonces el viejo se exasperaba y montaba en cólera porque no había en el mundo menosprecio suficiente para lanzar contra aquella idiotez. Finalmente se daba por vencido y dejaba de intentarlo. Después del accidente, el amante se había pegado un tiro, y eso fue un alivio para el maestro, porque quería criar al niño por su cuenta.

Decía el viejo que como el diablo había tenido un papel tan importante en el comienzo del muchacho, no era de extrañar que le echara un ojo y lo vigilara de cerca todo el tiempo que pasara en la tierra, para que el alma que había contribuido a crear pudiese servirlo en el infierno por toda la eternidad. «Eres de esos muchachos —decía el viejo— a los que el diablo siempre va a ofrecer ayuda, para darte de fumar, de beber, o para llevarte en coche y preguntarte por tus asuntos. Más te vale ir con cuidado cuando trates con desconocidos. Y que tus asuntos te los guardes para ti.» Y para desbaratar los planes que el diablo le tenía reservados, el Señor se había ocupado de su educación.

—¿A qué te vas a dedicar? —preguntó Meeks.

El muchacho no dio señales de haberlo oído.

Considerando que el maestro había conducido a su hermana

263

hacia el mal, y con gran éxito, el viejo Tarwater había hecho lo imposible por conducir a la suya al arrepentimiento, y sin ningún éxito. Por un medio u otro, había logrado tener noticias de ella tras su fuga de Powderhead; pero ni siquiera después de casada quiso atender a nada que tuviera que ver con su salvación. El marido de ella había echado de su casa al viejo en dos ocasiones, siempre con ayuda de la policía, porque el marido era un hombre sin fuerza, pero el Señor constantemente animaba al viejo a volver, aun a riesgo de acabar en la cárcel. Cuando no podía entrar en la casa, se quedaba fuera y se ponía a gritar hasta que ella lo dejaba pasar para que no llamara la atención de los vecinos. Los niños del barrio se reunían a escucharlo y entonces ella tenía que dejarlo pasar.

No era de extrañar, decía el viejo, que con ese padre que tenía, el maestro no fuera mejor de lo que era. El hombre, un vendedor de seguros, llevaba el sombrero de paja ladeado en la cabeza, fumaba un cigarro y cuando le decías que su alma estaba en peligro, te quería vender una póliza contra todo riesgo. Decía que él también era profeta, profeta del seguro de vida, decía, porque todo cristiano sensato sabía que su deber de cristiano era proteger a su familia y velar por ella en caso de imprevistos. Era inútil tratar con él, decía el viejo; su cerebro era hábil y taimado, como sus ojos, y la verdad calaba en él como la lluvia penetra la hojalata. El maestro, al llevar sangre de los Tarwater, al menos no había salido clavado a su padre. «Por sus venas fluye sangre buena —decía el viejo—. Y la sangre buena conoce al Señor y contra eso no hay nada que él pueda hacer. Por mucho que haga no podrá deshacerse de ella.»

De repente, Meeks le dio al muchacho un codazo en el costado. Le dijo que si había algo que una persona debía aprender, era a prestar atención a los mayores cuando le daban un buen consejo. Dijo que él había cursado estudios en la Escuela de la Experiencia y obtenido un diploma en DLV. Le preguntó al muchacho si sabía lo que era un diploma en DLV. Tarwater negó con la cabeza. Meeks le explicó que el diploma en DLV era el diploma en las Duras Lecciones de la Vida. Según Meeks era el más rápido de conseguir y lo que enseñaba tardaba más en olvidarse.

El muchacho volvió la cabeza hacia la ventanilla.

Un día la hermana había tramado una perfidia contra el viejo. Él había adoptado la costumbre de ir a verla los miércoles por la tarde, porque era cuando el marido jugaba al golf, y así la encontraba sola en casa. Aquel miércoles en concreto, ella no le abrió la puerta, pero él sabía que estaba en casa porque oyó pasos. Llamó a la puerta unas cuantas veces para advertir a su hermana, y al ver que no le abría, se puso a dar voces, para que lo oyeran, ella y cuantos quisieran.

Cuando se lo contaba a Tarwater, se levantaba de un salto, se ponía a dar voces y a profetizar allí, en medio del claro, igual que lo había hecho frente a la puerta de su hermana. Como no tenía más público que el muchacho, agitaba los brazos y aullaba: «¡Haz caso omiso del Señor Jesucristo mientras puedas! ¡Escupe el pan de vida y hártate de miel. ¡Porque quien es llamado al trabajo, al trabajo vaya! ¡Quien a la sangre, a la sangre! ¡Quien a la lujuria, a la lujuria! Daos prisa, daos prisa. Volad más y más veloces. ¡Dad vueltas hasta el frenesí, el tiempo es corto! El Señor está preparando a un profeta. El Señor está preparando a un profeta con la mano y el ojo armados de fuego, y el profeta avanza hacia la ciudad con su advertencia. El profeta viene con el mensaje del Señor.

"Ve y advierte a los hijos de Dios", dijo el Señor, "de la terrible celeridad de la justicia." ¿Quién quedará? ¿Quién quedará cuando la misericordia del Señor golpee?».

Para el caso era como si le estuviera gritando al bosque silencioso que los rodeaba. Mientras el viejo era presa del frenesí, el muchacho empuñaba la escopeta, se la acercaba al ojo y afinaba la puntería mirando a lo largo del cañón, pero a veces, a medida que su tío se agitaba más y más, apartaba un momento la cara del arma con una mirada vigilante e inquieta, como si, mientras se había distraído, las palabras del viejo hubiesen caído una a una dentro de él y ahora, silenciosas, ocultas en su sangre, fluyeran secretamente hacia una meta propia.

Su tío profetizaba hasta quedar exhausto y entonces se dejaba caer con un golpe sordo en el escalón hundido, y a veces, pasaban cinco, diez minutos, antes de que siguiera relatando cómo la hermana había tramado la perfidia contra él.

Siempre que llegaba a esa parte de la historia, se quedaba de pronto sin aliento, como si estuviese subiendo una colina a la carrera. La cara se le ponía más roja, la voz más débil, y a veces se le apagaba del todo, y entonces se sentaba en el escalón, golpeaba el suelo del porche con el puño, al tiempo que movía los labios sin emitir sonido alguno. Finalmente, decía con voz de pito: «Me agarraron. Entre dos. Por detrás. La puerta de atrás. Entre dos».

Su hermana lo había esperado acompañada de dos hombres y un médico, apostados detrás de la puerta para que lo escucharan, y con los papeles preparados para internarlo en el manicomio si el médico consideraba que estaba loco. Cuando el viejo comprendió lo que estaba pasando, había corrido por la casa de su hermana como un toro enceguecido, rompiéndolo todo a su paso; para sujetarlo hicieron falta los dos hombres, el médico y dos vecinos. El médico no solo dijo que estaba loco, sino que, además, era peligroso, y se lo habían llevado al manicomio con camisa de fuerza.

«Ezequiel estuvo en la fosa cuarenta días —decía él—, pero yo estuve en ella cuatro años», y solía detenerse en ese punto para advertir a Tarwater que a los siervos del Señor Jesucristo les podía tocar lo peor. El muchacho se daba cuenta de que así era. ¡Y aunque ahora tuvieran muy poco, decía su tío, al final su recompensa estaba en el Señor Jesucristo mismo, el pan de vida!

El muchacho solía tener una espantosa visión en la que se veía sentado eternamente con su tío abuelo en una orilla verde, llenos hasta el hartazgo, mirando un pez partido y un pan multiplicado.

Su tío se había pasado cuatro años en el manicomio porque había tardado cuatro años en entender que para salir debía dejar de profetizar dentro de la sala. Había tardado cuatro años en descubrir lo que el muchacho consideraba que él habría descubierto en un momento. Al menos en el manicomio el viejo había aprendido a ser cauto, y cuando salió, puso cuanto había aprendido al servicio de su causa. Acometió la obra del Señor como un granuja experimentado. A la hermana la había dejado por imposible, pero tenía intención de ayudar a su hijo. Pensaba raptar al niño y quedárselo el tiempo suficiente para bautizarlo e instruirlo en los hechos de su Redención, trazó su plan hasta el último detalle y lo cumplió con precisión.

A Tarwater esta era la parte que más le gustaba porque, muy a su pesar, la artimaña de su tío era digna de admiración. El viejo había convencido a Buford Munson para que enviara a su hija a colocarse de cocinera en casa de la hermana, y una vez que la chica estuvo en la casa, el viejo se las había arreglado para averiguar cuanto quería saber. Se enteró de que ahora había dos niños en lugar de uno, y que su hermana se pasaba el día sentada, en camisón, tomando whisky de una botella de medicamento. Mientras Luella Munson lavaba, cocinaba y cuidaba de los niños, la hermana del viejo se pasaba el día tirada en la cama, bebiendo a sorbos de la botella y leyendo los libros que todas las noches se compraba en el drugstore. Pero la razón principal por la que el rapto había sido tan fácil era porque su tío abuelo había contado con la total colaboración del maestro mismo, un muchacho delgado, de cara pálida y huesuda, y unas gafas de montura dorada que se le escurrían siempre de la nariz.

Los dos, contaba el viejo, se habían caído bien desde el principio. El día que había ido a raptarlo, el marido estaba fuera por algún asunto y la hermana, encerrada en su cuarto con la botella, ni siquiera sabía en qué día vivía. Lo único que había hecho el viejo fue entrar y decirle a Luella Munson que su sobrino se marchaba con él al campo a pasar unos días, después, se había ido al jardín trasero a hablar con el maestro, que llevaba un buen rato cavando agujeros y llenándolos con vidrios rotos.

Él y el maestro habían tomado el tren hasta el cruce y habían caminado el resto del trayecto hasta Powderhead. El viejo le había explicado que no se lo llevaba de viaje por placer, sino porque así lo había mandado el Señor, para que se ocupara de que naciera de nuevo y de instruirlo en su Redención. Todos estos hechos eran nuevos para el maestro, porque sus padres, contaba el viejo Tarwater, nunca le habían enseñado nada, salvo a no mojar la cama.

En cuatro días el viejo le enseñó lo que hacía falta saber y lo bautizó. Le hizo entender que su verdadero padre era el Señor y no el papanatas ese de la ciudad, y que tendría que llevar una vida secreta en Jesús hasta que llegara el día en que lograra convencer al resto de su familia de que se arrepintiera. Le había hecho entender que en el último día sería su destino levantarse en gloria del Señor Jesucristo. Como era la primera vez que alguien se molestaba en contarle al maestro estos hechos, no podía oír demasiados, y como nunca había visto bosques ni estado en una barca, ni pescado peces, ni caminado por caminos sin asfaltar, también hicieron todas esas cosas, y según contaba su tío, hasta le permitió arar. En cuatro días, su cara cetrina se había vuelto luminosa. Cuando llegaba esa parte, Tarwater empezaba a aburrirse de la historia.

El maestro había pasado cuatro días en el claro porque su madre tardó tres días en echarlo de menos, y cuando Luella Munson mencionó adónde había ido, la mujer tuvo que esperar otro día a que el padre regresara a casa para enviarlo por el niño. Ella no quiso ir, decía el viejo, pues temía que en Powderhead cayera sobre ella la ira de Dios y no pudiera regresar a la ciudad. Le había mandado un telegrama al padre del maestro y cuando el papanatas llegó al claro, al maestro le había entrado la desesperación porque debía marcharse. La luz había abandonado sus ojos. Al final se había marchado, pero el viejo insistía en que por la expresión de la cara se le notaba que jamás volvería a ser el de antes.

—Si no dijo que no quería irse, no puedes estar seguro que no quisiera —decía Tarwater con tono polémico.

—¿Entonces por qué intentó volver? —preguntaba el viejo—.

Dímelo. ¿Por qué una semana más tarde se escapó y buscó la forma de volver y en los diarios salió su foto de cuando la patrulla estatal lo encontró en el bosque? Dime tú por qué. Dímelo ya que sabes tanto.

—Porque esto era menos malo que aquello —decía Tarwater—. Menos malo no quiere decir bueno, sino mejor que.

—Intentó volver —decía su tío con calma, marcando cada palabra—, para oír más sobre Dios Padre, más sobre Jesucristo, que murió para redimirlo, y más sobre la Verdad que yo podía contarle.

—Sigue de una vez —decía Tarwater, irritado—, sigue con el resto.

La historia siempre debía contarse hasta el final. Era como un camino por el que el muchacho había transitado en tantas ocasiones que, la mitad de las veces, no se fijaba hacia dónde iban, y cuando en algunos momentos se daba cuenta de dónde estaban, se sorprendía al comprobar que el viejo hubiese avanzado tan poco. A veces, su tío se rezagaba en algún punto, como si no quisiera enfrentarse a lo que se avecinaba y entonces, cuando llegaba finalmente a ese punto, intentaba pasarlo a toda prisa. Era entonces cuando Tarwater lo acosaba para pedirle detalles.

—Cuenta lo de aquella vez que vino cuando tenía catorce años y ya había llegao a la conclusión que nada era cierto y te soltó todas esas insolencias.

—Bah —decía el viejo—. Vivía en la confusión. No digo que él tuviera la culpa. Le dijeron que yo estaba loco. Pero te diré una cosa: él tampoco les creyó nunca. Ellos le impidieron que creyera en mí, pero yo le impedí a él que creyera en ellos, y nunca adoptó las costumbres de ellos, aunque adoptó otras peores. Y cuando en aquel accidente se quedó sin esos tres, nadie se alegró más que él. Ahí fue cuando se le metió en la cabeza criarte. Decía que te daría todo tipo de ventajas, todo tipo de ventajas —repetía el viejo, soltando un bufido—. Es a mí a quien tienes que agradecer haberte salvao de esas ventajas.

El muchacho miraba a lo lejos como si contemplara con aire ausente sus ventajas invisibles.

—Cuando en aquel accidente se quedó sin esos tres, lo primero que hizo fue venir a este lugar. El mismo día que ellos se mataron, él vino aquí a contármelo. Vino aquí derechito. Sí, señor —decía el viejo con la mayor de las satisfacciones—, aquí derechito. Llevaba años sin verme, pero para aquí se vino. Fue a mí a quien buscó. Fue a mí a quien quiso ver. A mí. Nunca me salí de su cabeza. Había ocupao mi sitio en ella.

—Te saltastes toda esa parte de cuando vino con catorce años y te dijo todas esas insolencias —insistía Tarwater.

—Eran insolencias que aprendió de ellos —decía el viejo—. Repetía como un loro todo lo que ellos decían, eso de que yo estaba loco. Lo cierto es que aunque ellos le dijeron que no creyera en lo que yo le había enseñao, él no lo pudo olvidar. Nunca pudo olvidar que existía la posibilidad de que ese papanatas no fuera su único padre. Planté en él la semilla y ahí se quedó para siempre. Les gustara o no a los demás.

—Cayó entre cizaña —decía Tarwater—. Cuenta lo de la insolencia.

—Cayó en lo más hondo —decía el viejo—, porque si no, después del accidente no venía hasta aquí a buscarme.

—Él nada más quería ver si seguías estando loco —sugería el muchacho.

—Llegará el día —decía su tío abuelo con calma— en que dentro de ti se abrirá un foso y sabrás algunas cosas que desconocías. —Y le lanzaba una mirada tan penetrante y profética, que el muchacho volvía la cara, frunciendo el ceño con rabia.

Su tío abuelo se había ido a vivir con el maestro y en cuanto llegó allí, había bautizado a Tarwater, prácticamente delante de sus narices, y el maestro había hecho de todo ello una broma blasfema. Pero el viejo nunca era capaz de contar esa parte de un tirón. Siempre tenía que volver atrás, y en primer lugar tenía que decir por qué había ido a vivir con el maestro. Había ido por tres motivos. El primero, según comentaba, porque sabía que el maestro lo quería. Era la única persona en la vida del maestro que se había tomado la molestia de hacer algo por él. El segundo, porque su sobrino era la persona adecuada para enterrarlo y quería hacerle entender cómo quería que se hiciese. Y el tercero, porque el viejo tenía el propósito de ver bautizado a Tarwater.

—Todo eso ya lo sé —decía el muchacho—, sigue contando el resto.

—Cuando ellos tres murieron y él se quedó con la casa, la vació toda —contaba el viejo Tarwater—. Sacó hasta el último mueble menos una mesa, un par de sillas, un par de camas y la cuna que compró para ti. Quitó todos los cuadros y todas las cortinas y levantó todas las alfombras. Hasta quemó toda la ropa de su madre, de su hermana y del papanatas, no quería que quedara por ahí nada de ellos. Solamente guardó los libros y los papeles que había juntao. Papeles por todas partes —decía el viejo—. Todos los cuartos parecían como el interior de un nido de pájaro. Yo llegué unos días después del accidente y cuando me vio ahí parao, se alegró de verme. Se le iluminaron los ojos. Se alegró de verme. «¡Ja!», dijo, «¡mi casa está barrida y compuesta y aquí están los otros siete demonios, todos en uno!» —Y complacido, el viejo se daba una palmada en la rodilla.

—No me parece a mí que...

—No, no lo dijo —continuaba su tío—, pero no soy idiota.

—Si no lo dijo, no puedes estar seguro.

—Estoy tan seguro como que esta —decía su tío y levantaba la mano estirando bien cada dedo corto y grueso ante la cara de Tarwater— es mi mano y no la tuya.

En aquella frase había algo definitivo que siempre restaba fuerza al descaro del muchacho.

—Bueno, sigue pues —decía el muchacho—. Si no te das prisa, no llegarás nunca a la parte donde blasfemó.

—Se alegró de verme —decía su tío—. Abrió la puerta y tenía detrás toda la casa llena de papeles, y ahí estaba yo, y él se alegró de verme. Se le notaba en la cara.

—¿Y qué dijo? —preguntaba Tarwater.

—Se fijó en mi morral —decía el viejo—, y me dijo: «Tío, no puedes vivir conmigo. Sé exactamente lo que quieres, pero voy a criar a este niño a mi manera».

Estas palabras del maestro siempre habían hecho que una rápida descarga de excitación recorriera a Tarwater, casi una satisfacción sensual.

—A ti te parecía que se alegraba de verte —decía el muchacho—. Pero a mí no.

—Tenía apenas venticuatro años —decía el viejo—. Todavía
no se le había endurecido la expresión de la cara. Yo seguía viendo al niño de siete años que se había marchao conmigo, con la diferencia que ahora llevaba gafas de montura negra, le había creci-
do la nariz, y ya no se le resbalaban. Los ojos se le habían achicao
porque le creció la cara, pero seguía siendo la misma cara. Y se
veía, en el fondo, lo que en verdad quería decir. Más tarde, cuando yo te robé y vino hasta aquí a buscarte, la expresión de la cara
ya era más dura, la tenía como la fachada de una cárcel, pero por
la época que te estoy contando, no. Entonces no se le había vuelto dura y yo me daba cuenta que me quería. ¿Si no para qué iba a
venir a Powderhead a avisarme que se habían muerto todos? Dímelo tú. Podía haberme dejao en paz.

El muchacho no sabía qué contestar.

—En fin —continuaba el viejo—, todo lo que le había pasao
y lo que había hecho probaba que entonces me quería porque me
dio cobijo. Se fijó en mi morral y le dije: «Dependo de tu caridad»,
y él me dijo: «Lo siento, tío. No puedes vivir conmigo y arruinar-
le la vida a otro niño. Este se criará para vivir en el mundo real. Se
criará para esperar exactamente lo que pueda hacer por sí mismo.
Será su propio salvador. ¡Será libre!». —El viejo volvía la cabeza a
un lado y escupía—. Libre —repetía—. Decía muchas frases como
esa. Y entonces fue cuando se lo dije. Le dije algo que lo hizo cambiar de idea.

El muchacho suspiraba al llegar a este punto. El viejo lo consideraba su toque magistral. Le había dicho: «No vine a vivir contigo. ¡Vine a morir!».

—Tendrías que haber visto la cara que puso —decía—. Parecía como si alguien le hubiera dao un empujón por la espalda. No le importó que los otros tres hubiesen espichao, pero solo de pensar que yo podía irme fue como si estuviese perdiendo a alguien por primera vez. Se quedó mirándome.

Y en una ocasión, en una sola ocasión, el viejo se había inclinado hacia adelante, y sin poder disimular el placer que le producía aquel secreto, le había dicho a Tarwater: «¡Me quería como a un padre y le daba vergüenza!».

El muchacho ni siquiera había mudado la expresión. Y le había dicho: «Ya, le dijistes una mentira descarada. No tenías ninguna intención de morirte».

—Yo tenía entonces sesentinueve años —decía su tío—. Podía haberme muerto al día siguiente. O no. Nadie sabe la hora de su muerte. Una cosa era cierta, no tenía la vida por delante. No fue una mentira, fue una especulación. Se lo dije, le dije: «A lo mejor me quedan dos meses de vida o dos días». Y llevaba puesta la ropa que me había comprao para que me enterraran, toda nueva.

—¿No es el mismo traje que llevas puesto ahora? —preguntaba el muchacho, indignado, señalando la rodilla raída.

—A lo mejor me quedan dos meses de vida o dos días, le dije —repetía su tío.

O diez o veinte años, pensaba Tarwater.

—Para él fue toda una sorpresa —decía el viejo.

Habrá sido toda una sorpresa, pensaba el muchacho, pero desde luego no lo lamentó demasiao. El maestro se había limitado a decir: «Así que me toca enterrarte, ¿eh, tío? Está bien, te enterraré. Lo haré con gusto. Te enterraré de una vez y para siempre», pero el viejo insistía en que sus palabras eran una cosa, y sus actos y la cara que ponía, otra.

Su tío abuelo llevaba apenas diez minutos en casa del sobrino y ya había bautizado a Tarwater. Se habían ido para el cuarto donde estaba la cuna con Tarwater dentro y mientras el viejo lo miraba por primera vez, un niño flaquito y dormido, de cara gris y arrugada, la voz del Señor se le había manifestado para decirle: HE AQUÍ EL PROFETA QUE OCUPARÁ TU LUGAR. BAUTÍZALO.

¿Ese?, había preguntado el viejo, ¿ese niño de cara gris y arrugada...? Entonces, mientras pensaba cómo haría para bautizarlo con el sobrino allí presente, el Señor había enviado al repartidor de periódicos a llamar a la puerta y el maestro había salido a abrirle.

Cuando regresó al cabo de un momento, su tío abuelo sostenía a Tarwater en una mano y con la otra le echaba en la cabeza el agua de un biberón que había en la mesa, al lado de la cuna. Le había quitado la tetina y se la había guardado en el bolsillo. Estaba terminando de pronunciar las palabras del bautismo justo cuando el maestro entraba por la puerta y el viejo no pudo reprimir la risa cuando levantó la vista y vio la cara de su sobrino. Parecía molesto, contaba el viejo. Al principio, ni siquiera enfadado, solo molesto.

El viejo Tarwater le había dicho: «Ha nacido de nuevo y no hay nada que puedas hacer», entonces había visto la rabia asomar a la cara del sobrino y había visto que intentaba disimularla.

«El tiempo te ha superado, tío —dijo el sobrino—. Eso ni siquiera me irrita. Solo me da risa», y rió, un ladrido corto y forzado, pero el viejo decía que su sobrino tenía la cara cubierta de manchas. «Menos mal que lo hiciste ahora. Si a mí me hubieras pillado con siete días y no con siete años, a lo mejor no me habrías arruinado la vida.»

«Si la tienes arruinada —le dijo el viejo— no fui yo quien te la arruinó.»

«Claro que sí —dijo el sobrino, cruzando el cuarto, la cara muy roja—. Estás demasiado ciego para darte cuenta de lo que me hiciste. Un niño no puede defenderse. Los niños están condenados a creer. Tú me sacaste del mundo real y permanecí fuera de él hasta que ya no supe distinguirlo del otro. Me contagiaste tus estúpidas esperanzas, tu insensata violencia. No siempre soy yo mismo, no siem…», se interrumpió. No quiso reconocer lo que el viejo sabía. «A mí no me pasa nada. He deshecho la maraña que enredaste. La he deshecho a golpes de fuerza de voluntad. He conseguido enderezarme.»

—Ya ves tú —decía el viejo—, él mismo reconoció que seguía llevando la semilla dentro.

El viejo Tarwater ya había acostado otra vez al niño en la cuna, pero el sobrino volvió a levantarlo, y según contaba el viejo, una sonrisa rara se le congeló en el rostro. «Dos bautismos serán mejor que uno», dijo y, dándole la vuelta a Tarwater, le había vertido en el trasero lo que quedaba del biberón, repitiendo las palabras del bautismo. El viejo Tarwater se había quedado allí de pie, espantado ante aquella blasfemia.

«Ahora Jesucristo tiene derechos por arriba y por abajo», sentenció el sobrino.

«¡La blasfemia nunca ha cambiao un plan del Señor!», había gritado el viejo.

«El Señor tampoco ha cambiado ninguno de los míos», le había contestado el sobrino fríamente y había vuelto a acostar al niño en la cuna.

—¿Y yo qué hice? —preguntaba Tarwater.

—No hicistes nada —contestaba el viejo como si lo que hubiera hecho o dejado de hacer no tuviera la menor importancia.

—El profeta era yo —aclaraba el muchacho hoscamente.

—Tú ni siquiera tenías idea de lo que pasaba —decía su tío.

—Claro que sí —protestaba el muchacho—. Estaba ahí acostao, pensando.

Su tío no le hacía caso y seguía hablando. Hubo un tiempo en que creyó que si vivía con el maestro, lograría convencerlo otra vez de cuanto lo había convencido al raptarlo de niño, y había albergado esa esperanza hasta el momento en que el maestro le enseñó el estudio que había escrito sobre él para la revista. Después, el viejo había reconocido al fin que no cabía ninguna esperanza de hacer algo por el maestro. Había fallado con la madre del maestro, había fallado con el maestro y ya no le quedaba más que tratar de salvar a Tarwater de ser criado por un insensato. En eso no había fallado.

El muchacho consideraba que el maestro podría haberse esforzado más por rescatarlo. Había ido al claro y recibido un disparo en la pierna y la oreja, pero si hubiese usado la cabeza, podría haberse ahorrado los disparos y, al mismo tiempo, rescatarlo.

—¿Por qué no trajo aquí a la autoridad para rescatarme? —preguntaba el muchacho.

—¿Quieres saber por qué? —contestaba su tío—. Ya te diré yo por qué. Te diré exactamente por qué. Fue porque se dio cuenta que tú eras un montón de problemas. Él las cosas las quería aquí dentro, en la cabeza. Y a un niño no se le pueden cambiar los pantalones aquí dentro, en la cabeza.

El muchacho pensaba: Pero si el maestro no hubiese escrito ese artículo sobre él, los tres estaríamos ahora viviendo en la ciudad.

Cuando el viejo había leído el artículo en la revista para maestros, al principio no había entendido a quién se refería el maestro, ni quién era el tipo que estaba a punto de extinguirse. Se había sentado a leer el artículo, orgulloso de que su sobrino hubiera conseguido que publicaran su escrito en una revista. El maestro se lo había entregado como quien no quiere la cosa y le había comentado que quizá le interesara echarle un vistazo, y el viejo se había sentado enseguida a la mesa de la cocina, y se había puesto a leer. Recordaba que el maestro no había dejado de pasar delante de la puerta de la cocina para ver cómo reaccionaba al artículo.

Hacia la mitad, el viejo Tarwater había empezado a pensar que estaba leyendo sobre alguien que había conocido o con quien quizá había soñado, porque el personaje le resultaba extrañamente familiar. «Esa fijación de ser llamado por el Señor tuvo su origen en la inseguridad. Necesitaba la certeza de una llamada y por ello se llamó a sí mismo», leyó. El maestro seguía pasando delante de la puerta, una y otra vez, hasta que al fin entró y se sentó en silencio al otro lado de la blanca mesita metálica. Cuando el viejo levantó la vista, el maestro sonreía. Era una sonrisa muy leve, de las más leves, de las que sirven para cualquier ocasión. Por aquella sonrisa el viejo supo sobre quién había estado leyendo.

No consiguió moverse durante un minuto entero. Tuvo la

sensación de encontrarse atado de pies y manos dentro de la cabeza del maestro, un espacio desnudo y ordenado como la celda de un manicomio, y de estar encogiéndose, secándose para poder caber en ella. Sus ojos se movían de un lado al otro, como si estuviese otra vez inmovilizado dentro de una camisa de fuerza. Jonás, Ezequiel, Daniel, en ese momento era todos ellos a la vez, el tragado, el descendido, el encerrado.

Con la misma sonrisa, el sobrino tendió la mano y la puso sobre la muñeca del viejo con un gesto de piedad. «Tío, tienes que nacer de nuevo, por tu propio esfuerzo, volver al mundo real donde no hay más salvador que tú.»

Al viejo se le quedó la lengua de piedra dentro de la boca, pero el corazón comenzó a henchírsele. Su sangre de profeta se agitó con fuerza dentro de él, se agitó hasta formar una marea en busca de ser milagrosamente liberada, aunque su cara siguió inexpresiva, llena de asombro. El sobrino le dio unas palmadas en el enorme puño cerrado, se levantó y salió de la cocina, llevándose la sonrisa triunfante.

A la mañana siguiente, cuando fue a la cuna a darle el biberón al pequeño, no encontró en ella más que la revista azul con el mensaje del viejo garabateado en el reverso: «EL PROFETA QUE HARÉ DE ESTE NIÑO QUEMARÁ TUS OJOS HASTA DEJARLOS LIMPIOS».

—Fui yo quien supo actuar, no él —decía el viejo—. Él nunca fue capaz de actuar. Solo sabía meterse todo dentro de la cabeza y triturarlo hasta convertirlo en nada. Pero yo actué. Y porque actué, ahora estás tú aquí sentao en libertad, estás aquí sentao y eres rico, y conoces la Verdad, en la libertad del Señor Jesucristo.

El muchacho movía irritado los flacos omóplatos, como si

quisiera desplazar el peso de la Verdad que, cual cruz, pesaba sobre su espalda.

—Vino hasta aquí y recibió dos disparos por querer rescatarme —insistía, obstinado.

—Si de verdad quería rescatarte, podía haberte llevao con él —decía el viejo—. Traer hasta aquí a la autoridad para que me detuvieran o me metieran otra vez en el manicomio. Muchas cosas podía haber hecho, pero se cruzó con esa asistente social. Ella lo convenció para que tuvieran un hijo propio y se olvidaran de ti y él se dejó convencer fácilmente. Y ese —decía el viejo, volviendo a cavilar sobre el hijo del maestro—, ese..., el Señor le dio uno al que no pudiese corromper.

Entonces aferraba al muchacho del hombro, lo apretaba con fuerza y seguía diciendo:

—Y si yo no consigo bautizarlo, te tocará a ti. Te encarezco que lo hagas, muchacho.

Nada irritaba más al chico que aquel mandato.

—Yo las órdenes las recibo del Señor, no de ti —decía con voz desagradable, tratando de despegarse aquellos dedos del hombro.

—El Señor te las dará —decía el viejo, apretándole el hombro con más fuerza.

—A ese tuvo que cambiarle los pantalones y lo hizo —mascullaba Tarwater.

—Tenía a la asistente social que se los cambiaba por él —decía su tío—. Para algo había de servirle esa, aunque puedes apostar que ya no sigue con él. ¡Bernice Bishop! —decía como si le pareciera el nombre más idiota del idioma entero—. ¡Bernice Bishop!

El muchacho tenía sentido común suficiente para saber que el maestro lo había traicionado y no quería ir a su casa hasta que fuera de día, cuando pudiera ver frente a él y a sus espaldas.

—No voy a ir hasta que sea de día —le dijo de pronto a Meeks—. No se moleste en pasar por allí porque no me voy a bajar.

Meeks se apoyó con indiferencia contra la puerta del coche, repartiendo su atención entre la carretera y Tarwater.

—Hijo, yo no voy a darte sermones. No voy a decirte que no mientas. No voy a decirte nada imposible. Lo único que voy a decirte es lo siguiente: no mientas cuando no sea necesario. Si no, cuando sea necesario, nadie te va a creer. A mí no tienes que mentirme. Sé exactamente lo que hiciste.

Un rayo de luz entró por la ventanilla, Meeks volvió la cabeza y a su lado vio la cara pálida que lo miraba con ojos de color hollín.

—¿Cómo lo sabe? —preguntó el muchacho.

Meeks sonrió complacido y contestó:

—Porque una vez yo hice lo mismo que tú.

Tarwater sujetó al vendedor por la manga de la chaqueta, le dio un tirón y le dijo:

—¡El Día del Juicio usted y yo nos levantaremos y diremos que lo hicimos!

Meeks lo miró otra vez con una ceja ladeada en el mismo ángulo que el sombrero y le preguntó:

—¿En serio? ¿Y en qué ramo te vas meter, chico?

—¿Cómo en qué ramo?

—¿A qué te vas a dedicar? ¿Qué tipo de *trabajo*?

—Sé de todo menos de máquinas —contestó Tarwater, volviendo a apoyarse en el respaldo—. Mi tío abuelo me aprendió de todo, pero antes tengo que averiguar cuánto de todo eso es cierto.

Estaban entrando en los ruinosos suburbios de la ciudad, donde los edificios de madera se apoyaban unos contra otros, y alguna luz mortecina y aislada alumbraba una valla desteñida que anunciaba este o aquel remedio.

—¿En qué ramo estaba tu tío abuelo? —preguntó Meeks.

—Era profeta —contestó el muchacho.

—¿No me digas? —dijo Meeks y sus hombros subieron varias veces como si fueran a saltarle por encima de la cabeza—. ¿Y a quién profetizaba?

—A mí —contestó Tarwater—. Nadie más quería escucharlo y yo no tenía a nadie más a quien escuchar. Me sacó de la casa de este otro tío mío, la única persona de mi sangre que me queda, para salvarme y evitar que fuera derechito a la perdición.

—Eras un público cautivo —dijo Meeks—. Y ahora vienes a la ciudad para ir derechito a la perdición como todos nosotros, ¿eh?

El muchacho no contestó enseguida. Después, con tono comedido dijo:

—Yo no dije lo que voy a hacer.

—No estás seguro de todo lo que ese tío abuelo tuyo te contó, ¿eh? —preguntó Meeks—. Te figuras que a lo mejor pudo darte alguna información equivocada.

Tarwater observó por la ventanilla las frágiles siluetas de las casas. Apretaba los brazos a los lados, como si tuviera frío.

—Lo pienso averiguar —dijo.

—¿Y cómo? —preguntó Meeks.

La ciudad oscura se desplegaba a ambos lados de la carretera mientras se dirigían hacia un círculo de luz, situado a poca altura en la distancia.

—Voy a esperar a ver qué pasa —añadió al cabo de un rato.

—¿Y si no pasa nada qué? —preguntó Meeks.

El círculo de luz se hizo inmenso, entraron justo en el centro y se detuvieron. Se trataba de una boca abierta de cemento con dos surtidores rojos de gasolina en la parte delantera y una pequeña oficina de cristal al fondo.

—¿Y si no pasa nada qué? —repitió Meeks.

El muchacho lo miró sombríamente, recordando el silencio tras la muerte de su tío abuelo.

—¿Qué? —insistió Meeks.

—Entonces voy a hacer que pase —contestó el muchacho—. Puedo actuar.

—¡Así se habla! —dijo Meeks. Abrió la puerta del coche y sacó una pierna mientras seguía observando a su compañero de viaje. Luego añadió—: Espérame. Tengo que llamar a mi novia.

Un hombre dormía en una silla reclinada contra la pared exterior de la oficina de cristal; Meeks entró sin despertarlo. Durante un rato Tarwater se limitó a asomar la cabeza por la ventanilla. Después se apeó y fue a la puerta de la oficina a ver cómo utilizaba Meeks el aparato. Allí estaba, pequeño y negro, en medio de un escritorio desordenado donde Meeks se había sentado como si le perteneciera. El cuarto estaba repleto de neumáticos de coches y olía a cemento y goma. Meeks separó el aparato en dos partes y se acercó una a la oreja mientras con el dedo daba vueltas en la otra. Después esperó sentado, balanceando el pie, mientras el auricular le zumbaba en la oreja. Al rato, una sonrisa ácida comenzó a formársele en las comisuras de la boca, inspiró hondo y dijo: «Ah, hola, cariño, ¿qué tal?», y desde donde estaba en la puerta, Tarwater oyó una voz real de mujer, como si viniera de ultratumba, que decía: «Hola, cariño, ¿eres tú de verdad?», y Meeks le contestaba que era él en carne y hueso, y quedó en encontrarse con ella al cabo de diez minutos.

Tarwater seguía pasmado, en la puerta. Meeks volvió a juntar las dos partes del teléfono y con tono malicioso le preguntó:

—¿Y ahora por qué no llamas a tu tío? —Y vio que al muchacho le cambiaba la cara, los ojos recelosos se desviaban hacia un lado y los labios delgados se curvaban hacia abajo.

—Ya voy a hablar con él cuando llegue el momento —contestó entre dientes, pero siguió mirando fascinado el aparato negro y el cable enrollado—. ¿Cómo se usa?

—Marcas como hice yo. Llama a tu tío —lo animó Meeks.

—Ahora no, esa mujer lo está esperando.

—Que espere —dijo Meeks—. Es lo que mejor se le da.

El muchacho se acercó al teléfono y sacó la tarjeta en la que había apuntado el número. Metió el dedo en el disco y comenzó a girarlo con cautela.

—Por el amor de Dios —dijo Meeks, descolgó el auricular, se lo puso a Tarwater en la mano y se lo acercó a la oreja. Le marcó el número y luego lo sentó en la silla de la oficina para que esperara, pero el muchacho volvió a levantarse, ligeramente encogido, sujetando el auricular zumbante contra la oreja, mientras el corazón le pateaba ferozmente en el pecho.

—No habla —murmuró.

—Dale tiempo —dijo Meeks—, a lo mejor no le gusta levantarse en plena noche.

El zumbido siguió un momento y luego cesó de repente. Tarwater se quedó mudo, con el auricular apretado contra la oreja, la cara rígida como si temiera que el Señor fuera a hablarle a través del aparato. De pronto oyó algo parecido a un jadeo.

—Pregunta por la persona que buscas —le indicó Meeks—. ¿Cómo vas a conseguir que se ponga la persona que buscas si no preguntas por ella?

El muchacho se quedó exactamente donde estaba, sin decir palabra.

—Que preguntes por la persona que buscas te digo —insistió Meeks, irritado—. ¿Pero qué tienes en la cabeza?

—Quiero hablar con mi tío —susurró Tarwater.

Se hizo un silencio en el teléfono, aunque no era un silencio que pareciera vacío. Era de esos en los que se oye cuando se inspira hondo y se contiene la respiración. De repente, el muchacho se dio cuenta de que quien se había puesto al aparato era el hijo del maestro. Ante él surgieron la cara torpe y el cabello blanco.

—Quiero hablar con mi tío. ¡No contigo!

A manera de respuesta se oyó otra vez el jadeo. Era un sonido burbujeante, de esos que haría alguien que pugnara por respirar bajo el agua. Enseguida desapareció. El auricular cayó de la mano de Tarwater. El muchacho se quedó medio ido como si acabara de tener una revelación y no lograra descifrarla. Parecía aturdido por un profundo golpe interior que aún no hubiera logrado aflorar a la superficie de su mente.

Meeks cogió el auricular y escuchó pero no oyó nada. Colgó y dijo:

—Vamos. No tengo tanto tiempo.

Le dio un empujón al muchacho pasmado, salieron y continuaron viaje hacia la ciudad. Meeks le aconsejó que aprendiera a utilizar todas las máquinas y aparatos que viese. El invento más grande del hombre, dijo, era la rueda, y le preguntó a Tarwater si alguna vez había pensado en cómo serían las cosas antes de que se inventara la rueda, pero el muchacho no le contestó. Ni siquiera daba la impresión de estar escuchando. Estaba sentado con el cuerpo ligeramente inclinado hacia adelante, y de vez en cuando movía los labios como si hablara para sus adentros.

—Pues eran terribles —dijo Meeks agriamente. Sabía que el muchacho no tenía ningún tío en un domicilio tan respetable y para probarlo, enfiló por la calle donde se suponía que vivía, y avanzó lentamente delante de las pequeñas siluetas de las casas achaparradas hasta dar con el número, las cifras fosforescentes bien visibles en el palito clavado en el borde del césped y dijo—: Muy bien, chico, ahí la tienes.

—¿Qué tengo? —balbuceó Tarwater.

—La casa de tu tío —contestó Meeks.

El muchacho se aferró al borde de la ventanilla con ambas manos y miró lo que, en apariencia, no era otra cosa que una silueta negra agazapada en una oscuridad más profunda, a poca distancia.

—Le dije que no iba a ir hasta que fuera de día —dijo con rabia—. Siga.

—Vas a entrar ahora mismo —dijo Meeks—. Porque no quiero cargar contigo. No puedes venir a donde yo voy.

—Yo aquí no me bajo —dijo el muchacho.

Meeks se inclinó sobre el asiento del acompañante y abrió la puerta.

—Hasta la vista, hijo. Si la semana que viene tienes mucha

hambre, ponte en contacto conmigo en el número de esa tarjeta y a lo mejor llegamos a un acuerdo.

El muchacho le lanzó una mirada indignada y pálida, y se apeó precipitadamente del coche. Avanzó por el corto sendero de cemento hasta la puerta, se dejó caer en el umbral, absorbido por la oscuridad. Meeks cerró la puerta del coche. Su cara siguió observando un momento el perfil apenas visible del muchacho, sentado en el umbral. Luego se puso al volante y siguió viaje. Ese no llegará a nada bueno, se dijo.

3

Tarwater se quedó sentado en un rincón del umbral, frunciendo el ceño en la oscuridad, mientras el coche desaparecía calle abajo. Sin mirar el cielo notó la presencia inquietante de las estrellas. Parecían agujeros en su propio cráneo a través de los cuales una luz lejana y quieta lo observaba. Era como si estuviera solo en presencia de un inmenso ojo silencioso. Sintió un intenso deseo de presentarse de inmediato ante el maestro, de contarle lo que había hecho y por qué, de recibir su felicitación. Al mismo tiempo, seguía reconcomiéndole la profunda desconfianza que aquel hombre le inspiraba. Intentó que la cara del maestro le volviera a la mente, pero todo lo que consiguió fue ver la del niño de siete años que el viejo había raptado. La miró fijamente, con descaro, armándose de valor para el encuentro.

Después se levantó y se plantó delante de la pesada aldaba de bronce. La tocó y apartó la mano, quemado por una frialdad metálica. Echó un rápido vistazo por encima del hombro. Las casas de enfrente formaban un muro oscuro e irregular. El silencio parecía palpable, expectante. Casi daba la impresión de estar esperando pacientemente, tomándose su tiempo hasta el momento de revelarse y exigir que lo nombraran. Volvió a la fría aldaba, la aferró y destruyó el silencio como si fuera un enemigo personal. El ruido le llenó la cabeza. Solo fue consciente del estruendo que hacía.

Llamó con más y más fuerza, aporreando al mismo tiempo la puerta con el puño libre hasta que sintió que la casa se sacudía. El eco de sus golpes resonó en la calle desierta. Se detuvo una vez para recobrar el aliento, y volvió a comenzar, propinando a la puerta desenfrenados puntapiés con la punta del pesado zapatón de trabajo. Nada ocurrió. Finalmente se detuvo y el silencio implacable descendió a su alrededor, inmune a su furia. Un terror misterioso se apoderó de él. Notó el cuerpo vacío como si lo hubiesen levantado por los cabellos, igual que Habacuc, y lo hubiesen llevado velozmente a través de la noche para depositarlo en el lugar de su misión. De pronto tuvo el presentimiento de que se disponía a caer en una trampa que el viejo le había tendido. Dio media vuelta, dispuesto a salir corriendo.

Los paneles de cristal a ambos lados de la puerta se iluminaron súbitamente. Se oyó un clic y el pomo giró. Tarwater levantó las manos en un gesto automático, como si apuntara con una pistola invisible y su tío, que había abierto la puerta, retrocedió de un salto en cuanto lo vio.

La imagen del niño de siete años desapareció para siempre de la mente de Tarwater. La cara de su tío le resultaba tan familiar que era como si la hubiera visto todos los días de su vida. Recobró la calma y gritó:

—¡Mi tío abuelo está muerto y quemao, como lo hubieras quemao tú!

El maestro se quedó absolutamente inmóvil como si creyera

que mirando durante el tiempo suficiente, aquella alucinación desaparecería. La vibración de la casa había interrumpido su sueño y, medio dormido, había corrido a la puerta. Su cara era como la de un sonámbulo que se despierta y ve materializarse ante sus ojos algún horror atisbado en sueños.

—Espera aquí. Soy sordo —masculló al cabo de un momento, se dio media vuelta y desapareció rápidamente en el vestíbulo. Iba descalzo y en pijama. Regresó casi de inmediato, metiéndose algo en la oreja. Se había puesto las gafas de montura negra y se estaba guardando una caja metálica en la cinturilla del pijama. La caja se unía mediante un cable al tapón de su oreja. Por un momento, el muchacho pensó que la cabeza le funcionaba con electricidad. El maestro sujetó a Tarwater del brazo, y de un tirón lo hizo entrar en el vestíbulo, bajo una luz en forma de farol que colgaba del techo. El muchacho se vio examinado por dos ojitos taladradores, engarzados en las profundidades de dos cavernas de cristal. Se apartó. Ya sentía peligrar su intimidad.

—Mi tío abuelo está muerto y quemao —repitió—. Yo era el único allí presente para hacerlo y lo hice. Hice el trabajo por ti —y al decir esto último, un perceptible gesto de desprecio le cruzó la cara.

—¿Se ha muerto? —dijo el maestro—. ¿Mi tío? ¿El viejo se ha muerto? —preguntó con tono perplejo, incrédulo.

Aferró a Tarwater con brusquedad por los brazos y lo miró fijamente a la cara. En las profundidades de aquellos ojos, el muchacho asustado vio por un instante una mirada acongojada, franca y espantosa. Desapareció enseguida. En la línea recta de la boca del maestro comenzó a formarse una sonrisa.

—¿Y cómo se fue..., con el puño en alto? —preguntó—. ¿Fue el Señor a buscarlo en un carro de fuego?

—No recibió ningún aviso —dijo Tarwater, quedándose de pronto sin aliento—. Estaba desayunando y no lo moví de la mesa. Le prendí fuego donde estaba con casa y todo.

El maestro no dijo nada, pero el muchacho leyó en su mirada la duda de que aquello fuera cierto, la sospecha de que se encontraba ante un mentiroso interesante.

—Ya puedes ir a comprobarlo —dijo Tarwater—. Era demasiao grande para enterrarlo. Lo hice de la forma más rápida.

En los ojos de su tío surgió la mirada de quien se dispone a abordar un problema fascinante.

—¿Cómo has llegado hasta aquí? ¿Cómo supiste que este era tu sitio? —le preguntó.

El muchacho había consumido todas sus energías en la presentación. De pronto se quedó aturdido, en blanco, y callado como un tonto. Nunca se había sentido tan cansado. Notó que estaba a punto de caerse.

El maestro esperó, escrutando su rostro con impaciencia. Entonces su expresión volvió a cambiar. Apretó el brazo de Tarwater con más fuerza y, ceñudo, desvió la vista hacia la puerta, que seguía abierta.

—¿Está ahí fuera? —preguntó en voz baja, furioso—. ¿Se trata de uno de sus trucos? ¿Está ahí fuera esperando colarse por una ventana para bautizar a Bishop mientras tú me despistas? ¿Es ese el juego senil que se trae esta vez?

El muchacho palideció. En su imaginación, vio al viejo, una silueta oscura, de pie en un rincón de la casa, resollando mientras esperaba impacientemente a que bautizara al niño retrasado. Contempló asustado la cara del maestro. Su nuevo tío lucía en la oreja un profundo tajo en forma de cuña. La visión de aquella oreja aproximó tanto al viejo Tarwater, que el muchacho creyó oír su risa. Con aterradora claridad comprendió que el maestro no era más que un señuelo preparado por el viejo para atraerlo hasta la ciudad con el fin de que terminara la tarea que él había dejado inacabada.

Los ojos comenzaron a arderle en la cara fiera y frágil. Una nueva energía se apoderó de él.

—Está muerto —dijo—. Más muerto que él no se puede estar. Quedó hecho cenizas. Ni siquiera tiene una cruz puesta encima. Y si queda algo de él, ni los gallinazos se lo comerían, y los huesos ya se los llevarán los perros. Así de muerto está.

El maestro dio un respingo, pero casi enseguida volvió a sonreír. Sujetaba a Tarwater firmemente del brazo y escudriñaba su cara como si comenzara a ver una solución, una solución que lo intrigaba por su simetría y su exactitud.

—Qué ironía perfecta —murmuró—, qué ironía perfecta que te ocuparas de esa manera del asunto. Tuvo lo que se merecía.

El muchacho se llenó de orgullo.

—Hice lo necesario —dijo.

—Deformaba todo lo que tocaba —dijo el maestro—. Vivió una vida larga e inútil, y contigo cometió una gran injusticia. Es una bendición que por fin se haya muerto. Podías haber tenido de todo y no has tenido nada. Ahora todo eso puede cambiar. Ahora perteneces a alguien que puede ayudarte y entenderte. —Los ojos le brillaban de placer—. ¡No es demasiado tarde para que haga de ti un hombre!

La cara del muchacho se ensombreció. Su expresión se hizo dura hasta transformarse en la muralla de una fortaleza tras la cual proteger sus pensamientos; pero el maestro no notó cambio alguno. Mientras contemplaba ensimismado al muchacho real e insignificante que tenía enfrente, veía la imagen completa que de él guardaba en la mente.

—Tú y yo recuperaremos el tiempo perdido —dijo—. Te vamos a poner en la buena senda.

Tarwater no lo miraba. Había estirado el cuello de repente y clavado la vista por encima del hombro del maestro. Oía el leve sonido familiar de unos jadeos. Los tenía más cerca que los latidos de su propio corazón. Puso los ojos como platos y en ellos se abrió una puerta interior, preparada para una visión inevitable.

El niño del cabello blanco se acercó arrastrando los pies desde el fondo del vestíbulo y observó con atención al desconocido. Llevaba puesto el pantalón de un pijama azul subido al máximo, con el cordón atado por encima del pecho y los extremos sujetos alrededor del cuello como un arnés para evitar que se le cayera. Los ojos aparecían levemente hundidos bajo la frente y los pómulos estaban algo más bajos de lo normal. Se quedó allí de pie, borroso y antiguo, como un niño que llevara siglos siendo niño.

Tarwater apretó los puños. Esperaba como un condenado en el lugar de la ejecución. Entonces le llegó la revelación, silenciosa, implacable, directa como una bala. No miró a los ojos de una bestia de fuego ni vio una zarza ardiendo. Solo supo, con una certeza hundida en la desesperación, que se esperaba de él que bautizase al niño que tenía enfrente y comenzara la vida que su tío abuelo le había preparado. Supo que estaba llamado a ser profeta y que las obras de su profecía no serían extraordinarias. Sus negras pupilas, vidriosas e inmóviles, reflejaban en el más profundo de los abismos la imagen acongojada que tenía de sí mismo, alejándose penosamente en la distancia, tras la sombra sangrante y enloquecida de Jesús, hasta que por fin recibiera su recompensa, un pez partido, un pan multiplicado. El Señor lo había creado del polvo, lo había convertido en sangre, nervio y mente, lo había hecho para sangrar, llorar y pensar, y lo había echado a un mundo de daño y fuego, únicamente para bautizar a un niño idiota cuya creación habría podido ahorrarse, y para predicar a gritos un evangelio igual de insensato. El muchacho intentó gritar: «¡NO!», pero era como cuando intentaba gritar en sueños. El sonido se impregnaba de silencio, se perdía.

Su tío le puso la mano en el hombro y lo sacudió ligeramente para sacarlo de su abstracción.

—Escúchame, muchacho, quitarse de encima al viejo es como salir de la oscuridad y ver la luz. Ahora, por primera vez en tu vida, vas a tener una oportunidad. Una oportunidad de convertirte en un hombre útil, una oportunidad de utilizar tus talentos, de hacer lo que quieras hacer y no las idioteces que él quería.

Los ojos del muchacho estaban clavados a lo lejos, las pupilas dilatadas. El maestro volvió la cabeza para ver qué le impedía responderle. Se le mudó la expresión. El niño se acercaba despacio, sonriendo.

—Ah, este es Bishop —dijo—. No está del todo bien. No le hagas caso. Lo único que sabe hacer es mirar fijamente a las personas, pero es muy simpático. Lo mira todo de esa manera. —Apretó con fuerza el hombro del muchacho e hizo una mueca dolorosa con la boca—. Todo lo que haría por él, si de algo sirviera, lo haré por ti. ¿Te das cuenta ahora por qué me alegro tanto de tenerte aquí?

El muchacho no oyó nada de lo que le decía. Los músculos del cuello le resaltaban como cables. El niño retrasado no se encontraba muy lejos e iba acercándose a él más y más con su sonrisa torcida. El muchacho comprendió de pronto que el niño lo *reconocía*, que el viejo en persona lo había instruido desde lo alto para que supiera que estaba ante el siervo forzoso de Dios, venido para ocuparse de que él naciera de nuevo. El niño tendió la mano para tocarlo.

—¡Fuera! —gritó Tarwater. Su brazo reaccionó como un látigo y apartó la mano de un revés. El niño soltó un chillido asombrosamente fuerte. Trepó por la pierna de su padre y se izó aferrándose a la chaqueta del pijama del maestro hasta llegar casi a su hombro.

—Bueno, bueno —dijo el maestro—, tranquilo, calla, no pasa nada, no quería golpearte. —Se acomodó al niño sobre la espalda e intentó dejarlo en el suelo, pero el pequeño se agarraba con fuerza, apretando la cabeza contra el cuello de su padre, sin apartar los ojos de Tarwater.

El muchacho tuvo una visión del maestro y su hijo en la que ambos aparecían inseparablemente unidos. El maestro tenía la cara roja y apenada. El niño habría podido ser una parte deforme de su padre, desvelada por casualidad.

—Te acostumbrarás a él —dijo el tío.

—¡No! —gritó el muchacho. Era como si aquel grito hubiese estado latente, pugnando por salir—. ¡No me acostumbraré a él!

¡No quiero tener nada que ver con él! —Apretó el puño y lo levantó—. ¡No quiero tener nada que ver con él! —gritó y las palabras quedaron claras, seguras y atrevidas como un desafío lanzado a la cara de su silencioso adversario.

Segunda parte

4

Tras cuatro días con Tarwater, al maestro se le había pasado el entusiasmo. Era cuanto estaba dispuesto a reconocer. Se le había pasado el primer día y fue sustituido por la determinación, y aunque sabía que la determinación era un instrumento menos poderoso, pensó que en este caso, sería el más adecuado para la tarea. Tardó algo menos de medio día en descubrir que el viejo había arruinado al muchacho y que lo que hacía falta era una tarea de reconstrucción monumental. El primer día, el entusiasmo le había dado energía, pero, desde entonces, la determinación lo había dejado exhausto.

Aunque eran apenas las ocho de la tarde, había acostado a Bishop y le había dicho al muchacho que podía irse a leer a su cuarto. Le había comprado libros, entre otras cosas todavía desconocidas para él. Tarwater se había ido a su cuarto y había cerrado la puerta sin decir si tenía o no intenciones de leer, y una vez en la cama, demasiado cansado para dormirse, Rayber contemplaba cómo se iba apagando la luz del atardecer a través del seto que crecía delante de su ventana. Se había dejado puesto el audífono por si el muchacho intentaba escaparse, de ese modo lo oiría y podría seguirlo. En los dos últimos días el muchacho había estado a punto de marcharse, pero no solo de marcharse, sino de desaparecer en silencio en plena noche, cuando nadie pudiera seguirlo. Era la cuarta noche y el maestro estaba acostado mientras pensaba, torciendo el gesto, en lo diferente que era de la primera.

Se había pasado la primera noche sentado hasta el alba junto a la cama en la que el muchacho, todavía vestido, se había dejado caer. Se había quedado ahí sentado, con los ojos brillantes, como el hombre que se sienta ante un tesoro sin estar seguro de que sea real. Había mirado una y otra vez de arriba abajo la delgada silueta despatarrada, perdida en un cansancio tan profundo que no se sabía a ciencia cierta si volvería a moverse. Al seguir el contorno de la cara, se dio cuenta, con una intensa punzada de alegría, que su sobrino se le parecía lo suficiente para ser su hijo. Los pesados zapatones de trabajo, el mono gastado, el sombrero atroz y sucio lo llenaron de dolor y pena. Pensó en su pobre hermana. Su única alegría en la vida fue tener al amante que le había dado ese hijo, aquel muchacho de mejillas hundidas, venido del campo para estudiar teología, y al que Rayber (por entonces ya graduado) había juzgado enseguida demasiado listo para eso. Se había hecho amigo de él, lo había ayudado a descubrirse a sí mismo y después a descubrirla a ella. Había fraguado su encuentro expresamente y luego, para su deleite, había visto cómo prosperaba y cómo la relación les permitía a ambos desarrollarse. De no haberse producido el accidente, estaba seguro de que el muchacho se habría estabilizado del todo. Sin embargo, después de la calamidad se había suicidado, presa de un morboso sentimiento de culpa. Se había presentado en el apartamento de Rayber y se había plantado ante él con el revólver. Rayber volvió a ver la cara larga y frágil, enrojecida como si una llamarada le hubiese chamuscado la piel, y los ojos, que también parecían quemados. No le parecieron unos ojos del todo humanos. Eran los ojos del arrepentimiento, despojados de toda dignidad. El muchacho se lo quedó mirando durante un tiempo que pareció eterno pero que quizá no fuera más que un segundo, y entonces, sin pronunciar una palabra, se había dado media vuelta, se había metido en su cuarto, y poco después, se había pegado un tiro.

Cuando Rayber había abierto la puerta en plena noche y había visto la cara de Tarwater, blanca y demacrada a causa de un hambre y un orgullo insondables, por un instante se había quedado paralizado ante lo que podría haber sido un espejo, puesto frente a él, en mitad de una pesadilla. La cara era como la suya, pero no los ojos. Eran los ojos del estudiante, quemados por la culpa. Se había apartado de la puerta a toda prisa para ir a buscar las gafas y el audífono.

La primera noche, sentado junto a la cama, había notado en el muchacho algo rígido y recalcitrante, incluso mientras descansaba. Dormía enseñando los dientes y aferrando el sombrero en un puño como un arma. A Rayber le remordía la conciencia por haberlo abandonado a su destino durante todos esos años, por no haber regresado al campo a salvarlo. Se le hizo un nudo en la garganta y empezaron a dolerle los ojos. Había jurado compensarlo, prodigarle cuanto le habría prodigado a su propio hijo, si hubiese tenido un hijo capaz de apreciar la diferencia.

A la mañana siguiente, mientras Tarwater seguía durmiendo, había salido a toda prisa a comprarle un traje decente, una camisa a cuadros, calcetines y una gorra roja de cuero. Quería que se encontrara con la ropa nueva al despertar, ropa nueva que indicara una nueva vida.

Al cabo de cuatro días, la ropa seguía intacta en su caja, encima de una silla del cuarto. El muchacho la había mirado como si la sugerencia de que se la pusiera hubiese equivalido a pedirle que se desnudara.

Por cuanto hacía y decía era evidente quién lo había criado. A cada momento afloraba en Rayber una ira casi incontrolable al ver el tipo de independencia que el viejo le había inculcado, no una independencia constructiva, sino irracional, palurda, ignorante. Tras regresar a toda prisa con la ropa, Rayber se había acercado a la cama, había posado la mano en la frente del muchacho que seguía dormido, y había llegado a la conclusión de que tenía fiebre y no debía levantarse. Le había preparado el desayuno y se lo había llevado al cuarto en una bandeja. Cuando apareció por la puerta, con Bishop a su lado, se encontró a Tarwater sentado en la cama, sacudiendo el sombrero, y a punto de ponérselo. Rayber le había preguntado: «¿No quieres colgar el sombrero y quedarte un poco?», y le había ofrecido una sonrisa de bienvenida, cargada de buena voluntad, una sonrisa que, en su opinión, no le habían prodigado jamás.

El muchacho, sin una mirada de aprecio o al menos de interés, se había encasquetado el sombrero todavía más. Sus ojos, llenos de un peculiar fulgor de reconocimiento, se habían desviado hacia Bishop. El niño lucía un sombrero vaquero negro y observaba boquiabierto por encima de una papelera que sujetaba con fuerza a la altura de la barriga, y en la que llevaba una piedra. Rayber recordó que la noche anterior, Bishop había provocado cierto rechazo en el muchacho y lo apartó con la mano libre para impedirle entrar. Acto seguido, se metió en el cuarto, cerró la puerta y echó la llave. Tarwater miró la puerta cerrada con aire amenazante, como si siguiera viendo al niño a través de ella, sujetando todavía con fuerza la papelera.

Rayber depositó la bandeja sobre las rodillas del muchacho, retrocedió y lo examinó. El muchacho apenas parecía darse cuenta de su presencia en el cuarto.

—Ahí tienes el desayuno —dijo su tío, como si el muchacho no fuera capaz de identificarlo. Era un cuenco de cereales y un vaso de leche—. Pensé que sería mejor que hoy te quedaras en la cama. Se te ve un poco alicaído.

Acercó una silla de respaldo alto y dijo:

—Ahora sí podemos charlar de lo lindo. —Y su sonrisa se hizo más amplia—. Va siendo hora de que nos conozcamos.

Ni un solo gesto de aprobación o placer iluminó la cara del muchacho. Echó un vistazo al desayuno pero no empuñó la cuchara. Se puso a mirar el cuarto. Las paredes eran de un tono rosa llamativo, el color elegido por la mujer de Rayber. Rayber ahora usaba el cuarto como trastero. En los rincones había baúles con cajas apiladas encima. En la repisa de la chimenea, al lado de las botellas de medicamentos y las bombillas eléctricas quemadas y varias cajas viejas de fósforos, un retrato de ella. El muchacho centró en él la atención y torció levemente la comisura de la boca en señal de cómico reconocimiento.

—La asistente social —dijo.

Su tío se puso colorado. El tono que percibió era idéntico al del viejo Tarwater. Sin previo aviso, la irritación creció en él. Era como si de pronto el viejo hubiese impuesto su presencia entre

ambos. Sintió la misma ira familiar, fantástica y del todo despro-
porcionada, que su tío siempre había sabido despertar en él. La
apartó de sí con esfuerzo.

—Esa es mi esposa —dijo—, pero ya no vive con nosotros.
Este cuarto en el que estás era suyo.

El muchacho empuñó la cuchara.

—Mi tío abuelo ya decía que no se iba a quedar aquí mucho
tiempo —dijo y se puso a comer deprisa, como si con el comentario acabara de establecer la independencia suficiente para tomar
la comida ajena. Por su expresión estaba claro que la encontraba
de mala calidad.

Rayber se sentó a observarlo y, haciendo un esfuerzo por contener la irritación, dijo para sus adentros: Este niño no ha tenido
ninguna oportunidad, recuerda que no ha tenido ninguna oportunidad.

—¡Sabe Dios lo que el viejo idiota te habrá dicho y enseñado!
—exclamó con una fuerza súbita y explosiva—. ¡Sabe Dios!

El muchacho dejó de comer y lo miró con dureza. Al cabo de
un instante dijo:

—Él no tuvo ningún efecto en mí. —Y siguió comiendo.

—Cometió contigo una tremenda injusticia —dijo Rayber,
deseando recalcárselo cuantas veces pudiera—. Te impidió llevar
una vida normal, recibir una educación decente. ¡Sabe Dios qué
tonterías te habrá metido en la cabeza!

Tarwater siguió comiendo. Después, con glacial parsimonia,
levantó la vista y clavó la mirada en el corte que su tío tenía en la
oreja. En las profundidades de sus ojos apareció un destello.

—Te disparó, ¿no? —dijo.

Rayber sacó un paquete de cigarrillos del bolsillo de la camisa y encendió uno, con una lentitud desmesurada a causa del esfuerzo que hacía para calmarse. Echó el humo a la cara del muchacho. Luego se reclinó en la silla y lo miró detenidamente. El cigarrillo colgado de la comisura de su boca tembló.

—Sí, me disparó —dijo.

El destello en los ojos del muchacho siguió los cables del audífono hasta la caja metálica sujeta al cinturón.

—¿Para qué estás conectado? —preguntó arrastrando las palabras—. ¿Se te enciende la cabeza?

Rayber apretó la mandíbula y luego la relajó. Un momento después, tras tender rígidamente el brazo, sacudir el cigarrillo y dejar caer al suelo la ceniza, le contestó que no se le encendía la cabeza.

—Es un audífono —le explicó con paciencia—. Después de que el viejo me disparara, empecé a oír cada vez peor. Cuando fui a rescatarte, yo no llevaba armas. Si me hubiese quedado, me habría matado, y muerto no te habría servido de nada.

El muchacho siguió estudiando el aparato, como si la cara de su tío hubiese sido un apéndice del audífono.

—Vivo tampoco me servistes de nada —observó.

—¿Es que no me has entendido? —insistió Rayber—. No llevaba armas. Me habría matado. Estaba loco. Ahora comienza el tiempo en que puedo hacer algo por ti, y quiero ayudarte. Quiero compensarte por todos esos años.

Los ojos del muchacho se apartaron un momento del audífono para posarse en los de su tío.

—Pudistes conseguir un arma y volver enseguida.

Abrumado por la clara acusación de traición en la voz del muchacho, Rayber se quedó sin habla. Lo miró lleno de impotencia. El muchacho siguió comiendo.

Al final Rayber dijo:

—Escúchame. —Agarró el puño con la cuchara y lo sujetó—. Quiero que lo entiendas. Estaba loco y si me hubiese matado, ahora no tendrías este lugar al que venir. No soy tonto. No creo en los sacrificios estériles. Un muerto no te va a servir de nada, ¿no lo entiendes? Ahora puedo hacer algo por ti. Ahora puedo compensarte por el tiempo que hemos perdido. Puedo ayudar a corregir lo que te ha hecho, ayudarte para que tú lo corrijas.

Mientras hablaba no dejó de sujetar firmemente el puño que el muchacho intentaba apartar con insistencia.

—Los dos tenemos el mismo problema —añadió, viéndose reflejado con tanta claridad en la cara que tenía delante, que tuvo la sensación de estar suplicándole a su propia imagen.

De un rápido tirón Tarwater consiguió soltarse de aquella mano. Después examinó al maestro con suma atención, recorriendo la línea de su mandíbula, los dos pliegues a ambos lados de la boca, la frente que llegaba al cráneo y rozaba el nacimiento del pelo en forma de trozo de pastel. Miró brevemente los ojos afligidos de su tío detrás de las gafas, y después fue como si abandonase la búsqueda de algo que no podía estar allí. El destello de sus ojos fue a caer sobre la caja metálica que asomaba por la camisa de Rayber.

—¿Piensas con la caja o piensas con la cabeza? —preguntó.

A su tío le entraron ganas de arrancarse el aparato de la oreja y estamparlo contra la pared.

—¡Si no oigo es por tu culpa! —gritó, fulminando con la mirada la cara impasible—. ¡Porque una vez intenté ayudarte!

—Nunca me ayudastes en nada.

—Te puedo ayudar ahora —dijo y al cabo de un momento se hundió en la silla—. A lo mejor tienes razón —añadió dejando caer las manos con gesto impotente—. Cometí un error. Tenía que haber vuelto para matarlo o que él me matara a mí. En lugar de eso dejé que mataran algo en ti.

El muchacho dejó el vaso de leche.

—En mí no mataron nada —dijo con voz segura y luego añadió—: No hace falta que te preocupes. Hice el trabajo que te tocaba a ti. Yo lo cuidé. Yo fui el que lo enterró. Estaba borracho como una cuba y me ocupé de él. —Lo dijo como si estuviese recordando el punto más vívido de su historia.

Rayber oyó su propio corazón que, amplificado por el audífono, empezó a latirle de repente dentro del pecho como el mecanismo de una máquina gigantesca. La cara desafiante y delicada del muchacho, sus ojos ardientes todavía escandalizados por algún recuerdo violento, le devolvió al instante la imagen de sí mismo a los catorce años cuando había conseguido llegar hasta Powderhead para cubrir al viejo de imprecaciones.

Tuvo entonces una intuición que no cuestionaría hasta el final. Comprendió que el muchacho seguía siendo cautivo de su tío abuelo, que tenía un falso sentimiento de culpa por haberlo quemado en lugar de enterrarlo, y vio que estaba enzarzado en una lucha desesperada y heroica para librarse del dominio fantasmal del viejo. Se inclinó hacia adelante y, con una voz tan cargada de emoción que a duras penas consiguió dominar, dijo:

—Escúchame, escúchame, Frankie, ya no estás solo. Tienes un amigo. Ahora tienes más que un amigo. —Tragó saliva—. Tienes un padre.

El muchacho se puso muy pálido. La sombra de una indignación indescriptible le oscureció los ojos.

—Yo no pedí ningún padre —dijo y la frase cruzó la cara de su tío como un latigazo—. Yo no pedí ningún padre —repitió—. Salí del vientre de una puta. Nací en un accidente. —Lanzó aquellas frases como quien anuncia un nacimiento regio—. Y no me llamo Frankie. Me llamo Tarwater y...

—Tu madre no era una puta —aclaró el maestro con rabia—. Eso es una tontería que te enseñó él. Era una muchacha americana buena y saludable, que empezaba a encontrarse a sí misma cuando fue abatida. Era...

—No me voy a quedar —dijo el muchacho mirando a su alrededor como si estuviera a punto de tirar la bandeja al suelo y saltar por la ventana—. Nada más vine porque quería averiguar unas cuantas cosas y cuando las averigüe, me voy.

—¿Qué has venido a averiguar? —preguntó el maestro sin perder la calma—. Yo te puedo ayudar. Lo único que quiero es ayudarte en todo lo que pueda.

—No necesito ninguna ayuda tuya —dijo el muchacho, apartando la vista.

Su tío notó que algo se tensaba alrededor de él, como una camisa de fuerza invisible.

—¿Cómo vas a averiguarlo sin ayuda?

—Voy a esperar —dijo—, a ver qué pasa.

—¿Y si no pasa nada? —preguntó su tío.

Una sonrisa rara, como una curiosa señal de dolor vuelta del revés, se apoderó de la cara del muchacho.

—Entonces voy hacer que pase —dijo—, como hice antes.

En cuatro días nada había pasado ni se había hecho nada para que pasara. Sencillamente habían recorrido a pie, los tres juntos, toda la ciudad, y por la noche, Rayber desandaba en sueños la misma zona. De no haber tenido a Bishop no habría sido tan agotador. El niño se rezagaba y había que llevarlo a rastras, porque siempre le llamaba la atención algo que acababan de dejar atrás. Cada dos o tres calles se agachaba a recoger del suelo un palito o alguna basura y había que levantarlo y tirar de él para continuar. Mientras que Tarwater iba siempre ligeramente por delante de ellos, avanzando como si siguiera el rastro de algo. En cuatro días habían ido al museo de arte y al cine, habían recorrido grandes almacenes, montado en escaleras mecánicas, visitado supermercados, inspeccionado la planta depuradora de agua, la oficina de correos, los apartaderos del ferrocarril y el ayuntamiento. Rayber le había explicado cómo se gobernaba la ciudad y le había enumerado los deberes del buen ciudadano. Había hablado tanto como había caminado, pero a juzgar por el interés que mostraba, el sordo podría haber sido el muchacho. Lo observaba todo en silencio, con los mismos ojos evasivos, como si allí no encontrara nada digno de mantener su atención y por eso debía seguir andando, debía seguir buscando ese algo que parecía encontrarse más allá de su vista.

Una vez se había detenido ante la luna de un escaparate donde un cochecito rojo daba vueltas lentamente sobre una plataforma giratoria. Aprovechando aquella muestra de interés, Rayber le había dicho que a lo mejor, cuando cumpliera los dieciséis, podría tener coche propio. Habría podido ser el viejo el que le contestó que ya tenía dos pies con los que andar gratis y sin deberle nada a nadie. Nunca, ni siquiera cuando vivía bajo su propio techo, Rayber había notado tanto la presencia del viejo Tarwater.

En otra ocasión, el muchacho se había parado repentinamente delante de un edificio alto y había mirado colérico hacia arriba con una devastada expresión de reconocimiento. Desconcertado, Rayber le dijo:

—Da la impresión de que ya hubieses estado aquí.

—Ahí me se perdió el sombrero —masculló.

—Pero si lo llevas puesto —dijo Rayber. Le resultaba imposible contemplar aquella prenda sin sentir irritación. Deseó con el alma que hubiese un modo de arrancárselo de la cabeza.

—Mi primer sombrero —dijo el muchacho—. Me se cayó.

—Y luego había echado a andar deprisa para alejarse del lugar, como si no soportara seguir allí.

Solo en otra ocasión más había mostrado un interés especial. Se había parado dando un traspié delante de un edificio mugriento, con pinta de taller mecánico, que tenía en el frente dos ventanas pintadas de azul y amarillo, y se había quedado en precario equilibrio, como tratando de detenerse en mitad de una caída. Rayber comprobó que había allí una especie de templo pentecostal. Encima de la puerta, en un letrero de papel se leían las palabras: QUIEN NO NACIERE DE NUEVO NO TENDRÁ VIDA ETERNA. Debajo del letrero había un cartel de un hombre, una mujer y una niña tomados de la mano. «¡Vengan y escuchen a los Carmody alabar a Cristo! —decía—. ¡Conmuévanse con la música, el mensaje y la magia de este equipo!»

Rayber percibió claramente la dificultad del muchacho para comprender la siniestra atracción que semejante lugar ejercía en él.

—¿Te interesa? —le preguntó secamente—. ¿Te recuerda algo en particular?

Tarwater estaba muy pálido.

—Bosta de caballo —murmuró.

Rayber sonrió. Luego soltó una carcajada.

—Lo único que tiene en la vida esta gente es la convicción de que van a resucitar.

El muchacho recuperó el equilibrio, seguía con los ojos fijos en el letrero, pero parecía haberlo reducido a un punto pequeño y muy lejano.

—¿No van a resucitar? —repitió. La frase tenía cadencia de pregunta y Rayber comprendió con un estremecimiento de placer que, por primera vez, se requería su opinión.

—No —respondió sin más—, no van a resucitar.

Su tono fue tajante, irrevocable. El edificio mugriento habría podido ser el cuerpo de una bestia muerta a la que acababa de abatir. Probó a poner la mano en el hombro del muchacho. Le fue consentido dejarla. Con voz trémula tras recuperar repentinamente el entusiasmo, dijo:

—Por eso quiero que aprendas cuanto puedas. Quiero que recibas una educación para que ocupes tu lugar como hombre inteligente en el mundo. Este otoño, cuando vayas a la escuela…

El muchacho apartó el hombro bruscamente y lanzándole una mirada sombría, se alejó hasta el bordillo de la acera.

Llevaba el aislamiento como un manto, se envolvía en él como una prenda símbolo de los elegidos. Rayber se había propuesto tomar notas sobre él y escribir sus observaciones más importantes, pero por las noches estaba tan exhausto que era incapaz de hacer nada. Todas las noches se sumía en un sueño inquieto, con el temor de que al despertar fuera a descubrir que el muchacho se había ido. Tenía la sensación de haber contribuido a acelerar sus deseos de marcharse al pedirle que hiciera aquellas pruebas. Se había propuesto someterlo a las habituales, la de inteligencia y la de aptitud, y continuar con otras que él mismo había perfeccionado para analizar factores emocionales. Le había parecido que de esa manera conseguiría hurgar hasta llegar al centro de la infección emocional. Había dejado una sencilla prueba de aptitud en la mesa de la cocina, el libro impreso y unos cuantos lápices recién afilados.

—Es como un juego —dijo—. Siéntate y veamos qué tal te sale. Te ayudaré a empezar.

La expresión que se apoderó de la cara del muchacho fue muy peculiar. Los párpados se entornaron apenas; la boca no llegó a esbozar del todo una sonrisa; el gesto era una mezcla de furia y superioridad.

—Juega tú entonces —dijo—. No pienso hacer ninguna prueba —y escupió esta última palabra como si no fuese digna de pasar por sus labios.

Rayber consideró la situación. Luego dijo:

—A lo mejor es que no sabes leer ni escribir. ¿Es eso?

El muchacho echó la cabeza hacia adelante y dijo entre dientes:

—Soy libre. Estoy fuera de tu cabeza. No estoy en tu cabeza. No estoy ni pienso estar.

—Tú no sabes lo que es la libertad —dijo su tío y se echó a reír—. No sabes...

El muchacho se dio media vuelta y se fue dando grandes zancadas. No había manera. Razonar con él era como razonar con un chacal. Nada le daba tregua, salvo Bishop, y Rayber sabía por qué Bishop le daba tregua, porque el niño le recordaba al viejo. Bishop se parecía al viejo pero involucionado hasta la forma más primitiva de inocencia, y Rayber notaba que el muchacho evitaba en todo momento mirarlo a los ojos. Cuando el niño estaba de pie, sentado o andando, daba la impresión de que para Tarwater era un peligroso agujero en el espacio del que debía mantenerse alejado a toda costa. Rayber temía que Bishop se lo espantara con su simpatía. Siempre se le acercaba sigiloso para tocarlo y cuando el muchacho se daba cuenta de que lo tenía cerca, se erguía como una serpiente dispuesta a atacar y entre dientes exclamaba: «¡Fuera!», y Bishop salía corriendo para seguir observándolo, parapetado detrás del mueble más próximo.

El maestro también comprendía esto. Todos los problemas que tenía el muchacho, ya los había tenido él y había conseguido superarlos casi todos, aunque no había conseguido superar el problema de Bishop. Solo había aprendido a vivir con él, y también había aprendido que no podía vivir sin él.

Cuando consiguió quitarse de encima a su esposa, el niño y él habían comenzado a vivir juntos de una forma tranquila y automática como dos solteros cuyos hábitos se acoplan tan bien que ya no necesitan prestarse atención. En invierno lo enviaba a una escuela para niños especiales y el pequeño había avanzado a pasos de gigante. Se lavaba solo, se vestía solo, comía solo, iba al lavabo solo y preparaba sándwiches de mantequilla de cacahuete, aunque a veces ponía la parte untada del pan hacia fuera. En general, Rayber vivía con él sin ser dolorosamente consciente de su presencia, pero a veces llegaban ciertos momentos en que, de algún lugar inexplicable de su fuero íntimo, surgía un amor tan atroz por el niño que luego se pasaba días asombrado y deprimido, temiendo por su cordura. Era solo un leve efecto de la maldición que llevaba en la sangre.

Normalmente veía a Bishop como una x que representaba la monstruosidad general del destino. Él no creía estar hecho a imagen y semejanza de Dios, pero no le cabía duda de que Bishop sí. El niño era parte de una ecuación simple que no requería más soluciones, salvo en los momentos en que, con poco o casi ningún aviso previo, se sentía invadido por un amor horrendo. Cualquier cosa que mirara con excesivo detenimiento podía hacerlo aflorar. Bishop no tenía por qué estar cerca. Podía tratarse de un palo o de una piedra, del contorno de una sombra, de los absurdos andares de estornino del viejo al cruzar la acera. Y cuando, sin darse cuenta, se abandonaba a él, sentía una súbita y morbosa oleada de ese amor que lo aterrorizaba, lo bastante poderosa para postrarlo en un acto de estúpida alabanza. Era algo completamente irrazonable y anormal.

No temía al amor en general. Conocía su valor y cómo se podía utilizar. Lo había visto obrar transformaciones en casos en que todo lo demás había fallado, como con su pobre hermana. Nada de eso guardaba la menor relación con su situación. El amor que se apoderaba de él era de naturaleza completamente distinta. No era del tipo que pudiera emplearse para mejorar al niño o a él mismo. Era amor sin razón, amor por algo sin futuro, amor que parecía existir solo para ser como era, imperioso y exigente, el tipo de amor que lo impulsaría a hacer el ridículo en un instante. Y solo comenzaba con Bishop. Comenzaba con Bishop, y después, como una avalancha, cubría todo lo que su razón detestaba. Aquel amor llegaba siempre acompañado de un enorme anhelo por volver a sentir la mirada del viejo, de aquellos ojos enloquecidos, color pescado, violentos, con su visión imposible de un mundo transfigurado. El anhelo era como una corriente subterránea en su sangre, que lo arrastraba hacia atrás a eso que él sabía que era la locura.

Era un mal de familia. Se mantuvo oculto en la sangre del linaje al que pertenecían, manando de alguna fuente antigua, de algún profeta o estilita, hasta que, con la fuerza aún intacta, se había manifestado en el viejo, en él, y, suponía, también en el muchacho. Aquellos que lo contraían, se veían condenados a combatirlo sin descanso o a ser dominados por él. Al viejo lo había dominado. Y él, a costa de toda una vida, lo mantenía a raya. Lo que haría el muchacho pendía de un hilo.

Rayber había impedido que lo dominara sometiéndose a una especie de rígida disciplina ascética. Nunca miraba nada con excesivo detenimiento, le negaba a sus sentidos satisfacciones innecesarias. Dormía en una estrecha cama de hierro, trabajaba sentado en una silla de respaldo recto, comía frugalmente, hablaba poco y cultivaba la amistad de los más torpes. En su escuela secundaria era el experto en pruebas de aptitud. Todas sus decisiones profesionales eran prefabricadas y no requerían su participación. No se engañaba con que la suya era una vida completa o plena, solo sabía que debía vivir su vida de esa manera si quería que tuviese cierta dignidad. Sabía que estaba hecho de la misma materia que los fanáticos y los locos y que se había desviado de su destino gracias a su sola voluntad. Se mantenía firme sobre una línea muy delgada entre la locura y el vacío, y cuando le llegara la hora de perder el equilibrio, tenía la intención de lanzarse al vacío y caer del lado que eligiera. Reconocía que, a su manera, silenciosamente, llevaba una vida heroica. El muchacho podía seguir su camino o el del viejo Tarwater, y estaba decidido a salvarlo para que emprendiera el mejor. Aunque Tarwater sostenía no creer en nada de lo que el viejo le había enseñado, Rayber veía claramente que las creencias y el miedo obraban en el muchacho como un lastre impidiéndole reaccionar.

Por parentesco, semejanza y experiencia, Rayber era la persona indicada para salvarlo, sin embargo, había algo en el aspecto del muchacho que lo dejaba sin fuerzas, algo en aquel aspecto, algo hambriento, parecía alimentarse de él. Cuando los ojos de Tarwater se posaban en él, se sentía sometido a una presión que mataba su energía antes de que tuviera tiempo de emplearla. Los ojos eran los de su padre loco, cuando era estudiante, la personalidad era la del viejo, y en algún lugar entre ambos, la imagen de Rayber pugnaba por sobrevivir, y él era incapaz de alcanzarla. Después de pasar tres días caminando, Rayber estaba entumecido por la fatiga y atormentado por la sensación de su propia ineficacia. Durante todo el día sus frases no habían conseguido conectar del todo con su pensamiento.

Esa noche habían cenado en un restaurante italiano, oscuro y medio vacío, y había pedido ravioles porque a Bishop le gustaban. Después de cada comida, el muchacho sacaba del bolsillo una hoja de papel y un trozo de lápiz y anotaba lo que, según él, costaba la comida. Llegado el momento, le devolvería el importe total, había dicho, pues no tenía intención de deberle nada a nadie. A Rayber le habría gustado ver las cantidades para saber en cuánto cifraba las comidas que le daba; el muchacho nunca preguntaba los precios. Era remilgado para comer, revolvía la comida en el plato antes de dar cuenta de ella, y tomaba cada bocado como si sospechara que estuviese envenenado. Se había puesto a revolver los ravioles con la cara tensa. Había comido unos cuantos y luego había soltado el tenedor.

—¿No te gustan? —le había preguntado Rayber—. Si no te gustan, puedes pedir otra cosa.

—Esta bazofia la sacan del cubo de la basura —dijo el muchacho.

—Bishop se come los suyos —dijo Rayber. Bishop tenía toda la cara manchada. De vez en cuando echaba una cucharada dentro del azucarero o tocaba el plato con la punta de la lengua.

—Eso dije yo —comentó Tarwater y su mirada rozó la cabeza del niño—, a un puerco le gustaría.

El maestro dejó el tenedor.

Tarwater miraba desafiante las oscuras paredes de la habitación.

—Es como un puerco —dijo—. Come como un puerco y no piensa más que un puerco y cuando se muera, se pudrirá como un puerco. Tú y yo también nos pudriremos como los puercos —dijo, volviendo a mirar la cara moteada del maestro—. La única diferencia entre tú y yo y un puerco es que tú y yo sabemos calcular, pero entre este y un puerco no hay ninguna diferencia.

Dio la impresión de que Rayber rechinaba los dientes. Finalmente dijo:

—Olvídate de que Bishop existe. Nadie te ha pedido que te ocupes de él. No es más que un error de la naturaleza. Trata de no prestarle atención.

—Error mío no es —masculló el muchacho—. No pienso tener nada que ver con él.

—Olvídalo —dijo Rayber, la voz ronca.

El muchacho lo miró extrañado, como si comenzara a percibir su mal secreto. Fue como si lo que veía o creía ver le resultara macabramente divertido.

—Salgamos de aquí —dijo—, y sigamos caminando.

—Esta noche no vamos a caminar —dijo Rayber—. Nos iremos a casa, a dormir. —Lo dijo con una firmeza y una decisión que nunca había empleado. El muchacho se limitó a encogerse de hombros.

Mientras Rayber estaba acostado y veía oscurecerse la ventana, sintió que los nervios se le tensaban en el cuerpo como cables de alta tensión. Intentó relajar un músculo a la vez, como recomendaban los libros, empezando por los de la nuca. Borró todo de la mente, menos el perfil apenas visible del seto recortado contra el mosquitero. Y permaneció alerta por si oía algún sonido. Mucho después de quedarse totalmente a oscuras, seguía alerta, sin poder relajarse, dispuesto a levantarse de un salto al menor crujido del entablado del vestíbulo. De repente se sentó en la cama, completamente despierto. Una puerta se abrió y se cerró. Saltó de la cama y cruzó corriendo el vestíbulo hasta el cuarto de enfrente. El muchacho no estaba. Corrió de vuelta a su cuarto y se puso los pantalones encima del pijama. Agarró la chaqueta y salió de la casa por la cocina, descalzo, los dientes apretados.

5

Se arrastró por el césped oscuro y húmedo en dirección a la calle, manteniéndose pegado a su lado del seto. La noche era cerrada y muy tranquila. Se encendió una luz en una ventana de la casa vecina y alumbró el sombrero al final del seto. El sombrero giró un poco, y debajo de él, Rayber vio el perfil afilado, la mandíbula prominente, muy parecida a la suya. El muchacho se paró en seco, seguramente para orientarse y decidir hacia dónde echar a andar.

Daba vueltas y más vueltas y Rayber solo veía el sombrero, encasquetado con intransigencia, feroz incluso bajo aquella luz tenue. Tenía el mismo aire desafiante del muchacho, como si a lo largo de los años la forma hubiese sido moldeada por su personalidad. Fue la primera cosa que Rayber había decidido eliminar. El sombrero se alejó de pronto de la luz y desapareció.

Rayber se escabulló a través del seto y lo siguió, descalzo como estaba, sin hacer ruido. Nada proyectaba sombras. Apenas alcanzaba a distinguir al muchacho, que le llevaba un cuarto de manzana de ventaja, salvo cuando ocasionalmente la luz de una ventana iluminaba unos instantes su perfil. Como Rayber no sabía si el mu-

chacho pensaba irse para siempre o había salido a dar un paseo por
su cuenta, decidió no llamarlo para que se detuviera, sino seguirlo
en silencio y observarlo. Desconectó el audífono y persiguió la silueta borrosa como en un sueño. De noche el muchacho caminaba más deprisa que de día y siempre estaba a punto de desaparecer.

Rayber notó el ritmo acelerado de su corazón. Sacó un pañuelo del bolsillo y se secó la frente y la nuca bajo el cuello del pijama.
Pisó algo pegajoso en la acera y se apartó rápidamente, maldiciendo por lo bajo. Tarwater iba rumbo a la ciudad. Lo más probable,
pensó Rayber, era que regresara a ver algo que secretamente le había interesado. Tal vez esa noche descubriera lo que habría averi-
guado mediante las pruebas si el muchacho no hubiese sido tan
testarudo. Sintió el placer insidioso de la venganza y lo refrenó.

Se despejó un trozo de cielo, revelando por un instante las siluetas de los tejados. Tarwater dobló de repente a la derecha. Rayber se maldijo por haber salido a toda prisa sin pararse a ponerse
los zapatos. Habían llegado a un barrio de casas de huéspedes,
grandes y destartaladas, en cuyos porches lindantes con las aceras
la gente seguía meciéndose y contemplando la calle a pesar de la
hora. En la oscuridad notó unos ojos posarse en él y volvió a conectar el audífono. En uno de los porches, una mujer se levantó y
se acodó a la barandilla. Puso los brazos en jarras y lo miró de arriba abajo, fijándose en los pies descalzos, la chaqueta del pijama a
rayas debajo del traje de cloqué. La miró a su vez, irritado. La forma en que la mujer estiró el cuello indicaba que había llegado a
una conclusión. Rayber se abrochó la chaqueta y siguió su camino.

El muchacho se detuvo en la esquina siguiente. Su delgada
sombra, proyectada por la luz de una farola, se inclinaba a su lado.

La sombra del sombrero, como un bulto en lo alto, giró a la derecha y luego a la izquierda. Al parecer el muchacho estaba considerando hacia dónde ir. Rayber notó de repente que le pesaban todos los músculos. No fue consciente de la fatiga hasta que aminoró el paso.

Tarwater dobló a la izquierda y Rayber echó a andar otra vez con rabia. Bajaron por una calle de tiendas ruinosas. Cuando Rayber dobló la siguiente esquina, la llamativa caverna de un cine se abrió a su lado. Delante del cine había un puñado de niños.

—¡Se te olvidaron los zapatos! —exclamó uno de ellos alegremente—. ¡Se te olvidó la camisa!

Rayber emprendió una especie de carrera renqueante.

El coro lo siguió calle abajo:

—¡Jaiyó, Silver, a Toro se le perdió el calzón y a mí me importa un pimentón!

Enfurecido, mantuvo la vista clavada en Tarwater, que en ese momento doblaba a la derecha. Cuando llegó a la esquina, vio al muchacho parado en mitad de la calle, delante de un escaparate. Se escondió cerca de allí, en un estrecho zaguán donde un tramo de escaleras ascendía hacia la oscuridad. Después se asomó.

La cara de Tarwater quedó extrañamente iluminada por el escaparate que estaba mirando. Rayber lo observó con curiosidad durante unos instantes. Se le antojó que era como la cara de un hambriento que se encuentra con una mesa puesta y no puede alcanzar la comida. Por fin algo que *quiere*, pensó, y decidió que al día siguiente regresaría a comprárselo. Tarwater alargó la mano para tocar el cristal y luego la retiró despacio. Siguió allí de pie, como si no pudiera apartar los ojos de la cosa que quería. Quizá se trate de una tienda de mascotas, pensó Rayber. A lo mejor quiere un perro. Un perro podría cambiar las cosas por completo. El muchacho se alejó de golpe y siguió su camino.

Rayber salió del zaguán y se acercó al escaparate que el muchacho acababa de dejar atrás. Se quedó de una pieza. La tienda era una panadería. El escaparate estaba vacío, salvo por una hogaza de pan en un rincón, que tal vez alguien había dejado olvidada cuando vació el estante antes de cerrar. Intrigado, miró el escaparate vacío durante un momento antes de seguir al muchacho. Una falsa alarma, pensó con indignación. Si hubiese cenado, no tendría hambre. Se cruzó con un hombre y una mujer que observaron con interés sus pies descalzos. Les lanzó una mirada colérica, y al apartar la vista, vio su pálido reflejo, febril y nervioso, en el escaparate de una zapatería. El muchacho desapareció súbitamente por un callejón. Dios mío, pensó Rayber, ¿cuánto más vamos a seguir así?

Enfiló el callejón sin asfaltar y estaba tan oscuro que le fue imposible ver a Tarwater. Tenía la certeza de que de un momento a otro iba a cortarse los pies con algún vidrio roto. Se topó entonces con un cubo de basura. Se oyó un ruido, como si se hubiese derrumbado una casa de lata, y se encontró sentado con la mano y un pie metidos en algo indefinible. Se levantó con dificultad, siguió adelante renqueando, al tiempo que oía sus propias maldiciones, como la voz de un extraño a través del audífono. Al final del callejón, vio la figura delgada en mitad de la calle siguiente, y presa de una rabia inesperada, echó a correr.

El muchacho se metió en otro callejón. Rayber siguió corriendo obstinadamente. Al final del segundo callejón, el muchacho dobló a la izquierda. Cuando Rayber llegó a esa calle, lo vio inmóvil en mitad de la manzana siguiente. Tras echar una mirada furtiva a su alrededor, Tarwater desapareció, al parecer en el interior del edificio frente al cual se había parado. Rayber salió corriendo. Cuando llegó al lugar, unos cánticos le estallaron monótonos en los tímpanos. En la oscuridad, dos ventanas azules y amarillas destellaban frente a él como los ojos de una bestia bíblica. Se detuvo delante del letrero y leyó las palabras socarronas: QUIEN NO NACIERE DE NUEVO...

Que la corrupción del muchacho fuera tan profunda no lo sorprendió. Lo trastornaba la idea de que lo que impulsaba a Tarwater a entrar en aquel espantoso templo fuese su propia imagen aprisionada. Enfurecido, rodeó el edificio en busca de una ventana a la que asomarse para ver la cara del muchacho entre la multitud. Cuando lo viera, le pediría a gritos que saliera. Las ventanas del frente eran demasiado altas, pero hacia el fondo, encontró una más baja. Se abrió paso a través del arbusto desgreñado que había debajo, y con la barbilla justo a la altura del alféizar, se asomó a una especie de pequeña antesala. En el extremo opuesto se abrió una puerta que daba a un escenario donde un hombre con traje azul brillante, iluminado por un foco, dirigía un himno. Rayber no alcanzaba a ver el cuerpo principal del edificio donde se congregaba la gente. Se disponía a alejarse cuando el hombre marcó la conclusión del himno y empezó a hablar.

—Amigos —dijo—, ha llegado la hora. La hora que todos estábamos esperando esta noche. Jesús dijo que dejaran que los niños fueran a Él, y que no se lo prohibieran, tal vez porque sabía que serían los niños los que llevarían a otros hasta Él. Tal vez Él lo sabía, amigos, tal vez tuvo una corazonada.

Rayber escuchaba indignado, demasiado exhausto para alejarse después de haberse detenido.

—Amigos —continuó el predicador—, Lucette ha viajado por el mundo entero para hablarle a la gente de Jesús. Ha estado en la India y la China. Ha hablado con todos los gobernantes del mundo. Jesús es maravilloso, amigos. ¡Nos enseña sabiduría por boca de las criaturas!

Otro niño explotado, pensó Rayber lleno de furia. La idea de que deformaran la mente de un niño, de que apartaran a un niño de la realidad, siempre lo sacaba de sus casillas y le recordaba la seducción padecida en su propia niñez. Mirando desafiante el foco, vio a aquel hombre como una imagen borrosa a través de la cual recorrer toda su vida hasta encontrarse frente a frente con los ojos color pescado del viejo. Se vio a sí mismo tomar la mano tendida, salir inocentemente de su propio jardín y entrar inocentemente en seis o siete años de irrealidad. Cualquier otro niño se habría librado del hechizo en una semana. Él no fue capaz. Había analizado su caso y lo había cerrado. Sin embargo, de vez en cuando revivía los cinco minutos que había necesitado su padre para arrancarlo de Powderhead. A través de la imagen borrosa del hombre en el escenario, como si estuviera viendo una pesadilla transparente, revivió la experiencia. Él y su tío estaban sentados en los escalones de la casa de Powderhead, observando a su padre salir del bosque y avistarlos desde el otro extremo del campo. Su tío se inclinaba hacia adelante, con los ojos entrecerrados, y él seguía sentado con los puños cerrados entre las rodillas, el corazón taladrándole el pecho, mientras su padre se acercaba más y más.

—Lucette viaja con sus padres y ahora los voy a presentar,

porque una madre y un padre deben ser desinteresados para compartir a su única hija con el mundo entero —dijo el predicador—. Amigos míos, con ustedes... ¡el señor y la señora Carmody!

Mientras un hombre y una mujer se colocaban bajo la luz del foco, Rayber tuvo una visión clara del suelo arado, de los rojos caballones umbríos que lo separaban de la delgada figura que se aproximaba. Se había permitido imaginar que en el campo había una corriente subterránea que arrastraría a su padre hacia atrás hasta tragárselo, pero su padre avanzaba inexorable, deteniéndose solo de vez en cuando para meterse un dedo en el zapato y quitarse algún terrón.

«Me va a llevar de vuelta con él», dijo.

«¿De vuelta adónde? —masculló su tío—. No tiene adónde llevarte de vuelta.»

«¿No puede llevarme de vuelta?»

«No donde estabas antes.»

«¿No puede llevarme de vuelta a la ciudad?»

«Yo no hablé nunca de la ciudad», dijo su tío.

Rayber vio vagamente que el hombre bajo la luz del foco se había sentado, pero la mujer seguía de pie. Ella pasó a ser una imagen borrosa y Rayber volvió a ver a su padre, acercándose más y más, y sintió el impulso de levantarse de un salto, cruzar a la carrera la casa de su tío, salir disparado por la parte de atrás y perderse en el bosque. Habría corrido por el sendero, que entonces le resultaba familiar, y resbalando y tropezando en la pinaza encerada, habría bajado más y más, sin dejar de correr hasta llegar al cañaveral de bambú, lo habría atravesado para salir al otro lado, se habría dejado caer en el arroyo y se habría quedado allí, jadeando y resollando, a salvo, en el lugar donde había nacido de nuevo, donde su tío le había sumergido la cabeza en el agua, para hacerla emerger a una nueva vida. Sentado en los escalones, le temblaron los músculos de las piernas, como disponiéndose a levantarlo de un salto, pero siguió absolutamente inmóvil. Veía la línea de la boca de su padre, la línea que había superado el punto de la exasperación, el punto de la cólera clamorosa hasta convertirse en una especie de ira candente que lo alimentaría durante meses.

Mientras la evangelista alta y huesuda hablaba de las privaciones que había soportado, él veía a su padre acercarse al borde del corral y apoyar el pie en la tierra apisonada, la cara húmeda y sonrosada tras el esfuerzo de cruzar un campo. Respiraba con dificultad, entrecortadamente. Por un momento dio la impresión de que iba a tender la mano para agarrarlo, pero se quedó donde estaba. Sus ojos pálidos recorrieron con cuidado la pétrea figura que, desde los escalones, lo miraba fijamente, las manos enrojecidas apretadas sobre los gruesos muslos, y la escopeta tirada en el porche.

«Su madre quiere que el niño vuelva, Mason. No sé por qué. Por mí podrías quedártelo, pero ya sabes cómo es ella.»

«Una puta borracha», masculló su tío.

«Es tu hermana, no la mía —dijo su padre—. Muy bien, chico, date prisa», añadió haciendo un gesto brusco en su dirección.

Con una voz aguda y aflautada le explicó el motivo exacto por el que no podía regresar: «He nacido de nuevo».

«Estupendo, estupendo —dijo su padre. Dio un paso al frente, lo agarró del brazo, tiró de él, lo postró a sus pies y añadió—: Me alegro que te ocuparas de él, Mason. Un baño más o menos no le hará daño al granuja.»

No le dio tiempo a ver la cara de su tío. Su padre ya había saltado al campo arado y lo arrastraba entre los surcos mientras los perdigones cortaban el aire por encima de sus cabezas. Los hombros de Rayber, justo debajo del alféizar de la ventana, dieron un respingo. Sacudió la cabeza para despejarse.

—Durante diez años fui misionera en la China —decía la mujer—, durante cinco años fui misionera en África y estuve un año de misionera en Roma, donde las mentes siguen encadenadas a las tinieblas sacerdotales. Pero los últimos seis años, mi marido y yo hemos viajado por todo el mundo con nuestra hija. Han sido años de padecimiento y dolor, años de privaciones y sufrimiento.

Vestía una capa larga y teatral, que llevaba con un extremo echado sobre el hombro para que se viera el forro rojo.

De repente, la cara de su padre se encontró muy cerca de la suya. «Volvemos al mundo real, chico —le decía—, volvemos al mundo real. Y el mundo real soy yo, no él, ¿lo entiendes? Soy yo, no él.» Y se oyó a sí mismo gritar: «¡Es él! ¡Él! ¡Él y no tú! ¡He nacido de nuevo y no hay nada que puedas hacer!».

«¡Por los clavos de Cristo! —gritó su padre—. Cree lo que te dé la gana. ¿Qué más da? Ya te enterarás cuando te llegue la hora.»

El tono de la mujer había cambiado. El matiz avaricioso de su voz llamó la atención de Rayber.

—No nos ha sido fácil. Hemos sido un equipo que ha trabajado mucho por Cristo. La gente no siempre se ha mostrado generosa con nosotros. Solo aquí hay gente generosa de verdad. Yo soy de Texas y mi marido de Tennessee, pero viajamos por el mundo entero. Sabemos —dijo con voz profunda y suave— dónde la gente es realmente generosa.

Rayber no pudo contenerse y prestó atención. Se sintió aliviado de su dolor cuando comprobó que a la mujer solo le interesaba el dinero. Oyó el tintineo de las monedas al caer en un plato.

—Nuestra hijita comenzó a predicar a los seis años. Nos dimos cuenta de que tenía una misión, de que había sido llamada. Nos dimos cuenta de que no podíamos guardarla solo para nosotros, así que soportamos muchas privaciones para entregársela al mundo, para traerla aquí esta noche con vosotros. Para nosotros, sois tan importantes como los grandes gobernantes del mundo.

En ese punto, levantó el extremo de la capa y desplegándola como un mago, hizo una profunda reverencia. Tras un instante irguió la cabeza, miró con fijeza al frente como si se encontrara ante unas vistas maravillosas y desapareció del escenario. Una niña avanzó renqueando y se detuvo bajo la luz del foco.

Rayber se encogió. Con solo verla se dio cuenta de que no era una farsante, sino simplemente una explotada. Tendría once o doce años, la carita delicada, una melena negra que parecía demasiado espesa y pesada para que una niña tan frágil cargara con ella. Vestía una capa como la de su madre, con un extremo echado sobre un hombro, y la falda era corta, para dejar bien a la vista las piernecitas flacas, torcidas de la rodilla para abajo. Alzó un instante los brazos por encima de la cabeza.

—Quiero contaros la historia del mundo —dijo alto y claro con voz de niña—. Quiero contaros por qué vino Jesús y lo que le pasó. Quiero contaros cómo volverá a venir. Y os quiero pedir que estéis preparados. Sobre todo, os quiero pedir que estéis preparados para que el último día os podáis levantar en gloria del Señor.

La furia de Rayber abarcaba a los padres, al predicador, a todos los idiotas que no lograba ver y que, sentados delante de la niña, eran cómplices de su degradación. Ella creía en lo que decía, estaba cerrada a cal y canto en aquella idea, encadenada de pies y manos, exactamente igual que había estado él, como solo un niño puede estarlo. Rayber sintió otra vez en la lengua, como una hostia amarga, el sabor de su sufrimiento infantil.

—¿Sabéis quién es Jesús? —gritó la niña—. Jesús es la Palabra de Dios, Jesús es amor. La Palabra de Dios es amor, ¿y sabéis lo que es el amor? ¿Lo sabéis acaso? Si no sabéis lo que es el amor, no reconoceréis a Jesús cuando venga. No estaréis preparados. Os quiero contar a todos vosotros la historia del mundo, que no supo cuándo llega el amor, para que cuando el amor venga, os encuentre preparados.

Se paseaba por el escenario, frunciendo el ceño como si quisiera ver a la gente a través del círculo de intensa luz que la seguía.

—Escuchadme todos —dijo—. Dios estaba airado contra el mundo porque el mundo siempre quería más. Quería cuanto Dios tenía y aunque no sabía qué tenía Dios, el mundo quería eso y mucho más. Y quería el mismo aliento de Dios, quería Su Palabra misma y entonces Dios dijo: «Convertiré mi Palabra en Jesús, les daré mi Palabra como rey, les daré mi propio aliento».

»Escuchadme todos —dijo y extendió los brazos cuan largos eran—, Dios le dijo al mundo que le enviaría un rey y el mundo esperó. Y el mundo pensó: Un vellocino de oro le servirá de cama. Oro y plata y colas de pavo real, mil soles en una cola de pavo real serán Su faja. Su madre viajará a lomos de una bestia blanca de cuatro cuernos y el crepúsculo le servirá de manto. Lo arrastrará por el suelo, a sus espaldas, dejará que el mundo lo haga pedazos, y cada atardecer tendrá uno nuevo.

Para Rayber la niña era como uno de esos pájaros a los que se deja ciegos para que canten más dulcemente. Su voz tenía el tono de una campana de cristal. La piedad de Rayber abarcaba a todos los niños explotados, a él mismo cuando era niño, a Tarwater explotado por el viejo, a esa niña explotada por sus padres, a Bishop explotado por el mero hecho de estar vivo.

—El mundo dijo: «Señor, ¿cuánto tendremos que esperar?». Y el Señor dijo: «Mi Palabra vendrá, mi Palabra vendrá de la casa de David, el rey».

La niña hizo una pausa, volvió la cabeza a un lado, apartándola de la intensa luz. Su mirada oscura se paseó lenta hasta posarse en la cabeza de Rayber asomada a la ventana. Él le devolvió la mirada. Los ojos de la niña permanecieron un instante en su cara. Lo recorrió un profundo estremecimiento. Tuvo la certeza de que la niña había mirado directamente en su corazón y visto su piedad. Sintió que entre ambos se había establecido un vínculo misterioso.

—«Mi Palabra vendrá» —dijo ella, volviendo la cara hacia el resplandor—, «mi Palabra vendrá desde la casa de David, el rey.»

Reemprendió el discurso con tono de endecha.

—Jesús nació sobre un lecho de fría paja y el aliento de un buey le dio calor. «¿Quién es este?», preguntó el mundo. «¿Quién es este niño morado de frío y quién es esta mujer, desangelada como el invierno? ¿Es esta la Palabra de Dios, este niño morado de frío? ¿Es esta Su voluntad, esta mujer desangelada como el invierno?»

»¡Escuchadme todos! —gritó la niña—, en el fondo de su corazón, el mundo lo sabía, igual que, en el fondo de nuestros corazones lo sabemos todos. El mundo dijo: "El amor es cortante como el viento frío y la voluntad de Dios, desangelada como el invierno. ¿Dónde está el verano de la voluntad de Dios? ¿Dónde están las verdes estaciones de la voluntad de Dios? ¿Dónde están la primavera y el verano de la voluntad de Dios?".

»Tuvieron que huir a Egipto —dijo en voz baja, y una vez más volvió la cabeza, y esta vez sus ojos se posaron directamente en la cara de Rayber asomada a la ventana, y él supo que lo buscaban. Se sintió atrapado en su mirada, inmovilizado ante el tribunal de sus ojos—. Vosotros y yo sabemos —dijo la niña, volviéndose una vez más— lo que el mundo esperaba entonces. El mundo esperaba que el viejo Herodes diera muerte al niño adecuado, el mundo esperaba que el viejo Herodes no se cobrara la vida de esos niños, pero se las cobró. No encontró al adecuado. Jesús creció y resucitó a los muertos.

Rayber sintió que su espíritu se elevaba. ¡Pero esos muertos no!, gritó, ¡los niños inocentes no, tú no, yo no cuando era niño, Bishop no, Frank no!, y tuvo una visión en la que se vio a sí mismo recorriendo el mundo como ángel vengador, recogiendo a todos los niños que el Señor, y no Herodes, había matado.

—Jesús creció y resucitó a los muertos —aulló la niña—, y el mundo gritó: «Deja en paz a los muertos. Los muertos, muertos están y así pueden quedarse. ¿Para qué queremos a los muertos vivos?». ¡Escuchad lo que os digo! —gritó—. Clavaron a Jesús en la cruz y le atravesaron el costado con una lanza y dijeron: «Ahora tendremos un poco de paz, ahora estaremos tranquilos». Y no habían terminado de decirlo y ya estaban deseando que Él volviera. Los ojos del mundo se abrieron y vieron la gloria que habían matado.

»Escuchadme todos —gritó ella, levantando los brazos de manera que la capa voló a sus espaldas—, ¡Jesús vendrá de nuevo! Las montañas se echarán a Sus pies como perros, las estrellas se posarán sobre Su hombro, y cuando Él lo llame, el sol caerá como un ganso para Su banquete. ¿Reconoceréis al Señor Jesucristo entonces? Las montañas lo reconocerán y se inclinarán, las estrellas alumbrarán sobre Su cabeza, el sol caerá a Sus pies, ¿pero reconoceréis vosotros al Señor Jesucristo?

Rayber se vio huyendo con la niña a un jardín vallado donde le enseñaría la verdad, donde reuniría a todos los niños explotados del mundo y dejaría que el sol inundara sus mentes.

—Si no lo reconocéis ahora, no lo reconoceréis entonces. Escuchadme todos, y que el mundo atienda esta advertencia. ¡La Palabra Santa está en mi boca!

»¡La Palabra Santa está en mi boca! —repitió y volvió a posar los ojos en la cara asomada a la ventana. Esta vez se apreciaba una hosca concentración en su mirada. Rayber había conseguido que desviara por completo su atención de los fieles.

¡Vente conmigo!, le imploró en silencio, ¡y te enseñaré la verdad, te salvaré, hermosa niña!

Sin apartar de él la vista, la niña gritó:

—¡He visto al Señor en un árbol de fuego! ¡La Palabra de Dios es una Palabra ardiente y os quemará hasta dejaros limpios! —Se movió en dirección a él, olvidándose por completo de la gente que tenía delante. A Rayber se le desbocó el corazón. Sintió entre ambos una especie de comunicación milagrosa. En todo el mundo solo la niña estaba destinada a entenderlo—. Quemará al mundo, a hombres y niños por igual —gritó la niña clavando en él la vista—, nadie se librará.

La niña se detuvo antes de llegar al final del escenario y guardó silencio, centrando toda su atención al otro lado de la pequeña estancia, en la cara de Rayber asomada en el alféizar. Los ojos de la niña eran grandes, oscuros y temibles. Él sintió que en el espacio que los separaba, sus espíritus habían roto los vínculos de la edad y la ignorancia para unirse en un inaudito conocimiento mutuo. El silencio de la niña lo dejó paralizado. De improviso, ella levantó el brazo y señaló hacia su cara.

—Escuchadme todos —chilló—. ¡Veo ante mis ojos un alma condenada! Veo a un hombre muerto al que Jesús no ha resucitado. ¡Su cabeza está en la ventana pero hace oídos sordos a la Palabra Santa!

Como alcanzada por un rayo invisible, la cabeza de Rayber cayó del alféizar. Rayber se agachó en el suelo, los ojos detrás de las gafas brillaban entre los arbustos. Dentro, ella siguió chillando:

—¿Estás sordo a la Palabra del Señor? ¡La Palabra de Dios es una Palabra ardiente que te quemará hasta dejarte limpio, quema a hombres y niños, a hombres y niños por igual! ¡Escuchadme todos! ¡Salvaos en el fuego del Señor o pereced en el vuestro! ¡Salvaos en…!

Rayber se palpaba el cuerpo desesperadamente, dándose golpes en los bolsillos de la chaqueta, la cabeza, el pecho, incapaz de encontrar el interruptor para apagar la voz. Entonces su mano dio con el botón y lo pulsó. Un alivio oscuro y silencioso lo acogió como un refugio después de un viento martirizante. Siguió un rato sentado, sin bríos, detrás del arbusto. Entonces recordó el motivo por el que estaba allí y sintió una momentánea aversión hacia el muchacho que, poco antes, lo habría hecho estremecer. Solo quería volver a casa y dejarse caer en la cama, regresara o no el muchacho.

Salió de entre los arbustos y echó a andar hacia el frente del edificio. Al doblar en dirección a la acera, la puerta del templo se abrió de par en par y Tarwater se lanzó a la calle. Rayber se detuvo en seco.

El muchacho se enfrentó a él, la cara extrañamente cambiante como si el asombro se fuera depositando en ella, capa tras capa, hasta formar una nueva expresión. Al cabo de un momento, levantó el brazo en un gesto indeciso de saludo. Fue como si al ver a Rayber sintiera el mismo alivio que si lo hubiesen rescatado.

La cara de Rayber tenía ese aire inexpresivo que se le ponía cuando llevaba el audífono apagado. Fue incapaz de ver la expresión del muchacho. Su ira lo destruía todo menos los rasgos generales de la silueta del muchacho y los veía moldeados en una forma irreversible de desafío. Lo aferró con violencia del brazo y se lo llevó calle abajo. Los dos caminaban deprisa, como si no vieran la hora de alejarse de allí cuanto antes. Al llegar al cabo de la calle, Rayber se detuvo, lo obligó a darse la vuelta y lo fulminó con la mirada. La ira le impidió distinguir la sumisión reflejada por primera vez en los ojos del muchacho. Encendió el audífono y dijo lleno de rabia:

—Espero que hayas disfrutado del espectáculo.

Tarwater movió los labios convulsivamente. Luego murmuró:

—Yo nada más fui para escupirle encima.

El maestro siguió mirándolo ceñudo.

—No estoy tan seguro.

El muchacho no contestó. Dentro del edificio parecía haber

sufrido una gran impresión que le hubiese atenazado la lengua para siempre.

Rayber se dio media vuelta y se alejaron andando en silencio. En cualquier punto del recorrido, podía haber puesto la mano en el hombro que tenía a su lado y no se la habrían apartado, pero no hizo el menor intento. Su cabeza era un hervidero de antiguas iras. De pronto le vino a la mente la tarde en que conoció con todo detalle cómo sería el futuro de Bishop. Se vio a sí mismo, rígido, cara a cara con el médico, un hombre que le había recordado a un toro, circunspecto, insensible, con la cabeza puesta ya en el siguiente caso. Le había dicho: «Debería estar agradecido de que el niño tenga buena salud. Porque he visto casos en que, además, nacen ciegos, algunos sin brazos ni piernas, y otro con el corazón fuera».

Se había levantado de un salto, casi dispuesto a golpear al médico. «¿Cómo puedo estar agradecido —había dicho entre dientes— cuando uno…, aunque sea solo uno, ha nacido con el corazón fuera?»

«Más vale que lo intente», le había dicho el médico.

Tarwater caminaba algo rezagado y Rayber no se dignó mirarlo siquiera. Su furia parecía surgir de recónditas profundidades que durante años habían estado en calma, y abrirse paso hacia la superficie, acercándose más y más a las finas raíces de su paz. Cuando llegaron a la casa, entró y se fue directo a la cama sin volverse a mirar la cara blanca del muchacho que, agotada pero expectante, se entretuvo un momento en el umbral de su puerta como esperando que la invitaran a entrar.

6

Al día siguiente, demasiado tarde, Rayber tuvo la sensación de haber perdido una oportunidad. La cara de Tarwater se había vuelto a endurecer y el brillo acerado de sus ojos era como el destello de una puerta metálica sellada para impedir el paso a los intrusos. Rayber se sintió aquejado de una rara y escalofriante claridad de juicio en la que se veía dividido en dos: un yo violento y otro racional. El yo violento lo impulsaba a ver al muchacho como a un enemigo y sabía que nada entorpecería tanto su avance en el caso como ceder a ese impulso. Se había despertado tras un sueño enloquecido en el que perseguía a Tarwater por un callejón interminable que, al doblar súbitamente sobre sí mismo, invertía los papeles de perseguido y perseguidor. El muchacho lo adelantaba propinándole un estruendoso golpe en la cabeza y luego desaparecía. Y su desaparición le producía un sentimiento de liberación tan abrumador que Rayber había despertado con la agradable ilusión de que su invitado se había ido. Se avergonzó enseguida de semejante sentimiento. Se decidió por un plan racional y extenuante para ese día, y alrededor de las diez de la mañana, los tres estaban de camino al museo de historia natural. Su intención era abrirle la mente al muchacho, iniciándolo en el conocimiento de su antepasado, el pez, y de los largos períodos de tiempo inexplorado.

Recorrieron parte de la zona donde habían estado la noche anterior, pero no comentaron nada sobre aquella excursión. Salvo por las ojeras de Rayber, ninguno de los dos conservaba señal alguna de la experiencia. Bishop avanzaba pisando fuerte, agachándose de vez en cuando a recoger algo de la acera, mientras Tarwater, para evitar contaminarse con ellos, caminaba como a un metro, ligeramente adelantado. Debo tener una paciencia infinita, debo tener una paciencia infinita, repetía Rayber para sus adentros.

El museo se encontraba al otro lado del parque, que no habían cruzado nunca. Cuando estuvieron cerca, el muchacho palideció, como sorprendido de ver un bosque en medio de la ciudad. Una vez en el parque, se detuvo y echó una mirada hostil a su alrededor, a los inmensos árboles cuyas viejas ramas susurrantes se entrecruzaban allá en lo alto. Las manchas de luz que se filtraban a través del ramaje salpicaban de sol los senderos de cemento. Rayber notó que algo molestaba al muchacho. Y se dio cuenta de que el lugar le recordaba a Powderhead.

—Sentémonos —dijo, pues quería descansar y analizar la agitación del muchacho.

Se sentó en un banco y estiró las piernas al frente. Dejó que Bishop se le subiera al regazo. El niño llevaba los zapatos desatados y se los ató, haciendo caso omiso del muchacho que seguía de pie, con cara de furiosa impaciencia. Cuando terminó de atarle los zapatos, siguió sujetando al niño, despatarrado y sonriente, sobre su regazo. La cabecita blanca del pequeño cabía debajo de su mentón. Por encima de ella, Rayber no miraba nada en especial. Entonces cerró los ojos, y en la oscuridad que lo aislaba, se olvidó de la presencia de Tarwater. Sin previo aviso, su odiado amor lo apretó como una prensa. Debería haber sabido que no debía dejar que el niño se le sentara en el regazo.

La frente se le perló de sudor; era como si estuviese clavado al banco. Sabía que si conseguía conquistar el dolor una sola vez, enfrentarse a él, y en un esfuerzo supremo de voluntad, negarse a sentirlo, sería un hombre libre. Abrazó a Bishop rígidamente. Pese a que el niño era quien desencadenaba el dolor, también lo limitaba, lo contenía. Lo supo aquella tarde terrible en que había intentado ahogarlo.

Lo había llevado a la playa, a más de trescientos kilómetros de casa, con la intención de provocar el accidente lo más deprisa posible y regresar desconsolado. Era un día de mayo precioso y sin viento. La playa, casi desierta, se abría interminable a la gradual ondulación del mar. Había poco que ver aparte de la expansión de agua, cielo y arena, y alguna figura ocasional, como un palito en la distancia. Rayber había cargado con él a hombros, y cuando el agua le llegó al pecho, había bajado al niño feliz, lo había sostenido en el aire y luego lo había sumergido rápidamente, de espaldas, manteniéndolo debajo del agua, sin mirar hacia abajo para ver qué hacía, sino hacia arriba, al cielo, imperturbable testigo, no del todo azul, no del todo blanco.

Bajo sus manos, una presión atroz había comenzado a empujar hacia arriba mientras él, inexorablemente, ejercía más y más fuerza hacia abajo. Por un momento tuvo la sensación de que trataba de someter a un gigante. Asombrado, se permitió mirar. Debajo del agua, la cara, presa de una furia primitiva por salvarse, se contraía en una mueca iracunda. Rayber disminuyó de inmediato la presión. Entonces, cuando se dio cuenta de lo que acababa de hacer, empujó otra vez rabiosamente con todas sus fuerzas hasta que la lucha cesó bajo sus manos. Se quedó en el agua, sudando, con la boca tan floja como la había tenido el niño. El cuerpo, arrastrado por la resaca, estuvo a punto de alejarse, pero él consiguió recuperar la compostura y agarrarlo. Después, mientras lo miraba, experimentó un instante de pánico absoluto en el que imaginó su vida sin el niño. Y entonces se puso a gritar como un desaforado. Salió pesadamente del agua con el cuerpo inerte en brazos. La playa, que antes le había parecido desierta, se pobló de desconocidos que de todas partes acudían en su ayuda. Un hombre calvo con pantalón corto de rayas multicolores se puso enseguida a practicarle la respiración boca a boca. Aparecieron tres mujeres gimientes y un fotógrafo. Al día siguiente, en el diario publicaron una foto en la que aparecía el salvador, el trasero a rayas en primer plano, afanándose por auxiliar al niño. Rayber estaba arrodillado a su lado, mirando con expresión desesperada. El pie de foto decía, PADRE EXULTANTE PRESENCIA LA REANIMACIÓN DE SU HIJO.

La voz ronca del muchacho interrumpió sus pensamientos.

—¡Lo único que haces es cuidar a un idiota!

El maestro abrió los ojos, inyectados de sangre, la mirada distraída. Era como si estuviese recobrando el conocimiento tras un golpe en la cabeza.

Tarwater miraba colérico hacia un lado.

—Levántate si vas a venir —dijo—, y si no, me voy a seguir con mis asuntos.

Rayber no contestó.

—Adiós —dijo Tarwater.

—¿Y dónde están esos asuntos tuyos? —preguntó Rayber con acritud—. ¿En otro templo?

El muchacho se puso colorado. Abrió la boca y no dijo nada.

—Cuido de un idiota al que te da miedo mirar —dijo Rayber—. Míralo a la cara.

Tarwater echó un vistazo por encima de la cabeza de Bishop y durante un momento, clavó allí los ojos como quien mantiene un dedo en la llama de una vela.

—Más miedo me daría mirar a un perro —dijo y le dio la espalda. Al cabo de un momento, como si continuara la misma conversación, masculló—: Para el caso, bautizarlo a él sería lo mismo que bautizar a un perro.

—¿Quién ha hablado de bautizar a nadie? —dijo Rayber—. ¿Es una de tus obsesiones? ¿Has heredado esa afición del viejo?

El muchacho se dio la vuelta y quedaron frente a frente.

—Ya te dije que fui para escupirle encima —contestó secamente—. No te lo pienso repetir.

Rayber lo observó en silencio. Sintió que sus propias palabras amargas lo habían ayudado a recuperarse. Apartó a Bishop y se puso de pie.

—Vamos pues —dijo. No tenía intención de seguir discutiendo, pero mientras caminaban en silencio, lo pensó mejor.

—Escúchame, Frank. No tengo dudas de que fueras para escupirle encima. Ni por un segundo he dudado de tu inteligencia.

Cuanto has hecho, tu misma presencia aquí prueba que estás por encima de tus orígenes, que has roto con el techo que el viejo te impuso. Al fin y al cabo, te escapaste de Powderhead. Tuviste el valor de ocuparte de él de la manera más rápida, y de salir de ahí enseguida. Y una vez que saliste de ahí, viniste directamente al lugar adecuado.

El muchacho estiró el brazo, arrancó una hoja de la rama de un árbol y la mordisqueó. Puso cara de disgusto. Hizo una bola con la hoja y la lanzó lejos. Rayber siguió hablando, la voz distante, como si no tuviera ningún interés especial en el asunto, y la suya fuera simplemente la voz de la verdad, impersonal como el aire.

—Digamos que fuiste para escupirle encima —prosiguió—, la cuestión es la siguiente: no hay necesidad de escupirle encima. No merece la pena escupirle encima. No es tan importante. De alguna manera, en tu imaginación has magnificado su importancia. El viejo me sacaba de mis casillas hasta que aprendí la lección. No era digno de mi odio, tampoco lo es del tuyo. Solo es digno de nuestra piedad.

Rayber se preguntó si el muchacho sería capaz de mostrar la firmeza de la piedad.

—Debes evitar los extremos. Déjaselos a los violentos porque no querrás que... —se interrumpió al ver que Bishop se soltaba de su mano y salía disparado.

Habían llegado al centro del parque, un círculo de cemento con una fuente en medio. El agua salía con fuerza por la boca de la cabeza de un león de piedra, caía en una pila poco profunda y el niño corría hacia ella, moviendo los brazos como un molino de viento. En un visto y no visto llegó al borde y se metió dentro.

—Demasiado tarde, maldita sea, se ha metido en el agua —masculló Rayber y echó un vistazo a Tarwater.

El muchacho paró en seco en mitad de un paso. Sus ojos estaban clavados en el niño, metido en la pila, pero ardían como si contemplaran una visión tremenda, irresistible. El sol brillaba con fuerza sobre la blanca cabeza de Bishop y el niño se quedó donde estaba con expresión atenta. Tarwater comenzó a acercarse a él.

Era como si algo lo empujara hacia el niño en el agua y él tirase hacia atrás, ejerciendo una fuerza casi idéntica para alejarse de aquello que lo atraía. Rayber lo observaba, intrigado y receloso, avanzando con él, a cierta distancia. A medida que se aproximaba a la pila, la piel de la cara del muchacho parecía tensarse más y más. Rayber tuvo la sensación de que avanzaba a ciegas, que donde se encontraba Bishop solo veía un destello de luz. Sintió que ante él se representaba algo, y que si lograba entenderlo, conseguiría la clave del futuro del muchacho. Tenía los músculos tensos, y en cierto modo, estaba preparado para actuar. De pronto, fue tal la sensación de peligro que lanzó un grito. Tuvo un instante de iluminación y lo comprendió. Tarwater iba hacia Bishop para bautizarlo. Ya había llegado al borde de la pila. Rayber dio un salto, sacó del agua al niño, que de inmediato empezó a berrear, y lo dejó en el suelo.

El corazón le latía enfurecido. Sintió que acababa de salvar al muchacho de cometer una tremenda indignidad. Entonces lo comprendió todo. El viejo *había* transmitido su obsesión al muchacho, lo *había* dejado con la idea de que debía bautizar a Bishop o sufriría terribles consecuencias. Tarwater puso el pie en el borde de la pila de mármol. Se inclinó hacia adelante, con el codo apoyado en la rodilla, observando por encima del borde su reflejo roto en el agua. Movía los labios como si estuviera hablándole en voz baja a la cara reflejada en la pila. Rayber no dijo nada. Entonces comprendió la magnitud de la dolencia del muchacho. Sabía que no había forma de apelar a él con la razón. No había esperanza de hablar sensatamente con él, pues se trataba de una compulsión. No veía la manera de curarlo salvo, quizá, mediante algún tipo de choque, que lo enfrentara de pronto a la prueba concreta de la futilidad, de la absurda ridiculez de practicar un rito vacío.

Se puso en cuclillas y comenzó a quitarle a Bishop los zapatos mojados. El niño había dejado de gritar y lloraba quedamente, la cara enrojecida y horriblemente contraída. Rayber apartó los ojos.

Tarwater se alejaba. Dejó atrás la pila, caminaba con la espalda extrañamente curvada, como si lo estuviesen echando a latigazos. Iba hacia uno de los senderos estrechos bajo la sombra de los árboles.

—¡Espera! —gritó Rayber—. Ahora no podemos ir al museo. Tenemos que volver a casa a cambiarle los zapatos a Bishop.

Era imposible que Tarwater no lo hubiese oído, pero siguió andando, y en un instante, se perdió de vista.

Maldito paleto imbécil, masculló Rayber. Se quedó mirando el lugar del sendero por donde el muchacho había desaparecido. No sintió ningún deseo de ir tras él, sabía que regresaría, que Bishop lo retenía. Ahora su sensación de opresión se debía a la certeza de que no había manera de deshacerse de él. El muchacho seguiría con ellos hasta haber cumplido con el propósito que lo había llevado allí, o hasta que lo curaran. Ante él se materializaron las palabras que el viejo había garabateado en la cubierta posterior de la revista: EL PROFETA EN QUE CONVERTIRÉ A ESTE NIÑO TE QUEMARÁ LOS OJOS HASTA DEJARLOS LIMPIOS. La frase era como un renovado desafío. Lo curaré, dijo, decidido. Lo curaré o descubriré el porqué.

7

La Posada Cherokee era un almacén reformado de dos plantas, la inferior pintada de blanco, y la superior, de verde. Un extremo se apoyaba en el suelo, el otro, sobre pilotes que se hundían en un laguito cristalino más allá del cual se extendía un bosque tupido, verde y negro, que llegaba hasta el horizonte azul grisáceo. La larga fachada del edificio, cubierta de anuncios de cerveza y cigarrillos, miraba a la carretera que discurría a una decena de metros, cortando un camino de tierra, más allá de un estrecho campo de azulejos. Rayber había pasado por allí otras veces pero nunca había sentido la tentación de detenerse.

La había elegido porque se encontraba a apenas cuarenta y cinco kilómetros de Powderhead y porque era barata; llegó al día siguiente con los dos niños, con tiempo para que dieran un paseo y echaran un vistazo al lugar antes de comer. El viaje hasta allí había sido opresivamente silencioso; como de costumbre, el muchacho viajó sentado a su lado, cual dignatario extranjero que se niega a reconocer que habla el mismo idioma, luciendo con gesto desafiante el sombrero mugriento y el mono maloliente como si fuese un traje típico.

Rayber había dado con el plan por la noche. Se trataba de llevar al muchacho de vuelta a Powderhead y obligarlo a enfrentarse a lo que había hecho. Confiaba en que, si la experiencia de ver y sentir otra vez aquel lugar suponía un verdadero choque, el trauma del muchacho quedaría súbitamente al descubierto. Sus temores e impulsos irracionales estallarían y su tío, comprensivo y sagaz, el único capaz de entenderlo, estaría allí para darle todas las explicaciones del caso. No le había dicho que irían a Powderhead. El muchacho solo sabía que iban a pescar. Creyó que pasar una tarde relajada en una barca, antes del experimento, contribuiría a aliviar la tensión, la suya y la de Tarwater.

Durante el viaje, había abandonado sus pensamientos en una sola ocasión, al ver la cara de Bishop asomar nerviosa en el retrovisor, y desaparecer luego, cuando el niño intentó franquear el respaldo del asiento delantero y sentarse en el regazo de Tarwater. El muchacho se había dado la vuelta y, sin mirarlo, había dado al niño jadeante un firme empujón, que lo había devuelto al asiento posterior. Uno de los objetivos inmediatos de Rayber era hacerle comprender que su deseo de bautizar al niño era una especie de *enfermedad*, y que si comenzaba a mirar a Bishop a la cara, sería síntoma de que recuperaba la salud. Rayber tenía la sensación de que en cuanto el muchacho consiguiera mirar al niño a la cara, recuperaría la confianza en su capacidad de resistir el morboso impulso de bautizarlo.

Cuando bajaron del coche, observó bien al muchacho, tratando de descubrir su primera reacción al encontrarse otra vez en el campo. Tarwater se detuvo un momento, levantó bruscamente la cabeza como si notara un olor conocido flotando en el pinar, al otro lado del lago. Su cara alargada, debajo del sombrero en forma de bulbo, le recordó a Rayber una raíz arrancada del suelo y expuesta a la luz. El muchacho entrecerró los ojos, y a su vista, el lago debió de quedar reducido al espesor de la hoja de un cuchillo. Miraba el agua con una hostilidad extraña e indisimulada. Rayber llegó incluso a pensar que, en cuanto vio el lago, el muchacho empezó a temblar. Al menos estaba seguro de que apretaba los puños. Su mirada se tranquilizó y entonces, con su paso precipitado de siempre, Tarwater rodeó el edificio sin volver la vista atrás.

Bishop se apeó del coche y hundió la cara en la pierna de su padre. Rayber posó la mano distraídamente en la oreja del niño, se la frotó con cuidado y notó un cosquilleo en los dedos, como si tocara la cicatriz sensible de una vieja herida. Luego apartó al niño, recogió la bolsa y fue hacia la puerta mosquitera de la posada. Cuando llegó a la puerta, Tarwater apareció a toda prisa por una esquina del edificio, y al verle la cara, Rayber notó que se sentía perseguido. Sus sentimientos por el muchacho oscilaban drásticamente entre la compasión por aquella cara angustiada y la ira por cómo lo trataba. Tarwater se comportaba como si el mero hecho de ver a su tío le exigiese un esfuerzo especial. Rayber abrió la puerta mosquitera y entró, dejando que los muchachos decidieran si lo seguían o no.

El interior estaba en penumbra. A la izquierda entrevió el mostrador de la recepción, y acodada detrás, una mujer corpulenta y feúcha. Depositó la bolsa en el suelo y le dijo su nombre. Tuvo la sensación de que aunque ella clavara en él los ojos, miraba más allá. Rayber se volvió y echó un vistazo. Bishop se encontraba cerca, observando a la mujer con la boca abierta.

—¿Cómo te llamas, corazón? —preguntó.

—Se llama Bishop —dijo Rayber, cortante. Se irritaba siempre que alguien miraba al niño con fijeza.

La mujer inclinó la cabeza con gesto comprensivo.

—Imagino que lo saca a pasear para darle un respiro a su madre —dijo, los ojos llenos de curiosidad y compasión.

—Está siempre conmigo —dijo y, sin poder contenerse, añadió—: Su madre lo abandonó.

—¡No me diga! —suspiró ella—. En fin, hay de todo en este mundo. Yo sería incapaz de dejar a un niño así.

Ni siquiera puedes apartar la vista de él, pensó, irritado, y se puso a rellenar la ficha.

—¿Las barcas son de alquiler? —preguntó sin levantar la vista.

—Para los clientes son gratuitas —dijo ella—, y si alguien llega a ahogarse, es problema suyo. ¿Qué me dice de él? ¿Sabrá estarse quieto en la barca?

—Nunca le pasa nada —murmuró, terminó de rellenar la ficha y se la devolvió.

Ella la leyó, levantó la vista y miró fijamente a Tarwater. El muchacho estaba de pie, a poca distancia de Bishop, observando el lugar con suspicacia, las manos en los bolsillos, el sombrero encasquetado. La mujer puso cara de pocos amigos.

—Ese chico de ahí… ¿también es suyo? —preguntó, apuntándolo con la pluma como si fuera algo inconcebible.

Rayber cayó en la cuenta de que la mujer debía de pensar que se trataba de alguien contratado como guía.

—Sí, también es mío —se apresuró a contestar, con un tono de voz que el muchacho no pudo dejar de oír. Se empeñó en demostrarle que era querido, le importara o no serlo.

Tarwater levantó la cabeza y sostuvo la mirada de la mujer. Luego dio un paso al frente y se le plantó delante.

—¿Qué quiere decir... con eso de si soy suyo? —exigió saber.

—Pues eso, si eres suyo —respondió ella, apartándose—. No lo pareces, es todo. —Frunció el ceño, como si después de tanto mirarlo, comenzara a encontrarle un parecido.

—No soy suyo —dijo. Le quitó la ficha y la leyó.

Rayber había escrito: «George F. Rayber, Frank y Bishop Rayber», y su dirección. El muchacho dejó la ficha sobre el mostrador, cogió la pluma y la apretó con tanta fuerza que se le enrojecieron las puntas de los dedos. Tachó el nombre «Frank» y debajo, con letra meticulosa de viejo, se puso a escribir otra cosa.

Rayber miró a la mujer con impotencia y se encogió de hombros como queriendo decir: «No es el único problema que tengo», luego, los bajó, pero el gesto acabó en un violento temblor. Comprobó horrorizado que la comisura de la boca le daba una serie de rápidos tirones. Tuvo una súbita premonición de que si quería salvarse, debía marcharse de inmediato, de que el viaje estaba condenado al fracaso.

La mujer le entregó la llave, y tras observarlo con suspicacia, dijo:

—Suba por esa escalera de ahí, la cuarta puerta a la derecha. No tenemos a nadie para llevar el equipaje.

Rayber tomó la llave y empezó a subir un tramo de la desvencijada escalera situada a la izquierda. Cuando se encontraba por la mitad, se detuvo y con una voz que conservaba un resto de autoridad, dijo:

—Trae la bolsa cuando subas, Frank.

El muchacho estaba terminando de escribir su redacción en la ficha y no dio señales de haberse enterado.

La mujer siguió a Rayber con mirada curiosa hasta verlo desaparecer escaleras arriba. Cuando los pies del hombre quedaron a la altura de sus ojos, la mujer notó que llevaba un calcetín marrón y otro gris. Sus zapatos no parecían gastados, aunque era posible que hubiese dormido todas las noches con el traje de cloqué puesto. Le hacía falta un buen corte de pelo y sus ojos tenían una expresión peculiar, como si fueran algo humano atrapado en un engranaje. Habrá venido aquí a que le dé un ataque de nervios, se dijo la mujer. Luego volvió la cabeza y sus ojos repararon en los dos niños, que no se habían movido. ¿Y a quién no le daría un ataque?, se preguntó.

El niño enfermo tenía toda la pinta de haberse vestido solo. Lucía un sombrero de vaquero, unos pantalones cortos color caqui que le quedaban apretados pese a lo estrecho de sus caderas, y una camiseta amarilla que llevaba mucho tiempo sin pasar por la lavadora. Calzaba unos zapatos marrones abotinados sin atar. De cintura para arriba tenía aspecto de viejo, y de cintura para abajo, de niño. El otro, el que tenía cara de malo, había vuelto a coger la ficha del mostrador y estaba leyendo lo que acababa de escribir. Estaba tan concentrado que no reparó en que el pequeño tendía la mano para tocarlo. En cuanto el niño lo tocó, los hombros del paleto dieron un respingo. Apartó la mano que el pequeño había tocado y se la metió en el bolsillo.

—¡Lárgate! —dijo, levantando la voz—. ¡Vete y no me molestes más!

—¡Eh, tú, cuidadito con cómo le hablas a la gente así! —dijo la mujer entre dientes.

Él la miró como si fuera esa la primera vez que le dirigía la palabra.

—¿A la gente así cómo? —murmuró.

—Como ese de ahí —dijo ella, mirándolo con rabia como si hubiese profanado algo sagrado.

El muchacho se volvió para observar al niño enfermo y a la mujer le sorprendió la cara que puso. Era como si viera al niño y nada más, como si a su alrededor no estuvieran el aire, ni la habitación, ni nada, como si su mirada hubiese tropezado y caído en los ojos del pequeño y siguiera cayendo más y más, hasta lo más hondo. Al cabo de un momento, el niño se dio la vuelta y se fue brincando hacia la escalera; el paleto lo siguió tan de cerca que parecía unido a él por una sirga. El niño comenzó a subir la escalera a gatas y en cada escalón iba dando patadas. De repente, se dio la vuelta, se sentó impidiendo el paso al paleto y estiró las piernas al frente, al parecer quería que le ataran los zapatos. El paleto paró en seco. Se quedó allí como embrujado, los largos brazos doblados, vacilantes.

La mujer los observaba fascinada. A que no se los ata, se dijo, ese no se los ata.

El muchacho se inclinó y empezó a atarle los zapatos. Ceñudo y furioso, primero le ató uno y luego el otro, y el niño lo miraba, completamente abstraído en la operación. Cuando el muchacho terminó de atárselos, se enderezó y dijo quejumbroso:

—Y ahora levántate y deja de molestarme con los cordones.

El niño se dio la vuelta y siguió subiendo a gatas las escaleras, armando un gran barullo.

Confundida por su amabilidad, la mujer lo llamó:

—Eh, muchacho.

Tenía la intención de preguntarle: «¿De quién eres hijo?», pero no dijo nada y se quedó con la boca abierta en mitad de la frase. Cuando el muchacho se volvió y la miró desde arriba, sus ojos eran del color del lago poco antes del oscurecer, cuando se ha apagado la última luz del día y la luna todavía no ha asomado, y por un instante, la mujer creyó ver algo huyendo por su superficie, una luz perdida que venía de ninguna parte y desaparecía en la nada. Se quedaron así, mirándose un rato, sin más. Finalmente, convencida de que no había visto nada, masculló:

—Sea cual sea la fechoría que te propongas, aquí no la hagas.

Él siguió mirándola desde la escalera.

—No se puede decir NO y ya está —dijo él—. Hay que hacer que sea NO. Las cosas hay que demostrarlas. Hay que demostrar que se habla en serio haciéndolas. Hay que demostrar que no vas a hacer una cosa haciendo otra. Hay que ponerle fin. De una forma o de otra.

—Ni se te ocurra hacer nada aquí —dijo, preguntándose qué sería lo que iba a hacer.

—Yo no pedí venir aquí —dijo él—. Nunca pedí que me pusieran ese lago delante. —Se dio media vuelta y siguió subiendo las escaleras.

La mujer se quedó un rato con la mirada perdida como si estuviera viendo sus propios pensamientos escritos en la pared con letra ininteligible. Después apartó la vista, se fijó en la ficha que estaba en el mostrador y le dio la vuelta. «Francis Marion Tarwater —había escrito el muchacho—. Powderhead, Tennessee. NO SOY SU HIJO.»

8

Después del almuerzo, el maestro sugirió que cogieran una barca y fueran a pescar un rato. Tarwater notó que lo observaba de nuevo, los ojitos protegidos y críticos detrás de las gafas. Llevaba observándolo desde que había llegado, pero ahora lo hacía de un modo diferente: lo vigilaba esperando algo que había planeado hacer que ocurriera. El viaje estaba concebido como una trampa, pero el muchacho no podía dedicarle su atención. No conseguía pensar en otra cosa que en salvarse de la trampa más grande e imponente que sentía urdirse a su alrededor. Desde la primera noche en la ciudad, cuando había descubierto de una vez para siempre que el maestro carecía de toda importancia, que no era más que un trozo de cebo, un insulto a su inteligencia, su mente se había enfrascado en una lucha incesante con el silencio al que se veía enfrentado y exigía que bautizara al niño e iniciara de inmediato la vida para la que el viejo lo había preparado.

Era un silencio raro, expectante. Parecía extenderse a su alrededor como un país invisible cuyas fronteras él rozaba siempre, siempre en peligro de cruzarlas. A veces, durante los paseos por la ciudad, había vuelto la cara y visto su propia silueta reflejada en un escaparate, acompañándolo, transparente como una piel de serpiente. Se movía junto a él como un fantasma violento que ya hubiera cruzado al otro lado y, desde allí, le estuviera reprochando. Si volvía la cabeza, se encontraba con el niño retrasado, prendido de la chaqueta del maestro, mirándolo. Una sonrisa torcida asomaba a su boca, pero en la frente tenía severidad de juez. El muchacho no lo miraba nunca por debajo de la cabeza, salvo por casualidad, porque el país silencioso parecía reflejarse otra vez dentro de aquellos ojos. Se extendía allí, claro y sin límites.

Tarwater habría podido aprovechar una de tantas ocasiones para bautizarlo sin tocarlo siquiera. Cada vez que le venía la tentación, sentía que el silencio iba a rodearlo y que se perdería en él para siempre. Habría caído de no haber sido por la voz sabia que lo sostenía, el forastero que lo había acompañado mientras cavaba la tumba de su tío.

Sensaciones, decía su amigo, que ya no era un forastero. Sentimientos. Lo que tú necesitas es una señal, una señal de verdad, adecuada para un profeta. Si eres profeta, justo es que te traten como tal. Cuando Jonás perdió el tiempo, fue lanzao durante tres días a un vientre oscuro y vomitao en el lugar de su misión. Eso fue una señal; no fue ninguna sensación.

Tengo que dedicarte todo mi tiempo a aclararte las cosas. Mírate, decía, vas a esa casa pública de Dios, te quedas ahí sentao como un mono y dejas que esa niña te caliente la cabeza. ¿Qué esperabas ver allí? ¿Qué esperabas oír? El Señor le habla personalmente a los profetas y Él a ti nunca te habló, nunca levantó un dedo, nunca hizo un gesto. Y en cuanto a esa extraña sensación que notas en el estómago, es cosa tuya, no del Señor. De niño tuvistes lombrices. Lo más seguro es que las tengas otra vez.

El primer día en la ciudad había notado una sensación extraña en el estómago, un hambre peculiar. La comida de la ciudad no hacía más que debilitarlo. Él y su tío abuelo habían comido bien. El viejo no habría hecho nada por él, pero el plato sí que se lo había llenado bien. No hubo una sola mañana en que no lo despertara el olor del tocino frito. El maestro no se fijaba mucho en lo que le daba de comer. Para desayunar le servía un cuenco de virutas que venían en una caja de cartón; a mediodía, preparaba sándwiches con pan de molde; por la noche, los llevaba a un restaurante, cada noche uno distinto, con un dueño extranjero de distinto color, para que el muchacho aprendiera, decía, cómo comía la gente de otros países. Al muchacho no le interesaba cómo comía la gente de otros países. Siempre había salido de los restaurantes con hambre, consciente de una intromisión en su cuerpo. Desde aquel desayuno del que había dado cuenta sentado delante del cadáver de su tío, la comida no lo había saciado, y su hambre había pasado a ser como una fuerza insistente y silenciosa en su interior, un silencio interior similar al silencio exterior, como si la trampa imponente apenas le dejara un resquicio para moverse, apenas un resquicio en el que mantenerse inmaculado.

Su amigo se mostró firme y no dejó que considerase el hambre como una señal. Le recordó que los profetas habían sido alimentados. Elías se había echado bajo una mata de retama, deseando morirse y se había dormido, entonces un ángel del Señor había llegado para despertarlo y alimentarlo con una torta cocida, y eso mismo hizo dos veces más, y Elías se había levantado, y con la fuerza que le habían dado las dos tortas, caminó cuarenta días y cuarenta noches. Los profetas no se morían de hambre, sino que eran alimentados gracias a la generosidad del Señor y las señales que recibían eran inequívocas. Su amigo le aconsejó que exigiera una señal inconfundible, no unos retortijones de hambre o un reflejo de sí mismo en el escaparate de una tienda, sino una señal inequívoca, clara y adecuada a la situación, agua que brota de una piedra, por ejemplo, un fuego que, obedeciendo una orden suya, destruyera el lugar que él señalara, como el templo al que había acudido para escupirle encima.

La cuarta noche en la ciudad, tras regresar del sermón de la niña, el muchacho se había sentado en la cama de la asistente social, y levantando en el aire el sombrero doblado como si amenazara al silencio, le había exigido al Señor una señal inequívoca.

Ahora veremos qué clase de profeta eres, había dicho su amigo. Veremos qué tiene el Señor reservao para ti.

Al día siguiente, el maestro los había llevado al parque donde los árboles dispuestos uno al lado del otro formaban una especie de isla en la que no se permitía pasar a los coches. En cuanto se internaron en aquel lugar, el muchacho notó una calma en la sangre y una quietud en el ambiente como si el aire se estuviera purificando para cuando se acercara la revelación. Habría dado media vuelta y echado a correr, pero el maestro se acomodó en un banco y fingió dormirse con el imbécil en el regazo. Los árboles eran un denso susurro y el claro surgió en su mente como una visión. Imaginó el lugar ennegrecido en el centro, entre las dos chimeneas, y de entre las cenizas vio elevarse los bastidores chamuscados de su cama y de la de su tío. Abrió la boca para tomar aire y el maestro se despertó y empezó a hacer preguntas.

Estaba orgulloso porque desde la primera noche había respondido a sus preguntas con la astucia de un negro, sin dar ninguna información, sin soltar prenda, y porque cada vez que era interrogado, provocaba la ira de su tío hasta hacerla aflorar como manchas blancas y rosadas, visibles bajo la piel. Tras unas cuantas de sus prontas respuestas, el maestro se mostró más que dispuesto a seguir caminando.

Se habían internado más en el parque y él empezó a sentir otra vez que se acercaba el misterio. Habría dado media vuelta para salir corriendo en dirección contraria, pero, en un instante, todo se le había echado encima. El sendero se ensanchó y se encontraron ante un espacio abierto en medio del parque, un círculo de cemento con una fuente en el centro. El agua salía con fuerza por la boca de la cabeza de un león de piedra y caía en una pila poco profunda; y en cuanto el niño retrasado vio el agua, soltó un chillido y fue corriendo hacia ella, moviendo los brazos como algo escapado de una jaula.

Tarwater se dio cuenta exactamente hacia dónde iba, sabía exactamente lo que haría.

«Demasiado tarde, maldita sea —masculló el maestro—, se ha metido en el agua.»

El niño sonreía dentro de la pila, subía y bajaba los pies despacio como si le gustara sentir el agua calándole los zapatos. El sol, que había estado virando de nube en nube, asomó sobre la fuente. Un brillo cegador cayó sobre la enmarañada cabeza de mármol del león, dorando el chorro de agua que salía por su boca. Después, cayendo con más suavidad, la luz se posó cual una mano sobre la blanca cabeza del niño. Su cara podría haber sido un espejo donde el sol se hubiera detenido para verse reflejado.

Tarwater echó a andar. Notó una tensión inconfundible en la calma. Parecía que el viejo estuviese acechando allí cerca, conteniendo el aliento, esperando el bautismo. Su amigo estaba callado como si sintiera aquella presencia y no se atreviera a levantar la voz. A cada paso, el muchacho tiraba hacia atrás pero, pese a todo, seguía avanzando hacia la pila. Llegó al borde y levantó el pie para meterse dentro. En cuanto tocó el agua con el zapato, el maestro echó a correr y sacó al imbécil. El niño interrumpió el silencio con su berrido.

Tarwater bajó poco a poco el pie, lo posó en el borde y se quedó inclinado hacia adelante, mirando el agua, donde una cara temblorosa intentaba cobrar forma. Gradualmente, la cara se volvió nítida y firme, demacrada, y cobró forma de cruz. En lo más hondo de aquellos ojos Tarwater vio una mirada famélica. No pensaba bautizarlo, dijo, lanzando las palabras silenciosas a la cara silenciosa. Antes lo ahogo.

Ahógalo, pues, parecía decir la cara.

Tarwater retrocedió, asombrado. Se enderezó, ceñudo, y echó a andar. El sol se había ocultado y en las ramas de los árboles se formaron negras cavernas. Tumbado de espaldas, Bishop chillaba tanto que tenía la cara crispada y enrojecida, y el maestro estaba de pie junto a él, con la vista perdida como si hubiese sido él quien acabara de recibir una revelación.

Vaya, esa es tu señal, dijo su amigo, el sol que asoma por debajo de una nube y cae sobre la cabeza de un imbécil. Algo que puede ocurrir cincuenta veces al día sin que nadie se dé cuenta.

Suerte que estaba el maestro y te salvó a tiempo. Si te dejaban solo, ya lo habías hecho y ahora estarías perdío para siempre. Escúchame, dijo, tienes que dejar de confundir la locura con una misión. No puedes pasarte la vida engañándote de este modo. Tienes que dominarte y resistir a la tentación. Si bautizas una vez, después lo harás el resto de tu vida. Si esta vez es un idiota, la próxima, seguro que va a ser un negro. Sálvate, mientras tengas la hora de la salvación al alcance de la mano.

Pero el muchacho estaba impresionado. Apenas oía la voz mientras se alejaba andando, se internaba en el parque y bajaba por un sendero que apenas veía. Cuando por fin se fijó en dónde estaba, se vio sentado en un banco, mirándose los pies, junto a los cuales dos palomas se movían en embriagados círculos. Cuando Tarwater se sentó, en el otro extremo del banco había un hombre de aspecto más bien gris, que se examinaba un agujero en uno de los zapatos, pero que enseguida se puso a observar con interés al muchacho. Finalmente, tendió la mano y tironeó a Tarwater de la manga. El muchacho levantó la vista y vio dos ojos pálidos, con ojeras amarillentas.

—Aprende de mí, jovencito —dijo el desconocido—, no dejes que ningún burro te diga lo que debes hacer.

Sonreía con aire de sabihondo y en sus ojos se reflejaba una promesa malevolente de amistad no deseada. Su voz era familiar, su aspecto, desagradable como una mancha.

El muchacho se levantó y se marchó a toda prisa. Interesante coincidencia, observó su amigo, que este te diga lo mismo que te digo yo. Crees que el Señor te tendió una trampa que está en todas partes. No hay ninguna trampa. No hay nada más que la que tú mismo te tendiste. El Señor no te estudia, no sabe que existes, y si lo supiera, no haría nada de nada. Estás solo en el mundo, no tienes a nadie más que a ti mismo a quien preguntar, agradecer o juzgar; a nadie más que a ti mismo. Y me tienes a mí. Yo nunca te voy a abandonar.

Lo primero que vio el muchacho al bajar del coche en la Posada Cherokee fue el laguito. Se extendía como un cristal, calmo, y en él se reflejaban una corona de árboles y la cúpula infinita del cielo. Tenía un aspecto tan nuevo que parecía haber sido colocado allí momentos antes por cuatro ángeles fornidos para que él pudiera bautizar al niño. Notó en las rodillas una debilidad que le llegó al estómago y siguió subiendo con fuerza hasta provocarle un temblor en la mandíbula. Calma, dijo su amigo, dondequiera que vayas encontrarás agua. No la inventaron ayer. Pero recuerda, el agua está hecha para más de una cosa. ¿No ha llegao la hora? ¿No tienes que hacer algo, por fin, alguna cosa para demostrar que no vas a hacer otra? ¿No ha pasao ya tu hora de perder el tiempo?

Almorzaron en el otro extremo oscuro de la recepción, donde la mujer que dirigía el establecimiento servía las comidas. Tarwater comió vorazmente. Con una expresión muy concentrada, se zampó seis panecillos rellenos de asado y bebió tres latas de cerveza. Era como si se preparara para un largo viaje o para un acto que requeriría todas sus fuerzas. Rayber observaba aquel repentino apetito por la mala comida y llegó a la conclusión de que comía compulsivamente. Se preguntó si la cerveza le aflojaría la lengua, pero en la barca se mostró taciturno como siempre. Se sentó encorvado, con el sombrero bien calado, mirando ceñudo el punto en que su sedal desaparecía en el agua.

Habían logrado sacar la barca del muelle antes de que Bishop saliera de la posada. La mujer lo había entretenido llevándolo hasta una nevera de donde sacó un polo de color verde y se lo ofreció mientras contemplaba fascinada su cara misteriosa. Ya se encontraban en mitad del lago cuando el niño corrió muelle abajo, seguido de cerca por la mujer. Ella lo sujetó justo a tiempo y evitó que cayera al agua.

Desde la barca, Rayber hizo un ademán desesperado, como para agarrarlo, y gritó. Luego se puso colorado y frunció el ceño.

—No mires —dijo—, ella se ocupará de él. Necesitamos un descanso.

El muchacho miraba con aire enigmático el lugar donde se había impedido el accidente. El niño era un punto negro en el resplandor de su visión. La mujer obligó al niño a dar la vuelta y se lo llevó hacia la posada.

—Si se ahogaba, no se perdía demasiao —observó.

Rayber se vio de pronto de pie en el mar, sujetando entre los brazos el cuerpo inerte del niño. Con una especie de movimiento convulsivo, borró la imagen de su mente. Y se dio cuenta de que Tarwater había notado su confusión; lo observaba con una atención inequívoca, una mirada extraña y clarividente, como si estuviese a punto de desentrañar algún secreto.

—A ese tipo de niños nunca les pasa nada —dijo Rayber—. De aquí a cien años a lo mejor la gente habrá aprendido lo suficiente para sacrificarlos en cuanto nacen.

Algo parecía moverse en la cara del muchacho, y estar luchando, una especie de guerra entre la aprobación y el ultraje.

A Rayber le quemaba la sangre bajo la piel. Intentó contener el deseo de confesar. Se inclinó hacia adelante; abrió y cerró la boca y luego, con voz ronca, dijo:

—Una vez traté de ahogarlo. —Y sonrió al muchacho con una mueca horrible.

Tarwater entreabrió los labios, como si solo ellos hubiesen oído, pero no dijo nada.

—Me falló el ánimo —dijo Rayber. Cada vez que apartaba la vista del brillo intenso del agua tenía la sensación de estar contemplando un fuego incandescente. Se bajó por completo el ala del sombrero.

—No tuvistes agallas —dijo Tarwater como si lo expresara de un modo más exacto—. Él me decía siempre que no servías para nada, que no sabías actuar.

El maestro se inclinó hacia adelante y dijo entre dientes:

—Le planté cara. Al menos hice eso. ¿Qué hiciste tú? Tal vez te ocupaste de él del modo más rápido, pero hace falta más que eso para oponerse a su voluntad para siempre. ¿Estás seguro —dijo—, estás completamente seguro de que lo has vencido? Lo dudo. Creo que ahora mismo estás encadenado a él. Creo que sin mi ayuda no te librarás de él. Creo que tienes problemas que eres incapaz de solucionar tú solo.

El muchacho frunció el ceño y guardó silencio.

El brillo intenso atravesaba implacable los ojos de Rayber. Dudaba de que pudiera aguantarlo toda la tarde. Sintió la peligrosa necesidad de seguir hablando del tema.

—¿Qué tal, te gusta estar otra vez en el campo? —masculló—. ¿Te recuerda a Powderhead?

—Vine a pescar —dijo el muchacho, con tono desagradable.

Maldito seas, pensó su tío, solo intento evitar que seas un monstruo. Dejó flotar el sedal sin cebo en el agua cegadora y notó que en su interior una locura lo impulsaba a hablar del viejo.

—Me acuerdo de la primera vez que lo vi —dijo—. Yo tendría seis o siete años. Estaba jugando en el jardín y de repente, sentí que algo se interponía entre el sol y yo. Era él. Levanté la vista y ahí estaba, mirándome desde arriba con esos ojos locos, color pescado. ¿Sabes qué me dijo..., a un niño de siete años? —Trató de imitar la voz del viejo—. «Escúchame, niño», me dijo, «Jesucristo nuestro Señor me mandó a buscarte. Debes nacer de nuevo.»

Lanzó una carcajada, mirando al muchacho con ojos furibundos que parecían cubiertos de ampollas.

—A Jesucristo nuestro Señor le preocupaba tanto mi bienestar que mandó a un representante personal. ¿Y cuál fue la desgracia? La desgracia fue que yo creí en él. Durante cinco o seis años. No tenía otra cosa. Esperé que viniera Jesucristo nuestro Señor. Creí que había nacido de nuevo, que todo iba a ser diferente o que ya era diferente porque Jesucristo nuestro Señor estaba muy interesado en mí.

Tarwater se revolvió en el asiento. Daba la impresión de estar escuchando detrás de un muro.

—Fueron los ojos los que me atraparon —dijo Rayber—. Los niños pueden sentirse atraídos por los ojos de los locos. Un adulto se habría resistido. Un niño, no. Los niños están condenados a creer.

El muchacho reconoció la sentencia y dijo:

—Algunos no.

El maestro sonrió con frialdad.

—Y algunos que creen no estarlo lo están —dijo, sintiendo que volvía a dominar la situación—. Librarse no es tan fácil como crees. ¿Sabías que hay una parte de tu mente que funciona todo el tiempo sin que tú lo sepas? En esa parte pasan cosas. Todo tipo de cosas de las que no te enteras.

Tarwater miró a su alrededor como buscando en vano una forma de bajarse de la barca y alejarse a pie.

—Fundamentalmente creo que eres muy listo —dijo su tío—. Creo que entiendes las cosas que se te dicen.

—No vine a que me den clases —dijo el muchacho de malos modos—. Vine a pescar. No me preocupa lo que hace una parte de mi cabeza. Sé lo que pienso cuando lo hago, y cuando me preparo para hacerlo, no voy con tanta cháchara. Lo hago.

Había en su voz una rabia contenida. Empezó a darse cuenta de cuánto había comido. La comida parecía hundirse en su interior como una columna de plomo al mismo tiempo que era rechazada por el hambre a la que se había impuesto.

El maestro lo observó un instante y luego dijo:

—En fin, de todos modos, por lo que respecta al bautismo, el viejo podía habérselo ahorrado. Yo ya estaba bautizado. Mi madre nunca superó su educación y ya se había ocupado del asunto. Pero el daño que sufrí cuando tuve que volver a pasar por eso a los siete años fue tremendo. Me dejó una cicatriz permanente.

El muchacho levantó la vista de pronto como si hubiera notado un tirón en el sedal.

—¿Y a ese —dijo, inclinando la cabeza en dirección de la posada—, no lo bautizaron?

—No —contestó Rayber.

Lo observó atentamente. Pensó que si en ese momento encontraba las palabras adecuadas, podía hacer algún bien, podía darle una sencilla lección.

—Puede que no tenga agallas para ahogarlo —dijo—, pero tengo agallas para mantener mi dignidad y no imponerle unos ritos inútiles. Tengo agallas para no dejarme vencer por las supersticiones. Él es lo que es y no existe nada por lo que deba nacer de nuevo. Las agallas —concluyó— las llevo en la cabeza.

El muchacho se limitó a mirarlo con fijeza, los ojos velados por la náusea.

—La gran dignidad del hombre —dijo su tío— radica en su capacidad de decir: he nacido una vez y nada más. Lo que vea y haga en esta vida por mí mismo y por mi prójimo es cuanto me ha tocado y me doy por satisfecho. Basta con ser un hombre.

Se notaba una leve sonoridad en su voz. Observó al muchacho con atención para comprobar si le había tocado la fibra sensible.

Tarwater volvió la cara inexpresiva hacia el círculo de árboles que formaban una empalizada alrededor del lago. Parecía que mirase al vacío.

Rayber volvió a calmarse pero aguantó apenas unos minutos. Se terminó de fumar el cigarrillo y encendió otro. Decidió probar una nueva táctica y dejar de lado las cuestiones morbosas.

—Te voy a contar lo que tengo planeado que hagamos dentro de un par de semanas —dijo en tono casi afable—. Vamos a viajar en avión. ¿Qué te parece?

Lo había estado sopesando sin decir nada, pues creía que sería lo más maravilloso que podía ocurrírsele, algo que seguramente sacaría al muchacho de su tristeza.

No hubo respuesta. El muchacho tenía los ojos vidriosos.

—Volar es el mayor logro de la ingeniería conseguido por el hombre —dijo Rayber, irritado—. ¿No despierta tu imaginación aunque sea un poco? Si no es así, me temo que algo te pasa.

—Yo ya volé —dijo Tarwater reprimiendo un eructo. Estaba completamente concentrado en la náusea que notaba crecer poco a poco.

—¿Cómo es posible que hayas volado? —preguntó su tío, enfadado.

—Una vez él y yo pagamos un dólar para subirnos a un avión en una feria —dijo—. Las casas eran como cajas de fósforos y la gente era invisible como microbios. No me interesan nada los aviones. Hasta los gallinazos saben volar.

El maestro se agarró a ambos costados de la barca y se impulsó hacia adelante.

—Ha echado a perder tu vida entera —dijo con la voz quebrada—. Cuando te hagas mayor, te convertirás en un monstruo si no dejas que ahora te ayuden. Sigues creyendo en todas esas estupideces que te enseñó. Te carcome una falsa culpa. ¡Te conozco como la palma de mi mano! —Le soltó todo aquello sin poder contenerse.

El muchacho ni siquiera lo miró. Se inclinó sobre la borda y se estremeció. Al ser liberada, la columna formó un círculo agridulce en el agua. El mareo lo invadió como una ola y enseguida se le despejó la cabeza. Un vacío voraz ardió en su estómago como si hubiese recuperado su legítima posesión. Se enjuagó la boca con agua del lago y se secó la cara con la manga.

Rayber tembló al pensar en su propia temeridad. Estaba seguro de haber provocado todo aquello al usar la palabra *culpa*. Posó la mano en la rodilla del muchacho y dijo:

—Ahora te sentirás mejor.

Tarwater no contestó; con los ojos enrojecidos y húmedos miraba el agua como si se alegrara de haberla contaminado.

—Se siente el mismo alivio —dijo su tío, aprovechando la ventaja— cuando te quitas algo de la cabeza que cuando te lo quitas del estómago. Cuando le cuentas a alguien tus problemas, entonces ya no te molestan tanto, no se te meten en la sangre para ponerte enfermo. Alguien más comparte el peso. Por Dios, muchacho, necesitas ayuda. Hay que salvarte aquí y ahora del viejo y de todo lo que representa. Y yo soy quien puede salvarte.

Con el ala del sombrero bajada por completo parecía un fanático predicador de pueblo. Le brillaban los ojos.

—Sé cuál es tu problema —continuó—. Lo sé y puedo ayudarte. Llevas dentro algo que te carcome y puedo decirte qué es.

El muchacho lo miró con rabia y le dijo:

—¿Por qué no cierras esa bocaza? ¿Por qué no te quitas ese enchufe de la oreja y te apagas? Vine a pescar. No vine a tener tratos contigo.

El cigarrillo que su tío tenía entre los dedos salió disparado y tocó el agua con un siseo.

—Cada día me recuerdas más al viejo —dijo su tío—. Eres igualito a él. Tienes su futuro ante ti.

El muchacho dejó la caña de pescar. Con movimientos rígidos y lentos levantó el pie derecho y se quitó el zapato, luego levantó el pie izquierdo y se quitó el otro zapato. Se bajó los tirantes del mono, se los pasó por debajo del trasero y se deshizo de la prenda.

Llevaba unos calzones de viejo, largos y finos. Se encasquetó el sombrero con firmeza para no perderlo, saltó de la barca y salió nadando, golpeando el lago cristalino con los puños ahuecados como si quisiera herirlo y hacerlo sangrar.

¡Dios mío!, pensó Rayber. ¡Vaya si le he tocado la fibra sensible! Mantuvo los ojos fijos en el sombrero a cuyo alrededor se expandían las ondas del agua. El mono vacío estaba a sus pies. Lo recogió y hurgó en los bolsillos. Sacó dos piedras, cinco centavos, una caja de fósforos de madera y tres clavos. Había traído el traje nuevo y la camisa y los había dejado en una silla.

Tarwater llegó al muelle y se subió, los calzones pegados al cuerpo, el sombrero todavía calado hasta las cejas. Se volvió justo a tiempo para ver a su tío echar al agua un hatillo con el mono.

Rayber se sintió como si acabara de cruzar corriendo un campo minado. Enseguida temió haber cometido un error. La silueta flaca y rígida del muelle no se movió. Parecía una columna espectral de rabia, frágil y candente, que hubiese cobrado forma durante un instante, por obra de una pasión pura e insondable. El muchacho dio media vuelta y se marchó a toda prisa hacia la posada; Rayber decidió que lo mejor era quedarse un rato más en el lago.

Cuando entró, se sorprendió al ver a Tarwater tumbado en el catre más alejado, vestido con la ropa nueva, y a Bishop, sentado en el extremo opuesto del catre, observándolo, como hipnotizado por el destello acerado que partía de los ojos del muchacho e iba directo a los del pequeño. Con la camisa a cuadros y los pantalones nuevos de color azul, parecía otra persona, era a medias el de antes y a medias el nuevo, ya era a medias el muchacho que sería cuando fuese rehabilitado.

Rayber recuperó el ánimo con cautela. Llevaba en la mano los zapatos y dentro de ellos, el contenido de los bolsillos del mono. Los depositó sobre la cama y dijo:

—No te tomes a mal lo de la ropa, muchacho. Era lo menos que podía hacer.

Un entusiasmo raro y contenido emanaba de la figura de Tarwater, como si hubiese decidido una línea de acción inevitable. No se levantó, no reaccionó al ver los zapatos, pero sí lo hizo ante la presencia de su tío, desvió hacia él el destello de sus ojos y lo apartó enseguida. Fue como si el maestro estuviese presente únicamente para que no le prestaran atención. Después, triunfante y audaz, Tarwater se centró otra vez en Bishop y lo miró fijamente a los ojos.

Rayber se quedó desconcertado en el umbral.

—¿Quién quiere venir a dar un paseo? —preguntó.

Bishop saltó de la cama y se plantó a su lado enseguida. Tarwater dio un respingo cuando el niño desapareció repentinamente de su vista, pero no se levantó ni volvió la cara hacia el maestro, que seguía en la puerta.

—Bueno, dejaremos a Frank con sus meditaciones —dijo Rayber, rodeó al pequeño por los hombros, le hizo dar media vuelta y se fue con él a toda prisa. Quería huir antes de que el muchacho cambiara de idea.

9

En la carretera el calor no era tan intenso como en el lago y Rayber conducía con una sensación de frescor que no había sentido en los cinco días que Tarwater llevaba con él. En cuanto perdió de vista al muchacho, notó que la atmósfera se aligeraba. Borró de sus pensamientos la agobiante presencia y se quedó solo con los aspectos que podían extraerse, limpios, para la persona futura que imaginaba.

El cielo despejado era de un azul uniforme, y él conducía sin rumbo fijo, aunque antes de regresar a la posada tenía la intención de parar y repostar para el viaje a Powderhead del día siguiente. Bishop iba asomado a la ventanilla con la boca abierta, dejando que el aire le secara la lengua. Rayber tendió el brazo mecánicamente, echó el seguro a la puerta, y tirando de la camisa de Bishop, lo apartó de la ventanilla. El niño se sentó bien, con gesto solemne se quitó el sombrero y se lo colocó en los pies, luego se lo quitó de los pies y volvió a ponérselo en la cabeza. Tras seguir así un rato, trepó al respaldo y desapareció en el asiento trasero.

Rayber siguió pensando en el futuro de Tarwater, sus pensamientos eran gratificantes excepto las veces en que la cara del muchacho se interponía en el curso de sus planes. La súbita intromisión de aquella cara le recordaba a su mujer. Casi había dejado de pensar en ella. No se quería divorciar de él por miedo a que le dieran la custodia del niño, y se había ido lo más lejos posible, a Japón, a trabajar de asistente social. Rayber sabía que había tenido mucha suerte de haber podido quitársela de encima. Fue ella quien le había impedido volver para rescatar a Tarwater del viejo. Ella lo habría aceptado de buen grado si aquel día, cuando fueron a Powderhead a enfrentarse con el viejo, no lo hubiese visto. El pequeño se había acercado a gatas hasta la puerta, siguiendo al viejo Tarwater, y se había quedado allí sentado, sin pestañear, mientras el viejo levantaba la escopeta y le disparaba a Rayber en la pierna y en la oreja. Rayber no lo había visto, pero ella sí, y no conseguía olvidarse de aquella cara. No solo porque el pequeño estuviese sucio, flaco y ceniciento, sino porque su expresión, como la del viejo, no había cambiado en nada cuando sonó el disparo. Aquello la había afectado profundamente.

Si su cara no hubiese tenido aquel aire repelente, decía ella, el instinto maternal la habría impulsado a recoger al pequeño y a llevárselo. Antes de llegar al claro incluso lo había pensado, y habría tenido el valor de hacerlo, a pesar de la escopeta del viejo, pero la mirada del pequeño la había dejado petrificada. Era cualquier cosa menos atractiva. No lograba describir con exactitud la repugnancia que le provocaba, porque no era un sentimiento lógico. El pequeño, decía ella, tenía mirada de adulto, no de niño, y de adulto con convicciones locas e inflexibles. Su cara era como la cara que había visto en algunas pinturas medievales, en las que el mártir al que le sierran las extremidades tiene expresión de no estar perdiendo nada esencial. Al ver al niño en la puerta, había tenido la sensación de que si en ese momento el pequeño hubiese sido consciente de todas las futuras ventajas que le estaban robando, su expresión no se habría alterado ni un ápice. Para ella, la cara había reflejado el abismo de la perversidad humana, el pecado mortal de rechazar con actitud desafiante el propio bien. Rayber creyó entonces que todo aquello habían sido imaginaciones de su mujer, pero ahora comprendía que no eran imaginaciones, sino hechos. Ella decía que hubiera sido incapaz de vivir con semejante cara, porque se habría sentido obligada a destruir su gesto arrogante.

Rayber pensó con ironía que su mujer tampoco había sido capaz de vivir con la cara de Bishop, a pesar de no tener nada de arrogante. El pequeño se había levantado del asiento posterior y, después de trepar al respaldo, le respiraba en la oreja. Por carácter y formación, ella estaba dispuesta a vérselas con un niño diferente, pero no con uno tan diferente como Bishop, no con uno que llevaba su propio apellido y tenía la cara de «ese viejo horrible». En los últimos dos años había regresado en una sola ocasión para exigirle que internara a Bishop en un asilo, porque decía que él no estaba en condiciones de cuidarlo como era debido, aunque resultaba evidente por el aspecto del pequeño que crecía como un clavel del aire. Su comportamiento en aquella ocasión seguía siendo para él una fuente de satisfacción. De un golpe la había mandado casi al centro del cuarto.

Por entonces, él ya sabía que su estabilidad dependía de la presencia del pequeño. Era capaz de controlar su tremendo amor siempre y cuando lo centrara en Bishop, pero si al niño llegaba a pasarle algo, se vería obligado a enfrentarse a la realidad. Entonces, el mundo entero se convertiría en su hijo idiota. Había pensado en lo que haría si a Bishop le pasaba algo. Con un esfuerzo supremo tendría que resistirse a admitirlo; con todos sus nervios, músculos y pensamientos, tendría que resistirse a sentir nada, a pensar en nada. Tendría que anestesiar su vida. Sacudió la cabeza para ahuyentar aquellas desagradables ideas. En cuanto se le despejó la cabeza, volvieron una tras otra. Notó en la conciencia una especie de fuerza siniestra, la conocida corriente subterránea de la esperanza, como si siguiera siendo un niño que esperara en Cristo.

El coche, aparentemente por voluntad propia, había enfilado un camino de tierra cuya familiaridad lo arrancó de su abstracción sin previo aviso. Pisó el freno.

El camino, estrecho y con ondulaciones, discurría entre profundos terraplenes rojos. Miró a su alrededor con rabia. No había sido su intención llegar hasta allí ese día. Su coche se encontraba en lo alto de una colina y los terraplenes a ambos lados formaban una especie de entrada a una región en la que se internaría por su cuenta y riesgo. Hasta donde alcanzaba a ver, el camino descendía a lo largo de unos cuatrocientos metros, luego describía una curva y desaparecía por un lado del bosque. La primera vez que había recorrido el camino aquel, lo había hecho de espaldas. Un negro con un carro tirado por una mula los había recogido a él y a su tío en el cruce y habían hecho el viaje sentados en la parte trasera, con los pies colgando. Se había pasado gran parte del trayecto inclinado hacia adelante, viendo desaparecer bajo las ruedas del carro las pisadas de la mula en el polvo.

Decidió al fin que lo más sensato era echar un vistazo al lugar ese mismo día, para que al siguiente, cuando regresara en compañía del muchacho no hubiera sorpresas, pero se quedó un rato sin moverse. Según recordaba, el camino que se extendía ante él tenía unos seis o siete kilómetros. Luego seguía un trecho a través del bosque, que había que recorrer a pie, y después había que cruzar un campo. Le desagradaba la idea de tener que cruzarlo dos veces ese día y otras dos al siguiente. Le desagradaba profundamente la sola idea de tener que cruzarlo. Después, como si quisiera dejar de pensar, pisó el acelerador a fondo y, desafiante, enfiló el camino. Bishop se puso a dar saltos, gritando y haciendo unos ruidos de placer ininteligibles.

Hacia el final, el camino se fue estrechando y Rayber se encontró enseguida transitando casi a paso de hombre por un sendero para carretas, lleno de surcos. Detuvo el coche en un pequeño claro cubierto de sorgo y zarzas donde lo que quedaba del camino tocaba las lindes del bosque. Bishop se apeó de un salto y se lanzó hacia las zarzas, atraído por las avispas que las sobrevolaban zumbando. Rayber bajó a toda prisa y lo agarró justo antes de que las tocara. Con cuidado cogió una mora para el niño y se la dio. El pequeño la analizó y luego, con su sonrisa torcida, se la devolvió como si estuviesen oficiando una ceremonia. Rayber la tiró y se volvió para buscar el sendero que atravesaba el bosque.

Tomó al niño de la mano, y tirando de él, se metió por un lugar que, según calculó, no tardaría en convertirse en una vereda. A su alrededor se alzaba el bosque misterioso y extraño. Me rebajo a hablar con la sombra de mi tío, pensó con irritación, y se preguntó si los huesos chamuscados del viejo seguirían entre las cenizas. Solo de pensarlo estuvo a punto de detenerse, pero no lo hizo. Bishop jadeaba tanto que apenas podía caminar. Subía la cara para mirar boquiabierto por encima de él, como si se encontrara en un edificio vasto y sobrecogedor. Se le cayó el sombrero, Rayber lo recogió, volvió a encasquetárselo en la cabeza y tiró del niño. En alguna parte, debajo de ellos, un pájaro rompió el silencio cantando cuatro notas cristalinas. El niño se detuvo, conteniendo el aliento.

Rayber cayó en la cuenta de que a solas con Bishop le sería imposible llegar hasta el final y cruzar el campo. Al día siguiente, en compañía del otro muchacho, cuando tuviera la cabeza ocupada, lo conseguiría. Recordó que por ahí, en alguna parte, había un sitio desde lo alto del cual se podía mirar entre dos árboles y ver el claro. La primera vez que había cruzado el bosque a pie con su tío, se habían detenido en ese lugar y su tío había señalado hacia el otro lado del campo donde, en un corral desierto de tierra apisonada, se alzaba una casa abombada y sin pintar. «Allá está —había dicho—, algún día todo será tuyo…, este bosque, ese campo y esa magnífica casa.» Recordaba que el corazón se le había henchido de un modo increíble.

De pronto, comprendió que aquel lugar *era* suyo. Con los nervios por la vuelta del muchacho, no se había parado a pensar en las tierras. Se detuvo, asombrado de ser el dueño de todo aquello. Los árboles de su propiedad se elevaban por encima de él, majestuosos y distantes, como si perteneciesen a un orden que jamás hubiese renunciado a su lealtad primera desde los tiempos de la creación. El corazón empezó a latirle con frenesí. En un santiamén convirtió todo el bosque en madera con la que pagar la educación universitaria del muchacho. Se sintió en la gloria. Avanzó tirando del niño, quería encontrar la abertura desde donde se veía la casa. Unos cientos de metros más adelante, se abrió de pronto un trozo de cielo que indicaba el sitio. Soltó a Bishop y fue hacia allí a grandes zancadas.

El árbol bifurcado le resultó familiar o eso le pareció. Apoyó la mano en uno de los troncos, se inclinó hacia adelante y se asomó. Su mirada recorrió el campo velozmente, sin ver, y se detuvo de pronto donde había estado la casa. Dos chimeneas seguían en pie, separadas por una mancha negra de escombros.

Se quedó inexpresivo, con el corazón extrañamente atenazado. Si los huesos se encontraban entre las cenizas, desde esa distancia no los veía, pero ante él, alejada en el tiempo, surgió la imagen del viejo. Lo vio en el borde del corral, con la mano en alto a manera de saludo atónito, mientras él seguía de pie, cerca de allí, en el campo, los puños apretados, tratando de gritar, tratando de que su ira adolescente saliera en palabras claras, sensatas. No había conseguido otra cosa que chillar: «¡Estás loco, estás loco, eres un mentiroso, tienes la cabeza llena de idioteces, en un manicomio deberías estar!», y después, se había dado media vuelta y había echado a correr, llevándose consigo solo el cambio en la expresión del viejo, la súbita caída en una misteriosa tristeza, que después nunca más pudo quitarse de la cabeza. La vio mientras contemplaba las dos chimeneas desnudas.

Notó una presión en la mano, y al bajar la vista siguió viendo la misma expresión, casi sin percatarse de que era Bishop a quien tenía delante. El niño quería que lo auparan para ver. Lo levantó con aire ausente y lo apoyó en la horquilla del árbol para que mirara. A Rayber le pareció que la cara embotada, los ojos grises y vacíos eran un reflejo de la escena devastada al otro lado del campo. El pequeño volvió la cabeza al cabo de un momento y lo miró con fijeza. Una espantosa sensación de pérdida embargó a Rayber. Supo entonces que no podía seguir allí ni un minuto más. Se dio media vuelta con el niño y desanduvo a toda prisa el camino del bosque por el que había llegado hasta allí.

Una vez en la carretera, condujo aferrando con fuerza el volante, la cara tensa, la mente concentrada en el problema de Tarwater, como si su propia salvación y no solo la del muchacho dependieran de que él lo resolviese. Había echado a perder su plan al ir a Powderhead antes de tiempo. Sabía que ya no sería capaz de regresar, que tendría que encontrar otra manera. Repasó el episodio de esa tarde en la barca. Aquel sí, pensó, era el camino adecuado. Pero no había llegado lo bastante lejos. Decidió exponerle al muchacho la situación. No discutiría con él, solo le diría, le diría bien claro, que tenía una obsesión y le explicaría qué era. Contestara o no, cooperara o no, tendría que escuchar. Se iba a enterar de que había alguien que sabía exactamente lo que le pasaba por la cabeza y que lo comprendía por el simple hecho de que se trataba de algo comprensible. Esta vez llegaría hasta el fondo, se lo diría todo. Al menos de ese modo el muchacho sabría que no tenía secretos. Como quien no quiere la cosa, mientras estuvieran cenando, sacaría a relucir su obsesión, la expondría a la luz para que el muchacho la tuviera ante los ojos. Lo que hiciera con ella sería cosa suya. De repente, todo le pareció sumamente sencillo, el camino que debería haber seguido desde un buen principio. Solo el tiempo simplifica, pensó.

Paró a poner gasolina en una estación de servicio estucada en rosa donde vendían cerámicas y baratijas. Mientras le llenaban el depósito, se bajó y buscó algo para llevar como ofrenda de paz; en lo posible, quería que el encuentro fuera agradable. Recorrió con la mirada un estante de manos postizas y dientes de conejo de cotillón, cajas con cacas de perro de imitación para colocar en las alfombras, placas de madera con lemas cínicos grabados a fuego. Al final vio un sacacorchos y abrebotellas que cabía en la palma de la mano. Lo compró y se fue.

Cuando llegaron a la habitación, el muchacho seguía tumbado en el catre, la cara rígida envuelta en una calma sepulcral, como si no hubiese movido los ojos desde que ellos habían salido. Rayber recordó otra vez la imagen de la cara que su mujer debió de ver y, por un momento, el muchacho le produjo una repugnancia tan grande que se estremeció. Bishop se subió a los pies del catre y Tarwater sostuvo la mirada del pequeño. No parecía haberse percatado de la presencia de Rayber.

—Tengo tanta hambre que me comería un caballo —dijo el maestro—. Vamos, bajemos.

El muchacho volvió la cabeza y lo observó impasible, sin interés pero sin hostilidad.

—Si comemos aquí, eso mismo te van a dar —dijo.

A Rayber no le hizo gracia, pero sacó el sacacorchos y abrebotellas y lo dejó caer despreocupadamente sobre el pecho del muchacho.

—Algún día podría serte útil —comentó y fue a lavarse las manos en la palangana.

Por el espejo vio al muchacho cogerlo con delicadeza y examinarlo. Extrajo el sacacorchos de su cilindro y volvió a meterlo con aire pensativo. Lo estudió por delante y por detrás, lo sostuvo en la palma de la mano, donde cabía como una moneda de medio dólar. Y no tardó en decir a regañadientes:

—No me sirve para nada, pero gracias. —Y se lo guardó en el bolsillo.

Centró otra vez la atención en Bishop, como si ese fuera su sitio. Se incorporó sobre un codo y observó minuciosamente al pequeño.

—Eh, tú, levántate —dijo.

Podría haber sido una orden dada a un animalito al que estuviera adiestrando con éxito. Su voz era firme pero indagatoria. La hostilidad que se percibía en ella era contenida y apuntaba a un objetivo planificado. El pequeño lo miraba con total fascinación.

—Levántate ya mismo, te digo —repitió Tarwater despacio.

Obediente, el niño se bajó de la cama.

Rayber sintió una ridícula punzada de celos. Se quedó allí de pie, frunciendo con rabia el entrecejo, mientras el muchacho salía por la puerta sin decir palabra, seguido de Bishop. Poco después, tiró la toalla en la palangana y salió tras ellos.

La posada se sacudía con los saltos de cuatro parejas que bailaban en el otro extremo de la recepción, donde la mujer que dirigía el establecimiento tenía una máquina de discos. Ellos tres ocuparon una mesa roja de metal y Rayber apagó el audífono, esperando que terminara el alboroto. Se sentó y echó una mirada furiosa a su alrededor, contrariado por la intromisión.

Los bailarines tenían más o menos la edad de Tarwater pero era como si perteneciesen a una especie completamente distinta. Las muchachas se diferenciaban de los muchachos porque llevaban faldas ajustadas y las piernas al aire; las caras y las cabezas eran iguales. Bailaban con una concentración seria y febril. Bishop estaba embelesado. Se puso de pie en la silla para verlos mejor, la cabeza colgada hacia adelante como si de un momento a otro fuera a caérsele. Tarwater, los ojos sombríos y distantes, los miraba como si no existieran. Podría haberse tratado de insectos que zumbaban ante sus ojos.

La música concluyó con un quejido y los bailarines regresaron desordenadamente a su mesa y se despatarraron en las sillas. Rayber conectó el audífono y dio un respingo al oír el bramido de Bishop, retumbándole en la cabeza. El niño daba brincos en la silla gritando su decepción. En cuanto los bailarines lo vieron, el pequeño dejó de hacer barullo, se quedó quieto y, boquiabierto, los devoró con los ojos. Un silencio amargo cayó sobre los bailarines. Sus miradas eran de asombro y afrenta, como si acabaran de ser traicionados por un defecto de la creación, por algo que debería haber sido corregido antes de que ellos lo viesen. Para Rayber habría sido un placer cruzar de un salto la habitación y partirles la cara a sillazos. Los bailarines se levantaron, y empujándose de mala gana, salieron, se metieron todos en un coche descapotable y se alejaron con gran estruendo, lanzando una lluvia de indignada gravilla contra el costado de la posada. Rayber soltó el aliento como si estuviese afilado y fuera a cortarse con él. Entonces reparó en Tarwater.

El muchacho lo miraba a la cara con una sonrisa omnisciente, apenas perceptible, pero decidida. Era una sonrisa que Rayber ya le había visto. Era como si le hiciera burla desde un conocimiento íntimo cada vez más profundo que iba ganando en indiferencia a medida que se acercaba más y más a una verdad secreta sobre él.

Sin previo aviso, el significado de aquella sonrisa penetró en Rayber y sintió una rabia tan grande que las fuerzas lo abandonaron en el acto. Vete, quiso gritar. ¡Quita esa maldita cara insolente de mi vista! ¡Vete al infierno! ¡Vete a bautizar al mundo entero!

La mujer llevaba un rato de pie, a su lado, esperando para tomar nota de la comanda, pero por la atención que le prestaba podría haber sido invisible. Empezó a golpetear un vaso con el menú, luego se lo colocó con disimulo delante de la cara. Sin leerlo, le pidió:

—Tres hamburguesas con patatas fritas. —Y apartó el menú.

Cuando la mujer se fue, Rayber dijo secamente:

—Quiero poner algunas cartas sobre la mesa. —Buscó con la mirada los ojos del muchacho y, al ver el odiado destello, procuró calmarse.

Tarwater miró la mesa, como si esperase a que aparecieran las cartas.

—Lo que quiero decir es que voy a hablarte claro —dijo Rayber, conteniendo a duras penas la exasperación para que no se le notara en la voz. Se esforzó por mantener la mirada y el tono tan indiferentes como los de su interlocutor—. Tengo que decirte algunas cosas que deberás escuchar. Lo que hagas después es asunto tuyo. No tengo ningún interés en decirte lo que debes hacer. Solo quiero exponerte los hechos.

Su voz sonaba débil y quebradiza. Era como si leyese unos apuntes.

—Noto que empiezas a poder mirar a Bishop a los ojos. Es buena señal. Significa que estás progresando, pero no debes pensar que, por el hecho de que ahora puedas mirarlo a los ojos, te has salvado de lo que te reconcome. No te has salvado. El viejo todavía te tiene en un puño. No vayas a pensar lo contrario.

El muchacho siguió observándolo con la misma mirada omnisciente.

—En ti sí que cayó la simiente. Y no puedes hacer nada. Cayó en terreno malo, pero llegó hondo. En mi caso —dijo, orgulloso—, cayó en la piedra y se la llevó el viento.

El maestro aferró la mesa como si se dispusiera a empujarla contra el pecho del muchacho.

—¡Maldito seas! —dijo con voz ronca y entrecortada—. Cayó en ti y en mí de la misma manera. La diferencia está en que yo sé que la llevo dentro, y la tengo controlada. La arranco apenas crece, pero tú estás demasiado ciego para saber que la llevas dentro. Ni siquiera sabes qué es lo que te impulsa a hacer lo que haces.

El muchacho lo miró con rabia pero no dijo nada.

Al menos, pensó Rayber, he conseguido borrarle esa mirada de la cara. Guardó silencio durante un momento mientras buscaba la manera de seguir.

La mujer regresó con los tres platos. Los puso sobre la mesa despacio, para tener tiempo de observarlos. El hombre tenía la cara sudorosa y parecía abrumado, igual que el muchacho, que le lanzó una mirada aviesa. El hombre se puso a comer enseguida, como si quisiera acabar lo antes posible. El niño separó el pan y lamió la mostaza. El muchacho miraba su hamburguesa como si estuviera hecha con carne en mal estado y no la probó. La mujer se fue y desde la puerta de la cocina los observó indignada durante unos instantes. El muchacho cogió al fin la hamburguesa. Iba a llevársela a la boca, pero volvió a dejarla en el plato. La cogió y la volvió a dejar en el plato dos veces sin hincarle el diente. Después se encasquetó más el sombrero y se quedó sentado con los brazos cruzados. La mujer se hartó y cerró la puerta.

El maestro se inclinó sobre la mesa, los ojos muy fijos y brillantes.

—La comida no te pasa —dijo— porque algo te está carcomiendo. Y pienso decirte lo que es.

—Lombrices —dijo el muchacho, entre dientes, como si no pudiera aguantar más el asco.

—Hay que tener agallas para escuchar —dijo Rayber.

Tarwater se inclinó hacia él con una especie de irritante atención.

—No hay nada que tú puedas decirme que yo no tenga agallas para escuchar —dijo.

El maestro se reclinó en el asiento.

—Muy bien, entonces presta atención.

Se cruzó de brazos y lo miró un momento antes de empezar. Después habló fríamente.

—El viejo te pidió que bautizaras a Bishop. Tienes esa orden clavada en la cabeza como un peñasco que te bloquea el camino.

El muchacho palideció pero sus ojos no vacilaron. Miraban a Rayber con rabia, habían perdido su destello.

El maestro habló despacio, escogiendo las palabras como si buscara las piedras más firmes por donde vadear un arroyo caudaloso.

—Hasta que no te hayas librado de esa obsesión de bautizar a Bishop, no podrás progresar y ser una persona normal. En la barca te dije que te ibas a convertir en un monstruo. No debí hacerlo. Lo que quería decir es que puedes elegir. Quiero que veas la alternativa. Quiero que elijas y no que te dejes llevar simplemente por una obsesión que no entiendes. Cuando entendemos algo, podemos controlarlo —dijo—. Tienes que entender qué es lo que te bloquea. Me pregunto si eres lo bastante listo para comprenderlo. No es sencillo.

La cara del muchacho parecía seca y vieja, como si él hubiese comprendido aquello hacía mucho tiempo y ahora lo llevara en su interior como llevaba en la sangre el flujo de la muerte. Aquel mutismo ante los hechos conmovió al maestro. La rabia lo abandonó. La habitación estaba en silencio. Por las ventanas se había filtrado un matiz rosa que tiñó la mesa. Tarwater apartó la vista de su tío y miró a Bishop. El cabello del niño era rosa y más claro que su cara. Chupaba la cuchara; sus ojos estaban anegados en silencio.

—Quiero exponerte dos soluciones —dijo Rayber—. Lo que hagas dependerá de ti.

Tarwater volvió a mirarlo, sin burla, sin destello en los ojos, y también sin esperanza, como si su camino estuviera irrevocablemente trazado.

—El bautismo no es más que un acto vacío —dijo el maestro—. Si existe una manera de nacer de nuevo, será la que tú consigas por ti mismo, será mediante el conocimiento de ti mismo al que llegarás después de mucho tiempo, y tal vez después de muchos esfuerzos. No es una cosa que te venga de arriba, después de derramar un poco de agua y pronunciar unas cuantas palabras. Lo que quieres hacer no tiene ningún sentido, de modo que la solución más fácil sería que lo hicieras. Aquí y ahora, con este vaso de agua. Lo permitiría con tal de que te lo quitaras de la cabeza. Por lo que a mí respecta, puedes bautizarlo ahora mismo.

Le acercó su vaso de agua. Su mirada era paciente e irónica.

El muchacho echó un vistazo al vaso y luego miró para otro lado. Su mano, posada al lado del plato, tembló. Se la metió en el bolsillo y miró por la ventana. Por el aspecto parecía conmocionado, como si hubiesen puesto peligrosamente a'prueba su integridad.

El maestro apartó el vaso de agua.

—Sabía que lo considerarías demasiado chapucero —dijo—. Sabía que te negarías a hacer nada tan impropio de la valentía que ya has demostrado.

Levantó el vaso y se bebió el resto del agua. Luego volvió a dejarlo en la mesa. Era tal su cansancio que parecía al borde del desmayo; tan exhausto se lo veía que era como si acabara de alcanzar la cumbre de una montaña tras varios días de escalada.

Al cabo de una pausa, dijo:

—La otra manera no es tan sencilla. Es la que yo he querido para mí. Es la que se elige después de nacer de nuevo de forma natural, gracias a tu propio esfuerzo. A tu inteligencia. —Sus palabras sonaron inconexas—. La otra manera no es otra que enfrentarte a ello y luchar, cortar la mala hierba en cuanto la veas asomar. ¿Hace falta que te lo diga? ¿A un muchacho inteligente como tú?

—A mí no me tienes que decir nada —murmuró Tarwater.

—Yo no tengo la obsesión de bautizarlo —dijo Rayber—. La mía es más complicada, pero el principio es el mismo. La manera que tenemos de luchar contra ella es la misma.

—No es la misma —dijo Tarwater. Se volvió hacia su tío. El

destello había vuelto a aparecer—. Puedo arrancarla de raíz de una vez para siempre. Puedo hacer algo. No soy como tú. Tú no haces más que pensar en lo que hubieras hecho si lo hubieras hecho. Yo no. Yo puedo hacerlo. Puedo actuar. —Miraba a su tío con un desprecio completamente nuevo—. Yo no me parezco a ti en nada.

—Existen ciertas leyes que determinan la conducta de los hombres —dijo el maestro—. Tú no eres una excepción.

Comprobó con perfecta claridad que el único sentimiento que le inspiraba el muchacho era el odio. Detestaba incluso tenerlo ante su vista.

—Tú espera y verás —dijo Tarwater, como si probarlo fuera cuestión de poco tiempo.

—La experiencia es la peor maestra —dijo Rayber.

El muchacho se encogió de hombros y se levantó. Se fue hasta la puerta mosquitera y se quedó allí mirando hacia fuera. Bishop se bajó enseguida de la silla y lo siguió mientras se ponía el sombrero. Tarwater se puso rígido al acercarse el niño, pero no se movió, y Rayber los observó a los dos, allí de pie, uno al lado del otro, mirando por la puerta, las dos siluetas, ensombrecidas y en cierto modo antiguas, unidas por una necesidad de ánimo que lo excluía. Se sorprendió al ver que el muchacho le posaba la mano en el cuello a Bishop, justo debajo del sombrero, abría la puerta y lo acompañaba fuera. Imaginó que con eso de «hacer algo» el muchacho quería decir que iba a convertir al niño en su esclavo. Bishop lo seguiría como un perro fiel. En lugar de evitarlo, el muchacho pensaba controlarlo, demostrarle quién era el amo.

Y no voy a permitirlo, se dijo Rayber. Si alguien iba a controlar a Bishop, ese sería él. Dejó el dinero encima de la mesa, debajo del salero, salió y fue tras ellos.

El cielo tenía un tono rosa brillante y proyectaba una luz tan extraña que los colores se volvían más intensos. Cada hierba que asomaba entre la grava parecía un nervio de un verde muy vivo. Era como si el mundo estuviese mudando de piel. Los dos iban delante de él, ya se encontraban en mitad del muelle, caminaban despacio, la mano de Tarwater seguía justo debajo del sombrero de Bishop; Rayber tuvo la impresión de que era Bishop quien guiaba, que el niño era quien había hecho la captura. Con placer macabro pensó que, tarde o temprano, ya se encargarían de rebajarle al muchacho la confianza en su propio juicio.

Cuando llegaron al final del muelle, se quedaron mirando el agua desde lo alto. Después, para disgusto de Rayber, el muchacho levantó al niño por las axilas como si fuera un saco, lo bajó del muelle y lo depositó en la barca que había allí atada.

—No te he dado permiso para que lleves a Bishop en barca —dijo Rayber.

Tal vez Tarwater lo oyera, o tal vez no, pero no contestó. Se sentó en el borde del muelle y durante unos instantes paseó la mirada por el agua y la orilla opuesta. Medio globo rojo pendía casi inmóvil por ese lado, como si fuese la otra mitad del sol, alargada y partida en dos por una franja de bosque. Las nubes rosadas, de tonos salmón, flotaban en el agua a diferentes profundidades. A Rayber le entraron de pronto unas ganas inmensas de pasar media hora a solas, de perderlos de vista a los dos.

—Pero puedes llevarlo —dijo—, si tienes cuidado.

El muchacho no se movió. Estaba inclinado hacia adelante, los delgados hombros encorvados, las manos firmemente aferradas al borde del muelle. Parecía estar allí en vilo, dispuesto a dar un paso trascendental.

Se dejó caer dentro de la barca, al lado de Bishop.

—¿Cuidarás de él? —preguntó Rayber.

La cara de Tarwater era como una vieja máscara, seca y sin color.

—Me ocuparé de él —dijo.

—Gracias —dijo su tío.

Experimentó un breve sentimiento de afecto por el muchacho. Recorrió tranquilamente el muelle y se fue a la posada; al llegar a la puerta, se volvió y contempló la barca desplazarse por el lago hasta quedar a la vista. Levantó el brazo y saludó, pero Tarwater no dio señales de haberlo visto, y Bishop estaba de espaldas. La pequeña silueta de sombrero negro iba sentada como un pasajero transportado por el hosco barquero a través del lago, rumbo a un destino misterioso.

Al regresar a su cuarto, Rayber se acostó en el catre y trató de sentir la misma liberación que había notado por la tarde durante el paseo en coche. En presencia del muchacho, experimentaba sobre todo una sensación de presión, y cuando se libraba de ella un instante, se daba cuenta de cuán intolerable era. Se quedó tumbado, pensando con disgusto en el momento en que la cara silenciosa y rebelde volviera a asomar por la puerta. Se imaginó el resto del verano teniendo que aguantar la fría intratabilidad del muchacho. Empezó a pensar en la posibilidad de que se marchara por su propia voluntad, y poco después, se dio cuenta de que eso era exactamente lo que quería que hiciese. Rehabilitarlo ya no suponía para él un desafío. Lo único que quería era quitárselo de encima. Horrorizado, se imaginó teniendo que cargar con él para siempre y empezó a considerar algunas formas de adelantar su partida. Sabía que nunca se iría mientras estuviese Bishop. Se le pasó por la cabeza la posibilidad de internar a Bishop en algún asilo durante unas semanas. La idea lo conmocionó y decidió pensar en otras cosas. Dormitó un rato y soñó que él y Bishop se marchaban en el coche a toda velocidad, logrando escapar con bien de una nube que descendía como un tornado. Al despertar comprobó que la habitación estaba en penumbra.

Se levantó y fue a la ventana. La barca con los dos se encontraba cerca del centro del lago, casi inmóvil. Estaban los dos sentados, cara a cara, aislados en el agua, Bishop pequeño y achaparrado, Tarwater flaco, enjuto, algo inclinado hacia adelante, completamente concentrado en la silueta que tenía enfrente. Parecían inmovilizados en una especie de campo magnético de atracción. El cielo era de un tono violáceo intenso, como si estuviese a punto de estallar y sumirse en la oscuridad.

Rayber se apartó de la ventana y volvió a tumbarse en el catre pero ya no tenía sueño. Tenía la extraña sensación de encontrarse en un compás de espera, haciendo tiempo. Siguió acostado con los ojos cerrados, como escuchando algo que solo alcanzaba a oír con el audífono desconectado. Había experimentado esa sensación de encontrarse en un compás de espera, similar en intensidad pero no en calidad, cuando era niño y anhelaba que la ciudad floreciera de un momento a otro y se convirtiera en un eterno Pow-

derhead. Algo le decía que ahora esperaba un cataclismo. Esperaba que el mundo entero se convirtiera en una mancha quemada
entre dos chimeneas.

No sería más que un observador. Esperó con serenidad. La
vida nunca había sido con él lo bastante buena para que se estre-
meciera ante su destrucción. Se dijo que era indiferente incluso a
su propia disolución. Le pareció que esa indiferencia era lo máximo a lo que podía aspirar la dignidad humana, y de momento,
dejando de lado sus fallos, dejando de lado incluso el hecho de
que esa tarde había escapado de milagro, sentía que la había alcanzado. La paz era no sentir nada.

Contempló despreocupado la luna redonda y rojiza que asomaba por el ángulo inferior de la ventana. Podría haber sido el sol
naciente en la mitad opuesta del mundo. Tomó una decisión.
Cuando el muchacho regresara, le diría: Bishop y yo nos volvemos
esta misma noche a la ciudad. Podrás venir con nosotros con estas
condiciones: no te pido que *empieces* a cooperar, sino que coope-
res plenamente y en todo, que cambies de actitud, que te dejes someter a pruebas, que te prepares para ir a la escuela en otoño, y
que te quites ese sombrero de la cabeza ahora mismo y lo tires por
la ventana, al lago. Si no cumples con estas condiciones, entonces
Bishop y yo nos iremos sin ti.

Cinco días había tardado en alcanzar ese estado de claridad.
Pensó en sus estúpidas emociones, la noche en que el muchacho
había llegado, se vio sentado al lado de la cama, pensando que
al fin tenía un hijo con futuro. Se vio siguiendo al muchacho
por aquellos callejones, hasta ir a parar a un templo detestable,
se vio a sí mismo como un idiota, de pie, con la cabeza en la

ventana, escuchando predicar a la niña loca. Era increíble. Incluso el plan de llevar al muchacho de vuelta a Powderhead le parecía ahora ridículo, y la visita a Powderhead de esa misma tarde era el acto propio de un demente. La indecisión, la incertidumbre, el entusiasmo que lo habían acompañado hasta entonces le parecían vergonzosos y absurdos. Sintió que había recuperado la razón después de cinco días de locura. Estaba impaciente por que Tarwater y Bishop regresaran para poder lanzar su ultimátum.

Cerró los ojos y repasó la escena con todo detalle, viendo la cara huraña acorralada, los ojos altivos obligados a mirar al suelo. Su fuerza radicaría en el hecho de que le resultaba indiferente si el muchacho se quedaba o se marchaba, indiferente no, quería que se marchara. Sonrió al pensar que a su indiferencia le faltaba ese matiz para alcanzar la perfección. No tardó en volver a quedarse dormido, y una vez más, él y Bishop huían en el coche, seguidos de cerca por el tornado.

Cuando despertó nuevamente, la luna viajaba hacia el centro de la ventana y había perdido su color. Se incorporó sobresaltado como si la luna fuese una cara que lo estuviese mirando, un mensajero pálido y jadeante que acabara de llegar.

Se levantó y fue a asomarse a la ventana. El cielo era de un negro profundo y una senda desierta de luz de luna cruzaba el lago. Se asomó más, entrecerró los ojos, pero no vio nada. La calma lo inquietó. Conectó el audífono y la cabeza se le llenó enseguida con el bordoneo constante de los grillos y las ranas de San Antonio. Buscó la barca en la oscuridad y no la vio. Aguardó expectante. Y un momento antes del cataclismo, aferró la caja metálica del audífono como si estuviera arañándose el corazón. Un bramido inconfundible rompió el silencio.

Rayber no se movió. Se quedó completamente quieto, rígido, inexpresivo, mientras el aparato captaba a lo lejos los sonidos de una lucha feroz, sostenida. El bramido cesó, luego volvió a oírse y se hizo constante, cada vez más fuerte. Por efecto del aparato, los sonidos parecían provenir de su interior, como si algo dentro de él pugnara por liberarse. Rechinó los dientes. Los músculos de la cara se le contrajeron y mostraron debajo arrugas de dolor más duras que el hueso. Apretó los dientes. No debía escapársele un solo grito. Lo único que sabía, de lo único que estaba seguro era que no debía escapársele un solo grito.

El bramido aumentaba y disminuía en intensidad, después resonó una última vez, como si aprovechando su propio impulso, y tras siglos de espera, lograra por fin escapar y fundirse en el silencio. Los burbujeantes ruidos de la noche volvieron a cercar a Rayber.

Siguió de pie, rígido, delante de la ventana. Sabía lo que había pasado. Para él era tan evidente, como si hubiese estado en el lago con el muchacho, y entre los dos hubiesen tomado al niño y lo hubiesen sujetado debajo del agua hasta que dejara de luchar.

Contempló el lago, vacío y tranquilo, y el bosque oscuro que lo rodeaba. El muchacho lo estaría atravesando, para ir en pos de su espantoso sino. Rayber supo, con la misma certeza con que sentía el latido monótono y mecánico de su corazón, que Tarwater había bautizado al niño al mismo tiempo que lo ahogaba, que se dirigía hacia todo aquello para lo que el viejo lo había preparado, que se alejaba por el bosque negro hacia un encuentro violento con su destino.

Siguió allí de pie tratando de recordar algo más antes de apartarse de la ventana. Por fin le vino a la mente y fue algo tan lejano y vago que quizá ya hubiera ocurrido hacía mucho tiempo. Y era que al día siguiente dragarían el lago, en busca de Bishop.

Y esperó que comenzara el dolor atroz, la pena insoportable que se merecía, para poder así desentenderse, pero siguió sin sentir nada. Se quedó en la ventana, algo mareado, y solo cuando se dio cuenta de que el dolor no llegaría, se derrumbó.

Tercera parte

10

La luz de los faros descubrió al muchacho medio agazapado junto al camino, la cabeza vuelta con expectación, los ojos teñidos de un breve fulgor rojo, como los de los conejos y los ciervos cuando por las noches cruzan raudos la carretera delante de los coches en marcha. Llevaba las perneras de los pantalones mojadas hasta la rodilla, como si acabara de atravesar una ciénaga. El camionero, diminuto en la cabina acristalada, detuvo el camión imponente, dejó el motor al ralentí y se inclinó sobre el asiento vacío para abrir la puerta. El muchacho se subió.

Era un camión portavehículos, inmenso y esquelético, que llevaba cuatro coches apretujados como balas. El camionero, un hombre flaco y nervudo, con la nariz muy aplastada y los párpados caídos, miró con suspicacia al pasajero, después cambió la marcha y el camión echó a rodar otra vez, rugiendo ferozmente.

—Me vas a tener que mantener despierto o no te llevo, chico —dijo—. No te recogí para hacerte un favor. —Su voz, con acento de alguna otra parte del país, se elevaba al final de cada frase.

Tarwater abrió la boca como si esperara que le salieran las palabras, pero no hubo manera. Se quedó mirando al hombre con la boca entreabierta y la cara pálida.

—No es broma, chico —dijo el camionero.

El muchacho apretaba los codos contra el cuerpo para no temblar.

—Solo quiero ir hasta donde esta carretera se junta con la Cincuentiséis —dijo al fin.

La voz le salió con unos altibajos curiosos, como si la utilizara por primera vez después de un fallo crucial. Daba la impresión de que él también estuviera escuchándola, tratando de oír más allá del temblor para llegar a la base sólida del sonido.

—Empieza a hablar —le pidió el camionero.

El muchacho se humedeció los labios. Al cabo de un rato, con voz atiplada, completamente fuera de control, dijo:

—En mi vida perdí el tiempo hablando. Siempre hice algo.

—¿Y qué hicistes últimamente? —preguntó el hombre—. ¿Cómo es que llevas las perneras mojadas?

El muchacho bajó la vista y se quedó mirando las perneras mojadas. Al observarlas, fue como si desviaran sus pensamientos de lo que iba a decir, como si absorbieran por completo su atención.

—Despierta, chico —dijo el camionero—. Te pregunto cómo es que llevas las perneras mojadas.

—Porque no me los quité al hacerlo —dijo él—. Me quité los zapatos, pero no los pantalones.

—¿Al hacer qué?

—Me voy a casa —dijo él—. Es un lugar cerca de donde me bajo en la Cincuentiséis, después sigo un rato por esa carretera y me meto por un camino de tierra. Cuando llegue seguro que será de día.

—¿Cómo es que tienes las perneras mojadas? —insistió el camionero.

—Ahogué a un niño —dijo Tarwater.

—¿Solo a uno? —preguntó el camionero.

—Sí. —Sujetó al hombre por la manga de la camisa. Sus labios se movieron un instante. Se quedaron quietos y luego vuelta a empezar, como si tras ellos se ocultara la fuerza de un pensamiento, pero no las palabras. Cerró la boca, lo intentó de nuevo, pero no emitió sonido alguno. Y de repente, la frase salió veloz y desapareció—: Lo bauticé.

—¿Cómo? —dijo el hombre.

—Fue un accidente. Lo hice sin querer —dijo entrecortadamente. Con voz más calma, añadió—: Las palabras salían solas, pero no significan nada. No se puede nacer de nuevo.

—Habla claro —dijo el hombre.

—Yo solo quería ahogarlo —dijo el muchacho—. No se nace más que una vez. Solo eran unas cuantas palabras que me se escaparon de la boca y cayeron al agua.

Sacudió la cabeza con fuerza como si quisiera dispersar sus pensamientos.

—A donde voy solamente queda el establo —siguió diciendo—, porque la casa se quemó, pero así es como la quiero. No quiero nada suyo. Ahora todo es mío.

—¿Suyo de quién? —masculló el hombre.

—De mi tío abuelo —contestó el muchacho—. Para allá me vuelvo. Y ya no me voy a ir más. Ahora soy yo quien manda. No se levantará ni una sola voz. No me tendría que haber ido nunca, pero quería demostrar que no era un profeta y lo demostré.

—Hizo una pausa y tironeó al hombre de la manga—. Lo demostré ahogándolo. Y si lo bauticé, fue un accidente. Ahora lo único que tengo que hacer es ocuparme de mis asuntos hasta que muera. No tengo que bautizar ni profetizar.

El hombre le echó un vistazo rápido y volvió a mirar la carretera.

—No va a haber ninguna destrucción ni ningún fuego —siguió diciendo el muchacho—. Están los que pueden actuar y los que no pueden, y los que tienen hambre y los que no. Y punto. Yo puedo actuar. Y no tengo hambre.

Las palabras le salieron en tropel, como empujándose unas a otras. Después se quedó repentinamente callado. Parecía observar la oscuridad que la luz de los faros iba empujando delante de ellos, siempre a la misma distancia. Los carteles aparecían de repente y desaparecían al costado de la carretera.

—No se entiende nada de lo que estás contando, pero sigue inventando un poco más —dijo el camionero—. Tengo que seguir despierto. Que no te llevo solamente para pasar el rato.

—No tengo nada más que decir —dijo Tarwater. Su voz sonaba débil, como si una palabra más fuera a destruirla para siempre. Parecía quebrarse en cuanto cada sonido encontraba el modo de salir—. Tengo hambre.

—Hace nada dijiste que no tenías hambre —comentó el camionero.

—No tengo hambre del pan de vida —dijo el muchacho—. Tengo hambre de comer algo ahora mismo. Vomité la comida y no cené nada.

El camionero se palpó el bolsillo. Sacó un sándwich medio doblado y envuelto en papel parafinado.

—Toma, te lo puedes comer. Apenas lo probé, solo le falta un bocado. No me gustó.

Tarwater lo aceptó y lo sostuvo en la mano con el envoltorio. No lo abrió.

—Bueno, ¡cómetelo! —dijo el camionero exasperado—. ¿Qué te pasa?

—Cuando voy a comer, no tengo hambre —dijo Tarwater—. Es como estar vacío, como si tuviera una cosa en el estómago que no deja que me entre nada. Si lo como, lo devuelvo.

—Vamos a ver —dijo el camionero—. No quiero que me vomites en el camión y si tienes algo contagioso, te bajas ahora mismo.

—No estoy enfermo —dijo el muchacho—. Nunca estuve enfermo en mi vida, solo una vez que comí demasiado. Cuando lo bauticé nada más eran palabras. Cuando vuelva a casa, voy a mandar yo. Tendré que dormir en el establo hasta que me pueda construir otra casa. Me pasó por ser estúpido, tendría que haberlo sacao fuera para quemarlo. No tendría que haber quemao la casa con él dentro.

—Todos los días se aprende algo —dijo el camionero.

—Mi otro tío lo sabe todo —dijo el muchacho—, pero eso no impide que sea tonto. No sabe hacer nada. Lo único que sabe hacer es entender las cosas. Tiene la cabeza enchufada. Por la oreja le entra un cable con electricidad. Es capaz de leerte el pensamiento. Él sabe que no se puede nacer de nuevo. Yo sé todo lo que él sabe, con la diferencia que sé lo que tengo que hacer. Y lo hice —añadió.

—¿Por qué no hablas de otra cosa? —preguntó el camionero—. ¿Cuántas hermanas tienes en casa?

—Nací en un accidente —dijo el muchacho.

Se quitó el sombrero y se frotó la cabeza. El pelo ralo y aplastado lucía oscuro sobre su frente blanca. Sostuvo el sombrero en el regazo como si fuera un cuenco y miró en su interior. Sacó una cajita de fósforos de madera y una tarjeta blanca.

—Guardé todas estas cosas en el sombrero al ahogarlo —comentó—. Tenía miedo que me se mojaran los bolsillos. —Se acercó la tarjeta a los ojos y la leyó en voz alta—: T. Fawcett Meeks. Southern Copper Parts, Accesorios de Cobre. Mobile, Birmingham, Atlanta.

Metió la tarjeta en la cinta interior del sombrero y se lo puso otra vez. Guardó la cajita de fósforos en el bolsillo.

El camionero empezó a cabecear. Sacudió la cabeza y dijo:

—Habla, maldita sea.

El muchacho metió la mano en el bolsillo y sacó el sacacorchos y abrebotellas que le había regalado el maestro.

—Me lo regaló mi tío —dijo—. En el fondo no es malo. Sabe mucho. Supongo que algún día este trasto me va a servir para algo. —Y observó el utensilio, compacto, en la palma de su mano—. Supongo que me va a servir para abrir algo.

—Cuéntame un chiste —le pidió el camionero.

El muchacho no tenía pinta de saber ningún chiste. Tampoco tenía pinta de saber lo que era un chiste.

—¿Sabe cuál es el invento más grande del hombre? —preguntó finalmente.

—No —contestó el camionero—. ¿Cuál?

El muchacho no contestó. Tenía otra vez la mirada perdida en la oscuridad y daba la impresión de haber olvidado la pregunta.

—¿Cuál es el invento más grande del hombre? —preguntó el camionero, malhumorado.

El muchacho se volvió y lo miró con cara de no entender. Carraspeó como si se ahogara y luego dijo:

—¿Cómo?

El camionero le echó una mirada furibunda y le preguntó:

—¿Se puede saber qué te pasa?

—Nada —dijo el muchacho—, siento hambre pero no tengo hambre.

—A ti te falta un tornillo —dijo el camionero entre dientes—. Cuando viajas por estos estados te das cuenta de que a todos les falta un tornillo. Hasta que no llegue a Detroit no voy a encontrar a nadie en su sano juicio.

Recorrieron unos cuantos kilómetros en silencio. El camión avanzaba cada vez más despacio. Al camionero le pesaban los párpados como si fueran de plomo y sacudía la cabeza para mantener los ojos abiertos. Y casi enseguida se le volvían a cerrar. El camión empezó a dar bandazos. El hombre dio una violenta cabezada, estacionó en el amplio arcén, se reclinó en el respaldo y se puso a roncar sin haber mirado a Tarwater ni una vez.

El muchacho siguió sentado, en silencio, en su lado de la cabina. Tenía los ojos muy abiertos, sin el menor indicio de sueño. Era como si les resultara imposible cerrarse, como si estuvieran eternamente abiertos ante una imagen que no fuera a abandonarlos jamás. Poco después se cerraron, pero él no se relajó. Siguió sentado, erguido y tieso, con una expresión todavía alerta en la cara, como si tras los párpados cerrados un ojo interior estuviera observando, penetrando la verdad en la distorsión de su sueño.

Estaban sentados frente a frente en una barca suspendida en una oscuridad tenue, sin fondo, apenas algo más pesada que el aire negro que los rodeaba, pero la oscuridad no le impedía ver. Veía como si fuese de día. Miró a través de la negrura y vio a la perfección los ojos callados y luminosos del niño que tenía enfrente. Aquellos ojos habían dejado de ser tenues y apuntaban hacia él, fijos, color pescado. A su lado, de pie en la barca, oficiando de guía, iba su amigo fiel, flaco, como una sombra, el que lo había aconsejado en el campo y en la ciudad.

Date prisa, dijo. El tiempo es como el oro y el oro es como la sangre y el tiempo convierte la sangre en polvo.

El muchacho miró hacia arriba, a los ojos de su amigo inclinado sobre él, y se asustó al ver que, en la extraña oscuridad, eran penetrantes, de color violeta, y que estaban muy juntos, clavados en él con una extraña mirada de hambre y avidez. Apartó la cabeza, desconcertado por aquella atención.

No hay acto más definitivo que este, dijo su amigo. Cuando se trata con los muertos, hay que actuar. No hay palabras suficientes para decir NO.

Bishop se quitó el sombrero y lo tiró por la borda, donde flotó sobre el ala, negro, en la negra superficie del lago. El muchacho volvió la cabeza, siguió el sombrero con la mirada y de pronto vio que la orilla se perfilaba a sus espaldas, a escasos veinte metros, silenciosa como la frente de un leviatán, asomando apenas sobre la superficie del agua. Se sintió incorpóreo, como si solo fuera una cabeza llena de aire, a punto de enfrentarse a todos los muertos.

Sé hombre, le aconsejó su amigo, sé hombre. Es un retrasao, solo tienes que ahogarlo.

El muchacho acercó la barca a una oscura mata de arbustos y la amarró. Luego se quitó los zapatos, guardó el contenido de los bolsillos en el sombrero y colocó el sombrero encima de un zapato, mientras los ojos grises no se despegaban de él ni un instante, como si esperasen serenamente una lucha ya decidida. Los ojos violeta, también fijos en él, esperaban con mal disimulada impaciencia.

No es momento de perder el tiempo, dijo su mentor. Una vez esté hecho, estará hecho para siempre.

El agua fluía desde la orilla como una lengua ancha y negra. El muchacho se bajó de la barca y se quedó quieto, notando el barro entre los dedos de los pies y la humedad subiéndole por las piernas. El cielo estaba salpicado de ojos fijos, tranquilos, como la cola desplegada de un pájaro celestial de la noche. Mientras él seguía mirando como perdido, el niño se puso de pie en la barca, lo asió del cuello y se subió a sus hombros. Se quedó así, agarrado como un cangrejo enorme a una ramita, y el muchacho notó con espanto que se hundía de espaldas en el agua, como si la orilla entera tirara de él hacia abajo.

Sentado en la cabina del camión, erguido y tieso, los músculos comenzaron a contraérsele, agitó los brazos, abrió la boca para dar paso a unos gritos que se negaban a salir. La cara pálida tembló en una violenta mueca. Podría haberse tratado de Jonás, aferrándose con furia a la lengua de la ballena.

En el camión, el silencio se onduló con los ronquidos del camionero, que movía la cabeza de un lado a otro. Al agitar los brazos, el muchacho estuvo a punto de tocarlo una o dos veces mientras luchaba por librarse de la monstruosa oscuridad circundante.

De vez en cuando pasaba algún coche, iluminando por un momento su cara contraída. Forcejeaba con el aire como si lo hubiesen lanzado, igual que un pez, a la orilla de los muertos, sin pulmones para respirar. La noche empezaba por fin a desvanecerse. Hacia el este una llanura roja apareció en el cielo, apenas por encima de las copas de los árboles, y una luz parda fue alumbrando los campos a ambos lados. De pronto, con voz ronca y aguda, el muchacho derrotado gritó las palabras del bautismo, se estremeció y abrió los ojos. Oyó las imprecaciones sibilantes de su amigo desvanecerse en la oscuridad.

Siguió sentado y tembloroso en el rincón de la cabina, mareado y exhausto, con los brazos apretados a los costados. La llanura se había ensanchado y el sol la había partido para elevarse majestuoso en su centro, desplegando las rojas alas. Con los ojos abiertos, la cara del muchacho comenzó a parecer menos vigilante. Despacio, con fuerza, cerró el ojo interior que había presenciado el sueño.

En una mano aferraba el sándwich que le había dado el camionero. Lo había traspasado con los dedos. Abrió la mano y lo miró como si no tuviese idea de lo que era; luego se lo guardó en el bolsillo.

Poco después, agarró al camionero por el hombro y lo sacudió con violencia; el hombre despertó y asió el volante convulsivamente como si el camión avanzase a gran velocidad. Entonces cayó en la cuenta de que estaba parado. Se volvió y lanzó al muchacho una mirada colérica.

—¿Pero tú qué te has creído? ¿Adónde te crees que vas? —preguntó, enfurecido.

Tarwater estaba pálido pero su gesto era resuelto.

—Me voy a casa —dijo—. Ahora mando yo.

—Pues te bajas y te vas —dijo el camionero—. Yo de día no llevo a locos.

El muchacho abrió la puerta con dignidad y se bajó de la cabina. Se quedó al costado del camino, ceñudo pero indiferente, y esperó a que el monstruo gigantesco y chirriante se alejara y desapareciera. La carretera se extendía ante él, flaca y gris, y el muchacho echó a andar, pisando el suelo con fuerza. Sus piernas y su voluntad le bastaban. Se volvió de cara hacia el claro. Al atardecer estaría allí, al atardecer estaría en el lugar donde comenzaría a vivir la vida que él había elegido, y donde, para el resto de sus días, haría valer su rechazo.

11

Cuando llevaba casi una hora andando, sacó el sándwich perforado que el camionero le había dado, y que se había metido en el bolsillo con el envoltorio. Lo desenvolvió y tiró el papel, que salió volando a sus espaldas. El camionero había mordido uno de los extremos. El muchacho se metió el extremo no mordido en la boca, pero enseguida lo sacó con unas leves marcas de los dientes, y se lo guardó otra vez en el bolsillo. Solo el estómago lo rechazaba; su cara parecía terriblemente hambrienta y decepcionada.

La mañana era clara, despejada y brillante. El muchacho caminaba por el terraplén y no miraba por encima del hombro cuando los coches se aproximaban por detrás y pasaban veloces, pero cuando desaparecían por la estrecha franja de la carretera, sentía crecer la distancia que lo separaba de su objetivo. El suelo bajo sus pies era extraño, como si caminara sobre el lomo de una bestia gigante que, de un momento a otro, fuera a estirar algún músculo y a lanzarlo de cabeza a la cuneta. El cielo era como una valla luminosa que impedía salir a la bestia. La luz lo deslumbraba, obligándolo a entrecerrar los ojos, pero detrás de los párpados, ocultas a su vista cotidiana, pero visibles a su ojo interior, que se mantenía rígidamente abierto, se extendían las claras fronteras grises del país que se había salvado de cruzar.

Para obligarse a apurar el paso, cada pocos metros se repetía que pronto estaría en casa, que entre él y el claro solo quedaba el resto del día. Le ardían la garganta y los ojos por la sequedad y notaba los huesos frágiles, como si fueran los de alguien más viejo, con mucha experiencia. Y cuando la analizaba —a su experiencia—, le resultaba evidente que, desde la muerte de su tío abuelo, había vivido la vida entera de un hombre. Ya no regresaba como un muchacho. Regresaba acrisolado por el fuego de su rechazo, despojado, por obra del fuego, de todas las fantasías del viejo, sofocada para siempre la locura del viejo, de manera que no quedaba una sola posibilidad de que volviera a brotar en él. Se había salvado para siempre del destino que había vislumbrado cuando, en el vestíbulo de la casa del maestro, al mirar a los ojos del niño retrasado, se había visto a sí mismo arrastrándose tras la sombra sangrante, hedionda y loca de Jesús, abandonado para siempre a sus propias inclinaciones.

El hecho de que realmente hubiese bautizado al niño lo inquietaba solo a ratos, y cada vez que lo pensaba, analizaba su naturaleza accidental. Fue un accidente y nada más. Solo tenía en cuenta que el niño había muerto ahogado y que él lo había ahogado, y que en el orden de las cosas, ahogar a alguien era un acto más importante que unas cuantas palabras lanzadas al agua. Se daba cuenta de que únicamente en ese pequeño detalle el maestro había ganado, mientras él había fracasado. El maestro no lo había bautizado. El muchacho recordó sus palabras: «Las agallas las llevo en la cabeza». Yo también llevo las agallas en la cabeza, pensó el muchacho. Aunque, por una de esas casualidades, no hubiese sido un accidente, lo que no tenía importancia en un caso no la tenía en el otro; y él sí había logrado ahogar al niño. No había dicho NO, lo había hecho.

El sol, antes apenas una bola de luz resplandeciente, se estaba volviendo nítido cual inmensa perla, como si sol y luna se hubiesen fundido en brillante matrimonio. A través de los ojos entrecerrados, el muchacho lo convirtió en una mancha negra. Cuando era niño, y para ver qué ocurría, en varias ocasiones había intentado ordenarle al sol que se quedara quieto, y una vez, durante todo el tiempo que lo observó —unos pocos segundos—, el sol se había quedado quieto, pero cuando él volvió la espalda, se había movido. Ahora le hubiera gustado que desapareciera por completo del cielo o que una nube lo tapara. Volvió la cara lo suficiente para apartarlo de su vista, y otra vez fue consciente del campo, que parecía yacer más allá del silencio, o en él, extendiéndose en la distancia, a su alrededor.

Rápidamente fijó otra vez el pensamiento en el claro. Pensó en la zona quemada que había justo en el medio e imaginó con todo lujo de detalles cómo recogería los huesos quemados que encontrara entre las cenizas de la casa para ir a aventarlos al barranco más cercano. Imaginó a la persona tranquila y desapasionada que lo haría, que quitaría los escombros y reconstruiría la casa. Más allá del resplandor, notó que había otra silueta, un forastero flaco, el fantasma que había nacido en el accidente y que, en aquel momento, se había creído destinado a la tortura de profetizar. Al muchacho le pareció evidente que esa persona, que no le hacía ningún caso, estaba loca.

Cuanto más quemaba el sol más sed tenía, y el hambre y la sed juntas le producían un dolor que lo recorría de arriba abajo y de lado a lado. Se disponía a sentarse cuando allá adelante, en una zona barrida al costado de la carretera, vio la barraca de unos negros. En el corral había un negrito, con un cerdo cimarrón por única compañía. Sus ojos ya estaban clavados en el muchacho que se aproximaba por el camino. A medida que se fue acercando, Tarwater vio a un grupo de niños de color que lo observaban desde la puerta de la barraca. Al costado, debajo de un almez, había un aljibe y apuró el paso.

—Quiero un poco de agua —dijo, acercándose al niño que estaba delante. Sacó el sándwich del bolsillo y se lo ofreció. El niño, que tenía más o menos el tamaño y el físico de Bishop, lo cogió y se lo metió en la boca con un solo ademán, sin apartar en ningún momento los ojos de la cara del muchacho.

—Allá tienes —dijo, señalando el aljibe con el sándwich.

Tarwater fue al aljibe y subió el cubo hasta el borde. Había un cucharón pero no lo utilizó. Se inclinó, metió la cara en el agua y bebió. Bebió hasta marearse. Luego se quitó el sombrero y hundió la cabeza en el agua. Cuando tuvo toda la cara sumergida, una sacudida recorrió su cuerpo, como si nunca lo hubiese tocado el agua. Miró hacia abajo y vio un charco gris y claro, y mucho más abajo, dos ojos serenos y silenciosos clavados fijamente en él. Sacó a toda prisa la cabeza del cubo y retrocedió medio tambaleándose, mientras la barraca borrosa, luego el cerdo, luego el negrito, que seguía mirándolo fijamente, fueron cobrando nitidez. Se encasquetó el sombrero en la cabeza mojada, se secó la cara con la manga y se alejó a toda prisa. Los negritos se quedaron observándolo hasta que salió del lugar y hubo desaparecido carretera abajo.

La visión se le prendió en la cabeza como un abrojo y el muchacho recorrió más de un kilómetro antes de darse cuenta de que no la había visto. Por extraño que pareciera, el agua no había mitigado su sed. Para no pensar en ella, hurgó en el bolsillo, sacó el regalo del maestro y se puso a admirarlo. Y en eso recordó que también llevaba una moneda de cinco centavos. En la primera tienda o gasolinera que encontrara, se compraría una bebida y la abriría con el abrebotellas. El utensilio diminuto brillaba en la palma de su mano como prometiendo abrirle grandes cosas. Empezó a darse cuenta de que, cuando tuvo ocasión, no había apreciado al maestro como era debido. En su mente, las arrugas de la cara de su tío habían perdido nitidez y comenzó a ver otra vez los ojos cargados de conocimiento que había imaginado antes de emprender su viaje a la ciudad. Guardó el sacacorchos y abrebotellas en el bolsillo y lo tuvo apretado en la mano como si, a partir de ese momento, fuese su talismán.

No tardó en avistar el cruce donde la Cincuenta y seis se unía con la carretera en la que se encontraba. El camino de tierra estaba a poco más de quince kilómetros de allí. En el otro extremo del cruce había una tienda destartalada con gasolinera incluida. Pensando con ansia en la bebida que compraría apuró el paso, mientras su sed crecía por momentos. Cuando estuvo más cerca, vio a la mujerona de pie en la puerta del establecimiento. Aumentó su sed, pero su entusiasmo desapareció. Recostada en el marco de la puerta con los brazos cruzados, la mujerona tapaba toda la entrada. Tenía los ojos negros, la cara como el granito y una lengua que persistía en hacer preguntas. Él y su tío abuelo habían comprado a veces en aquel establecimiento y cuando estaba la mujer, al viejo le gustaba quedarse un rato y charlar, porque la encontraba agradable como la sombra de un árbol. El muchacho siempre había esperado impacientemente, pateando la grava, la cara sombría por el aburrimiento.

Ella lo vio aproximarse por la carretera y aunque no se movió ni levantó la mano, el muchacho notó que sus ojos tiraban de él como si acabara de pescarlo. Cruzó la carretera y se sintió arrastrado, mientras miraba ceñudo un punto neutral entre la barbilla y el hombro de la mujerona. Cuando el muchacho llegó y se detuvo, ella no dijo palabra, se limitó a observarlo, entonces él se vio en la obligación de levantar la vista y verle los ojos. Penetraban en él, negros y fijos. Todo el conocimiento estaba en su cara imperturbable, y los brazos cruzados indicaban un juicio fijado desde la fundación de los tiempos. Habría podido llevar dos enormes alas plegadas a la espalda y no habría resultado extraña.

—Los negros me contaron lo que hicistes —dijo ella—. Qué deshonra para los muertos.

El muchacho se serenó antes de hablar. Era consciente de que el descaro no le serviría de nada, que una fuerza ajena a los dos lo llamaba para que respondiera por su libertad e hiciera valer sus actos. Un temblor lo recorrió todo. Su alma se sumergió dentro de sí misma para oír en sus abismos más profundos la voz de su mentor. Abrió la boca para apabullar a la mujer y comprobó, horrorizado, que lo que salía de sus labios, como chillido de murciélago, era una obscenidad que había oído cierta vez en una feria. Asombrado, vio perdida la ocasión.

La mujer no movió un solo músculo. Poco después dijo:

—Así que volvistes. ¿Y quién le va a dar trabajo a un muchacho que quema casas?

Aterrado aún por su fracaso, dijo con voz trémula:

—No pedí trabajo a nadie.

—¿Y que deshonra a los muertos?

—Los muertos, muertos están y así se quedan —dijo él, cobrando un poco de fuerza.

—¿Y que se mofa de la Resurrección y de la Vida?

La sed era como una mano áspera aferrada a su garganta. Con voz ronca le pidió:

—Véndame una de esas bebidas moradas.

La mujer no se movió.

El muchacho se dio media vuelta y se marchó, su mirada tan sombría como la de ella. Tenía ojeras y la piel, de tan seca, parecía haberse encogido sobre sus huesos. El eco de la obscenidad resonaba hoscamente en su cabeza. La mente del muchacho era demasiado fervorosa para tolerar semejantes impurezas. Era intolerante con los pecados materiales y nunca había cedido a los de la carne. Sintió mancillada su victoria por el comentario salido de su boca. Pensó en dar media vuelta y acercarse otra vez a la mujer para lanzarle las palabras adecuadas, pero todavía no las había encontrado. Intentó pensar en lo que le hubiera dicho el maestro, pero no le vino a la cabeza ni una sola palabra de su tío.

Tenía el sol de espaldas y era tan grande su sed que peor ya no podía ser. Notaba la garganta como recubierta de arena abrasadora. Siguió avanzando tercamente. No pasaban coches. Decidió entonces que pararía al primero que pasara. Ahora estaba hambriento de compañía tanto como de comida y agua. Quería explicarle a alguien lo que no había conseguido explicarle a la mujer, y con las palabras adecuadas, para borrar la obscenidad que había manchado su pensamiento.

Llevaba recorridos casi tres kilómetros cuando, por fin, un coche lo adelantó, aminoró la marcha y se detuvo. El muchacho caminaba con dificultad, distraídamente, y no le había hecho señas, pero al ver que se detenía, echó a correr. Cuando lo alcanzó, el conductor ya estaba inclinado sobre el asiento, abriéndole la puerta. Era un coche color crema y azul lavanda. El muchacho se subió sin mirar al conductor, cerró la puerta y partieron.

Entonces el muchacho se dio la vuelta, miró al hombre y lo invadió una sensación desagradable, que no consiguió identificar. La persona que lo había recogido era un joven pálido y flaco, con aspecto de viejo, mejillas hundidas y pómulos afilados. Llevaba una camisa azul lavanda, un traje ligero de color negro y un sombrero panamá. Sus labios eran tan blancos como el cigarrillo que le colgaba de la comisura de la boca. Sus ojos, ceñidos de espesas pestañas negras, eran del mismo color que la camisa. Un mechón rubio asomaba por debajo del sombrero ladeado, cruzándole la frente. El hombre no hablaba y Tarwater tampoco. Conducía sin prisa y no tardó en volverse y mirar al muchacho de arriba abajo durante un rato.

—¿Vives por aquí? —preguntó.

—No en este camino —contestó Tarwater. Tenía la voz cascada por la sequedad.

—¿Vas a alguna parte?

—A donde vivo —contestó el muchacho con voz ronca—. Ahora mando yo ahí.

El hombre no dijo nada más durante unos minutos. La ventanilla del lado del muchacho estaba rota y pegada con un trozo de cinta adhesiva; la manivela para bajarla había desaparecido. En el coche flotaba un olor rancio y dulzón y era como si no hubiese suficiente aire para respirar con normalidad. Tarwater vio en la ventanilla un pálido reflejo de sí mismo, que lo observaba enigmáticamente.

—Así que no vives en este camino, ¿eh? —dijo el hombre—. ¿Y tu familia dónde vive?

—No tengo —dijo Tarwater—. Nada más quedo yo. Me cuido solo. Nadie me dice lo que tengo que hacer.

—Nadie, ¿eh? —dijo el hombre—. Veo que no te chupas el dedo.

—No —dijo el muchacho—, no me chupo el dedo.

Notaba algo familiar en el aspecto del desconocido, pero no supo precisar dónde lo había visto antes. El hombre metió la mano en el bolsillo de la camisa y extrajo un estuche de plata. Lo abrió con un chasquido y se lo pasó a Tarwater.

—¿Fumas?

El muchacho nunca había fumado más que tabaco conejero y no quería un cigarrillo. Se los quedó mirando.

—Especiales —dijo el hombre y siguió tendiéndole el estuche—. No se consiguen todos los días, pero a lo mejor no tienes mucha experiencia en esto de fumar.

Tarwater tomó un cigarrillo y se lo metió en la comisura de la boca, exactamente como llevaba el hombre el suyo. El hombre sacó un encendedor de plata de otro bolsillo y le dio fuego. El cigarrillo no se encendió la primera vez, pero la segunda, el muchacho inspiró hondo, el cigarrillo prendió y los pulmones se le llenaron de un humo desagradable. El humo tenía un olor peculiar.

—Así que no tienes familia, ¿eh? —insistió el hombre—. ¿En qué camino vives?

—No hay un camino que lleve hasta ahí —dijo el muchacho—. Vivía con mi tío abuelo, pero está muerto, quemao, y ahora solo quedo yo. —Empezó a toser con violencia.

El hombre abrió la guantera. En el interior, tumbada de lado, había una petaca de whisky.

—Echa un trago. Te quitará la tos.

Era una botella grabada, de aspecto antiguo, le faltaba la etiqueta frontal y llevaba un corcho mordido.

—También es especial —dijo el hombre—. Si te chupas el dedo, no puedes beber.

El muchacho cogió la botella, empezó a quitarle el corcho y, simultáneamente, le pasaron por la cabeza todas las advertencias de su tío abuelo sobre lo pernicioso del alcohol, todas sus restricciones estúpidas sobre viajar con desconocidos. La esencia de todas las tonterías del viejo invadió sus pensamientos como una oleada creciente de irritación. Aferró la botella con fuerza y con los dedos tiró del corcho, que estaba muy metido. Sujetó la botella entre las rodillas y sacó del bolsillo el sacacorchos y abrebotellas del maestro.

—Sí que es ingenioso —dijo el hombre.

El muchacho sonrió. Clavó el sacacorchos y descorchó la botella. Al viejo nunca se le habría ocurrido, pero ya se encargaría él de que eso cambiara.

—Este chisme abre lo que sea —dijo.

El desconocido conducía despacio, observándolo.

El muchacho se llevó la botella a los labios y tomó un buen trago. El líquido dejaba en la boca un fondo amargo muy fuerte que él no se había esperado, y parecía más denso que el whisky que había probado antes. Le quemó la garganta de un modo atroz, avivando su sed, y se vio obligado a tomar otro buen trago. El segundo fue peor que el primero y notó que el desconocido lo observaba con una sonrisa que parecía lasciva.

—No te gusta, ¿eh?

El muchacho sintió un leve mareo pero alzó la cara y dijo:

—¡Es mejor que el Pan de Vida! —Y le brillaron los ojos.

Se reclinó en el asiento, desenroscó el corcho del sacacorchos, tapó la botella y la metió en la guantera. Sus movimientos parecían haberse hecho más lentos. Su mano tardó un rato en volver a apoyarse en el regazo. El desconocido no dijo nada y Tarwater volvió la cara hacia la ventanilla.

El whisky le pesaba como una piedra caliente en la boca del estómago, calentándole todo el cuerpo, y se sintió agradablemente libre de responsabilidades y de la necesidad de hacer esfuerzo alguno por justificar sus actos. Los pensamientos se abrían paso en su mente con dificultad, como si hubieran de luchar en un medio denso para llegar a la superficie. Contemplaba el bosque espeso sin vallar. El coche avanzaba tan despacio que él podía contar los troncos exteriores y se puso a contarlos, uno, uno, uno, hasta que comenzaron a fundirse y a fluir juntos. Apoyó la cabeza contra el cristal, le pesaban los párpados, se le cerraban los ojos.

Al cabo de un rato, el desconocido le puso la mano en el hombro y le dio un empujoncito, pero él no se movió. Entonces, el hombre aceleró. Recorrió unos ocho kilómetros a toda velocidad antes de atisbar un desvío hacia un camino de tierra. Enfiló por él, siguió a buen ritmo durante dos o tres kilómetros, desvió hacia un lado del camino y bajó por una cuesta apartada cerca de las lindes del bosque. Respiraba rápidamente y sudaba. Se bajó del coche, fue hasta la otra puerta, la abrió y Tarwater cayó al suelo como un saco a medio llenar. El hombre lo levantó en brazos y se lo llevó al bosque.

Nada ocurrió en el camino de tierra y el sol siguió su curso con brillante indiferencia. El bosque estaba en silencio salvo por algún que otro trino o graznido. El aire mismo parecía drogado. De vez en cuando, un pájaro grande, silencioso y flotante, planeaba sobre las copas de los árboles, y, poco después, volvía a remontar el vuelo.

Casi una hora más tarde, el desconocido salió solo y miró furtivamente a su alrededor. Llevaba el sombrero del muchacho como recuerdo y también el sacacorchos y abrebotellas. Su piel delicada se había teñido de un leve tono rosado, como si se hubiese refrescado con sangre. Subió al coche deprisa y se alejó a toda velocidad.

Cuando Tarwater despertó, el sol estaba en lo alto, muy pequeño y plateado, y derramaba una luz que parecía apagarse antes de llegar a tocarlo. Primero se vio las piernas, blancas y flacas, estiradas frente a él. Estaba recostado contra un tronco atravesado en un espacio abierto entre dos árboles muy altos. Tenía las manos atadas, sin apretar, con un pañuelo azul lavanda que su amigo le había de-

jado a cambio del sombrero. La ropa estaba cuidadosamente apilada, a su lado. Solo llevaba puestos los zapatos. Se dio cuenta de
que su sombrero había desaparecido.

La boca del muchacho se abrió con una mueca y se desvió hacia un lado, como si fuera a quedar torcida para siempre. Poco
después, parecía solo una brecha que nunca más volvería a ser una
boca. Sus ojos se veían pequeños, igual que semillas, como si,
mientras dormía, se los hubiesen vaciado para abrasarlos y volver
a colocarlos en las cuencas. Su expresión se contrajo hasta alcanzar un punto ajeno a la ira o al dolor. Entonces, partió de él un
grito agudo y seco y la boca volvió a su sitio.

Enfurecido, tironeó del pañuelo azul lavanda hasta hacerlo ji-
rones. Luego se vistió tan deprisa que, cuando hubo terminado,
llevaba la mitad de las prendas del revés y no se dio cuenta. Se
quedó mirando con fijeza el sitio en el que las hojas desordenadas
le mostraban donde había yacido. Ya tenía la mano en el bolsillo
y sacaba la cajita de fósforos de madera. Amontonó las hojas a patadas y les prendió fuego. Partió una rama de pino, la encendió y
comenzó a quemar todos los arbustos de alrededor hasta que el
fuego devoró ávidamente el suelo maligno, quemando todos los
sitios que el desconocido podía haber tocado. Cuando el lugar fue
una hoguera devastadora, se dio media vuelta, echó a correr, y con
la antorcha de pino todavía en la mano, fue incendiando los arbustos a su paso.

Apenas se dio cuenta cuando salió corriendo del bosque y enfiló el camino desolado y rojo, que discurría bajo sus pies como
endurecido por el fuego, y solo cuando comenzó a faltarle el
aliento y a ahogarse, aminoró la marcha y empezó a orientarse. El

cielo, el bosque a los costados, el suelo bajo sus pies se detuvieron y el camino tomó una dirección. Bajaba por entre terraplenes altos y rojos y luego subía por un campo llano, arado hasta el borde, a ambos lados. A lo lejos, una barraca, algo hundida por un extremo, parecía flotar entre los surcos rojizos. Colina abajo, el puente de madera se extendía sobre el lecho del arroyo como el esqueleto de un animal prehistórico. Era el camino a casa, una tierra que conocía desde su infancia, pero que ahora parecía un país raro y extranjero.

El muchacho se detuvo, apretando la rama de pino quemada y ennegrecida. Poco después volvió a avanzar lentamente. Sabía que ya no podía volver atrás. Sabía que su destino lo obligaba a continuar hacia la revelación final. Sus ojos abrasados ya no parecían vacíos o como si estuviesen hechos solo para guiarlo. Era como si, tocados con un carbón encendido, igual que los labios del profeta, no fueran a servir jamás para visiones corrientes.

12

El camino ancho se fue estrechando hasta convertirse en un barranco lleno de surcos, lavado por la lluvia, que se perdía en un zarzal. El sol, rojo y descomunal, estaba a punto de tocar la hilera de árboles. Tarwater se detuvo un instante. Paseó la mirada por las moras maduras, la desvió de pronto y quiso penetrar con ella en el bosque que se extendía, denso y oscuro, ante él. Tomó aire y lo aguantó un momento antes de avanzar, siguiendo a tientas el sendero apenas visible que, a través del bosque, llevaba hasta el claro. En el aire flotaban el perfume de las madreselvas y el aroma más fuerte de los pinos, pero él apenas los reconoció. Tenía embotados los sentidos y su pensamiento también parecía haber quedado en suspenso. En algún lugar, en lo profundo del bosque, se oyó el reclamo de un tordo; como si el sonido fuese una llave que girara en el corazón del muchacho, la garganta comenzó a cerrársele.

Se levantó una leve brisa vespertina. El muchacho saltó por encima de un árbol atravesado en su camino y siguió adelante. Se le enganchó la camisa en una rama de espino y se le rasgó, pero no se detuvo. Más adelante, se oyó otra vez el reclamo del tordo. Con las mismas cuatro notas formales gorjeó su pena en el silencio. El muchacho iba derecho a un espacio en el bosque desde donde, a través de un abedul bifurcado, se veía el claro allá abajo, bajando la larga colina, cruzando el campo. Siempre que él y su tío abuelo regresaban por el camino, acostumbraban a detenerse en ese sitio. Al viejo le daba una gran satisfacción contemplar el campo, y ver a lo lejos su casa entre las dos chimeneas, con su establo, su parcela, su maíz. Parecía Moisés divisando la tierra prometida.

Tarwater se fue acercando al árbol, con los hombros levantados y tensos, como disponiéndose a recibir un golpe. El árbol, que se bifurcaba a pocos palmos del suelo, surgió ante él. Se detuvo, apoyó una mano en cada tronco, se inclinó hacia adelante a través de la horquilla y miró el trozo de cielo carmesí. Su mirada, como un pájaro que vuela a través del fuego, vaciló y se posó. Allí donde se posó, dos chimeneas se alzaban como siluetas dolientes, vigilando el suelo ennegrecido entre ellas. Su cara pareció encogerse mientras miraba.

Se quedó inmóvil, salvo las manos, que se cerraban y se abrían. Veía lo que había esperado ver, un claro vacío. El cuerpo del viejo ya no estaba. Su polvo no se mezclaría con el polvo del lugar, no sería arrastrado por las lluvias hasta penetrar en el campo. El viento se había llevado ya sus cenizas, las había dejado caer, las había esparcido para volver a aventarlas y desperdigar cada mota en un lugar distinto, por toda la curva del mundo. El claro se había librado mediante el fuego de cuanto había oprimido al muchacho. No había ninguna cruz que indicara que aquella tierra seguía en poder del Señor. El muchacho tenía ante sus ojos la señal de un pacto roto. El lugar estaba abandonado y le pertenecía.

Mientras lo contemplaba, sus labios resecos se separaron, como forzados por un hambre tan grande que no le cabía dentro. Siguió allí, boquiabierto, como si ya no tuviera fuerzas para moverse.

Notó en el cuello una brisa, ligera como un aliento, y se volvió a medias con la sensación de que había alguien a sus espaldas. Como un suspiro sibilante el aire le sopló en la oreja. El muchacho palideció.

Anda, baja allí y toma posesión, susurró su amigo. Es nuestra. Nos la ganamos. Desde el mismo instante en que empezastes a cavar la tumba, te apoyé, nunca me aparté de tu lado, y ahora tú y yo vamos a ser los dueños. Nunca volverás a estar solo.

El muchacho se estremeció convulsivamente. La presencia lo invadía todo como un olor, como una masa de aire dulce y cálido que lo envolvía, como una sombra violeta alrededor de sus hombros.

Se sacudió con furia para soltarse, sacó los fósforos del bolsillo y arrancó otra rama de pino. La sujetó bajo el brazo, con mano temblorosa prendió un fósforo y lo acercó a las agujas de pino hasta que la rama se convirtió en un tizón ardiente. Hundió la tea en las ramas bajas del árbol bifurcado. Las llamas crepitaron, saltaron a las hojas más secas y se extendieron hasta elevarse en un arco de fuego resplandeciente. El muchacho salió de allí andando hacia atrás, y hundiendo la antorcha en todos los arbustos que fue encontrando a su paso, hasta que entre él y la presencia sonriente se formó una alta pared de fuego. Miró desafiante el fuego y recobró el ánimo al comprobar que su adversario no tardaría en ser pasto de las llamas. Se dio media vuelta y avanzó asiendo con firmeza el tizón ardiente.

El sendero torcía hacia abajo a través de troncos enrojecidos que, poco a poco, a medida que el sol desaparecía, se fueron haciendo más negros. De vez en cuando el muchacho acercaba la antorcha a un arbusto o a un árbol, y en cuanto prendía, seguía adelante. El bosque se hizo menos espeso, se abrió de repente y él se detuvo en las lindes, mirando el campo de maíz llano y, más allá, las dos chimeneas. Por encima de la hilera de árboles, las franjas de rojo purpúreo se extendían como escalones hasta alcanzar el anochecer. El maíz que el viejo había dejado plantado levantaba un palmo del suelo y todo el campo se mecía en verdes hileras. Lo habían arado recientemente. El muchacho siguió allí de pie, una silueta pequeña, rígida y sin sombrero, con la rama de pino ennegrecida en la mano.

Mientras miraba, lo acosó de nuevo el hambre. Parecía que estuviera fuera de él, rodeándolo, haciéndose visible a sus ojos, como algo que pudiera tratar de asir sin llegar a tocar. El muchacho percibió una presencia extraña en el lugar, como si ya contara con un ocupante. Más allá de las chimeneas, sus ojos recorrieron el establo, gris y curtido por los elementos, cruzaron el campo de atrás y se detuvieron en el muro negro del bosque. Un silencio preñado y profundo lo impregnaba todo. El anochecer invasor parecía acercarse blandamente por deferencia a algún misterio que habitara el lugar. El muchacho se detuvo, un poco inclinado hacia adelante. Era como si hubiese quedado allí suspendido para siempre, incapaz de avanzar o retroceder. Fue consciente hasta del propio aliento. Incluso el aire parecía pertenecer a otro.

Entonces, cerca del establo vio a un negro montado en una mula. La mula no se movía; los dos parecían tallados en piedra. Él echó a andar y cruzó el campo sin miedo, levantando el puño en un gesto entre el saludo y la amenaza, pero al cabo de un instante, abrió la mano. Agitó el brazo y echó a correr. Era Buford. Se iría a casa con él y comería.

En cuanto pensó en la comida, se detuvo y la náusea le contrajo los músculos. Una terrible premonición lo hizo palidecer. Se quedó quieto y sintió un cráter abrirse en su interior, extenderse delante de él y rodearlo, y vio los claros espacios grises de esa tierra que había jurado no volver a pisar. Echó a andar como un autómata. Llegó al suelo apisonado del corral, a unos cuantos pasos de la higuera, pero con la mirada recorrió mucho más, se detuvo en el establo, fue hasta la lejana hilera de árboles y regresó al punto de partida. Sabía que a continuación sus ojos verían la tumba abierta, a medio cavar, casi a sus pies.

El negro no le quitaba la vista de encima. Empezó a avanzar montado en la mula. Cuando por fin el muchacho se obligó a apartar los ojos, vio primero las pezuñas de la mula y luego los pies de Buford, colgando a los costados del animal. Desde allá arriba, la cara oscura y arrugada lo miraba con un desprecio capaz de penetrar cualquier superficie.

La tumba, con la tierra recién apilada, se interponía entre ambos. Tarwater bajó los ojos y la vio. En la cabecera, una cruz tosca y oscura se hundía firmemente en la tierra. El muchacho abrió las manos rígidas como si dejara caer algo que llevara aferrando toda la vida. Su mirada se detuvo finalmente en la tierra, donde la madera entraba en la tumba.

—Gracias a mí descansa donde ves —dijo Buford—. Lo enterré yo, mientras tú estabas por ahí tirado, borracho. Gracias a mí su maíz está sembrao. Gracias a mí la señal del Salvador está sobre su tumba.

Nada en el muchacho parecía vivo, salvo sus ojos, que miraban fijamente la cruz como si la siguieran bajo la superficie de la tierra hasta donde sus raíces rodeaban a todos los muertos.

El negro siguió observando la cara extraña y apagada del muchacho y comenzó a inquietarse. La piel de aquella cara se tensó, mientras el negro la miraba, y los ojos, al apartarse de la tumba, parecían ver algo, aproximándose a lo lejos. Buford volvió la cabeza. A sus espaldas, el campo ensombrecido se extendía en dirección al bosque. Cuando se volvió otra vez, la visión del muchacho parecía traspasar el aire. El negro se estremeció y de pronto notó sobre él una presión insoportable. La sintió como algo ardiendo en el ambiente. Le temblaron las ventanas de la nariz. Murmuró algo, obligó a la mula a dar la vuelta y se alejó cruzando el campo de atrás, en dirección al bosque.

El muchacho se quedó donde estaba, sus ojos fijos reflejaban el campo que el negro acababa de cruzar. Ya no le parecía vacío sino poblado por una multitud. En todas partes veía siluetas borrosas sentadas en la cuesta y, al mirar con más atención, vio que la muchedumbre era alimentada de una sola cesta. Sus ojos recorrieron el gentío durante un buen rato, como si no lograra encontrar a quien buscaba. Entonces lo vio. El viejo se estaba sentando en el suelo. Cuando ocupó su sitio y acomodó su mole, se inclinó hacia adelante, con la cara vuelta hacia la cesta, siguiéndola impaciente, mientras avanzaba hacia él. El muchacho también se inclinó hacia adelante, consciente al fin del objeto de su hambre, consciente de que su hambre era como la del viejo y que nada en el mundo iba a saciarla. Era tan grande que habría sido capaz de comerse todos los panes y los peces después de haber sido multiplicados.

Se quedó donde estaba, aguzando la vista, pero la escena se desvaneció en la oscuridad creciente. Cayó la noche hasta que solo quedó una franja roja entre la oscuridad y la negra línea del horizonte, pero el muchacho siguió sin moverse. Su hambre ya no era un dolor, sino una marea. La sintió crecer dentro de él, a través del tiempo y la oscuridad, a través de los siglos, y supo que provenía de una estirpe de hombres cuyas vidas eran elegidas para padecerla, hombres que vagarían por el mundo, extranjeros de esa tierra violenta donde el silencio jamás se rompe salvo para gritar la verdad. La sintió ascender desde la sangre de Abel hasta la suya, la sintió crecer y envolverlo. Y entonces fue como si en un instante lo levantara para arrollarlo. El muchacho corrió como un torbellino hacia la hilera de árboles. Allí, elevándose y extendiéndose en la noche, un árbol de fuego dorado y rojo ascendió como queriendo consumir las tinieblas con una tremenda explosión de llamas. El aliento del muchacho fue a su encuentro. Sabía que aquel era el fuego que había rodeado a Daniel, que había elevado a Elías de la tierra, que había hablado a Moisés y que, en ese instante, le hablaría a él. Se postró en el suelo y con la cara sobre la tierra de la tumba, oyó la orden. VE Y ADVIERTE A LOS HIJOS DE DIOS DE LA TERRIBLE CELERIDAD DE LA MISERICORDIA. Las palabras eran silenciosas cual semillas que se abrieran, una a una, en su sangre.

Cuando por fin se levantó, la zarza ardiente había desaparecido. Un frente de fuego consumía lánguidamente la hilera de árboles, y aquí y allá, una fina llama encrespada se elevaba en el interior del bosque allí donde una nube de humo, pálida y roja, se había acumulado. El muchacho se agachó, tomó un puñado de tierra de la tumba de su tío abuelo y se restregó la frente. Poco después, sin mirar atrás, cruzó el campo, alejándose del sendero por donde Buford se había ido.

A medianoche había dejado atrás el camino y el bosque en llamas y se encontraba otra vez en la carretera. La luna, que cabalgaba baja sobre el campo junto a él, aparecía y desaparecía, reluciente como un diamante, entre las zonas en tinieblas. A intervalos, la sombra irregular del muchacho se proyectaba sesgada sobre la carretera, delante de él, como si le fuera abriendo una senda desigual hacia su meta. Sus ojos abrasados y negros dentro de las profundas cuencas, parecían adivinar ya el destino que le aguardaba, pero él seguía avanzando sin pausa, con la cara vuelta hacia la ciudad oscura, donde dormían los hijos de Dios.

Índice